グレーテル
メルセデス

シャルロッテ
ウルスラ
ヒルデガルド

イングリット
マルグリット
ショータ
ミハエル

Kill Time Communication Presents
Beginning Novels Series

"Valhalla Otintin Brothel"

Story by Gurashi
Illustration by Yuta Moeki

一章　僕の異世界奮闘記

キーンコーンカーンコーン♪

「きりーつ、れーい、さようならー」

「はいさようなら。明日から夏休みだからって浮かれないように、各自気をつけて……コラァ！　飯島《いいじま》ァッ‼　全速力で帰るんじゃない！　滅茶苦茶浮かれまくってるじゃねぇか‼」

「ごめんなさい先生！　急いでるんで！　宿題はちゃんとやります！　また二学期に会おうねーっ！」

僕は怒る担任と呆れる同級生達には目もくれず、猛ダッシュで廊下を駆け抜け、そのまま学校の校門から勢いよく飛び出した。

そんなに急いでどこに行くのかって？

海？　プール？　それともキャンプ？

残念、どれもハズレ！　せっかくの夏休みに、そんな事してるヒマなんて無いに決まってるじゃないか！

これから二学期までの四十日、やる事といえば……そう！

家に籠もってオナニー三昧さ‼

僕の名前は飯島翔太《しょうた》。

思春期まっただ中。

好きな女性のタイプは金髪巨乳の色白お姉様。

でも褐色のお姉様も大好物。

ロリっぽいのもそれはそれでイケる。

とにかく外人女性が好きな、ごく普通の十五歳の健康優良児。

僕の性の目覚めは、中等部に上がる直前。

茹だるような暑い夏のあの日に見つけた、河川敷に捨ててあった金髪女性のエログラビア。

その本をこっそり持ち帰って、部屋でこっそりオナニーしたのがキッカケ。

それからは同級生の女子が急に子供っぽく思えて、金髪でおっぱいの大きな女の人にしか興味を示せなくなった。

でもあれから三年経って、僕の性癖も微妙に懐《ふところ》が広くなったのさ。

何せ金髪だけじゃなくて、黒髪でも赤髪でも銀髪でも、綺麗な外人さんなら誰でもウェルカムだ。

おっぱいの嗜好だって、大きいのも小さいのも気にならなくなった。でも出来れば大きい方が良いけどね。

そんな僕が子供っぽい普通の恋愛なんて出来るワケもな

くて。

　同級生達が甘っちょろい恋愛沙汰に現《うつつ》を抜かしてる間も、僕は勉強の合間に例のエロ本でオナニーに励む毎日なワケで。

　学校から全速力で帰宅した僕は、部屋に入るなりすぐさま制服を脱いで全裸になる。

　僕のオナニーは全裸が基本だ。

　オカズにされてる金髪お姉様達はみんな裸で僕の勝手な性の衝動を受け止めてくれているのに、僕が中途半端に服を着ているのは失礼にあたるからだ。

　両親は共働きで、僕はひとりっ子だからこそ可能なオナニーライフってワケで。

「さぁ、待たせたね！　今日も僕を気持ち良くさせてね！」

と、僕はエロ本に語りかける。

　頭がおかしくなったとか思わないでね？

　これは当然の礼儀なんだから。

　初めて出会ってからもうすぐ丸三年、このエロ本様のお陰で僕のオナニーライフはとても充実してる。

　僕はエロ本様以外でオナニーした事が無い。

　初めての精通を迎えてから今日まで、僕の精液は全部このエロ本様に捧げてる。

あ、でもエロ本様にぶっかけたりはしてないよ？

　思えばこのエロ本様は随分変わってる。

　初めて河川敷で出会った時は、エロ本だとは思わなかった。

　何せ表紙が普通のエロ本っぽくなくて、初めて見た時は外国の辞書か何かだと思った。

　分厚いカバーに金の装丁が施されてて、あと何か薄ぼんやりと光ってた。

　でも僕は勇気を振り絞ってそれを手に取って、そして開いた。

　そこには僕が今まで知らなかった世界があった。

　見るからに外人のお姉様が、全裸や半裸で僕に微笑みかけてたんだ。

　ゲームとかアニメで見るようなファンタジー風の衣装を着たお姉様達は、みんなスゴく綺麗な人達ばかりだ。

　ある人は豪華なドレスをエロく着崩したお姫様風。

　またある人は武骨な全身鎧の胸当てだけを外して、スゴく大きなおっぱいを見せつけている女騎士風。

　惚れ惚れするくらい綺麗な筋肉を纏《まと》った眼帯赤髪の女傭兵や、神々しいという言葉がピッタリな女僧侶さんや、はたまた耳が長くて冷たい目をしたエルフとか、とにかく美人さんのバリエーションが豊富なんだ。

そして僕はどのお姉様を見ても、何回でもシコれちゃうんだ。

三年以上ほぼ毎日オカズにしてるからね。時には一日複数回してるからね。

学校行事でキャンプや修学旅行の時でさえも、このエロ本様を持って行って現地で隠れてオナニーするくらいだもん。

僕にとってこのエロ本様は、もう無くてはならない存在なんだ。

ちなみにこのエロ本様で精通を果たしてから、昨日までで九百九十九回の射精をした。オナニーの回数はバッチリ記録してるからね。

そして今日は記念すべき千回目のオナニーだ。

でもこれは通過点に過ぎないんだ。

僕はこれからもこのエロ本様でオナニーをして、二千回目も三千回目の射精も、このエロ本様に捧げるつもりだ。

え？　飽きないのかって？

愚問だよ。

呼吸をする事に飽きるのかい？

僕にとって、エロ本様でオナニーする事は呼吸をする事と同義なんだ！


とか無駄に熱く語ってる間にも、僕のオナニーは佳境を迎えつつある。

まだまだ成長過程のオチンチンを、僕は荒々しく擦る。

今日はどのお姉様に精液を捧げようか？

やっぱりお姫様かな？

それとも女騎士さんかな？

でも女傭兵さんも捨てがたいし、他のお姉様方も甲乙つけがたい。

そうこう迷ってる間にも熱いマグマみたいな精液が、僕の金玉からオチンチンを経由して先っぽから今にも噴き出してしまいそうだ。

「あっあっあっ！　らめっ！　出るっ！　精液出ちゃうっ！　お姉様達が全員素敵過ぎて、僕のオチンチンから精液搾られちゃううううううっっ!!」

家に誰も居ないからこそ出せる大声をあげて、僕の千発目の精液は呆気なく漏れてしまった。

同年代の男子の精液よりも凄く濃くて大量の精液は、僕のオチンチンの先っぽから放物線を描いて、そのままエロ本様の開いたページへ。

あ、ダメだ。

このままだと、エロ本様に精液をぶっかけちゃう！　エロ本様を汚しちゃう！

薄れ行く意識の中で、僕は空いていた左手で咄嗟《とっさ》にエロ本様を閉じた。

そして僕の精液はエロ本様の表紙にベットリと降り注いだ。

やっちゃった……そう思いつつ、お姉様達を僕の精液で汚さずに済んだ事に安堵して、ほうっとため息を吐く。

だけど次の瞬間、予想もしてなかった事が起きた。

「……え？　な、何？」

精液をぶっかけられたエロ本様の表紙が、うっすらと光り輝いているじゃないか。

思えば最初に拾った時も光ってたような気はするけど、その光もすぐに消えたからあまり気にしてなかった。

でも今の光はあの時よりも強くて、何だか生きてるみたいにその光が強くなったり弱くなったりしている。

そう、まるで心臓の鼓動みたいに……。

そしてその光の点滅は次第に早くなって、光もドンドン強くなって……。

光が強くなり過ぎて、目も開けていられないくらいになって……。

そこからの記憶は無かった。

◇◆◇◆◇

気がついたら、薄暗い部屋に居た。

気絶してる間に夜になっていたとかでは無いみたいで。

だってその部屋は、僕の部屋じゃなかったから。

床も天井も壁も、全て石で出来てた。

コンクリート打ちっぱなしのお洒落でモダンなワンルームマンションでよく目にするアレじゃなくて。

本当の石造りの……牢屋だ。

採光の為の小さな窓には鉄格子が張られてて、唯一の出入り口にある扉は、頑丈そうな鉄の扉。

これが牢屋じゃなかったら何なんだってくらい、どこから見ても完璧な牢屋だった。

そんな牢屋の中で、僕は全裸だった。

そして、その牢屋に居たのは僕だけじゃなかった。

牢屋の片隅で膝を抱えてうずくまってた人達が……全部で五人。

よく見るとみんな僕と同じ年齢か、それよりはやや上って感じだ。

みんな肌が生白くて、髪の毛は金髪とか茶髪とか。

ちょっと見ただけで外人だって解る。

アジア人っぽい子は僕以外には居なかった。

そしてみんな、ボロボロで薄汚れているとは言え、服を着ていた。

てか何で僕だけ全裸なの⁉　おかしくない⁉

あ、そう言えばオナニーしてたから全裸なのは当たり前なのか。

そうかそうか、納得納得……って納得するか！

何で自分の部屋でオナニーライフを満喫してた普通の男子中学生が、こんなどことも解らない牢屋の中に閉じ込められてるの⁉

ワケが解らないよ！　こんなの絶対おかしいよ！

と、一人で立ち尽くしている僕を、周りの子達は珍獣でも見るかのような目で眺めてる。

まぁ全裸の日本人少年がそんなに珍しいのかは解らないけど、そんなにあからさまにジロジロ見なくてもいいじゃないかとは思うワケで。

で、今の僕の状況はどうなっているのか、とりあえず情報収集しないと。

僕は最も近くに居た、金髪の子に話し掛けた。

「は、はろー。ないすとぅーみーちゅー。ま、まいねーむいず、ショータイージマぁ……」

日本人特有の愛想笑いを貼り付けながら、中学英語で自己紹介する僕。完璧だ。

さぁ、金髪少年のレスポンスや如何《いか》に⁉

「……え？　な、何？　何なの君……う、薄気味悪いんだけど？」

思いっきり日本語で返されましたとさ……。

チクショウ！　日本語喋れるならそう言えよな！

てか薄気味悪いってヒドくない⁉

そう思いつつも、僕は愛想笑いを絶やさずに尚も話し掛ける。

「あ、ごめんね。ちょっと聞きたいんだけど、ここはどこなの？　僕は何でここに居るの？　君達は誰？　あ、ちなみに僕の名前は翔太。よろしくね」

そう言って右手を差し出す。

でも金髪少年はその手を不思議そうな目で見ている。

握手も無しとは……嫌われてるのか警戒されてるのかは解らないけど、前途多難だなこりゃ。

「えっと……僕はカール。ここは多分、帝都の奴隷商館で……僕らはここからどこかに売られる事になると思う……」

「……え？」

戸惑う僕を置いてけぼりにして、カールという名の美少年は尚も語り続けた。

「それで、君は……僕達がここに来てすぐに、何だか解らないけど部屋の中央がバァーッてまぶしく光って……で、光が収まったら君が裸で倒れてたんだけど……逆に聞きたいんだけど、君は何なの？　どうやってここに現れたの？ひょっとして魔術師か何かなの？　というか、どうして裸なの？」

うーんっと……オッケー、いくつか解った事がある。

まず、ここは日本じゃないらしい。

日本語喋ってるじゃん云々は置いといて、帝都だか奴隷だか魔術師だかっていう日本では聞き慣れないワードがすんごく気になる。

そして、僕自身がどうやってここに来たのかは解らない。

そう言えば光がどうとか言ってたっけ……ってか、僕がエロ本様にぶっかけた時も、エロ本様が光って……。

エロ本様が……光って……エロ本様…………。

「エロ本様は⁉」

僕がいきなり叫んだ事で、牢屋の中に居た子達が全員ビクッと身体を震わせた。

でもそれどころじゃない！　僕はそれ程広くもない牢屋の中をくまなく捜索した。全裸で。

それなのに僕にとっては命よりも大切なエロ本様が、牢屋のどこにも見当たらないじゃないか！

ザッケンナコラー！　あのエロ本様が無かったら、僕のオナニーライフはどうなるんだよ！

僕が一生オナニー出来なくなったらどうしてくれるんだ！　ナンオラー！　スッゾオラー！

宇宙オナニーマイスターのクリボーも激おこぷんぷん丸だよ！

僕が目を血走らせて牢屋をウロウロしていると、鉄扉の方からガチャガチャと音がする。

そして鉄扉が重々しい音をたてて開き、そこから二人の男が姿を現す。

茶髪と赤髪の、どちらかと言えば中年風の男達は、僕の姿を見るなり、こう叫んだ。

「「だ、誰だお前は⁉」」

ですよねー。

◇◆◇◆◇

それから僕は、あっさりと捕まってしまったワケで。

って言うか元々脱出不可能だったけど、これで完全に不審者扱いだよ。

そりゃそうだよね。奴隷として捕まえてる金髪美少年達の牢屋に、いきなり全裸の日本人が現れたら警戒しますよね。

とりあえず僕と奴隷少年達は、牢屋から出される。

少年達は一列に並んで、前と後ろをさっきの中年男が固める。

僕だけは先頭の男に腕を掴まれながら歩く。

「イデデ！　そんなに強く掴まなくても逃げませんってば！」

「うるさい！　良いからさっさと歩け！」

牢屋を出てしばらく歩くと、赤い絨毯が敷かれた廊下に出る。

そこは西洋風の立派な館で、これだけでもここは日本じゃないんだなぁという考えに到るワケで。

廊下をズンズンと、腕を掴まれながら歩く僕。

やがて広い空間に出る。

天井には豪華なシャンデリア、壁には燭台と高そうな絵画に、大きな両開きの木製の扉。

そこに何人かの男達に囲まれた、とても肥え太ったオッサンが居た。

頭のてっぺんから爪先まで、高そうな服とアクセサリーに身を包んだ、まさにザ・成金と言わんばかりの老人だ。

そのハゲデブジジイは、やって来た僕達（というか僕）を見るなり、鋭い声を投げ掛けた。

「おい、何だソイツは？　どこから連れて来た？」

「そ、それが……いつの間にかコイツ等の牢屋に居まして……何故か服も着ていないし、私達にも何だかよく解らんのです」

説明を求められた中年男も、困っている。

正体不明の日本人でどうもすみません。ってか僕の方が遥かに困ってるんですけどね！

「ふむ……だがよく見れば、黒髪で黒目……儂も奴隷商になって長いが、黒髪黒目なんぞ見た事は無いぞ」

「え？　そうなんですか？」

あ、やばい。普通に聞き返しちゃった。

でも仕方ないじゃん。この典型的な日本人の容姿の僕を初めて見るなんて、外国にしてもどこだよって思っちゃったんだから。

「……おい、ソイツをここに連れて来い。もっとよく見たいからの」

「はっ！」

中年男に腕をグイッと引っ張られ、僕はハゲデブジジイの目の前まで連れていかれる。

そしてハゲデブジジイは僕の髪を触ったり、顎《あご》をグイッと掴んだり、僕を振り向かせて後ろからジロジロ眺めたりと、やりたい放題だ。

たとえ男とは言え、全裸をマジマジと見られるのはイヤな気分だ。

どうせなら外人のお姉様にだったら、穴が開くくらいジロジロと見てほしいのになぁ……。

「ふむ。黒髪黒目もそうだが、肌の色も我々とは違う。おい貴様、帝国人ではないのか？」

「えっと、あの……に、日本って国から来ました」

「ニホン？　どこだそれは？　未だに帝国の統治下に無い国があるとは知らなんだが……？」

帝国？

おかしい。僕の知ってる地球上の国には、王国はあっても帝国は無いハズだ。

そもそも日本の皇族以外に、エンペラーを名乗る一族が居るハズが無い。

「えっと……あの、ここは何ていう国なんですか？」

「何ぃ？　貴様、竜神帝国を知らんのか？」

リュウジン帝国？　何それ？

「このエルヴァーン大陸の覇者であり、大陸全土を統一してから三千年が経つというのに、我が偉大なる竜神帝国の名を知らぬとは……貴様どこの田舎で育ったのだ？」

と、ハゲデブジジイは可哀想な子を見るような目を向ける。

シラネーヨ！　何だよその厨二設定は！

異世界かよ！

……異世界？

あれ？　ここ異世界なの？

「まぁ良い。容姿は十人並みじゃが、黒髪黒目など珍しいからな。女達に高く売れるじゃろう。連れて行け！」

「はっ！」

「え？　あの、どこに⁉」

僕が慌てふためいていると、大扉が開く。

そこから見えるのは外の景色だ。

大きな庭と高い塀の向こうには、白馬仕立ての豪華な馬車と、その後ろに囚人を運ぶかのような鉄檻の護送車があった。

「決まっておる。奴隷商たる儂《わし》の最大の取引先……」

大扉を開けた先には、ここが日本どころか地球上のどこでも無いと確信させるような景色が広がっていて……。

「帝都で唯一の、そしてエルヴァーン大陸最大の男娼館……女達にとっての楽園、そして男達にとっての地獄……ヴァルハラ・オティンティン館じゃよ」

……ここは本当に異世界なんだなぁという感慨は、これから行く目的地のふざけた名前により、綺麗さっぱり吹っ飛んだワケで。

馬車は揺れる。

空は快晴、陽射しは強いけど吹く風は心地よく、全裸の僕も風邪をひかずに済みそう。

ってか未だに全裸でございますよ、えぇ。

綺麗に舗装された石畳、レンガ造りの立派な家並、空を飛ぶ見事なドラゴン……。

はい、これは紛れもなく異世界です。

西洋風の街はともかく、ドラゴンはさすがに……ねぇ？

白亜のドでかいお城も、空飛ぶドラゴンも、よく見りゃ馬っぽいけど微妙に馬じゃない生き物（六本足）も、異世界じゃないと逆に説明つかねーよってなモンです。

そっかー異世界かー。オナニーしてたらいつの間にか異世界に来てましたってかーアハハハー。

ってか笑えないよ！

と独り寂しくキレてても埒が明かないから、護送馬車でドナドナされる道すがら、僕は隣に居るカールから色々な情報を聞き出した。


曰く、ここは竜神帝国の帝都で、あの馬鹿デカい城には皇帝様が住んでいるのだそうな。

竜神帝国はその強大な武力を背景に、三千年前にエルヴァーン大陸とやらを統一したんだとか。

何でも竜神帝国には竜の加護とやらがあって、皇帝の一族は竜と人間のハーフである竜人で、騎士団の中にはドラゴンライダーも居るらしいですよ奥さん。

ドラゴンライダーですよ？ あの飛竜とかに乗って槍でチクチクするヤツですよ？

そんなチート武力を擁する帝国に、他の国は為す術なく併呑又は滅亡させられ、三千年の治世を経ているらしい。

そして、帝都はこのエルヴァーン大陸で最も栄えている都市で、人口はウン百万人ともウン千万人とも。

そんな大都市に娼館が一つきりってどうなのよとは思ったけど、そもそもその……何だっけ？ ヴァルハラ・オティンティン館って何なの？

「ヴァルハラ・オティンティン館は、皇帝陛下御用達の娼館なんだよ」

と、カールが教えてくれる。

ってか、太陽の下で見るとカールってばマジ美少年。

同性の僕でもドキドキするくらい、完璧な金髪美少年。

そんな美少年の前で全裸な僕。死にたいくらい恥ずかしいんですけど！

「ってか、皇帝が娼館なんか利用するの？」

それって日本で言うところの、徳川の将軍様がわざわざ吉原とかに通うって事？

「いや、直接通うワケじゃなくて……僕も噂でしか聞いた事は無いんだけど、ヴァルハラ・オティンティン館で人気になった男娼は、いつかあの城に呼ばれるんだ。そこで陛下に見初められた男娼は、晴れて陛下の側室になれるらしいんだってさ」

……ん？

「え、ちょっと待って？　男娼だよね？　男だよね？　男を側室……つまり愛人にするの？　皇帝ってホモなの？」

その想像に、思わず僕のアナルがキュッとなる。

だけどカールは、そんな僕をキョトンとした目で見つめる。

「……ショータ、何言ってるの？　って、もしかして偉大なる皇帝陛下を知らないの？　君ってどんな辺境から来たの？」

酷い言われようだ。

知るハズないじゃん！　地球人だもの！　異世界人だもの！

と叫びたいのをグッと堪える。異世界から来ましたなんて言おうものなら、ピーだと思われるからね。仕方ないね。

「あのね、竜神帝国の偉大なる皇帝であらせられるアンネリーゼ陛下は女性だよ。昨年戴冠されたばかりの、二十二歳の若き女帝なのさ」

「え？」

「陛下だけじゃないよ。近衛騎士団も竜騎士団も、宮廷魔術師も司祭様も、竜神帝国の要職は全て女性が取り仕切っているんだ。これって常識以前の話だよ？」

呆れたように話すカール。

だけどそんな説明も、僕にとってはどうでも良く……はない。とっても重要だ。

そうだ。帝国で唯一にして最大の『男娼館』だ。

「つ、つまり、男娼が居るって事は、お客さんはみんな女性って事なのかい!?　そうなのかい!?」

「何をそんな当たり前の事を……そりゃそうでしょ。だって帝国だけじゃなく、このエルヴァーン大陸では男は女性の性処理道具でしかないんだから」

性処理道具……。

「基本的に男には人権は与えられてないんだ。僕達みたいな若い男は、女性の慰み物になって子種を捧げるだけの家畜に過ぎないんだよ」

慰み物……。

「それを不満に思って反旗を翻そうなんて男は居ないよ。たとえ居たとしても、あっという間に竜騎士団に全滅させられて終わりなんだから。僕達に出来る事は、女性の相手をして僅《わず》かばかりのお金を稼ぐ事くらいさ。でも、ヴァルハラ・オティンティン館で人気が出れば、アンネリーゼ陛下はともかくとして貴族や大商人の愛玩奴隷くらいにはしてもらえるかも知れないよ」

愛玩奴隷……。

「正直、野蛮で暴力的な女性の相手なんて僕もイヤで堪らないよ。でも中には酷い犯され方をして、自殺しちゃう男も居るんだ。その点、ヴァルハラ・オティンティン館なら男娼の管理もキチンとしてて、客もそんなトラブルを起こさない優良な客ばかりさ。所詮《しょせん》僕達は性奴隷として生きるしかないんだから、せめてちゃんとした扱いをしてくれるヴァルハラ・オティンティン館に売られるのは、むしろ幸運な事なんだよ」

酷い犯され方……。

「……ねぇ？　さっきから黙ってるけど、やっぱり怖いの？　大丈夫だよ。皇帝陛下御用達の娼館で、男娼相手に無茶するような女性は居ないよ。それに、ちゃんと腕利きの用心棒も居て……って、え？　笑ってる？」

「はは、ははは……」

突然笑いだした僕を、カールはまるで気が狂《ふ》れた人間を見ているかのようだ。

けど、そうじゃない。

今、僕の身体を支配してるのは恐怖や絶望なんかじゃない。

これは……歓喜だ。

そうだ。すぐに気がつくべきだったんだ。

帝都とやらの広い大通りを行く護送馬車を、興味深そうにマジマジと見つめている人々に。

その全てが女性なんだ。

結婚適齢期なお姉様も、熟したマダムも、幼女と呼んでも差し支えないお嬢ちゃんも。

赤い顔で、キラキラした目で、舌舐めずりをしながら。

僕を見ている。

立ち上がった僕の裸を見ている。

馬車の揺れと同期して、左右にプラプラと揺れる僕のオチンチンを見ている。

この状況を喜ばずして、何を喜べって言うんだ⁉

現代日本ではどんなに望んだって手に入らなかったものが、この異世界ではスンナリと手に入りそうなんだから！

僕は鉄格子の隙間から手を出して、観衆のお姉様達に笑顔で元気良く手を振る。

それと同時に更にプルプルと揺れるオチンチンを見て、お姉様達は黄色い悲鳴をあげた。


その時の僕は、全能感に満たされていた。

社会的にも、体力的にも、そして性力的にも全て男性よりも女性の方が上回る異世界。

その異世界の中心、竜神帝国の首都で唯一にして、エルヴァーン大陸最大の男娼館、ヴァルハラ・オティンティン館……いい加減長ったらしいのでヴァ・ティン館と呼ぶ事にする。

そんな僕にとってまさに夢のような舞台で、これから何が巻き起こるんだろう……大きな期待と小さな不安で、僕の胸と股間は膨らむ。

この物語は、そんな異世界に迷い込んだ僕が、この竜神帝国で頂点まで登り詰める物語……だったら良いなぁ。

◇◆◇◆◇

ハゲデブジジイの乗った豪華な馬車が止まる。

そして僕達の乗った護送馬車も止まる。

そこに建っていたのは、何とも馬鹿馬鹿しいくらいドでかい豪邸だった。

白亜の城の正門から伸びる大通りに面した、ひぃふぅみぃ……五階建ての大豪邸。

おまけに家の端から端が見えないの。

すっげーわ異世界。ナメてたわ異世界。

恐らくこれが、噂のヴァ・ティン館なんだろうね。

こんな途轍もなく大きな娼館で、僕なんかが本当にやって行けるんだろうか……？

だってカールだけじゃなく、他の子達も本当にイケメン&美少年で、僕なんかでは到底歯がたたない。

世のお姉様達も、どうせ高いお金を出して楽しむならカール達みたいな美少年とって思うだろうし……。

自信無くすわぁ……せめて僕にも何らかのアドバンテージが欲しい。

ハゲデブジジイは僕の黒髪黒目が珍しいとは言ってたけど、それだけで何とかなるとは思えない。

とりあえず、やる気を見てもらうしかないワケで。

誠心誠意、お姉様の為に尽くします！　御奉仕もたくさん覚えます！　他の子達より料金お安めにしますよ！

ってな具合に、容姿以外のアピールポイントを探すしか無いワケで。

「よし、まずはここの館長にお目通りする前に、貴様らの身なりを綺麗にせねばならん。この娼館で風呂を借りれるから、まずはそこで貴様らの垢を落とす事にする」

そしてハゲデブジジイは、僕をチラリと見る。

「貴様は……まぁ汚れてはおらんが、いい加減服を着させねば女達の目の毒だ。ついでに風呂に入って、適当に服を見繕ってもらえ」

とだけ言い、自分はお供の家来らしき男達を二人連れて、娼館の中に入ってしまった。

どうしたものかと僕もカールもポツンと佇《たたず》んでいると、ハゲデブジジイとは入れ替わりに、何人かの女性達が僕達の方へ向かって来る。

ってか、あれって……まさか……！

メイドさん⁉

マジ⁉　リアルメイド⁉

うっひょー！　異世界スゴい！

僕はこの奇跡の出会いに、胸と股間を更に大いに膨らませた。

どんだけ膨らませてるんだよ、なんて野暮なツッコミは無しでお願いします。

メイド来た！　秋葉原にたむろしてるあんな偽者じゃない、本物の外人メイドさんだ！

黒を基調としたドレスにエプロン、清楚な長いスカート、白の手袋……本当に本物のメイドさんだ。

神様……仏様……素晴らしいプレゼントをありがとうございます！

この世に男子として生を得て、こんな綺麗なメイドさんに出迎えてもらえる日が来るなんて……僕は溢れる涙を抑える事が出来ずに、泣いてしまった。

「よく来たねカワイイ子猫ちゃん達！　アタイ達がこの男娼館の雑事を取り仕切るメイドで……って、何でコイツ泣いてんの？」

メイドさん達を前にして、咽び泣いている僕は当然みんなの注目を集める事になる。

「ハッ！　もう故郷が恋しくなっちまったのかい？　それともここでの地獄のような毎日を想像して、恐怖でブルっちまってんのかい？　でもお生憎様だよ！　このヴァルハラ・オティンティン館の門を潜っちまったからには、アンタ達はもうここから逃げ出す事は出来やしないのさ！」

(大丈夫です。むしろまだ何もされていないのに逃げたくはありません！)

「ここから抜け出せる方法は二つ。一つは自分の売られた金額の二倍の金を支払って、自分自身を買い戻す事。もう一つは、アンタ達を見初めた金持ち連中に、アンタ達を身請けしてもらう事さ」

（お金持ちの金髪マダムに買われて、性奴隷まっしぐら……それもアリかも！）

「でも残念。このヴァルハラ・オティンティン館の方針でね、新人は入って三年間は身請けをお断りしてんのさ！って事はアンタ達は最低でも三年間、ここで女達に精一杯御奉仕するしかないのさ！」

（フオオオオオオッ!? 三年間もここでそんな薔薇色の生活を楽しめるの!? 超ラッキーじゃん！）

「っつーか……アンタ何で裸なワケ？」

そこでようやく、メイドさん達は全裸の僕にツッコミを入れたワケで。

だけどメイドさん達は呆れた顔をする反面、僕の胸や股間をジロジロと舐め回すように視線を送ってくれる。

むしろ本当に舐め回されたいとさえ思う僕。

一応股間は両手で隠してはいるけど……ど、どうしよっかな？ さり気なく股間を見せちゃったりしちゃおうかなぁ？

と思ったんだけど、どう考えても股間を見せても問題ないようなさり気ないシチュエーションが思いつかなかったから、泣く泣く諦めてしっかり股間を隠し続ける事にしたよ……グスン。

そんな中で、さっきまで長々と説明していたメイドさんと目が合う。

その人はクセのついた赤髪を腰まで伸ばした、ワイルド系メイドさんだ。

太い眉もキリッとしていて、こんな気の強そうな美人メイドさんになら、どれだけでもいじめられたいなぁと思う。

その赤髪メイドさんは僕をマジマジと見ていたけれど、僕と目が合うと慌てて視線を逸らす。

頬がほんのり赤くなってるみたいだけど、熱でもあるのかな？

「と、とにかく！ 館長に会うまでに、アタイ達がアンタらの身体を綺麗にしてやんよ！ それこそ隅から隅まで徹底的にな……ヒッヒッヒッ！」

と言うと、赤髪メイドさんは僕の腕を掴んで、そのまま僕の二の腕を胸元まで引き寄せる。

ムニュンッ。

フオオオオオッ!? こ、これ、僕の二の腕に当たってるのって……オパーイ!?

こ、こんな奇跡が僕の身に起こるなんて！

うえぇ……もう死んでも良いよぉ……。

こうして僕は、赤髪メイドさんのたわわな胸の感触を楽

しみながら、不覚にもオチンチンがおっきしている事を悟られないように両手で隠しつつ、館内へと通された。

僕と赤髪メイドさんの後に続いて、カール達も逃げられないように腕や腰を抱かれて歩いている。

でもどうしてだろう？　カール達はあんまり喜んでない。むしろ、何だかとってもイヤそうな顔をしてる。

怯えて泣きそうになってる子も居る。

そういう僕も泣いてる真っ最中だけどね。

で、でもこれは嬉し涙なんだからね！

◇◆◇◆◇

外観も立派だったけど、内装もこりゃまたスゴい。

さっき見たハゲデブジジイの館の何倍もスゴいんだ。

今思うとあっちの屋敷は何だか成金っぽくて、余計な装飾がゴテゴテしてた。

でもこのヴァ・ティン館は内装は派手だけど、決して派手になり過ぎてないって言うか。

床も壁も天井も、華美でいてどことなく落ち着いているって感じで。

こういう西洋式の装飾を見慣れてない僕ですら、これが本物の上品なんだって解る。


で、僕ら新人男娼とメイドさん御一行は、ヴァ・ティン館の廊下をズンズン進む。

途中ですれ違うメイドさん達はみんなスゴく綺麗で、でも何だかニヤニヤしながら僕達を見ていて。

ちなみに男娼らしい男の子達とも何人かすれ違った。

やっぱりみんなカールみたいに美少年ばかりで、でも全員死んだ魚みたいな目で僕達を見ていて。

何だか変な所だ。

今の今まで浮かれていた僕だけど、本当に僕なんかがここで男娼としてやって行けるんだろうか？

でもそんな不安も、二の腕に当たるムニュムニュした極上の感触でどうでも良くなってしまうんだけどね。

そうやって僕達はメイドのお姉さん達に連れられて、やがてとても広い空間に案内された。

「ほら、ここがヴァルハラ・オティンティン館自慢の大浴場だよ！　いつもは男娼専用なんだけど、今は特別にアンタ達の貸し切りだよ！」

うわぁ……何このテルマエ？

大理石の柱とか、ライオンっぽい彫刻の口からお湯が流れ落ちたりとか、お風呂なのに所々に南国っぽい木が植えられてたりとか。

どこのお貴族様のお風呂ですか？

「あ、あの……これ、本当に男娼なら誰でも入れるんですか？」

「おうよ。まぁ男娼のランクによって入浴の順番や時間は決められてっけど、それでも充分贅沢だろ？」

赤髪のメイドさんは笑いながらそう言ったから、僕も笑顔で元気よく答えた。

「はい！　男娼館ってどんな所かよく解らなかったですけど、こんなお風呂があるなんて、スゴく良い所ですね！」

僕は単純だから、お風呂がスゴい＝天国みたいな考えだ。きっと温泉好きな日本人の遺伝子《DNA》がそう思わせるに違いない。

でも、そんな僕の感想を肯定してくれる人は居なかった。

カール達はそれでも悲痛な面持ちで、何なら僕に冷たい視線を浴びせる子も居る。

逆にメイドさん達はニヤニヤと何だか含んだような笑いを浮かべていたり、何にも知らない子供を見るような憐れみの視線を送る人も居たりする。

何でだろう？

だって女の人とエッチするのが仕事で、少しだけどお金も貰えて、そしてこんな広くて豪華なお風呂に入れるのに、一体何が不満なんだろう？

そりゃ僕の容姿は中の中（甘めの自己採点）だし、童貞だし、不安も多い。

でもカール達は男の僕から見ても可愛くて、男娼を買いに来るようなお年頃の女性達からスゴく人気が出るのは間違い無いのに。

人気が出るって事は、それだけお金が稼げるって事じゃないか。

カール達がどんな事情で奴隷として売られたのかは知らないけど、早く自由になる為には出来るだけお金を稼ぐしかないのに。

「さ、館長がお待ちなんだ。グズグズしてる暇は無いよ。アタイ達が洗ってあげるから、さっさと脱ぎな！」

言うが早いか、メイドさん達はカール達のボロボロの服を脱がしにかかる。

でもメイドさん達は何だか目が血走ってて荒っぽいし、カール達はカール達で、メイドさん達に脱がされるのを本気でイヤがって抵抗してる。

「ほら、アンタはこっちだよ……って、アンタ名前は？」

「え、あの、しょ……翔太、です」

「ショータ、ね。アタイはシャルロッテってんだ。シャルって呼んでくれよな」

シャルロッテさんはニカッと笑いながら、僕の背中におっぱいをムニュムニュって押し当ててるぅっ！

その何とも言えない柔らかさに、僕の心臓はドクドク鳴っている。

ついでにオチンチンもおっきっきしてる。

ダメだ……これ以上この人のそばに居ると……好きになっちゃいそうだ！

この人になら、僕の十五年守り抜いた（奪おうとする人も居なかったけど）童貞を奪われてもいいとさえ思えちゃう。

「あ、あの！　僕、身体とかは自分で洗えますから！」

「はぁ？　何言ってんだ。アンタ達を綺麗にするのがアタイらの仕事なんだよ。いいからここに座ってな」

どうにか硬くなったオチンチンを見られないようにしたかったのに、シャルロッテさんはお構い無しに僕の身体を隅々まで洗うつもりだ。

どうしてなんだろう？　こんなシチュエーションをずっと待ち望んでたハズなのに。

美人のメイドさんに身体を洗ってもらえるなんて、夢にまで見たチャンスなのに。

いざその夢が叶いそうになると、怖くて逃げ出したくなっちゃうなんて。

それもこれも、僕が童貞だからなのかな？

僕が風呂場に備え付けてある洗面台の鏡の前に座らされている間に、シャルロッテさんはお湯汲み場から手桶でお湯を汲んで戻って来る。

温かいお湯を頭からかけられ、更に小瓶の中に入った謎のドロッとした液体を髪にかけられた。

そしてシャルロッテさんが僕の髪にワシャワシャと指を絡める。

あ、これシャンプーだ。

異世界にもシャンプーがあるのか。

「それにしても、アタイもこのヴァルハラ・オティンティン館で千人以上の男を見てるけど、さすがに黒い髪なんて初めて見るよ。アンタ出身はどこだい？　旧聖光王国や旧熱砂王国ってワケでもなさそうだし……もしかして旧自由公国かい？」

「あ、いえ……まぁ、そんなトコです」

日本から来ましたとか言っても通じないだろうし、また日本を未開の地扱いされちゃうだろうから適当に言葉を濁しておいた。

「……まぁ、ここに来る子はみんなそれぞれワケありだから、アンタにだって言いたくない事情ってモンがあるんだろうけどね」

そう言ってシャルロッテさんは、再びお湯をかけて僕の髪の泡を優しく洗い流した。

さて、次はいよいよ身体だ……ドキドキ♡

今はオチンチンを隠した状態だけど、身体を洗うんならこの手をどける時が来るだろう。

もしそうなった時、シャルロッテさんは僕のオチンチンを見てどう思うんだろう？

生まれてから今まで対人戦未経験の、個人戦《ソロプレイ》を千回こなしただけが自慢の貧相なオチンチンを見てガッカリされたり、鼻で笑われちゃったらと思うと……それはそれで興奮するよ！

そう思って待っていたら……。

「やめて！　やめてください！」

「ほら何カマトトぶってんのよ！　いいからさっさと舐めなよ！」

ん？　どうしたの？

と、叫び声の方を見てみると……そこには床に仰向けになって倒れているカールと、そのカールの顔の上に跨がっている茶髪のメイドさんだった！

カールは本気でイヤがっていて、でも逃げようにも両腕は茶髪メイドさんの膝の裏に挟まれているから逃げられない。

ってか何イヤがってんだよ！　顔面騎乗だぞ顔面騎乗！　美人なお姉さんが顔面騎乗とか、そんなうらやまけしからん体勢でイヤがる意味が解らないよ！

茶髪メイドさんは全裸で……おっぱいは小ぶりだけど、下はツルツルで……お、オマ、○コが丸見えで……。

ヤバい……見てるだけで射精しちゃいそう……異世界に来て初めての射精アクメくりゅううううっ！

「おいヨハンナ！　初っ端から顔騎なんて難易度高過ぎだろ。ソイツも新人なんだから無茶すんなよな」

僕の背後に居たシャルロッテさんが、ヨハンナと呼ばれた茶髪メイドさんに対して厳しく咎《とが》める。

「はぁ？　シャルぅ、何ぬるい事言ってんの？　初っ端からガツンと躾《しつ》けるのがウチらの仕事じゃん。このヴァルハラ・オティンティン館に来たからには甘えは許されないんだからさぁ」

そう言いながら、ヨハンナさんはカールの頭を掴んで、自分のオマ○コにグイグイと押しつけている。

え、何その御褒美プレイ？

僕にもやってくれないかなぁ……ってか是非やってほしい！

「ぐふっ！　や、やめ……んぼっ!?　んぐぅ〜っ!!」

「あはっ♡　最高♡　そのカワイイ顔をウチのマン汁でべ

ッチョベチョに汚されて苦しんでる顔がたまんないわぁ♡」

ヨハンナさんはヨダレを垂らして喜んでいるのに、カールは涙を流して抵抗している。

どうしてだろう？　あんな御褒美を貰ってイヤがるなんて……どう考えてもおかしい！

もしかしたら……カールは……。

ホモなのかも知れない！

やっぱり僕のお尻は狙われてたのか⁉

思わずアナルをキュッと締める僕。

でももしカールがホモなんだとしたら（多分間違い無いけど）、あの強制クンニは御褒美じゃなくて、むしろ拷問に近いのかも。

このままじゃカールが吐いちゃうかもだし、最悪の場合酸欠で死んじゃうかも！

そんなのダメだ！

カールはホモだけど良い子なんだ！

死なせちゃいけない！

気がついたら、僕は駆け出していた。

「あ、あのっ！」

オチンチンを両手で隠しながらの情けない姿だけど、僕はカールを助ける為にヨハンナさんの前に立つ。

他の男の子は、互いに身を寄せ合って隅っこで震えてるし、他のメイドさん達もヨハンナさんの行いを注意はしても止めるまでには到ってない。

だから、カールを助けるには僕が動かないといけないんだ。

「は？　何アンタ？　ウチの教育に何か文句あるワケ？」

と、ヨハンナさんが半眼で僕を睨む。

教育？　この御褒美プレイが？

文句なんて滅相も無い！　むしろ僕が受けたいくらいです！

でもホモのカールにその教育は逆効果だと思います。

「あ、いえ、文句とかじゃなくて……あの、その子はまだそういうのに慣れてなくて……ってか、それは僕もですけど……何て言うか……その……えっとぉ……」

こんな時にズバッと言えないのは、日本人の悪いクセだと思う。

でも、そんな事言われたってしょうがないじゃないか。

(例の口調で)

僕のモジモジした態度に少し、というかかなりイラついた様子のヨハンナさん。

でもふと何か思いついたように、ニヤリと笑って口を開いたんだ。

「ふぅん……そんなにコイツを助けたいっての？　どうしよっかなぁ～……じゃあさ、コイツの代わりにアンタがウチのマ○コを舐めるってんなら止めてあげても……」

「良いんですか⁉」

「まぁそんな事は無理だろうし……へ？」

「そういう事なら是非！　ここに寝れば良いんですね⁉　じゃあ早速お願いします！　僕、初めてなんで優しくしてださい！」

股間を隠しつつ風呂場の床に寝そべる僕を、ヨハンナさんもシャルロッテさんも他のメイドさん達も、何故かカールや男の子達まで、どこか珍獣を見るような目で見ていた。

だけど気にしない。

だって、初めて女の人のオマ○コを舐められるかも知れないんだ。

羞恥心なんて感じていられない！　むしろ羞恥心こそ最高のスパイスになりそうなんだ！

異世界最高！

男娼館最高！

年上美人メイドさん最高おおおおおおおっっ‼

「へぇ……意外と度胸あるじゃん」

ヨハンナさんは寝そべった僕を見て舌舐めずりをする。

あぁっ！　その視線スゴくゾクゾクしますぅっ！

ヨハンナさんはゆっくりと立ち上がってカールから離れる。

カールは解放された安心感からか、その場でシクシクと泣き崩れてる。

カール……ホモの君にはツラかっただろうね。

君はそこで休んでると良いよ。

君が受けるべきだった苦行は、全部僕が引き受けるよ。

さぁカモン！　ヨハンナさんカモン！

僕ならどんなプレイでもウェルカムですよぉ！

お姉様バッチコーイ！

「じゃあ、特別きっついのしてあげるから……覚悟してね？」

ヨハンナさんは僕の顔の上に跨がるように仁王立ちしている。

だから、その、あの……ヨハンナさんの、お、オマ、オマ○コが……っ！

ヨハンナさんはアンダーヘアー皆無で、オマ○コがダイレクトに見えてしまってる！

い、いけませんよヨハンナさん！

あ、ヨハンナさんの膝が折れて、オマ○コが……ゆっくりと……。

ピトッ。

ヌリュッ。

「あはっ♡　ほぉら、早く舐めなよぉ♡」

ヨハンナさんのオマ○コが僕の顔に密着して。

ヨハンナさんの舌舐めずりした笑顔がとても綺麗で。

ヨハンナさんのオマ○コは、エロ本様で何度も見た外国人美女のオマ○コよりも、当たり前だけど生々しくて。

顔に押しつけられたオマ○コは、何だか正体不明の粘液にまみれていて。

あぁ、これが愛液……いわゆるマン汁なのかと理解した瞬間。

僕の理性はいとも簡単に崩壊した。

あ、理性ってこんなにも簡単に崩壊するんだなぁって、他人事《ひとごと》のように思った。

◇◆◇◆◇

「うひいいいいいいいいっ!?　しゅごっ♡　おほっ♡　んぎいいいいいいいいっ♡♡♡」

ジュルルルルッ！　ズゾゾゾゾッ！

うまっ！　ヨハンナさんのオマ○コうまっ！

甘い！　スゴくフルーティーな味がする！

スゴい！　異世界マジスゴい！

まさか女性の愛液がこんなに甘くて美味なんて！

これって異世界だから!?　それとも女の人の愛液ってみんなこんなフルーティーなフレーバーなの!?

もっと舐めたい！　飲みたい！　吸いたい！

ＭＯＴＴＯＭＯＴＴＯ!!

ジュルルルルルレロレロレロレロピチャピチャピチャピチャピチャベロベロベロベロゾルルルルルルルッッ!!

「はひゃあああああっ♡♡♡　らめっ♡　こんなのっ♡むりィッ♡　ベロがっ♡　いきものみたひぃっ♡♡♡」

ヨハンナさんが喜んでる。

良かった。生きてて良かった。

エロ本様でオナニーするようになってから、いつかこういう日が来るかも知れないと思って、日々イメトレに励んでて良かった。

小四～中三の六年間を吹奏楽部での猛練習に費やして、その末に会得した肺活量と舌使いにはそれなりの自信があるんだ。

おかっぱ頭と眼鏡でお馴染みのあの深夜枠タレントさんの高速ベロにも通じる、金管楽器を演奏する時に使うタンギングという技術があるんだ。

僕はその舌技で、ヨハンナさんのオマ○コを隅々まで味わい尽くす。

「ふおおおおっ♡　おっ、おっ、おおおおおおおん♡　しゅごっ、しゅごひぃっ♡　こんなふかくまでなめられたのはじめてらよおおおおおっ♡♡♡」

更に吹奏楽部で鍛えた肺活量を加える事で、僕は五分間の無呼吸クンニが可能になるんだ。

僕はセックス未経験の情けない童貞だけど、それでも精一杯頑張ってヨハンナさんを少しでも気持ち良くさせるんだ！

「んぎゅうぅぅっ♡　らめえええええっ♡　でるっ♡　でちゃうっ♡　でちゃダメなやつでちゃううう♡♡♡」

ヨハンナさんが一際高い声をあげた後、僕の顔に何かの液体がブシャアッと降り注いだ。

それは例えるなら、桃とマンゴーとレモンの果汁を5：4：1で混ぜたかのような。

どこまでも甘くて、ほんのちょっぴり酸っぱい……これが大人の味なんだと悟った僕。

その瞬間、僕のオチンチンは限界を迎えた。

生まれて初めて外人女性のオマ○コを舐めて、僕の脳ミソはとうの昔に沸騰していた。

だからオチンチンを司る神経も馬鹿になっていて、オチンチンに全く手を触れていないのにスゴく気持ち良くなっちゃって。

だから、ヨハンナさんがおもらししたのとほぼ同時に、僕も射精しちゃってた。

過去最大の射精量で、過去最高の気持ち良さだった。

そのままヨハンナさんは、僕の精液まみれの身体の上に重なるように倒れてしまったんだ。

正直ちょっと重かったけど。

でもそんな事もどうでも良くなるくらい気持ち良い脱力感に満たされていて。

そしてヨハンナさんの重さがちょっとだけ、いや本当はとってもとっても心地好くて。

僕はうっすらと目を閉じた。


バァン！


でもすぐに大きな音が大浴場に響いて、それから誰かが大声で叫んでるみたいな。

僕はそんな騒ぎをよそに、深い眠りに落ちた。

だからその後の事はよく解らない。

だけど、その間にかなり深刻な問題に巻き込まれていた事を知るのは、僕が短い眠りから目覚めてすぐの事だった。

【シャルロッテ、期待も大きく】


ここは帝都唯一にして、エルヴァーン大陸最大の男娼館。

その名も栄えあるヴァルハラ・オティンティン館さ。

世の女にとっては天使や妖精のような男娼との一夜の夢を見られる、地上の楽園。

だけどここに囚われた男娼にとっては、獣にも等しい女達に毎夜ズタボロに犯される、凄惨《せいさん》な生き地獄。

当たり前の話だけど、竜神帝国に限らずこのエルヴァーン大陸は女が支配している。

女が国と金を動かし、女が魔物と戦い、そして女が男を犯す。

それが今日まで、この世界を動かしてきた理《ことわり》だ。

女は性欲が強くて、常に男を求める生き物。

生命力と想像力に溢れた、この地上の支配者。

男は全てに於いてか弱くて、女に守られる生き物。

女に子種を捧げる事しか出来ない、哀れな生け贄。

そして今日も哀れなる子羊達が、このヴァルハラ・オティンティン館の門を潜る。

◇◆◇◆◇

「ねぇ来たよシャル、ブデゲハ商会が！」

ヴァルハラ・オティンティン館の二階から門の外を眺めていたアタイに、同じく今か今かと待ち構えていた同僚のヨハンナが嬉しそうに声を掛ける。

言われるまでもなく、門の外には如何にも成金趣味丸出しの白馬の馬車と、奴隷を乗せた護送馬車が止まっているのが見える。

あの中に今週の新人達が乗せられているってワケだ。

このヴァルハラ・オティンティン館には、大小様々な奴隷商から男娼になりそうな人材が送られて来る。

中でもウチと最古参の取引先である奴隷商、ブデゲハ商会の持ち込む奴隷は質が高い事で有名なんだよね。

年若くて見目麗しく、打てば響くような上質の少年達は、みんなウチの上得意様に受けが良い。

男娼の中でも最高ランクに位置していて、最上階に部屋を構える事を許された男娼達のほとんどがブデゲハのトコから買われた奴隷だって事を考えれば、その品揃えの良さが解るだろ？

会長自身はデブのハゲジジイだけど、奴隷を見る目は確かだね。

まぁ中にはあんな脂ぎったジジイが好みって女も居るんだから、いくら年老いて太ったハゲでも油断は出来ないって事だ。

あぁ、そういえば自己紹介がまだだったね。

アタイの名前はシャルロッテ。ここヴァルハラ・オティンティン館でメイドとして働いて、今年で丸五年の二十歳だよ。

成人してすぐにここで働いたから、メイドとしちゃあ、まぁ中堅だね。

ここで働いてる理由？

そりゃ愚問だよ。男娼が好きだからに決まってるじゃんか。

同じ男でも、アタイの生まれ育った田舎の貧弱でなよっとした男なんかと天地の差だよ。

十五で成人してから村を出るまで両手両足の指以上の数の男をレイプしたけど、どいつもこいつも物足りなくて。

精液は薄くて少ないわ、たった一回犯しただけで終わりだわ、事が終わればしくしくすすり泣いて見苦しいったら。

だからこの竜神帝国でも指折りの色男達が集まるっていうこの男娼館の噂を聞いて、一念発起して門を叩いたのさ。

そして幸運にもここで働ける事になって、毎日が天国だね。

まるで花か宝石かってくらい綺麗な少年達が大勢居るし、たとえ客にどんなにズタボロに犯されたって、たった二～三日休んだだけですぐに職場復帰するタフさも備えてる。

中にはあまりの過酷さに泣きを入れる子も居るには居るけど、ここの決まりで三年は身請けする事も許されない。

だから涙を堪えて、歯を食い縛って、女達に股を開いて、わずかばかりの小遣い銭を稼ぐしか無いんだよね。

そんな健気さにはさすがのアタイもオマ○コが切なくなっちまって、思わずつまみ食いした事も少なからずある。

あんまり目立ち過ぎるとクビにされちまうから、これでも気をつけてるけどね。

おっと、話が逸れちまったね。

もうブデゲハが護送馬車から奴隷達を降ろしてる。

これからここの館長に、奴隷達をいくらで買い取ってもらえるかの交渉が始まる。

その前に奴隷達をここの風呂で綺麗に洗って、身繕いをさせるのがアタイらの今日の仕事であり、役得でもあるってワケ。

フフフ……今からヨダレが止まらなくなっちまうよ。

今日も綺麗な奴隷ちゃん達がひぃふぅみぃ……あれ？

「なぁヨハンナ、今日って確か五人の予定じゃなかったっけか？」

と、アタイはヨハンナに確認する。

「へ？　ん〜っと……ホントだ。一人多いね」

「ってか見て！　あの裸の子、髪が黒いよ！」

「えっ、マジ？　うわっマジだ！　私あんなの初めて見るよぉ！」

　ヨハンナだけでなく他の同僚も騒ぎ出した。

　なるほど、確かに一人だけ何故か全裸の子が居て、その子は黒髪だ。

　アタイもこのヴァルハラ・オティンティン館で色んな男娼を見てるけど、黒髪の子なんて初めてだ。

　あれがブデゲハの秘蔵っ子とか？

　それじゃあさぞかし美少年に違いないじゃないか。

　アタイは高鳴る胸を抑えきれず、ヨハンナ達に声を掛けて走り出す。

　どんな美少年だか、この目で見てやろうってね！

◇◆◇◆◇

　そして門の所まで出迎えたアタイ達と、六人の奴隷少年達が御対面だ。

「よく来たねカワイイ子猫ちゃん達！　アタイ達がこの男娼館の雑事を取り仕切るメイドで……って、何でコイツ泣いてんの？」

　いきなり泣いてるのが、例の黒髪の子だ。

　だけど、正直肩透かしを食らった気分。

　他の五人の子達と比べて、お世辞にも美少年とは呼べない、どちらかと言うと平凡な容姿だ。顔も平たいし。

「ハッ！　もう故郷が恋しくなっちまったのかい？　それともここでの地獄のような毎日を想像して、恐怖でブルっちまってんのかい？　でもお生憎様だよ！　このヴァルハラ・オティンティン館の門を潜っちまったからには、アンタ達はもうここから逃げ出す事は出来やしないのさ！」

　まぁアタイも仕事なので、気を取り直して新人達にここでのルールを叩き込む事にする。

「ここから抜け出せる方法は二つ。一つは自分の売られた金額の二倍の金を支払って、自分自身を買い戻す事。もう一つは、アンタ達を見初めた金持ち連中が、アンタ達を身請けする事さ」

　これだけ上玉が揃ってりゃさぞかし高値がついちまって、自分を買い戻すのも一苦労だろうけどね。

　若干一名を除いて。

「でも残念。このヴァルハラ・オティンティン館の方針でね、新人は入って三年間は身請けをお断りしてんのさ！　って事はアンタ達は最低でも三年間、ここで女達に精一杯御奉仕するしかないのさ！」

その三年という期間に耐えきれず、心を壊しちまう子も居るってのは、今は敢《あ》えて教えない。

どっちみちこの子達がやる事は変わらないワケだしね。

それよりも……。

「っつーか……アンタ何で裸なワケ？」

そこでようやく、アタイは目の前の黒髪少年に突っ込んだ。

黒髪だけだと思ったら、瞳も黒いなんてかなり珍しい。

なるほど、それだけを武器にしてやって行こうってハラなのかね？

するとその黒髪黒目の子と目が合う。

容姿は平凡そのものだけど、何て言うか……人懐っこそうだ。

他の五人がオドオドしてるのに、何でこの子は股間を隠してるだけでそんなに堂々としてられるんだろう？

普通、胸とか尻とか、もっと隠す所もあるだろうに。

さすがに両手で股間を隠してはいるけど、それだけで全て解決みたいな顔されてると、こっちが逆に気を使うわ！

肌の色も少し黄みがかってるけど、それが何とも言えないエロさを醸し出して……やべっ、また目が合った。

慌てて目を逸らしたけど、このアタイともあろう者が何でこんな平たい顔の小僧にドギマギしてんだ……？

って……こ、コイツ!?

股間を隠してる両手の隙間から、ち、チン毛が見えてるじゃねえか!?

やっべぇ！　何だコイツ！　平凡な顔のくせしやがって、セックスアピールがダダ漏れじゃねぇか！

エッッッッロ！　エロの宝石箱かよ!?

っしゃぁ！　決めた！　今日はこの黒髪坊やを食う！

たっぷりと、時間の許す限り、アタイがしゃぶり尽くしてやんよぉっ！

「と、とにかく！　館長に会うまでに、アタイ達がアンタらの身体を綺麗にしてやんよ！　それこそ隅から隅まで徹底的にな……ヒッヒヒッ！」

アタイは他の同僚メイドにこの黒髪坊やを横取りされないように（まぁそんな心配も必要無いだろうけどな）、坊やの二の腕を自分の胸元まで引き寄せる。

グイッ。

あぁ……この子ってば意外と引き締まった良い二の腕してるじゃん……♡

やっぱり若い男は良い……ほんのり汗の匂いもしてて最高だよ……クンカクンカ。

こうしてアタイは黒髪少年の二の腕の感触を楽しみながら、不覚にも乳首がおっ勃ってるのを気づかれないようにしつつ、館内へと案内する。

アタイと黒髪坊やの後に続いて、他の美少年奴隷達も逃げられないように肩や腰をガッチリ捕まえられて歩いている。

毎回この段階で逃げようとする奴等が必ず居るからな。でも何なんだ？　この黒髪坊や……ニヤついてね？

アタイの方をチラチラ見ては、俯いて顔を真っ赤にしてやがる。

っつーか、まだ泣いてるし。

ここでのこれからの暮らしに不安を覚えてる風でも無いのに、ニヤニヤしながら涙を流してる。

何て言うか……よく解らない子だよ。

◇◆◇◆◇

そうこうしてる内に、新人達をヴァルハラ・オティンティン館の中へと案内する。

フフン、みんな圧倒されたようにキョロキョロしてやがる。

そりゃそうだ。このヴァルハラ・オティンティン館はそんじょそこらの貴族の屋敷よりも遥かに立派なんだからな。

何せこの帝都に住まわれる四大貴族、国務尚書・軍務尚書・魔法尚書・司法尚書のお屋敷よりも広くて立派だ。

このヴァルハラ・オティンティン館よりも立派な建物は、竜神帝国の皇帝陛下であらせられるアンネリーゼ様の居城だけだ。

その辺の成金趣味のゴテゴテしさを微塵《みじん》も感じさせない、これこそが本物の上品さってなモンだ。

で、アタイらメイドと新人男娼達は、ヴァルハラ・オティンティン館の廊下を進んで行く。

途中ですれ違うメイド達の誰も彼もが、獲物を狙う獣の目をしてやがる。

まぁこれからの交渉次第で、客に犯され汚された後の新人男娼の心の隙に入っておこぼれに与《あずか》ろうってんだから、アタイも含めてつくづく浅ましい限りさ。

男娼達とも何人かすれ違ったけど、やっぱ目が死んでるわ。

新人達に、かつての自分を重ねて見てるんだろう。

昔はアイツ等も僅かばかりの夢や希望を抱いてここに来たんだろうに、今じゃもう生きながら死んでるような有様だ。

ま、ここに限らず男娼館なんてどこも似たようなモンだけどね。

この黒髪坊やもいずれは現実を知って、あの男娼達みたいな生きた死人になるんだろうねぇ。

はぁ……でもそんな心身共に傷ついた男娼を慰めつつ、その未熟な身体を抱くのが堪らないんだよねぇ……♡

そんな妄想をしながら、やがてアタイ達は目的の場所へと辿り着く。

「ほら、ここがヴァルハラ・オティンティン館自慢の大浴場だよ！　いつもは男娼専用なんだけど、今は特別にアンタ達の貸し切りだよ！」

そしてアタイ達はこのヴァルハラ・オティンティン館自慢の男娼専用の大浴場へと到着する。

男娼達の疲れを癒す為に、金を惜しまず造られた風呂だ。

この世の地獄で搾取される男娼達にも、この風呂だけは評判が良いのさ。

「あ、あの……これ、本当に男娼なら誰でも入れるんですか？」

ん？　何か黒髪小僧のテンションが見るからに上がってるけど、そんなに風呂が好きなのか？

「おうよ。まぁ男娼のランクによって入浴の順番や時間は決められてっけど、それでも充分贅沢だろ？」

アタイがそう言うと、黒髪の坊やはとっても良い笑顔で答えた。

「はい！　男娼館ってどんな所かよく解らなかったですけど、こんなお風呂があるなんて、スゴく良い所ですね！」

おいおい……確かにこの風呂は立派で快適だけど、それ以外じゃ男娼の扱いなんて酷ぇモンなんだぞ？

案の定、風呂を見てキャッキャとはしゃいでるのはこの黒髪坊やだけだ。

他の奴隷達は、そんな黒髪坊やに冷ややかな視線を送ってる。コイツ等は自分達の未来が決して明るくない事を知ってるんだろうなぁ。

逆にメイド達は小馬鹿にしたようにニヤニヤと笑ってる。きっとコイツ等の頭の中では、どの新人をどうやって食ってやろうかと妄想してるんだろう。

ついでにその中にあの黒髪坊やも入ってるんだろうな。実際アタイもそうだし。

まぁ奴隷達の絶望もよく解る。

何せ明日から四六時中、自分達の若い身体を目当てに帝都中の女がやって来るからだ。

一日に何人客を取れるか解らないが、恐らく最低でも四～五人は下回らないだろう。

黒髪坊やはともかく、他の金髪坊や達は見た目もとても可愛らしくて、女達のウケも良いだろうからすぐに人気者になれる。

だけど女達の性欲は底無しだ。何たってアタイもそうだからな。

人気が出るって事は、それだけ女に犯される回数も増えて、心も身体もボロボロになっちまうって事だ。

今はなるべく早く金を稼いで、心を病む前にここから出ようと決意してるんだろう。

そんな淡い希望を抱いてる奴は、すぐにでも現実ってモンを知らされる羽目になるんだけどね。

「さ、館長がお待ちなんだ。グズグズしてる暇は無いよ。アタイ達が洗ってあげるから、さっさと脱ぎな！」

アタイがそう号令を掛けると、他のメイド仲間が奴隷達のボロボロの服を脱がし始める。

あーぁ、みんな目を血走らせやがって……新人には優しくしろって言ったのを忘れてるんだろうねぇ。

まぁ斯く言うアタイも初めての年は我を忘れて新人達を食おうとして暴走しちまって、先輩メイドに叱られたモンさね。

今回のメイド達の中には働き始めて二年目のヤツも混じってるし、多少のオイタは目を瞑ってやるとするか。

フフン、アタイってば理解のある先輩だねぇ。

「ほら、アンタはこっちだよ……って、アンタ名前は？」

「え、あの、しょ……翔太、です」

「ショータ、ね。アタイはシャルロッテってんだ。シャルって呼んでくれよな」

ショータねぇ。見た目も行動も変わってるけど、名前も変わってるなぁ。

アタイの笑顔に対して、オドオドして顔を真っ赤にしてやがる。

そんなカワイイ反応されたら……おっと、濡れちまうじゃんか。

イカンイカン……この黒髪坊や、顔の地味さに反してほんのりエロい雰囲気醸してっから、久し振りに仕事を忘れちまいそうになっちまう
今日のアタイはどうかしちまってる……気を取り直してプロの仕事に徹しなきゃな。

「あ、あの！　僕、身体とかは自分で洗えますから！」

「はぁ？　何言ってんだ。アンタ達を綺麗にするのがアタイらの仕事なんだよ。いいからここに座ってな」

バッキャローー！　仕事はちゃんとやるけど、お楽しみまで奪われてたまるかよ！

こうやって新人男娼の身体を洗いつつ、たまに胸や尻やオチンチンにソフトタッチするのはアタイらの役得なんだよ！

あとお前はさっさとその手をどけな！

その色気ムンムンなチン毛を早くアタイに拝ませるんだ

よォッ!!

おっと、取り乱しちまった……。

ただでさえ新人は女に恐怖心を持ってるヤツが多いのに、それを更に増幅させちまっちゃ男娼としてのお披露目も覚束なくなっちまう。

アタイ達の役目は、可能な限り親密に接しながら、坊や達の心の檻を取り払う事だ。

その後で女の客にどんな酷い扱いを受けようが、アタイの知ったこっちゃ無いけどな。

アタイはとりあえず、ショータを洗面台の前に座らせて、手桶に湯を汲んで来る。

温かい湯を頭から浴びせ、小瓶の中に入ったプーシャンを髪に掛けて洗い始める。

プーシャンってなぁ、主に貴族が好んで使う、髪を洗う為の液体だ。

竜神帝国領の南の森に自生しているプーシャンの果実から搾った果汁に、魔法薬を合わせて出来た物がこれだ。

このプーシャンで髪を洗えば、どんなに汚れたゴワゴワの髪でもたちまちフワッフワのサラッサラのシットリした髪になるってんで、貴族の間でも上々の評判なんだが、そこそこ高価で滅多に手に入らない代物だ。

そんな貴重なプーシャンを、このヴァルハラ・オティンティン館で働く男娼なら使い放題だ。

これも竜神帝国の皇帝陛下がこのヴァルハラ・オティンティン館を御贔屓にしてくれるから、どんな贅沢な品でもここに居る男娼なら誰でも使えちまうってワケだ。

そしてアタイはすぐに泡だらけになった黒髪に指を絡める。

あんまり汚れてないから、すぐに泡もたっぷりだね。

「それにしても、アタイもこのヴァルハラ・オティンティン館で千人以上の男を見てるけど、さすがに黒い髪なんて初めて見るよ。アンタ出身はどこだい？　旧聖光王国や旧熱砂王国ってワケでもなさそうだし……もしかして旧自由公国かい？」

「あ、いえ……まぁ、そんなトコです」

ショータはアタイの推察に対して否定も肯定もしなかった。

出身を知られるのがイヤだったのか、それとも隠さなきゃならない理由があるのか。

その辺りにコイツの事を知る鍵がありそうだ。

「……まぁ、ここに来る子はみんなそれぞれワケありだから、アンタにだって言いたくない事情ってモンがあるんだろうけどね」

だがこの場でそれを聞き出すのは早計だと感じたアタイ

は、とりあえず話を切り上げてショータの髪の泡を湯で洗い流す。

　プーシャンがすっかり落ちた後のショータの黒髪は、風呂場の天窓から射し込む太陽の光を浴びて、何とも不思議な輝きを発している。

　まるで黒瑪瑙《オニキス》のようで、神秘的だとさえ思える。

　このアタイが男娼の身体じゃなく、そんな些細な事に目を奪われるなんて……もしかしたらコイツは、将来的にかなりの地位まで登り詰めるかも知れない。

　これは有望株を掴んだぞ。

　コイツには今から唾をつけておいた方が良い。

　上手くいけば、アタイは未来のトップ男娼の側仕えメイドに取り立ててもらえるかも。

　そんな妄想に耽《ふけ》っていた、その時……。

「やめて！　やめてください！」

「ほら何カマトトぶってんのよ！　いいからさっさと舐めなよ！」

　絹を裂いたような悲鳴と、獣のような唸り声。

　と、叫び声の方を見てみると……。

　そこには、メイド服を脱いで全裸になったヨハンナが、金髪小僧の一人を仰向けに寝かせて、その顔の上に跨がっていた。

　そしてそのヨハンナの下では、同じく全裸の金髪坊やがどうにかして逃げようと必死で抵抗している。

　でもヨハンナにこの体勢を取らせたら、もう逃げ出すのは無理だと思って間違いない。

　ただでさえ体格や腕力で劣る男が、更に両腕をヨハンナの足でガッチリ固定されているんだからな。

　っつーか……ヨハンナの奴、興奮し過ぎてワケが解んなくなってやがるな。

　わざわざメイド服まで脱いで、今は顔騎で済んでるけどすぐにレイプに移る気満々じゃんか。

　チッ、だからヨハンナにはこの役目は早過ぎたんだっての。

「おいヨハンナ！　初っ端から顔騎なんて難易度高過ぎだろ。ソイツも新人なんだから無茶すんなよな」

　アタイはヨハンナに対してそう叱り飛ばす。

　アイツを見てると、昔の自分を見てるみたいでハズい。

「はぁ？　シャルぅ、何ぬるい事言ってんの？　初っ端からガツンと躾けるのがウチらの仕事じゃん。このヴァルハラ・オティンティン館に来たからには甘えは許されないんだからさぁ」

　あ、ダメだ。

ヨハンナの奴、目が据わってやがる。

こりゃ最悪の場合、殴ってでも止める羽目になるかも知れないねぇ……。

「ぐふっ！　や、やめ……んぼっ!?　んぐぅ～っ!!」

「あはっ♡　最高♡　そのカワイイ顔をウチのマン汁でベッチョベチョに汚されて苦しんでる顔がたまんないわぁ♡」

そうこうしてる間に、ヨハンナは金髪坊やの髪を掴んで自分のオマ○コに顔を押しつけてやがる。

チクショウ、何て羨ましい……じゃなくて！

ほら見ろ。ヨハンナがトチ狂ったお陰で他の奴隷達が震えあがってやがるじゃねぇか。

男娼として生きる覚悟もまだしっかり定まってないってのに、こんな無理強いしたって逆効果なだけだろ。

下手すりゃ当の金髪坊やはショック死しちまうかも知れない。

男ってのはそれくらいデリケートな生き物なんだ。

アタイら女が命を賭して守るべきか弱い存在を、ヨハンナの奴は自分の一時の欲望を満たす為の道具にしてやがるんだ。

もう我慢出来ない。

ヨハンナをブン殴って、あの金髪坊やを助けるんだ！

そして金髪坊やはアタイに恩義を感じて、このアタイに「素敵！　抱いてっ♡」って言ってくれるんだ。

きっとそうなるに違いないんだっ！


「あ、あのっ！」

だけどアタイが飛び出す前に、誰かの声が響く。

思わず足を止めたアタイが見たのは、股間を両手で隠しながら真剣な顔でヨハンナを見つめるショータの姿だった。


他の奴隷達が大浴場の隅っこでひとかたまりになってガクブルしてるってのに……それなのにショータは、なけなしの勇気を振り絞って仲間を助けようとしてるんだ。

キュウン……そんなショータの健気な姿に、アタイのオマ○コが切なく疼く。

「は？　何アンタ？　ウチの教育に何か文句あるワケ？」

一方、お楽しみを途中で邪魔された形になったヨハンナは、普段の陽気な性格からは考えられないようなキツい目でショータを睨んでる。

「あ、いえ、文句とかじゃなくて……あの、その子はまだそういうのに慣れてなくて……ってか、それは僕もですけど……何て言うか……その……えっとぉ……」

ショータもショータで勇気を出して声をあげたはいいけ

ど、ヨハンナの迫力に圧されてしまってるみたいだ。

そんなショータの態度に、ヨハンナの怒りも頂点に達する寸前だ。

でもふと何か思いついたみたいで、ニヤリと笑って口を開いたんだ。

「ふぅん……そんなにコイツを助けたいっての？　どうしよっかなぁ～……じゃあさ、コイツの代わりにアンタがウチのマ〇コを舐めるってんなら止めてあげても……」

ヨハンナの奴、ターゲットをショータに切り替えやがった！

そんな事言われたら、結果は火を見るより明らかだ！

女が男を犯すと決めた時の飢えた獣じみた目を見て、それでも反抗出来る男なんて居るハズが無いじゃんか！

「良いんですか!?」

「まぁそんな事は無理だろうし……へ？」

……へ？

「そういう事なら是非！　ここに寝れば良いんですね!?じゃあ早速お願いします！　僕、初めてなんで優しくしてださい！」

言うが早いか、ショータはそのまま床に仰向けに寝転ぶ。

後は好きにしてくださいと言わんばかりに、堂々と、潔く。

アタイは自分の見ているものが信じられなかった。

それはヨハンナも、他のメイド仲間達も、奴隷達もそうに違いなかった。

今から女に犯されるかも知れない男の身代わりに、自ら進んでなろうとする男が居るなんて。

あり得ない。もしそんな男が本当に居るのなら……。

クチュッ……アタイのオマ〇コが切なげに潤み始めた。

「へぇ……意外と度胸あるじゃん」

ヨハンナが寝そべったショータを見て舌舐めずりをする。

あぁ……もうダメだ。

女にあの目をさせちまったら、それは男側に非がある。

ショータの予想外の行動が、ヨハンナの獣欲に火を灯しちまったんだ。

ああなった女は、もう男を犯すまで止まらない。

それでもアタイは立場上止めるべきなのかも知れない。

なのに、アタイは止めなかった。

ヨハンナも。ショータも。

見てみたくなったんだ。

ヨハンナがショータにどんな辱しめを与えるのかを。

そして、ショータがヨハンナの責めに耐える事が出来るのかを。

普通なら考えるのも馬鹿馬鹿しい。

本気を出した女の苛烈な責めに耐え得る男なんか居ない。

このヴァルハラ・オティンティン館の男娼達は、皇帝陛下の威光を恐れる客達によって手加減された責めしか知らないんだ。

路上で男をレイプする女は手加減なんてしない。

ただ男の精を貪る為に犯す。

だからファックした後は即サヨナラだ。

ヨハンナはそれをやる気なんだ。

ショータに挑発されちまったから。

もうこの場は、ショータが無惨に犯されない限りは終わらない。

アタイは神に祈った。この竜神帝国を護る黒竜様に。

せめてショータが自我を保てていますように、と。

だが現実は、アタイの予想だにしなかった方向へと舵を切っていたんだ。

◇◆◇◆◇

「うひいいいいいいいっ!? しゅごっ♡ おほっ♡ んぎいいいいいいいっ♡♡」

ジュルルルッ! ズゾゾゾッ!

何なんだこれは……。

アタイは一体、何を見てるんだ……?

ジュルルルルレロレロレロレロピチャピチャピチャピチャペロベロベロベロゾルルルルルッ!!

「はひゃあああああっ♡♡♡ らめっ♡ こんなのっ♡むりィッ♡ ベロがっ♡ いきものみたひぃっ♡♡♡」

ヨハンナがよがってる。

あのヨハンナが、ショータのクンニで処女みたいな鳴き声をあげている。

信じられない。

女のオマ○コをあんなに嬉しそうに、あんなに献身的に舐められる男が居たなんて……。

「ふおおおおおっ♡ おっ、おっ、おおおおおん♡ しゅごっ、しゅごひぃっ♡ こんなふかくまでなめられたのはじめてらよおおおおっ♡♡♡」

ヨハンナはただオマ○コをショータに舐められているに過ぎない。

なのにあんなに気持ち良さそうに……。

「んぎゅうううっ♡ らめえええええっ♡ でるっ♡ でちゃうっ♡ でちゃダメなやつでちゃうううう♡♡♡」

ヨハンナが限界に達した。

そんな馬鹿な……始まって一分も経ってないのに!?

だけど、アタイはそれよりも更に衝撃的なものを見る事になる。

ヨハンナはオマ○コから大量の潮を噴いたんだ。

恐らくヨハンナの人生の中で、経験した事が無いような強さの快感が全身を駆け巡っているのが解った。

女が潮を噴く程に感じるなんて……しかもオチンチンを挿入したワケでもなく、ただのクンニで、だ。

勿論《もちろん》ショータのクンニがただのクンニなワケが無い。

かつてアタイは、このヴァルハラ・オティンティン館で最もクンニに長けていると評判の男娼のクンニを見た事がある。

だけど、今ならショータのクンニとは比べる事すらおこがましいとさえ思える。

あの男娼のクンニがさざ波なら、ショータのクンニは嵐の大波だ。

まさしく疾風怒濤《シュトゥルム・ウント・ドラング》と呼ぶに相応しい、全ての女が夢見るようなクンニを、どこの馬の骨とも解らないこの黒髪の坊やがやってのけたんだ。

そして、ヨハンナが弓のように大きく反り、派手に潮を噴くのと同時にショータのオチンチンからは大量の精液が迸《ほとばし》る。

またその精液の量！　濃さ！　匂い！

全てが桁違いだ！　馬鹿げてるとさえ言ってもいい程に！

更にショータのオチンチンが……オチンチンが……。

デカい！　デカ過ぎる！

アタイが過去に犯した村の男達や、このヴァルハラ・オティンティン館に居る何百人もの男娼達の中にも、こんなデカいオチンチンを持ってるヤツは居ない！

普通の男のオチンチンは、どんなに大きくても小指程度くらいだ。

なのに、ショータのオチンチンは長さも太さも、それより二回り以上……いや、倍以上はある！

もしかして、あれが……。

どんな屈強な女でも虜にして、服従させ、孕ませると謳われている、伝説のオチンチン……。

「竜《Drachen》のチンポ《Penis》……」

気を失ったヨハンナがそのまま仰向けに倒れて、ショータの身体の上に重なる。

やがてショータも射精後の虚脱感からか、ゆっくりと目を閉じる。

アタイを含め、残された全ての者達は、まだ夢現《ゆめうつつ》の状態だ。

だけどアタイも他のメイド仲間も、やがてフラフラと頼りない足取りでショータの方へと歩み寄る。

まるで夏の夜の篝火に飛び込む羽虫のように、ショータの精液の匂いに引き寄せられて……。

バァン！


だけどそんな時、大浴場に不粋な乱入者が現れた。

ソイツ等は確か、奴隷商のブデゲハの御付きの男達だった。

男達は目の前の惨状にウッ！　と眉をしかめながら、それでも酷く慌てた様子でアタイ達に向かって叫ぶ。

「何やってやが……るんですか！　早く支度して館長室に来てください！」

男達の顔は青褪めていて、それだけでも何かただならない事が起きていると解る。

だけど……。

「これから服を選んで行く予定だよ。男のお洒落には時間が掛かるんだから、あんまり急《せ》かせるんじゃないよ！」

色々と予期せぬ混乱はあったものの、これから時間を掛けて坊や達の服を選んであげたり、お化粧したり、下着を着せてやってハァハァしたり、大切な仕上げが待ってるんだ。

そのお楽しみを邪魔するなら、たとえブデゲハの手下だって容赦しねぇぞ？　オォン？

アタイや他のメイド達の気迫に気圧されたのか、目に見えて腰が引け始める男達。

でも目の前のアタイ達への恐怖心よりも、背後に控える更に大きな恐怖に背中を押されているかのように、男達は口をパクパクさせながらもアタイ達を説得しようとしている。

おかしい。

館長やブデゲハが急かしているにしちゃあ、この慌てようは不自然だ。

もしかしてそれよりも遥かに大物が来てるのか？

ちょっと待て……館長よりも大物って……。

「ひ、ヒルデガルド様がいらっしゃっているのですよ!!」

……ひるで、がるど、さま？

その名を聞いたアタイの全身から、サァーッと一気に血の気が引くのを感じた。

ヒルデガルド様御自ら、このヴァルハラ・オティンティン館に……？

「急いでください！　あの御方の機嫌を損ねでもしたら、私達全員クビになるだけでは済まされませんよ!?」

男達の悲痛な叫びを聞くまでもなく、アタイは素早く行動に移す！

「い、急げえええええええっ!!」

アタイはメイド仲間と奴隷達にそう叫びつつ、目の前で情けなく失神しているヨハンナの身体を蹴り飛ばす！

そしてその下に居たショータの小さな身体を王子様抱っこして、駆け足で支度部屋へと急いだ！


【ショータ、運命の荒波へ】


それからスッタモンダがあったみたいで、気がつけば僕は脱衣場でシャルロッテさんに濡れた身体を拭かれていた。

お腹にベットリと付着した精液は、シャルロッテさんの私物のハンカチで拭いてくれた。

スゴく嬉しいんですけど、綺麗なレースのハンカチが僕の精液でベッチャベチャに……。

あー、精液ベットリのハンカチを胸元に……胸の谷間に……シャルロッテさんエロ過ぎィッ！

だけどそんな感激の余韻に浸る間もなく、僕は身支度を急かされてる。

髪も適当に拭いたからまだ完全に乾いてないし、服もバスローブみたいなのを着せられただけで、下着も穿かせてもらえてないし。

オマケにこのバスローブ……生地は上等っぽいけど、何て言うか……丈が……。

まるで都会のＪＫのスカート丈かよってくらい短くて、これじゃちょっと前屈みになっただけでお尻が丸見えになるんじゃないんだろうか？

これじゃ噂に聞く、伝説のノーパンしゃぶしゃぶ状態だよ……トホホ。

でもそんな事に不満を言えるような雰囲気じゃなくて。

シャルロッテさんや他のメイドさん、そしてカールや他の男の子達や、何故かいつの間にか現れたハゲデブジジイの御付きの人達まで居るし。

それに何だかとても慌ただしく「まだですか!?」とか「これ以上お待たせ出来ませんよ！」とか僕達の身支度が終わるのを急かしてる。

何だろう？　ハゲデブジジイがここの館長さんに気を遣って早くしろとか喚《わめ》いてるのかな？

でもそれにしてはみんなの血相が尋常じゃない。

これじゃまるで命の危機に駆り立てられているみたいだ。

それこそ獰猛な肉食獣に狙われた小動物っぽくて、事情が飲み込めてない僕も徐々に緊張しちゃって……。

とりあえず完全とは言えないまでも、どうにか僕達の身体の汚れは落としたからオッケーみたいな感じで、僕達奴隷組とシャルロッテさん達メイド組と、ハゲデブジジイの御付きの男達二人は、館長さんとハゲデブジジイが待つ部屋へと早歩きで向かう事になった。

ちなみにヨハンナさんは気を失ったまま目が覚めないらしくて、裸のまま脱衣場に放っておかれる事になったみたいだ。

風邪ひかなきゃ良いけど……と思いつつ、僕は仰向けになってもまったく型崩れしないヨハンナさんの美乳を最後までガン見して、しっかり脳内メモリーに４Ｋ画質で焼き付けてから、お風呂場を後にした。

館長室は最上階とか別の建物にあるのかと思いきや、意外にも地下にあるらしい。

一番偉い人の部屋をどうして地下に造るんだろうと疑問に思いつつ、僕達はその館長室の大扉の前に到着した。

見るからに頑丈そうな両開きの扉の前に立つと、いやが上にも緊張してしまう。

どうしよう……男娼館の元締めなんて言うくらいだし、筋肉ムキムキのゴリラみたいな男が館長さんの可能性も……だとしたら僕の貞操が大ピンチじゃね⁉

やめてください！　襲うならカールにしてください！

僕の深刻な不安をよそに、少し青い顔をしたシャルロッテさんが僕にコソッと耳打ちをする。

「……絶対に粗相の無いようにな？」

アフン♡　シャルロッテさんの熱い吐息が僕の耳をくすぐるぅ♡

って、今何て言いました？　ちょっとうっかり聞き逃しちゃって……。

そうこうしてると、ハゲデブジジイの御付きの一人が館長室の扉をコンコンとノックする。

すると、中からとても綺麗な声が聞こえた。

「お入りなさい」

あ、これ絶対に美人の声だ。

ってか声がもう既に美人だ。この声の持ち主が不美人であるハズが無いワケで。

そうか、女性が館長さんっていうパターンもあるんだ！

現金なもので、そう考えると俄然ワクワクしちゃうよね！

とかやってる内に、御付きの男達が「失礼します！」と声を掛けて、それぞれ一人ずつで両開きの大扉を開けた。

館長室はとても広かった。

僕の通う学校の校長室よりも、更に倍くらい広いかも知れない。

部屋の奥には高そうな机と黒い革張りの椅子がある。

でも館長さんらしい人はそこには座っていなかった。

ふと横を見ると、応接スペースらしい場所に同じく黒革張りのソファーが二つと、ローテーブルが置いてあって。

僕とカール達は、その応接スペースの前に横一列に並ばされた。

そこには居たのは三人。


まず一人は、ハゲデブジジイだ。

でもハゲデブジジイはさっきまでの尊大な雰囲気は微塵も感じられなくて。

何だか太った身体をどうにか縮めようとしてるかのように萎縮してて、顔は汗まみれだ。

持っていた手拭いで汗を拭き取ってるけど、後から後から汗が噴き出している。

そしてソファーには座っていなくて、横で申し訳なさそうにして立ってるのもワケが解らない。


次に目に飛び込んで来たのは……子供？

そこにはとてもカワイイ女の子が居たんだ。

ゆるふわウェーブのプラチナブロンドに、白磁《はくじ》の陶器みたいな白い肌。将来はとても美人に成長するだろうと感じた。

細く引き締まった身体に、長い手足。

おっぱいは……これからの成長に期待だね。

真っ赤なミニチャイナドレスみたいな服を着て、ソファーに座ってお茶菓子をパクパク食べてる。

でもその子には変わった特徴があった。

一つは、頭の横から生えたツノだ。

ゆるふわ金髪の中から黒くてゴツゴツしてそうな、羊だかヤギだかによく似た巻きツノが生えてる。

……本物なのかな？

そしてもう一つの変わった所は、目だ。

その子の瞳は鮮やかな金色で、何だか猫の目のように黒い瞳孔が縦に細長く伸びていた。

これ、猫って言うか……どちらかと言えば爬虫類っぽいような……？

でもそんな特徴も、この子の可愛さを微塵も損ねてない。

むしろさすが異世界って感じで良いよね！

パッと見は僕よりもちょい年下かな？　とても愛くるしい顔をしてる。

でも、オーラって言うのかな？　指に付いたお茶菓子の砂糖をペロッて舐めたり、スベスベの綺麗な足を組み替えたり、時折見せる仕草がとても大人びていて、そのアンバ

ランスさに何だかゾクッとする。

……僕、幼女趣味は無いと思うんだけどなぁ。

そして、三人目。

長いストレートの銀髪。

超美人。超グラマラス。超セクシー。

恐らくこの人が、このヴァ・ティン館の館長さんなんだと思う。

長い煙管《キセル》を咥えて、口から白い煙を燻《くゆ》らせて、真っ直ぐ僕達を見てる。

長い睫毛《まつげ》と物憂げな目、ぽってりとした唇、白くて艶かしい肌。

グラビアアイドルなんか目じゃないくらいに形の良い美巨乳を、クロスホルター型の黒いドレスで包んでる。

でもクロスホルターだから、スゴく谷間が強調されてる。

だから嫌でも谷間に目が釘付けになっちゃう。

え？　別に嫌でも何でもありませんよ？

見ますよ。えぇそりゃ見ますとも。

だっておっぱいだよ？　銀髪セクシーお姉様の巨っぱいだよ？

今見ずにいつ見るって言うんだ！

明日突然目が潰れても良いように、今日のこの巨っぱいを脳に焼き付けておかなくっちゃ！

モチロン4K画質でね！

嗚呼《ああ》っ！　でもおっぱいだけじゃないよ！

この人、太ももも超セクシーだよぉ！

深いスリットから伸びたムチムチの太ももが、さっきからチラチラと足を組み替える度に覗くデルタゾーンがぁっ！

この人、絶対わざと見せつけてるよぉ！

きっと童貞小僧の僕が顔を真っ赤にしながら、それでもチラチラと見るのを止められない様子を、内心では「やだぁ♡　キモぉい♡」って思いながらニヤニヤ笑って楽しんでるに違いないんだよぉ！

そんな挑発されちゃったら……僕のオチンチンが……バスローブの中でスタンダップしちゃうのぉっ‼

そんな僕の葛藤とは裏腹に、館長室は何だか異様な雰囲気に支配されてたりする。

シャルロッテさん他、メイドのお姉様方はとても緊張してるみたいで、顔面蒼白だ。

背筋をピンと伸ばしたまま、微動だにしない。

まるで身じろぎ一つでもすれば、それだけで首を飛ばされかねないみたいな。

え？　館長さんってそんなに怖い人なの？

そう言えばハゲデブジジイも汗びっしょりで、今にも卒倒しそうなくらいだし。

っててか、ハゲデブジジイはここに何度も奴隷を売りに来てるんでしょ？

館長さんとは顔見知りなんでしょ？

なのに、何でそんなにビビってるの？

まるでギロチンの手前でスタンバイしてる死刑囚みたいだよ？

あれ？　そう言えばカール達も相当怖がってるぞ？

歯はカチカチ鳴ってるし（シバリングって言うらしいね）、膝はガクガク震えてるし。

おかしくない？　だってカール達は館長さんとは初めて会うんでしょ？　条件的には僕と同じでしょ？

なのに何でそんなに怯えてるの？

もしかして僕が鈍感なだけで、館長さんから世紀末覇王並みの殺気が溢れてるとか？

僕の頭の上にいくつものハテナマークが浮かんでいるのを知っててか知らずか、館長さんが口を開く。

「初めまして皆さん。私がこのヴァルハラ・オティンティン館の館長、ウルスラと申します。以後お見知りおきを」

ウルスラさんはそう自己紹介をして、僕達にニッコリと微笑みかける。

女神だ……声も顔もおっぱいも、僕が今まで見た女の人達の中でも、断トツに綺麗な人だ。

奴隷の僕達にも優しく敬語で話し掛けてくれるウルスラさんは、少なくとも僕にはそんなに怖い人には見えないワケで。

僕がポーッとなってウルスラさんに魅入っていると、そんな呆けた僕に熱い視線を送る子が一人。

それはあのゆるふわブロンドの女の子だった。

お茶菓子を食べる手を止めて、あの金色の瞳で僕を見ている。

瞬きもせず、ただジッと。

何でそんなに見てるんだろう？　僕の顔がそんなに珍しいのかな？

あ、そう言えば黒髪黒目が珍しいとか言ってたっけ。

僕はどうして良いのか解らず、とりあえず日本人特有の愛想笑いでやり過ごす。

ついでに小さく手を振っておいた。

するとそんな僕の行動を見咎めたハゲデブジジイが、僕を怒鳴る。

「きっ、貴様！　何をふざけておるのか！　その御方をどなたと心得て……」

「控えよブデゲハ」

と、カワイイけども意外に低くて冷たい声が、ハゲデブジジイの怒声をかき消す。

一瞬だけ館長室の温度が急激に下がった、ような気がした。

「誰が貴様の発言を許したか？」

見ると、ゆるふわブロンドちゃんが絶対零度の視線でハゲデブジジイを睨んでいた。

その態度と超々高度の上から口調が、この子が只者じゃない事を物語ってる。

「も……申し訳ございません！　お、お許しをおぉっ！」

その場に立ち尽くしていたハゲデブジジイは、すぐに土下座してゆるふわブロンドちゃんに平謝りしてる。

ってか……コイツの名前ブデゲハなの？

ハゲデブを逆さから読んだだけじゃん！

プッ……クッ……ダメだ……まだ笑うな……っ！

下を向いて笑いを必死に堪えるけど、どうにも笑いの衝動を我慢出来そうになかった。

それでもどうにか誤魔化す為にはどうしたら良いのかと、脳をフル回転させる。

でも回転させ過ぎてワケが解らなくなって、僕は突拍子も無い行動に出てしまっていた。

「はいはい！　質問よろしいでしょうか!?」

僕は突然手を挙げて、ゆるふわブロンドちゃんに発言の許可を求めた。

静かな館長室が更にシーンとなってしまった。

メイドさん達もカール達も、ハゲデブジジイもウルスラさんも、ビックリした顔で僕を見ている。

だけどゆるふわブロンドちゃんはそんな僕を見て目をパチクリさせた後（その仕草も無茶苦茶カワイイ）、ニヤッと笑って僕を指差す。

「よい、発言を許す。何か？」

許された。

もしかして、このゆるふわブロンドちゃんは貴族のお嬢様か何かなのかな？

まぁちょっと無礼な事があっても、いきなり打ち首とかは無いと思うけど……でも逆に言えば、多少無礼な事をするなら最初の方じゃないと無理だと思う。

警告された後じゃ遅いし、必要な情報はなるべく最初に集めておきたいから、僕は思い切って大胆に質問する事にした。

「えっと、き、君のお名前は？」

「妾《わらわ》か？　妾はヒルデガ……あ、いや、ヒルダじゃ。気軽にヒルダちゃんと呼ぶがよいぞ」

あらカワイイお名前。

「ヒルダちゃんか……歳はいくつ？」

「歳かや？　今年でごひゃ……」

「ごひゃ？」

「……ゲフンゲフン！　じゅ、十二歳じゃ！　ほ、本当なのじゃ！」

十二歳……初等部にしては妙な色気があるなぁ。

やっぱり異世界でも歳不相応な子は居るモンだね。

「えっと、その頭のツノは本物なの？」

「無論、本物じゃ。ん？　興味があるのか？　妾のツノに興味津々かや？　何なら特別に触らせてやってもよいぞ？　妾は寛大じゃからな」

そう言うと、ヒルダちゃんはソファーからピョンと立ち上がって、トテトテと僕の方へ駆け寄って来る。

そして僕の目の前へ。

すると僕の両隣に立っていた奴隷の子達が、ヒッ!?　とか呻いて一歩……どころか五～六歩は後退りした。

変なの。こんなに小さくてカワイイ子の何がそんなに怖いっていうんだろう？

目の前に立つヒルダちゃんは、僕よりも身長が少し低いくらいだ。

僕の身長が153センチだから、ヒルダちゃんはギリギリ140センチあるか無いかくらいかな？

僕は目の前にあるヒルダちゃんのツノに手を伸ばして……恐る恐る触ってみた。

あ、やっぱりちょっとゴツゴツしてる。羊のツノっぽいと思ったけど、手触りもそんな感じだ。

「……触ってもよいとは言うたが、そんなに遠慮無しに触られたのは初めてなのじゃ」

その声にハッとなってヒルダちゃんの顔を見ると、上目遣いでジッと僕を見つめるヒルダちゃんが。

ほんのちょっとだけ目元を赤くしてるのが、スゴくカワイイ。

「あ、ご、ごめんなさい。イヤだった？」

僕が慌てて手を引っ込めようとしたら、その手をヒルダちゃんがギュッと掴む。

「む……べ、別に構わん。何ならもっと好きなだけ触ってもよいのじゃぞ？」

そう言ってイタズラっぽく笑うヒルダちゃん。

あ、これ触って欲しいってサインなのかな？

まぁこんなに小さくてカワイイ女の子のお誘いを無視するのも逆に失礼なのかも。

「そう？　じゃあ……」

でもすぐ調子に乗っちゃうのが僕の悪いクセで。

最初はツノをおっかなびっくり触ってたけど、次第に大胆になって。

「ククク……あまり熱心に触って折るでないぞ？」

ツノだけじゃなくて髪も触りたくなって、気がつけば頭をナデナデしてたりして。

見た目よりも遥かにフワフワした手触りで、柔らかくて温かい髪の感触に夢中になって。

「んにゃ……頭を撫でられるのなんぞいつ振りであろうなぁ？」

髪を触ってたと思ったら、何故か耳たぶを摘まんでたり。

「え？　ちょ、そ、そんな所まで……うひゃっ!?」

ふわぁ……この子のほっぺた超柔っこくてモッチモチしてるなぁ……。

「うにゃ……こ、こんなの初めてぇ……♡」

うはっ、どこもかしこも手触りが最高だなぁ。

って僕が夢中になって触ってると……。


「んっ！　んんっ！」

急に誰かの咳払いが聞こえて、ふと我に返った。

僕はヒルダちゃんの顔を両手でムニュムニュして、ヒルダちゃんは真っ赤な顔でされるがままになってたりして。

「……ヒルダ様、お戯れもいい加減になさいませ。アナタもいつまでそうしているつもりなのです？」

咳払いしたのはウルスラさんだった。

どうやら僕もヒルダちゃんも怒られちゃったみたいで、笑顔だけど目は笑ってないっぽい。

僕は慌ててサッと手を引っ込める。

「ご、ごめんねヒルダちゃん？」

僕はヒルダちゃんに謝った。

いくら年下とは言っても、女の子の髪や顔を無茶苦茶にもみくちゃにしちゃったから、多分ヒルダちゃんは怒ってるだろう。

「はぁ、はぁ……よ、よい。許してつかわす……♡」

あ、良かった。怒ってないみたいだ。

「ごめんね……ヒルダちゃんの髪とかほっぺたとかがスゴく手触りが良くて、止め時が解らなくなっちゃって……」

「くっ……クフフフ……♪　言ぅてくれるのぉ？　じゃが、やられっ放しというのも癪じゃし……これで許してやるのじゃ！」

え？　と思う間も無く、ヒルダちゃんは僕の身体にギュッと抱きついて。

そしてヒルダちゃんの手が僕の股間に伸びて、バスローブの隙間から僕のオチンチンを直接ギュッと握って……。

あふん！　う、生まれて初めて女の子にオチンチン握られちゃったぁ！

し、しかも自分よりも年下の女の子にぃっ！

らめぇっ！　僕、ロリコンじゃないのに……オチンチンすぐに硬くなっちゃうのおおぉっ！

「……へぇっ？」

でも握られたのはほんの一瞬で、ヒルダちゃんはすぐに手を引っ込めた。

ヒルダちゃんは何だかキョトンとした顔で、僕の顔と股間を交互に見ていて。

でも僕は初手コキ（と呼べる程のものでもなかったけど）の衝撃が鮮烈過ぎて頭がパニックになっていたから、その表情の意味が解らなかった。

すると突然、ヒルダちゃんが予想外の行動に出た。

ヒルダちゃんは僕のバスローブの帯を解くと、そのままバッとバスローブの前をはだけさせて僕を全裸にした！

ひやあああらめえええぇ！

裸見られちゃうううぅっ！

ヒルダちゃんにもウルスラさんにも、ハゲデブジジイにも見られちゃうううぅっ！

あ、ハゲデブジジイにはもう見られてたっけ。

「んなっ……!?」

「ぐふっ!?　ケフッケフッ！」

でも裸を見られた僕以上に、何故かヒルダちゃんとウルスラさんの方が遥かに動揺していたりする。

ヒルダちゃんは僕のバスローブを掴んだまま、口をパクパクさせているし。

ウルスラさんはウルスラさんで煙管の煙でむせたのか、口元を押さえてゴホゴホと苦しそうにしてる。

そ、そんなに僕の裸が変なのかな？

貧相な身体でごめんなさい！　こんな事ならもっと走り込みとかしておけば良かった！

でも違った。

何だか様子がおかしい。

ヒルダちゃんは二～三歩程後ろによろめいたかと思うと、俯いたまま肩を震わせている。

あれ？　これ怒ってる？　もしくは泣いてる？

「……くっ……クックックックッ……ハッハッハッ……ケヒャヒャヒャヒャヒャー ッ!!」

うわぁっ!?

え？　笑ってる？　何とかバウアーみたいに豪快に反り返りながら笑ってらっしゃる!?

何これ？　どういう状況？

説明を求める為にキョロキョロと辺りを見渡しても、シャルロッテさんも他のメイドさん達も、カールもハゲデブジジイもポカーンとしてる。

あ、でもウルスラさんなら……あれ？　ウルスラさんもおかしい。

両手を自分の頬に当てて、熱っぽくて粘っこい視線を僕に……っていうよりも僕のオチンチンに向けてる。

は、恥ずかしいけど……ウルスラさんみたいなセクシー美人なお姉様にオチンチン見られてると思うと……更にエレクチオンしちゃうううううっ！

「おぉっ……♡」

「はぁぁ……♡」

勃起《ぼっき》度ＭＡＸの僕のオチンチンを見て、何だか顔を真っ赤にした様子のヒルダちゃんとウルスラさん。

あ、でもシャルロッテさんやメイドさん達も何だか潤んだ瞳で僕を見てる。

カール達は……あれ？　引いてる？　ホモなのに？

「ウルスラぁっ！　解っておるじゃろうな⁉」

「心得ております……」

ヒルダちゃんがウルスラさんに呼び掛けて、ウルスラさんもすぐにその意図を理解したらしい。

ウルスラさんは急にキリッとしたクールビューティーに戻って、僕と同じく展開について行けてないハゲデブジジイに向き直った。

「ブデゲハ殿、よくぞこの子をヴァルハラ・オティンティン館に連れて来て頂けました。館長として、心からお礼を申し上げますわ」

「は、はぁ……」

「つきましては、売買交渉と参りましょう。そこの黒髪黒目の子を除いた五人の子達を、一人金貨百枚……合わせて五百枚で引き取りましょう。よろしいですか？」

「は、はい！　毎度ありがとうございます！」

おぉ、カール達のお値段は金貨百枚かぁ。

それが高いのか安いのかは解らない。

日本円に換算するとどれくらいなんだろう？

ってか、じゃあ僕はカールよりも安値決定だよね。

きっとカールの半額以下に違いないよ。

まぁでもカールみたいな美少年と比べたって仕方ない。

僕は僕だ。どんなに安く売られたって、お姉様達とエッチな事が出来るんなら、たとえいくらでも構わない！

「そしてそちらの黒髪黒目の子ですが……金貨十万枚で如何でしょうか？」


え？

「…………………は？」

あ、ハゲデブジジイもポカーンとしてるって事は、どうやら僕の聞き間違いじゃないみたいだ。

「金貨十万枚、この場で全てお支払い致しますわ。どうかその条件で御納得頂けませんかしら？」

いやいやいやいやいや！　おかしいですよウルスラさん！　十万枚って！　カール達の……えっと、いちじゅうひゃくせん……千倍!?

無理無理無理無理かたつむり！

ほら！　カール達もシャルロッテさん達もビックリし過ぎて魂が抜けちゃってますから！

いくら黒髪黒目が珍しいからって、僕にそんな値がつくなんておかしいですから！

あまりの事にテンパってる僕をよそに、今度はヒルダちゃんがハゲデブジジイに語りかける。

「ブデゲハよ。ウルスラだけでなく、妾からも貴様に礼を言わせてもらうぞ。貴様の多大なる忠誠心に報いる為、ついては次の竜神祭にて貴様に飛竜褒章を授与する事をここに約束しよう。これで貴様も晴れて勲功貴族の仲間入りじゃな」

え？　勲章貰えるの？

僕をこのヴァ・ティン館に連れて来ただけで？

そう言われたハゲデブジジイは、みるみる目に涙を浮かべて、そしてヒルダちゃんにジャンピング土下座した。

「あ、あああああありがたき幸せえええええ!!　このブデゲハ、これからも竜神帝国に更なる忠誠を誓いまするううううううっっ!!」

そして土下座したままオイオイと泣き崩れた。

おかしくね？　だって棚ぼたもいいトコだよ？

僕がコイツの屋敷の地下牢にたまたま転移した結果なのに。

ま、不法侵入で殺される可能性もあったのかも知れないし、お陰で男娼になれそうだから許すけどもさ。

「オイ小僧、名は何と申す？」

ふと、ヒルダちゃんが満面の笑みで僕の名前を尋ねる。

「えっと、翔太です」

「ショータか！　よいかショータ、貴様は今より三年の後、妾の所有物となるのじゃ！　この決定は何があろうと覆る事は無い！」

……え？　そうなの？

「三年間、このヴァルハラ・オティンティン館で様々な女に抱かれよ！　そして経験を積め！　三年後に貴様が最高の男になった時、妾が貴様の望む物を何でもくれてやるぞ！」

三年後って事は、僕は十八歳でヒルダちゃんが十五歳かぁ。

でも外人の子は成長が早いって言うし、その頃にはヒルダちゃんも僕好みのボンキュッボンになってるかも。

こうして僕の異世界での新たな生活が幕を開けようとしていた。

エルヴァーン大陸の覇者、竜神帝国とは？

ヴァルハラ・オティンティン館の知られざる秘密とは？

僕の三年後の御主人様、ヒルダちゃんの正体とは？

全ての謎は、僕が解き明かしてみせる！

僕の戦いはこれからだっ！


【ヒルデガルド、巡り会う】


「久しいのぉブデゲハよ。最後に会ぅたのは……かれこれ五十年前くらいかの？」

「は、はい……先帝陛下におかれましては、その若さと美貌は少しも損なわれる事なく……」

「よい。無駄な世辞など聞きとうもないわ」

妾の目の前でブクブクと肥え太った禿頭の老人が、汗だくになってペコペコしておる。

まったく……かつては竜神帝国一の美少年と持て囃された男が、わずか数十年程度でここまで醜くなるのかや……。

やはり花の命は短い、という事なのじゃろうな。

悠久の時を生きる、とまではいかぬが人間の十倍の寿命を持つ我ら竜人族と比べると、人間とは哀れなまでに儚《はかな》い生き物じゃのぉ。

まぁ斯く言う妾も、昔とは随分変わってしもぅたがの。

少年の如く引き締まっていた胸板・腰・尻・太ももは、今では余計な肉がたっぷりと付いておる。

特に胸など大きゅうなり過ぎて、下を向いても自分の爪先が見えぬ程じゃ。

じゃから普段は特別な方法で若かりし頃の姿に戻っておるが、今は友と大事なお茶の時間じゃから気を抜いておるのじゃ。

ちなみに友とはこのブデゲハではないぞ。

五十年前の紅顔の美少年時代なら、友と言わず愛妾でも良かったのじゃがのぉ。

妾の友であり、このヴァルハラ・オティンティン館の館長でもあるウルスラは、優雅に煙管を吹かしておるわ。

本来ならば妾の面前でそんなナメた態度で以て臨む輩《やから》は、八つ裂きどころか三十二つ裂きにしてくれようが、ウルスラだけは別じゃ。

この齢二十九の、妾から見れば小娘どころか胎児と呼んでも差し支えの無いウルスラには、妾は昔から頭が上がらんのじゃ。

ウルスラが竜騎士団に居た頃からの付き合いじゃから、もう十四年になるのかのぉ。

ま、その辺の昔話はおいおい語る時も来るじゃろうが、今大事なのはそんな事ではないのじゃ。

「して？　今回連れて来た奴隷の中で、珍しい奴がおるんじゃと？」

妾がお忍びでこのヴァルハラ・オティンティン館を訪れた時、館長室では奴隷商のブデゲハとウルスラが奴隷の売買交渉を行っておるところじゃった。

元々事前に会う約束も無くウルスラの所に遊びに来る事はよくあるし、その際に奴隷商人と鉢合わせして相手が腰を抜かす事はままある。

ついこないだも奴隷商人が妾の正体を知るや、しめやかに失禁して館長室の絨毯を汚しおった。

なのにその時は何故か妾がウルスラに怒られたのじゃ。理不尽極まるのじゃ。

しかし、よもやブデゲハに会うとはのぉ。

今日は何やら波乱の予感なのじゃ。楽しみじゃて。

「は、はい！　このブデゲハも長く奴隷商として奴隷の売買に携わっておりますが、あのような風変わりな奴隷は初めてでございますれば、こうやって長年の恩顧を賜っておりますヴァルハラ・オティンティン館へと連れて来た次第でございます！」

よう言うわ。最も高値で売れそうな所に来ただけじゃろうて。

まぁその辺の木っ端貴族共の所に行かなんだは評価してやっても良いがの。

「ちなみに……どのような奴隷なのですか？」

ウルスラが気だるげに煙を燻らせながら尋ねる。

こと男娼に関しては、帝都広しといえどもこのウルスラよりも目の肥えた女など、妾を除いて他におらぬ。

そのウルスラに対して『珍しい奴隷』と豪語するからには、余程自信があるのじゃろうな。

ほぉら、一見興味の無さそうな様子じゃが、ウルスラの目がキラキラと輝いておる。

足も頻繁に組み直しておる。興奮しておる時の此奴《こやつ》の癖じゃわい。

「はい、実は……顔に関しては平凡でして、やや平たい造りなのでございますが……どうやら帝国人ではないようでして……その証拠に、髪や目、肌の色も我々とは大きく異なります」

「前置きが長いのぉ。して、どのような奴なのじゃ？」

「そ、それが……黒髪に黒目なのでございます」

ほぅ……黒髪黒目とな？

それは確かに珍しい。

齢五百と十二を数える妾も、そのような者は見た事が無い。

「……まぁ容姿云々はよいとしても、男娼に必要なのはそれだけではないのじゃぞ？」

そう。男娼が備えるべき三つの要素、容姿・胆力・精力。

容姿は優れているに越した事は無いが、それだけではこのヴァルハラ・オティンティン館で生き抜く事は難しい。

どんな女が相手でも決して怯まず、望み通りの奉仕を行える度胸。

そして一日に何人もの女に精を与える絶倫さ。

容姿は化粧で整えれば良いし、胆力は場数をこなせば鍛えられもしよう。

特に女に対して恐怖や嫌悪を抱かぬ心も重要なのじゃ。

が、精力ばかりは生まれ持ったものもある。

一日一回ではお話にもならぬ。最低でも三……いや、せめて五回はこなせぬとなぁ。

面白い。果たしてそれら全てをその黒髪黒目の奴隷とやらが兼ね備えておるか、妾が直々に見定めてやろうではないか。

「じゃが面白そうではあるの。はよう連れて参れ」

「ははっ！　しかし只今身を清めさせておりまするので、今しばらくお待ち頂ければ……」

……ふぅ。

「……ブデゲハよ。妾ははよう連れて参れと申したのじゃぞ？　それでも待てと言うのなら、暇潰しに貴様のその余りある肉をひとつまみずつ千切って食うてやろうかの？」

妾は待つのが嫌いじゃ。

入浴中じゃろうが何じゃろうが、妾がはようせいと言ったならその意を汲み取るべきじゃと、此奴はまだ理解しておらぬらしい。

ほぉら、ブデゲハの顔がみるみる青褪めよる。

はようせねば、妾が戯れに貴様の首と胴を永久に泣き別れさせるやも知れんぞ？

……まぁそんな事をすればウルスラに叱られる程度では済まされんじゃろうから、しませんぞぇ？

「い、急いで奴等をここへ連れて来させよ！　入浴中でも構わん！　ヒルデガルド様がお待ちじゃと伝えよ!!」

ブデゲハは泣きそうな顔で手下にそう命令し、手下も慌てて退室しおった。

「……陛下、あまりお戯れになりまするな」

「解っておる。お主の目の届く所で斯様《かよう》な事はせぬから安心せい」

早速ウルスラに釘を刺されてしもぅたわ。

まったく……ちっとは妾を信用せぬか。そういうオイタは齢三百を過ぎた時に卒業しておると言うのに。

「お、そうじゃ。この姿では初心《うぶ》な奴隷共に要らぬ心労をかけさせてしまうやも知れぬ。ここはひとつ、あれをやってみるのじゃ」

言うが早いか、妾は身につけておったドレスと下着を脱ぎ捨てる。

そして瞬く間に生まれたままの姿になった妾の裸身から、ブデゲハがさっと目を逸らす。

フン、解っておるわ。

こんな無駄に肉のついた妾の醜い身体なぞ見たくもないのじゃろうが。

乳と尻はブヨブヨと膨らみ、腹には贅肉はついておらぬものの、フニフニと締まりが無い。

あんなに引き締まっておった太ももにも余計な肉がついておる……嘆かわしい限りじゃ。

じゃが竜人族に限らず、女はある程度の年齢になればイヤでも肉がついてしまうのじゃ。

それは人でもエルフでもドワーフでも獣人でも変わらぬ。

少年のような身体が好みならば、成人前の童女でも探すがよいわ。

さて、始めるとするかの。

妾はある呪文を唱える。

竜人族の証であるツノに魔力《マナ》が満ち、それがやがて全身へと行き渡る。

そして妾の身体が赤く光り輝き、行使した魔法が効力を顕す。

180センチを優に越える妾の長身が、徐々に縮む。

それと同時にあんなにも膨らんでいた胸が、尻が、太ももが、それに合わせて萎み始める。

全身を覆っていた赤い光が治まると、そこには幼き頃の妾が立っておった。

と言うか、紛れもなく妾なのじゃがな。

妾の魔法で身体だけ幼くしたのじゃ。

妾にしか扱えぬ、妾独自の魔法なのじゃ。

「おぉ……これはまたお美しい！　細くしなやかな手足に、凹凸に乏しい胸！　腹！　尻！　あぁ……伝説に謳われたあの頃の陛下に再びお目にかかれようとは！」

ブデゲハが賛辞を述べておるが、これはさっきのような世辞ではなく、恐らく此奴の本心じゃろうな。

御多分に漏れず、男は女嫌いが過ぎて男色に走る傾向がある。ブデゲハもそうなのであろう。

まぁこやつの趣味はもう少し年嵩の行った男なのじゃろうがな。

妾がこの姿の時には歯の浮くような美辞麗句を散々口にしておったくせに、ひと度変身を解けばまるで魔物を見るような目で見ておったのを忘れてはおらぬぞ？

まぁその時はむしゃくしゃして、夜通し犯し尽くしてやったがの！　ケヒヒヒ♪

しかしそれ以降ブデゲハは心労から過食となり、ついでに髪の毛が徐々に抜けてゆく事になるのじゃが、それはまた別のお話なのじゃ。

妾はそれから、館長室に置いてある童女用の衣服を借りて着替える。

こんな事もあろうかと、ウルスラに用意してもらっておるのじゃ。

お、この赤いドレスは妾好みじゃの。

金糸の刺繍《ししゅう》で竜が拵えてあるのも、手足が堂々と出せるのも高評価じゃ。

下着は黒じゃ。黒は女を美しく見せるのじゃ。

そうこうしておる内に、扉がノックされた。

やれやれ、服を選んでおる内に時間が過ぎておったようじゃ。

さて、どのような奴隷か、この妾が味見してくれようぞ……ケヒヒヒ♡

◇◆◇◆◇

「お入りなさい」

と、ウルスラが声を掛けると、外から「失礼します！」と威勢のいい男の声がする。

次いで大扉が開き、そこからゾロゾロと何人もの人間が入室して来おった。

まずはブデゲハの部下二人。

此奴等はどうでも良い。

次いでこのヴァルハラ・オティンティン館に仕えるメイド達。

此奴等は求人の高い倍率を乗り越えて採用された、謂わば有能な者達じゃ。

それを良い事に何人かは男娼達をつまみ食いしておるようじゃが、その程度のオイタはウルスラも妾も黙認しておる。

まぁ度が過ぎれば妾がその首を斬るがの。物理的に。

そして列の最後に、お目当ての奴隷達が。

よっ！　待ってましたなのじゃ！

む、イカンイカン……こんな姿でも、威厳は保たねば。あんまりハメを外してハメてしまうと、ウルスラに怒られるのじゃ。

茶菓子でも食うて落ち着くのじゃ。あまーい♡

連れて来られた奴隷は六人。

全員丈の短いバスローブを着ておる。

解っておるのぉウルスラよ！　さすがは我が友よ！

そして、顔立ちの整った奴隷達の中で、一際異彩を放っておる奴が一人……。

なるほど、此奴か。

視線をキョロキョロと落ち着き無くさ迷わせておる、黒髪黒目の小僧。

ふぅむ……確かに、これは珍しいのぉ。

容姿もそうじゃが、更に珍しいのは妾とウルスラを見ても少しも動じておる様子が無い事じゃ。

既に此奴等は、目の前におる妾が竜神帝国の先代皇帝であり、若かりし頃は『赤竜皇帝』と呼ばれておった偉大なるヒルデガルドじゃと気づいておるハズじゃ。

偉大なる、とか自分で言う女なのじゃ。

どんなに容姿を変えようと、この竜人族の証であるツノと瞳だけは変えられぬからの。

と同時に、若い男を何人も喰らっておる、男にとっては災厄と同義の妾の名を知らぬ者はおらぬ。

その妾を前にしてこの余裕……と言うか、此奴……妾を見ておらんぞ？

では何を見て……ウルスラを見ておる？

否。ウルスラの胸を見ておる。

ウルスラは妾とほぼ同じ程度の大きさの胸を持っておる。女にとっては重くて邪魔なだけの、男にとっては嫌悪すべき女の象徴である、胸を。

……何なのじゃ此奴は？

締まりの無い、だらしない顔で。

今この館長室を支配している、冷えきった空気に気づいておらぬのか？

まさか白痴ではあるまいな？

「初めまして皆さん。私がこのヴァルハラ・オティンティン館の当代館長、ウルスラと申します。以後お見知りおきを」

妾が訝《いぶか》しがっておる内に、ウルスラがそう言って奴隷達に微笑む。

だがその微笑を友好的に捉える男などおらぬじゃろう。

何せ男にとっては悪名高い男娼館、ヴァルハラ・オティンティン館の館長なのじゃからな。

何人の男がここで不幸な目に遭っておるか……まぁ他の都市の男娼館と違って、ここでは男は比較的大事に扱われておるハズなのじゃがのぉ。

優しくしたら優しくしたでつけあがりよるからの。まったく男とは度しがたい生き物なのじゃ。

ともかく、此奴等にとっては悪の親玉に等しいウルスラに対して警戒を解いておる者など……おった!?

あの黒髪小僧、ウルスラを呆けたように見つめておる！

何なのじゃ此奴……思わず茶菓子を食う手が止まってしもうたわ。

む？　小僧め、妾の視線に気づきおったか。

って、え？　笑っておる？

この妾に？　男共から密かに『赤い悪魔《ロートトイフェル》』と呼ばれて恐れ蔑まれておる妾に？

ひょっ!?　て、手まで振っておる!?

な、ななな何なのじゃあの小僧は!?

そ、そんな天使みたいな笑顔を向けられたら、妾は……

妾はぁっ♡♡♡

「きっ、貴様！　何をふざけておるのか！　その御方をどなたと心得て……」

……おいコラ、妾が幸せな気分に浸っておるのに、邪魔をするかこの肉の塊が。

「控えよブデゲハ」

っと、イカン。低い声が出てしもうた。

自分が思うておったより、不機嫌になっておったようじゃ。

「誰が貴様の発言を許したか?」

まったく……妾と黒髪小僧との心の触れ合いを邪魔するとは、万死に値するぞ！

男との身体の触れ合いなぞ日常茶飯事じゃが、心の触れ合いなんぞ久しく無いのじゃ！

心が渇いておるのじゃ！　潤いを補給させんかい！

「も……申し訳ございません！　お、お許しをおおおっ！」

む、ブデゲハが床に這《は》いつくばって許しを乞うておる。

イカンのぉ……これではまた奴隷達に恐れられてしまう。

ウルスラも心なしか、眉間にシワを寄せて睨んでおるし……解った解った、妾も大人げなかったのじゃ。

……ん？　黒髪小僧が、俯いて肩を震わせておる。

妾の迫力に気圧されたのかや？

図太い神経の持ち主じゃと思っておったが、妾の早合点じゃったかの？

じゃが次の瞬間、黒髪小僧はバッと右手を挙げてこう叫んだのじゃ。

「はいはい！　質問よろしいでしょうか!?」

……解らん。此奴の性格だけは読めん。

怖がっておったのではなかったのか？　じゃが今の此奴の顔からは、恐怖の感情は読み取れぬ。

面白い……此奴、思っておったよりも遥かに大物やも知れぬのぉ。

「よい、発言を許す。何か？」

此奴の為人《ひととなり》を見極めてやるとしよう。

多少無礼な言動があったとしても、笑って許してやる。

じゃから小僧よ、何でも聞いてみるがよいぞ。

「えっと、き、君のお名前は？」

ふむ、まずは名前か。

と言うか、君……とな。

もしかして此奴、妾が先代の皇帝とは気づいておらなんだか？

「妾か？　妾はヒルデガ……あ、いや、ヒルダじゃ。気軽にヒルダちゃんと呼ぶがよいぞ」

ならば妾も少し遊んでやるとするか。

妾は今から、止ん事無き家柄の放蕩娘、ヒルダちゃんじゃ。

む、その胡乱《うろん》な目を止めいウルスラよ！

「ヒルダちゃんか……歳はいくつ？」

「歳かゃ？　今年でごひゃ……」

「ごひゃ？」

「……ゲフンゲフン！　じゅ、十二歳じゃ！　ほ、本当なのじゃ！」

あぶなっ！　五百十二歳とか正直に言ったら、あっという間にバレてしまうのじゃ！

「えっと、その頭のツノは本物なの？」

ほぅ、ツノに関心を示しおったか。

じゃが帝国広しといえど、頭にこんなにも立派なツノを有する種族など竜人族以外にはおらぬのじゃが……それでもまだ妾の正体に気づかぬのかゃ？

「無論、本物じゃ。ん？　興味があるのか？　妾のツノに興味津々かゃ？　何なら特別に触らせてやってもよいぞ？

妾は寛大じゃからな」

さて、どう出るかゃ、黒髪小僧よ？

妾はソファーから立ち上がり、そのまま黒髪小僧の前まで歩み寄る。

む、こうして並んでみると、やはり男じゃのぉ。

こうやって男を見上げるのも、妾は嫌いではないぞよ？

まぁ元の姿ならば遥か上から見下ろしてくれるがの。

そうこうしておると、黒髪小僧が妾のツノにそっと触れる。

じゃが遠慮しておったのは最初だけで、すぐに強めに撫でたり掴んだりと、やりたい放題じゃ。

「……触ってもよいとは言うたが、そんなに遠慮無しに触られたのは初めてなのじゃ」

竜人族にとってツノを触られる事は、ある意味性器を触られる事より恥ずかしいのを知らんのかや？

……そう言えば何故妾はそんな大事なツノを、今日初めて会うた小僧に触らせておるのじゃ？

解らん！　この小僧には常の間合いを崩されっ放しなのじゃ！

「あ、ご、ごめんなさい。イヤだった？」

む、別にそんなに慌てて手を引っ込める事もあるまい。妾が許すと申したのじゃ。貴様の気が済むまで触らせてやらんでもないぞ？

ほれ触れ。な、何ならもっと強めに触ってもよいのじゃぞ！

「む……べ、別に構わん。何ならもっと好きなだけ触ってもよいのじゃぞ？」

あぁ……言うてしもうた……恥ずかしいのじゃぁ…♡

「そう？　じゃあ……」

くひっ♡　いきなりそんな、ツノの根元とか……あひぃっ♡

「ククク……あまり熱心に触って折るでないぞ？」

くっ……妾はそんな愛撫に屈せぬぞ……。

はぁぁ……でも、ツノを触られるのって、こんな感覚じゃったのか……クセになりそうじゃぁ……♡

ひぁっ？　い、いつの間にか髪を触られてりゅぅ？

「んにゃ……頭を撫でられるのなんぞいつ振りであろうなぁ？」

はひぃっ♡　み、耳は弱いのじゃぁ♡

「え？　ちょ、そ、そんな所まで……うひゃっ!?」

んにゅぅ～♡　わ、妾は先の皇帝じゃぞぉ……ぶ、無礼者ぉ♡　ほっぺたをプニプニするでないぃ……♡

「うにゃ……こ、こんなの初めてぇ……♡」

はひゃぁ♡　こ、この小僧……何者じゃあ？

わ、妾が何の抵抗も出来ずに、こんな辱めを……は、はずかし……ふにゃあああぁ♡♡

「んっ！　んんっ！」

……ハッ!?　わ、妾は何を!?

「……ヒルダ様、お戯れもいい加減になさいませ。アナタもいつまでそうしているつもりなのです？」

ぬぉっ、ウルスラが軽くキレておる!?

ご、誤解じゃ！　これはこの黒髪小僧を試しておったのじゃ！

断じて途中から気持ち良くなって我を忘れてなどおらぬからな!?

「ご、ごめんねヒルダちゃん？」

む、黒髪小僧がシュンとなっておる。

しおらしい顔をしおって……さっきまで皆の前であんな辱めを与えておきながら！

痴れ者めが！　貴様の今までの不敬なる行い、万死に値するのじゃぞ！

「はぁ、はぁ……よ、よい。許してつかわす……♡」

でも怒れぬのじゃ……妾ともあろう者が、男に撫でられてぽわぁ～ってなったのなんぞ、何百年振りじゃろうか。

「ごめんね……ヒルダちゃんの髪とかほっぺたとかがスゴく手触りが良くて、止め時が解らなくなっちゃって……」

「くっ……クフフフ……♪　言ぅてくれるのぉ？　じゃが、やられっ放しというのも癪じゃし……これで許してやるのじゃ！」

仮にも妾は先の皇帝じゃ。

そんな妾が、臣民の前で無様を晒したままではおけぬ。

ここで黒髪小僧のオチンチンを握り潰……しはせぬが、ちょっとだけ怖がらせてやるのじゃ！

ほぉら！　百戦錬磨の妾にかかれば、こんな小僧のオチンチンなど……オチンチンなど…………？

「……へぇっ？」

おかしい。

バスローブの隙間から差し入れた妾の手が、妙なモノを掴んでおる。

オチンチンではない。

オチンチンは斯様に大きくはない。

じゃが……妾が握っておる、コレ……熱くて、硬くて……。

それに……まだ大きく……って、まさか!?

妾は黒髪小僧のバスローブを掴み、そのまま思い切り裸にひん剥く！

そうせねばならんのじゃ！

この謎の物体の正体を確かめねば！

「んなっ……!?」

そこで妾が見たものは、まるで現実感の乏しい、白昼夢のようで……

「ぐふっ!?　ケフッケフッ！」

じゃが妾の背後で、ウルスラがむせておる。

あの冷静なウルスラが、じゃ。

それ程までに、妾達が見たものの衝撃は大きかったのじゃ。

やはり妾は正しかった。

黒髪小僧の股間に生えていたそれは、断じてオチンチンなどではなかった。

これこそ妾が長き時を掛けて追い求めていたもの。

妾の、ウルスラの、そしてこの世に生きとし生ける全ての女の夢が具現化したもの。

それは『竜堕とし《ドラゴンスレイヤー》』とも呼ばれ、性の頂点に君臨する竜人族をも虜にする、魔性の性器。

だが古文書に書かれているのみの、現存するのかさえ疑わしかった、幻のオチンチン。

否。それにはもうオチンチンなどという可愛らしい呼び名は相応しくない。

チンポ……その真名を口にすれば女の身は蕩《とろ》け、心は支配され、股間から溢れるマン汁が止まらなくなる。


其《そ》は……

竜のチンポ……


「……くっ……クックックッ……ハッハッハッ……ケヒャヒャヒャヒャヒャーッ!!」

これが笑わずにいられようか！

見よ！　この馬鹿げた大きさのチンポを！

童女の姿とは言え、妾の指が周りきらぬ程の太さ！

並の男の倍以上はあろうかという程の長さ！

鉄の如き……否！　最早ミスリル鋼並みの硬さ！

ずっしりと重く、中身の詰まった金玉袋！

密林の如く雄々しく、黒々と生える陰毛！

皮と云う名の鞘を脱ぎ捨て、パンパンに張り詰めた亀頭！

ドクドクと生命の鼓動を脈打つ血管！

女の膣肉を抉《えぐ》る為に備わった極上のカリ首！

あと小さくて可愛らしい乳首！

全てが完璧！

五百余年の時を生きた妾が出会った中でも、間違いなく最高のチンポ！

チンポと呼んで良いのは、此奴のチンポのみ！

間近で見ておる妾も股間が疼いて堪らぬ。

妾より離れた位置におるウルスラにも、この魔性のチンポの放つ淫気が届いておるようじゃ。

ケヒッ♪　いつもは貞淑ぶって性欲などおくびにも出さぬウルスラが、今はもう発情しきったメスの顔になっておるわ。

顔は紅潮し、目は潤み、唇の端からヨダレも垂れておる。

まぁ妾もそうなりそうなのじゃが、竜人族の気合いで耐えておるのじゃよ！

なのに……必死に耐えておるのに……。

この小僧めが！

女にそのチンポを狙われておるというのに、またチンポの硬度が増しおったのじゃ！

「おぉっ……♡」

「はあぁ……♡」

イカン！　これ以上はもう戻れぬようになる！

此奴の処遇を決める前に、妾とウルスラが理性を無くすような事があってはならん！

妾達が本気を出してしまえば、如何に竜のチンポの持ち主とてあっという間に廃人と化してしまうのじゃ！

妾とウルスラは、鋼の意志で以て竜のチンポから視線を逸らす。

口惜しいが、しばしの別れじゃ！

「ウルスラぁっ！　解っておるじゃろうな!?」

「心得ております……」

さすがはウルスラ、我が友よ。

先程までの痴態はどこへやら、すぐに元の鉄面皮に戻りおったわ。

まぁ、ウルスラも妾と同様、きっと股間は大洪水じゃろうがな。


「ブデゲハ殿、よくぞこの子をヴァルハラ・オティンティン館に連れて来て頂けました。館長として、心からお礼を申し上げますわ」

「は、はぁ……」

そうじゃ。この件に関してはブデゲハの功績こそ大じゃ。

その多大なる功績と忠誠心に、妾は最大の恩賜で報いねばならぬ。

「つきましては、売買交渉と参りましょう。そこの黒髪黒目の子を除いた五人の子達を、一人金貨百枚……合わせて五百枚で引き取りましょう。よろしいですか？」

「は、はい！　毎度ありがとうございます！」

うむ。すっかり存在を忘れておったが、他の奴隷も買い取らねばならん。

まぁ一人につき金貨百枚は妥当な額じゃ。

このヴァルハラ・オティンティン館で売れっ子になれば、三年の内に倍の値で完済する者もおるじゃろうて。

「そしてそちらの黒髪黒目の子ですが……金貨十万枚で如何でしょうか？」

うむ。妥当じゃ。

「………………は？」

む、ブデゲハめ何を驚いておる？

黒髪黒目などこの際問題ではない。査定額に多少の色をつける要因にはなろうがな。

じゃが何と言っても小僧の価値の大部分は竜のチンポに尽きる。

妾やウルスラに対して物怖じせなんだ胆力もいい。

そんな奇跡の男なのじゃ。金貨十万枚でも安いやも知れぬ。

「金貨十万枚、この場で全てお支払い致しますわ。どうかその条件で御納得頂けませんかしら？」

結果的に他の奴隷の千倍の値がついたが、ハッキリ言ってその価値は他の有象無象とは比較にもならぬのじゃ。

どうせその金貨十万枚は帝国の国庫……と言うか妾のお小遣いから捻出するのじゃから、ウルスラの懐は痛まぬ。

いや、ウルスラならば私財を売り払ってでも、この小僧を金貨十万枚で買うのじゃろうがな。

むむ、あまりの急展開に妾とウルスラ以外の面々が呆けておるわ。

じゃがこの小僧がこれからの竜神帝国にもたらすであろう大いなる恩恵を考慮するならば、金貨十万枚など端金に過ぎぬわ。

「ブデゲハよ。ウルスラだけでなく、妾からも貴様に礼を言わせてもらうぞ。貴様の多大なる忠誠心に報いる為、ついては次の竜神祭にて貴様に飛竜褒章を授与する事をここに約束しよう。これで貴様も晴れて勲功貴族の仲間入りじゃな」

竜神祭とは、この帝都にて夏に催される、エルヴァーン大陸最大の祭りじゃ。

毎年エルヴァーン大陸の旧王家の連中を招待し、七日間かけて飲めや歌えやの馬鹿騒ぎに興じるのじゃ。

そしてそこで毎年、帝国の発展に貢献した者達を勲功するのじゃが、飛竜褒章は軍属でない者に贈られる最上級の勲章じゃ。

これを授与された者は貴族と同等の権利を得る事が出来、毎年金貨千枚を生涯年金として賜るのじゃ。

「あ、あああああありがたき幸せええええええ!!　このブデゲハ、これからも竜神帝国に更なる忠誠を誓いまするううううううっっ!!」

ブデゲハが床に這いつくばってオイオイ泣いておる。

何を申すか。貴様の行為はそれ程の功績を受けて尚余りあるものじゃ。

と、そこでようやく黒髪小僧に目をやる。

ケヒヒヒ……あの竜のチンポが、妾のものに……♡

「オイ小僧、名は何と申す？」

妾は下卑た笑みを噛み殺しつつ、小僧に尋ねる。

「えっと、翔太です」

「ショータか！　良いかショータ、貴様は今より三年の後、妾の所有物となるのじゃ！　この決定は何があろうと覆る事は無い！」

そう。謂わば金貨十万枚は手付金じゃ。

三年の内に倍の二十万枚を稼げれば晴れて自由の身じゃが、そんな途方もない金など男娼一人では逆立ちしても稼げぬ。

つまり、もう此奴は妾から逃げる事は出来んという事なのじゃ。

「三年間、このヴァルハラ・オティンティン館で様々な女に抱かれよ！　そして経験を積め！　三年後に貴様が最高の男になった時、妾が貴様の望む物を何でもくれてやるぞ！」

そう、長いようで短い三年じゃ。

竜人族の妾にとっては大した時間ではないが、ショータめが更に熟成され、大人の男となるには充分な時間じゃろう。

女の楽園であり、同時に男の地獄でもあるこのヴァルハラ・オティンティン館は、今日より貴様の苗床となる。

いつの日か、この男娼館には貴様の優秀なる子種を求めて、女達が飢えた獣の如く押し寄せるじゃろう。

その女達を全て屈服させ、至上の快楽を与え、そして孕ませよ！

三千年の長き統治の末、ゆるやかな停滞へと向かうこの竜神帝国を救う為、その竜のチンポで女達を真の楽園へと連れて行くのじゃ！

そして妾も孕ませてもらうぞ。

目指すは十人以上！

とりあえず三年後まで辛抱じゃ。


むぅ……じゃが、果たして妾は我慢出来るかのぉ？

な、なぁに！　いざとなったらまたお忍びで遊びに来て、口でショータの精を吸えば良いのじゃ！

むむっ⁉　ウルスラよ、貴様まだ蕩けた顔をしておるな⁉

さ、さては館長の立場を利用して、毎日でもショータと子作りセックスするつもりじゃな⁉

何たる短慮な！

葡萄酒はしっかりと熟成させるからこそ美味いのじゃ！

若飲みなど邪道！

む？　何？　私が陛下の御為に、責任を持ってしっかりと熟成させますじゃと⁉

それまで陛下はちゃんと三年待っておれとな⁉

そんな殺生なぁ‼

妾とてさっきからオマ〇コが疼いて仕方ないのじゃぞ⁉

やっぱり明日からショータとパコらせてたもぉ～っ‼


【ショータの秘策】


どうも、僕です。

なんやかんやあって、めでたくこのヴァ・ティン館の男娼として働ける事になりました。

よかった。これで雇ってもらえなかったら、見知らぬ異世界で僕は途方に暮れていたでしょう。

あれからこのヴァ・ティン館の細かなルールをウルスラさんから聞きました。

あ、ちなみにヒルダちゃんは何だかよく解らないけど、全身鎧のお姉様達十人くらいに引きずられながら帰って行ったよ。

ずっと「ヤじゃヤじゃヤじゃ！　今からショータとパコるのじゃ！　妾の子宮が孕みたがってるのじゃあぁぁぁぁぁっっ‼」って叫んでた。

まったく、十二歳なのにマセてるなぁ。

もうちょっとグラマラスになってから出直しなさい！

ってか、三年後にはそのヒルダちゃんの専属男娼になるワケだけど……どうか少しでも育ってますように！

まず、男娼のランクについて確認です。

このヴァ・ティン館のランクは五段階に分かれていて、それぞれ受けられるサービスや料金にも差があるとの事です。

まず最上級の男娼は、ランク『神』です。GODです。

このヴァ・ティン館の最上階である五階に部屋を構え、料金も桁違い。

二時間で金貨十枚！　十回も通えばカール達が買えちゃいます。

大貴族や大商人、帝国将校の方々がよく利用されるらしいです。

吉原の花魁でいうところの太夫みたいな感じなのかな？

そしてその下の四階に住む、ランク『竜』の男娼達。

こちらの料金は二時間で金貨五枚。

ランク『神』程ではないにしても、他の国の男娼館ならトップスターになれる逸材が揃っているらしいです。

お金に余裕のある中流貴族や、軍幹部がよく指名するとか。

更にその下が三階のランク『天』で、二時間で金貨一枚。

騎士団の分隊長クラスや、ダンジョンや魔物討伐で稼いだ冒険者が主な利用客だそうです。

次は二階のランク『地』で、二時間で銀貨五十枚。ランク『天』の半分です。

ここはやっと研修期間を終えた新人が上を目指す為の通過点らしく、早い子だと三ヶ月で新人から這い上がって来るそうです。

そして最下層のランク『人』は、入ったばかりの新人がまずここで働かされる階だそうです。

二時間で銀貨十枚とリーズナブル。

その代わり本番は無しで、主にオーラルプレイやマッサージ、男娼へのペッティングがメインなのだそうです。

ここでお客のお姉様達に顔を売って、上のランクへのステップアップの為の足掛かりにするらしいです。

お金持ちのパトロネスを見つけて、早くこの監獄から連れ去ってもらえる事を夢見てるんだとか。

監獄とか……どう考えても天国でしょうが！

でもどの道、三年経たないと身請けをさせてもらえないんだけど。

それに、上のランクでの奉仕を嫌がって何年も『人』に留まる、向上心の欠片も無い男娼も一定数居るんだとか。

こんな健全なエロ男子の都合の良い夢を全部詰め合わせにしたような職場の、何が不満なんだよこのバカティンがぁ！

と、僕は耳にかかったエアーロン毛を忙しなく掻き上げて、周りのみんなから奇妙な生き物を見るような視線を向けられちゃってるワケで。

……異世界に馴染むのはまだまだ先の話になりそう。


で、いよいよ僕らも明日から男娼デビュー！

新人教育という名の実習とかもなく、いきなりの実戦とか……異世界ってハード！　ブラック！　でもとってもファンタスティック！

新人の僕らは当然一階の『人』から。

僕はカール達の千倍という破格のお値段で買われたワケだけど、だからと言って特別扱いはしないらしい。

「とは言っても、ショータ君には期待せざるを得ません。過去にもアナタ程の高値がついた男の子は居ませんでしたから……是非とも頑張ってくださいね」

そう言ってニッコリ微笑むウルスラさん。

うはぁ……やっぱり綺麗な人だなぁ……♡

僕もいつかは、ウルスラさんと……え、エッチな事が出来れば良いなぁ、なんて……。

でもウルスラさんは僕みたいなガキンチョなんか相手に

してくれないんだろうなぁ……。

僕もカールみたいにイケメンだったら……。

いや！　始まる前からクヨクヨしててどうするんだ！

戦う前から負ける事を考える馬鹿は居ない的な事を、とある国会議員さんも言ってたじゃないか！

顔も普通、オチンチンのサイズも人並み、おまけに童貞！

そんな僕は人一倍努力しなきゃダメなんだ！

容姿にもセックスにも自信が無かったら、何か別のアピールポイントが無きゃ話にならない！

そう考えた僕は、お客様に満足してもらう為の工夫を凝らす事にした。

要するに、僕にセックス以外の付加価値があれば良いんじゃないかって。

僕のアドバンテージは……ズバリ、異世界《ジャパン》の知識だ。


まずウルスラさんに相談して、厨房を使う許可を貰う。

そして食材をある程度自由に使わせてもらう。

そんなこんなで僕は今、厨房の片隅で食材を探している最中。

そんな僕を不思議そうな目で見るシャルロッテさんとウルスラさん、そしてシェフの皆さん。(全員綺麗なお姉様♪)

何でも、厨房に男娼が入るなんて珍しいそうだ。


それでいて黒髪黒目の僕はイヤでも目立つから、シェフのお姉様達がざわざわしてる。

そんな美人揃いなシェフのお姉様の中でも、一際目を惹く人が。

まず何と言っても髪がピンク！　あんな派手なピンク髪、アニメでしかお目に掛かれないよ！

身長はシャルさんよりちょい高め、推定170台後半。

そして頭頂部からは長～い……耳？

う、ウサギ？　これは俗に言う、獣人ってヤツなの？

如何にも人懐っこそうな顔で、これから僕が何をやろうとしているのか興味津々って感じで。

……とりあえず後で絶対にご挨拶しなきゃと固く決意して、僕は本来の目的を行う事にした。

「シャルロッテさん、ウルスラさん、ちょっと聞きたい事があるんですけど……」

そう言って僕は、これこれこんな料理は見た事はありますか？　と尋ねる。

でも二人とも、そんな料理は見た事も聞いた事も、もちろん食べた事も無いらしい。

じゃあ作ってみる事にした。

僕の世界では、子供から大人まで大人気なあのスイーツを。

僕を指名してくれるお客様にそれを振る舞えば、それが評判になって固定客がつくかも知れないってだけの浅知恵だけどね。

でも肝心の材料が……と思ったそこのアナタ！

大丈夫！　異世界でもちゃんと材料は揃いますよ！

用意した物は、砂糖・ニャー鳥の卵・ギウニーの果汁です。

砂糖は地球とほぼ同じ品質です。

ニャー鳥とは、地球で言うニワトリとほぼ同じです。

四本足でニャーと鳴くけどね……何故だか六本足の馬よりも見た目から受ける威圧感が強くて、これがカルチャーショックってヤツかと思ったね。

そしてギウニーってのは見た目はヤシの実で、その果汁は見た目も味も匂いも牛乳とほぼ同じです。

さすが異世界。無い物は無いのかも。

まぁ細かい事は気にしない。レッツクッキング！

砂糖と卵とギウニーの果汁をかき混ぜて、その溶液をガラスの器に小分けして、蒸し器で蒸す。

火力の調節は魔法でオッケーらしいです。

何でも、炉の中に炎の精霊を閉じ込めてるんだとか。

さすが異世界。

充分に蒸したら、後は冷やすだけ。

その場に居た全員が、僕の一挙手一投足に注目してる。

ウルスラさんも、シャルさんも、シェフのお姉様も、ウサ耳の謎めいたお姉様も、口を一切挟まず真剣な顔で僕を凝視してた。

冷蔵庫っぽい物もありました。氷の精霊を閉じ込めて冷やしてるそうです。

さすが異世界。

はい、そしてあらかじめ冷やしていたものがこちらになりまーす。（時間省略の表現）

この一見薄黄色の塊に、もう一工夫です。

砂糖と少しの水をフライパンに入れて、それを火にかけます。

揺すらずかき混ぜず、ただただじっくりと。

やがて砂糖水が沸騰して、次第に変色します。

シェフのお姉様達が奇妙な目で見るのも構わず、やや濃い目の茶色になるまで焦がせば完成。

粗熱をとって覚ましたその茶色のソースを、先程の黄色い塊の上にかけて完成！

「さ、どうぞ。僕の生まれ故郷の料理です」

と、シャルロッテさんとウルスラさん、それにシェフのお姉様方にそれとスプーンを手渡す。

でも皆さん困惑顔。

「えっと、ショータ？　これ……何？」

と、シャルロッテさんは恐る恐る尋ねる。

どうやらあまり食欲はそそられないみたいだ。

口にはしてないけど、ウルスラさんも同じ気持ちだろう。

「これは、プリンっていう甘いお菓子です。とっても美味しいですから、食べてみてください。さぁさぁさぁさぁ、冷たいうちにさぁさぁさぁ！」

そう言って僕は、自分の分のプリンをスプーンで掬って食べる。

うんまぁ♪　久し振りに作ってみたけど、上手く出来たみたいだ。

見た目も味も食感も、僕のよく知るプリンそのものです。

ちなみに僕はトロットロのプリンよりも、硬めでしっかり弾力のあるプリンの方が好きだったりするワケで。

僕が食べた事で不安がある程度解消されたのか、ウルスラさんが覚悟を決める。

ってか、たかだかプリンにそこまで身構えなくても。

「柔らかい……それにこの不思議な弾力……」

スプーンから伝わる感触に、興味津々のウルスラさん。

じっくりと眺めた後、意を決してそれを口に入れて……

その瞬間、クワッと目を見開いた。

「こ、これはっ⁉　信じられない……何て美味しいの⁉　あっさりとしていて、でもコクがあって濃厚で、それでいて全然しつこくないわ！」

うわ、ウルスラさんが料理漫画の審査員みたいになった！

「砂糖とニャー鳥の卵を混ぜるだけでも信じられないのに、更にギウニーの果汁を混ぜた物がこんなに美味しくなるなんて……それにただ甘いだけではなく、焦がした砂糖水の仄かな苦味が味を引き締めている……完璧だわ！」

ウルスラさんの迫真のコメントに、それまで食べるのを躊躇《ためら》ってたシャルロッテさんもようやくプリンを食べる。

「うまっ⁉　うぇっ⁉　ちょ、これ、あまぁっ！」

こっちはコメント下手か。

でも美味しさに対する驚きはすごく伝わってくる。

シェフのお姉様達にも好評みたいだ。

「……リンダ、アナタはこのプリンについてどう思いますか？」

リンダ？　誰ですかそれ？

するとシェフのお姉様の中から、さっきのピンク髪のお姉様がズイッて前に出て来た。

ピンクの髪をフワフワと、白くて長いウサ耳？　をピコピコと、そして意外とボリューミーなおっぱいをプルンプルンと揺らしながら。

「はぁい♪　リンダはとっっってもっ美味しいと思うピョン♪」

　あ、やっぱりウサギで確定みたいです。

　さすが異世界。

「う～ん……使ってる材料もそうだけど、調理方法もリンダの知らない技法だったピョン。普通蒸したものをそのまま冷やす事なんてしないし、それで出来上がったものがこんなにプルプル食感なんて、もーワケわかんねーピョン！　でも美味しいから許すピョン！」

　そう言ってリンダさんは頬っぺたを膨らませつつプリンをパクついてる。

　掴み所の無いキャラクターだけど、何か……カワイイ人だなぁ……主に語尾とか♡

　で、リンダさんやシェフのお姉様に聞いてみたけど、どうやらギウニーの果汁を料理に使う事はほとんど無いらしくて、食後の飲み物程度にしか使われてなかったらしい。

　それなら、ギウニーを使ったデザートの幅はこれからドンドン拡げる事が出来るんじゃないかな。

「じゃあこのプリンを食べたのは、僕以外では皆さんが初めてですね。皇帝陛下ですら食べた事が無いですよ、多分」

　僕がそう言った瞬間、二個目のプリンを食べようとしていたウルスラさんの手がピタッと止まる。

　そしていきなり僕の両肩をガシッと掴んだ。

　ちょ、ウルスラさん⁉　か、顔が近いんですけど……ってかウルスラさんの目ぇ怖っ⁉

「ショータ君……こんなにも美味しいものを私達だけが独占するというのは、さすがに陛下に対しても申し訳なく思うのですが……ショータ君もそう思いませんか？」

「え？　は、はい……そうですね……だから、僕を指名してくれたお客様に……」

　僕は言葉を続ける間も与えられず、とても強い目ヂカラをしたウルスラさんが言う。

「つきましては、このプリンとやらのレシピを私に売って頂けませんかしら？　この素晴らしい料理を、是非とも陛下への献上品にしたいのですが……」

　え、皇帝にこのプリンを？

「図々しいお願いをしているのは解っています。ですが私は陛下の忠実なる臣として、何としてもこの未知の甘味を陛下に召し上がって頂きたいのです！」

　おおぅ……圧が半端ない……。

　でもそんな毎日山海の珍味を食べてそうな人に、庶民のスイーツ代表みたいなのを食べさせても大丈夫なの？

「いや、正直今の作り方を見てもらえば解ると思いますけど、スゴく簡単ですよ？　皇帝にそんなの食べさせていいんですか?」

「いいのです。あの方は凝った料理より、このようなシンプルな甘味が大好物ですから」

え? ウルスラさん、皇帝の事知ってるの?

あ、そう言えばこのヴァ・ティン館は皇帝御用達とか言ってたっけ……じゃあウルスラさんと顔見知りでもあるのか。

「ん~……本当は僕を指名してくれたお客様にお出しするつもりでしたけど、そういう事なら構いませんよ」

「ほ、本当ですか⁉ で、では如何程お支払いすれば……」

「あ、何ならもし皇帝陛下がプリンをお気に召したら、この男娼館の名物スイーツにしちゃいます? あと、お金とかは結構ですから」

僕がそう言うと、ウルスラさんはとても驚いた顔をする。

ウルスラさんだけじゃなく、シャルロッテさんやシェフのお姉様達やリンダさんまでざわっ……てなる。

「そ、それはいくら何でも……私の目から見ても、このプリンは千金の価値があるのですよ? それをタダで譲ると言うのですか?」

千金て。それは過大評価ですよ。

今は初めて触れた異文化へのカルチャーショックに正常な判断が出来てないだけで、後で冷静になって後悔するパターンだと思う。

そんな弱味につけこむようなマネはしたくない。

相手がハゲデブジジイならまだしも、ウルスラさんには絶対嫌われたくないし。

「それでウルスラさんが喜ぶなら、僕も嬉しいですから」

「あぁ……アナタって子は!」

むぐっ⁉

え? 何これ? この顔全体を覆うムニュッとしてフニッとしてモチモチッとしてる、プリンよりも柔らかい物体は?

こ、これ……オパーイ⁉

ふおおおおおおおっ‼ ぼ、僕、ウルスラさんにムギュッってされてるうううううっ‼

ふわぁ……柔らかいぃ……温かいぃ……♡

しかもクロスホルタードレスの谷間の、ちょうど素肌が露出してるところに顔が当たって……。

もう……死んでもいい……♡♡♡

「あっ⁉ ご、ごめんなさい……私とした事が、つい興奮してしまって……イヤだったでしょう?」

ふぇっ……?

何でか解らないけどウルスラさんは僕の顔をおっぱいから引き離す。

そんなぁ……せっかく幸せだったのに、急に甘い夢から現実に引き戻されて、僕は泣きたくなった。

っていうか、泣いていた。

それはもうポロポロと。

「えぇっ⁉　そ、そんなにイヤでしたか⁉　ご、ごめんなさい‼」

オロオロするウルスラさんを見て、僕は首をブンブン振って否定する。

そしてウルスラさんの許しも得ずに、僕は自分からウルスラさんの柔らかな谷間に飛び込んだ。

「えっ？」

ふわぁ……しゅごいぃ……このおっぱいしゅごいのぉ……♡

もう離さない。このおっぱいは僕のだもん……♡

「……ショータ君は本当に変わった子ですね」

ウルスラさんはそう言って、僕の頭を優しく撫でてくれた。

あぁ……ママぁ……♡

ちなみに僕の本当のお母さんは今でも日本で元気に暮らしてるハズだけどね。

周りに居るシャルロッテさんやシェフのお姉様達が何だか赤い顔でモジモジクネクネしてるけど、僕は気の済むまでウルスラさんのおっぱいを堪能する事にした。


【ヒルデガルド、未知との遭遇】


その使者が離宮に来たのは、夜の九時を回った頃じゃった。

何だというのじゃ……本来ならば妾はもうおねむの時間じゃぞ？

この童女ボディーの時は夜は早いのじゃ。

何でもヴァルハラ・オティンティン館から早馬が来て、何かの箱を届けに来たらしい。

その箱には見覚えがあった。

ウルスラが極秘の用件を伝える為に用いる箱で、密書やらを入れて魔法の封印を施せる小箱じゃ。

ふむ……あのウルスラがこれを妾に送って来るという事は、余程の事態が生じたようじゃの。

妾は頭を切り替え、真剣な面持ちでその小箱を受け取る。

それを離宮内の妾しか入れない私室まで持って行き、誰にも見られていないのを確認すると、その小箱の封印を魔法で解除する。

小箱に付いている宝石に指で触れ、妾とウルスラしか知らぬ古代語の合言葉を唱える。

すると小箱からカチリという音がして、ゆっくりと蓋が開く。

と同時にその小箱から漏れ出す冷気。

……氷の精霊の魔力《マナ》を封じ込めておったのかや？

そして中に入っておったのは………何じゃこれは？

ガラスの器に入れられておるのは、薄い黄色の塊のような物。それが全部で４つ。

そして小箱の中央には、濃い茶色のドロッとした液体の入った小さなガラスポット。

更には銀のスプーンも入っておる。

……さっぱりワケが解らん。

む、蓋の裏に封書が貼り付けておる。どれどれ？

『これはショータ君が作った甘味で、プリンという物です。茶色のカラメルソースをかけてからお召し上がりください。

もしも陛下やアンネリーゼ様のお口に合いましたなら、これを皇帝《カイザー》プリンと命名し、我がヴァルハラ・オティンティン館の名物甘味として提供したいと思っております。何はともあれ、まずはご賞味を』

プリン、とな？

食い物なのかや？

ただの食い物を送って来た、じゃと？

こんな夜中に？　あのウルスラが？

しかももし妾が気に入れば、皇帝プリンと命名する？

……解らん。まるっきり意図が読めん。

しかしあの黒髪の小僧……ショータが作って、それをウルスラが認めて妾への献上品とするのなら、これはそれ程までに美味いという事なのじゃろうが……。

ま、百聞は一見に何とやらと言うしの。食ぅてみれば解るじゃろう。

どうせ竜人族の妾には毒など通用せんし、口に合わねばそれを口実にしてショータをブチ犯してくれるわ。

ケヒヒ……どっちにしても妾に損は無いのじゃ。

どれどれ、このエルヴァーン大陸の甘味を全て喰らい尽くした妾ですら初めて見るこのプリンとやらに、果たして『皇帝《カイザー》』の名を冠するだけの価値があるかどうか、確かめてやろうぞ！　ワクワク。

早速スプーンで掬って……おっと、そう言えばこのカラメルソースとやらをかけるのじゃったな。

ふおぉ……このソースの透明感よ！

まるで琥珀《アンバー》かトルマリンのような煌めきを放っておる！

ふむ、このプルプルとした感触……さすがに妾も口に入れてよいのか不安になるのぉ。

しかし妾は恐れぬ！

全ての甘味は妾にひれ伏すのみじゃ！

いざ、実食！

……………………。

ふっ……ふっふっふっふっ………………。

「ふぉおおおおおおおおおおおおおおっっ!!　なっ、何じゃこりゃあああああああああああああああっっっ!?」

星々が煌めく静かな夜。

妾の放った『竜の咆哮《ドラゴンハウリング》』は離宮はおろか帝都全体をも揺るがし、たちまち近衛騎士達を呼び寄せる結果となり、娘にしこたま怒られてしもうた。

業腹なので、残った皇帝プリンは全部妾の胃に収めてやったわ。ざまぁ！


【シャルロッテ、劣情の夜】


時間は午後十時を回った。

さっき城の方から何か物凄い雄叫びがあがって、このヴァルハラ・オティンティン館も厳戒体制に入ったけど、ウルスラ館長の「放っておきなさい」との一言で今は落ち着きを取り戻してる。

そしてアタイは今、ある一人の男娼の私室に居る。

今日入ったばかりのその新人男娼は、明日からの初仕事を控えて早く寝たいだろうに、アタイの来訪にイヤな顔もせずに迎え入れてくれた。

今はその男娼の部屋で、二人っきりで紅茶を飲んでいる。

一人部屋にしては広いその部屋の片隅に、水晶玉が置かれている。

これがいわゆる『監視の眼』と呼ばれる物だ。

全ての男娼の部屋に置かれたこの水晶玉を通して、各部屋の様子が用心棒の詰所や館長室で視られている。

ここでは滅多に起こらないが、客が男娼に過剰な乱暴を働いたり、身勝手な勘違いの末の色恋が原因で嫉妬に狂った客が、か弱い男娼相手に刃傷沙汰に及ぶ可能性がある為、男娼の安全を見守る為の措置だ。

尤《もっと》も、館長は解らないが用心棒達にとってはタダで男娼の乱れっぷりを出歯亀する為の物に過ぎない。

今は営業時間外なので、水晶玉の魔力《マナ》は働いていない。

つまりアタイが今からする行為も、誰にも見られる心配は無い。

アタイはゆっくりと深呼吸する。

大丈夫……アタイは冷静だ。

「それで、話って何ですか?」

考え事をしていたアタイは、ハッとなってショータを見る。

ショータは寝間着を着ていた。

絹の寝間着の、上着だけ。

下は……身につけていなかった。

余り気味の上着の袖で指先まですっぽりと収めてるのがとっても愛くるしい。

ランプの明かりに照らされて、ベッドに座ったショータのナマ足が何とも艶かしく見える。

アタイは紅茶の代わりに生唾をゴクリと飲み込む。

畜生……何だってコイツはこんなにも無防備でいられるんだ?

女のアタイと、監視の無くなった部屋に二人っきりで閉じ込められてるんだぞ?

部屋の鍵もアタイがこっそり閉めた。

なのに何の警戒もせず、そんな淫らな格好で、アタイに微笑みかけやがって……。

アタイは子宮の強い疼きを抑えながら、震える声でショータに語り掛けた。

さっきからずっと考えていた、アタイの嘘を……。

「あ、あのな? ショータは新人だし、このヴァルハラ・オティンティン館の決まりは知らない事が多いだろ? だ、だから寝る前の決まりについても聞かされてないだろうと思って、な……」

「寝る前の決まり、ですか?」

あぁっ……そんなキョトンとした顔で首を傾げて……小動物みたいな可愛らしい顔で見ないでくれぇ……!

今からアタイは、お前を騙そうとしてるんだから……!

「そ、そうなんだよ! あのな、んっと、その……だ、男娼の健康管理も、アタイらメイドの重要な仕事でな? それで……しばらくの間は、一日の終わりにな、男娼の、お……オチンチンをフェラして、せ、精液の味を確かめるって決まりがあるんだよ!」

「えっ……?」

うわああああやっちまったあああああ!!

ショータがポカーンとした顔で見てる……そりゃ騙されねぇよなぁこんな馬鹿みたいな嘘にいいいいい!!

どうしよう……いくらショータが帝国人じゃなさそうだからって、こんな馬鹿げた話を信じたりしねぇよなぁ!

だってアタイ我慢出来なくなっちまったし、ショータのあんなデカいチンポ見ちまったら、そりゃ味見したくなるじゃねぇか！

「あ、でもすぐ終わるし！　アタイは新人のオチンチンをフェラするのには慣れてるから！　ショータは天井の染みでも数えてりゃすぐ終わるから！　痛くしねぇから！　怖くねぇから！　先っぽだけだから！　な!?」

ダメだ……テンパり過ぎて自分でも何言ってるのか解らねぇ……なのにどうしようもねぇ……！

終わった……金貨十万枚なんて途方も無い値がついた大事な男娼に、嫌われちまった……。

クビになっちまう……いや、最悪処刑だ……。

そうなる前に、どうせならコイツを犯して……！

「し、しばらくって、どれくらいですか？」

ん？　何だ？　ショータが上目遣いでアタイを見てる……？

「えっと、その、あー……い、一ヶ月くらい、かな？」

「一ヶ月……それって毎晩、シャルロッテさんに、その……フェラチオ、して、もらえるんですか？」

……ん？

「そ、そうそう！　ショータもイヤかも知れないけど、決まりだし、アタイも仕事だし！　これも必要な事だと思って割り切ってくれよ、な？」

「わ、解りました……シャルロッテさんにだったら、僕……フェラチオとか、されるの……初めてですけど……お、お願いします……♡」

…………………。

うおおおおおおおおおお!!

マジかよおおおおおおお!?

コイツ信じやがったあああああああ!!

「そ、そっか！　解ってくれたか！　じ、じゃあ早く終わらせてやっから、とりあえずそのベッドに仰向けになれ！　ほら早く！」

やっべ！　アタイ興奮してる！

こんなに興奮したのは、ガキの頃に初めて同い年の男をブチ犯した時以来だ！

でも落ち着け……こんな時こそ冷静に……慎重になれ……。

アタイが深呼吸して心を落ち着かせようとしていたその時、アタイの心臓が止まりかけた。

ベッドに寝たショータは、絹の上衣を胸元まで捲っていた。

その下には、何も身につけていなかった。

胸当てはおろか、ショーツすら。

オレンジの火に照らされたショータの裸身は、とても綺麗だった。

平坦な胸、くびれた腰、引き締まった太もも。

あり得ないくらいに大きな……チンポ。

そしてショータは真っ赤な顔をして、アタイにこう言ったんだ。

「や、優しく……して、ください……♡」

その瞬間、アタイの理性は粉々に砕けた。


ジュルッ！　ジュルルルッ！

ジュボッジュボッ！　ズゾゾゾッ！

チュッポンチュッポン！　ベロベロベロッ！

「はひっ♡　くひぃっ♡　シャル、ロッテ、さぁん♡」

うまっ。しゅごっ。

こんな、チンポ、はじめてっ。

アタイの、おくち、いっぱいに。

舐めて、咥えて、吸って、しごいて。

こんなに、チカラいっぱい、してるのに。

並の、男なら、一分だって、耐えられやしないのに。

「もっと♡　もっとしてぇ♡　僕のオチンチン、いっぱい、気持ちよくしてぇ♡」

まだ耐えてる。もうかれこれ五分はしゃぶってるのに。

もっと大きく、もっと硬く、もっと美味しくなる。


スゴい。このチンポしゅごい。

こんなの知ったら、もう戻れなくなる。

もう他の男娼の小指チンチンなんか、しゃぶりたくなくなっちまう。

このチンポだけでいい。ずっとショータのチンポだけ。

ショータ専用のザーメン吸引メイドになりたい。

「あぐっ♡　しゅき♡　シャルロッテさんしゅきいぃっ♡　こんな僕のオチンチン吸ってくれて、気持ちよくしてくれるシャルロッテさんの事、どんどんしゅきになっちゃううううっ♡♡♡」

アタイも好きだよ。

平凡な顔も、世間知らずなトコも、女に優し過ぎるトコも。

綺麗な黒髪黒目も、細くて柔らかな身体も、デカいチンポも。

全部好き。ショータが大好き。もうショータ以外の男娼なんか要らない。

「あっあっあっ♡　イクッ♡　もうイッちゃう♡　このまま じゃシャルロッテさんのお口に出ちゃう♡　シャルロッテさんのお口、精液お便所にしちゃうううううっ♡」

いいよ。出しちゃえ。

お前が望むなら、今日からアタイはショータ専用の精液

便所だ。

お口で物足りなきゃ、どこでも使えばいい。

「イッ、イグッ♡　飲んで♡　僕の精液、初めて、ゴックンする人になって♡　初めてがシャルロッテさんで良かった♡　あっあっ♡　イクッ♡　イクイクイクウゥッ♡♡」

やっと出るのか。手こずらせやがって。

これからもこんなに全力でフェラしなきゃいけねぇのかよ。

楽しみで仕方ねぇ。毎日喉が鳴るぜ。

ほら、イケ。いっぱい精液出せ。

精液も他の男よりいっぱい出るもんな。

今度はヨハンナにじゃなく、アタイに精液出したんだってちゃんと覚えとけよ。

いっぱい出せるように、もっと吸ってやる。

ベロもいっぱい動かして、先っぽペロペロしてやる。

もったいぶってないで早く出せ。アタイも限界なんだ。

「イッ……イッグウウウウアアアアアッッ!!」

ビュルッ！　ビュルルルルッ!!

ドプドプドプッ！　ドックンドックン!!

ビュッビュッ！　ブビュッブビュビュッ!!

……♡♡♡♡

ショー、タぁ……♡♡

しゅごすぎぃ……♡♡

「はぁ、はぁ、はぁっ……♡」

「んぐっ♡　んぶっ♡」

スゴい。ショータの精液マジでスゴい。

青臭い。プリプリしてて喉に絡みつく。

呼吸する度に精液の匂いがする……。

こんなに濃くて大量の精液、初めて。

一人で何人分の精液出すんだよ、まったく。

……最高じゃねぇか。

「ほら……精液飲んじまったぞ。ごちそうさま♪」

アタイはそう言って、ショータに向かって大きく口を開けて、精液を全部飲み干したのを見せつける。

むはぁっと精液臭い口臭を嗅がせちまうけど、仕方ないよな。

「……と、とりあえず精液には何の異常も無いから、明日から仕事頑張れよ、な？　じゃあアタイはそろそろ……」

目的を果たしたアタイは、そそくさと退散しようとする。

精液飲んでスッキリしたからな。ケンジャモードって言うらしいぞ。

だけど、ショータが急にアタイに抱きついてくる。

アタイの胸に顔を埋めながら、フーフーと呼吸を荒くしてる。

突然の事に少し慌てるアタイだったけど、子猫みたいに甘えるショータがとても愛おしくなって、アタイもショータを抱き締めて、そのままベッドに押し倒す。

「……気持ち良かったか？　アタイ、ちゃんとショータの事を気持ち良く出来たか？」

「……うん。シャルロッテさんのフェラチオ、スゴく気持ち良かった……あんなの知っちゃったら、もっと……して欲しくなるけど……それじゃあシャルロッテさんに迷惑かけちゃうから、我慢、する……」

……くうううううっ！　何なんだよコイツ⁉

可愛過ぎかよぉ！

アタイの胸に顔を埋めながら、耳まで真っ赤にしやがって！

この淫乱子猫ちゃんが！

「し、仕方ねぇなぁ……じゃ、本来はそこまでしないんだけど……寝る前のおやすみフェラだけじゃなくて、朝のおはようフェラも……」

あ、こりゃ調子に乗り過ぎかな？

毎晩の射精だけでもショータには負担だろうに、それに加えて朝の仕事前の射精までするとか……。

「いいの⁉　してして！　シャルロッテさんに朝フェラして欲しい‼」

いいのかよ！

女にご褒美与え過ぎだろ！

「好き！　シャルさん大好き！」

と言って、ショータはアタイの顔中にキスし始めた。

……あーもう！　悩んでんのが馬鹿らしくなる！

コイツはもう何から何まで、他の男なんかとは比べ物にならない程の淫乱小僧なんだ！

もう下手に気ィ遣うのやめた！

これからは毎朝毎晩、お前の極上精液搾ってやる！

仕事で疲れたとか、泣き言なんざ聞かねえからな！

アタイは頬っぺたにチュッチュしてるショータの顔を引き剥がして、おもむろにその小さな唇を奪う。

ショータはビックリして目をパチパチしてたけど、アタイの舌がショータの舌を捕まえた時に、観念して目を閉じた。

明日が初仕事で命拾いしたな。

いつかお前が泣くまで犯してやるからな。

今日はフェラとキスだけで勘弁してやる。

んまっ。コイツ、ベロも唾液もうまっ。

お、生意気にアタイの舌吸いやがって。

もう今夜はこのまま抱き合ったまま一緒に寝てやる。

そして明日はコイツより早く起きて、朝一番の精液をたっぷり搾ってやる。

覚悟しろよ？　アタイを本気で惚れさせたお前が悪いんだからな？

え、ちょ、おま……誰も胸も触っていいなんて……。

てか、女の胸なんか触って何が楽し……あんっ♡

二章　夢みたいな初仕事

チュンチュン、チュンチュン♪

あー、鳥が鳴いてる……暑いカーテンの隙間から、朝の爽やかな光が漏れてる。

朝かぁ……ふわぁ。

あれ？　ってか、僕いつの間に寝たんだっけ？

確か昨日は、シャルさんが来て……そして……。

グチュッグチュッ！　ジュボッジュボッ！

「うひっ⁉　ふわっ♡　あひゃっ♡　ふおぉっ♡」

な、何⁉　腰から下が蕩けそう！

お、オチンチンに何か絡みついてるっ⁉

熱くて、ヌメヌメして、気持ち良いよぉっ！

僕は思わず自分の下半身を見る。

けど、僕の身体には毛布が掛かっていて、何故か下半身の辺りがこんもりと盛り上がっていた。

僕は震える手で毛布を掴んで、思い切り引っ張った！

「んっんっんっ♡　あむっ♡　んぐっ♡　ぷぁっ♡」

「し、シャルさん⁉」

信じられなかった。

そこには、僕の朝勃ちオチンチンを美味しそうにしゃぶってるシャルさんが居た。

メイド服は着てなくて、白の下着にガーターベルトとタイツっていう、僕のとても好きな格好で……。

それを見て、更にオチンチンが大きくなっちゃう。

「んぶぁっ♡　はあぁ……ショータのチンポしゅごい……まだ大きくなるなんて……♡」

「シャルさん！　な、何してるんですか⁉」

僕はワケが解らなくなって、シャルさんに尋ねる。

ようやくオチンチンをしゃぶるのを止めて僕を見るシャルさん。だけど手袋をした手でシュコシュコってしごくのは止めない。

「ん？　何って、忘れたのか？　これから朝と夜は毎日ショータの精液搾っていいって、約束しただろ？」

……あ、そう言えば。

ってか、昨日のアレって夢じゃなかったのか。

こってり濃厚に初おしゃぶりされた後、キスしながら寝ちゃったんだっけ。

夢じゃないって解った途端、僕は安心する。

よかった。アレが夢だったら、きっと僕は泣いてた。

そうなると現金なもので、目覚めてシャルさんが朝フェラしてるのを知って、僕はもっとしゃぶって欲しくなった。

「あの……シャルさん……もっと……」

「うん？　何？　聞こえないなぁ。もっと大きな声で、何をして欲しいのか、ハッキリと言ってごらん？」

うわーん！　この人絶対解ってて焦らしてるよぉ！

でも、こうしてる間にもシャルさんは僕のオチンチンの根元をシュコシュコしごいたり、先っぽを掌でグリグリ擦ったり、でも僕がイカないようにギリギリの所で寸止めされてるんだ。

そんな生殺しに、童貞の僕が耐えられるハズも無くて。

「んくっ♡　ぼ、僕の……精液、シャルさんに……飲んで、欲しい、です……♡」

「んんっ……はぁ、はぁ……よく言えました♡　じゃあ、ショータの朝一番こくまろ濃厚ザーメン、お姉さんがたっぷりゴックンしてあげるからな……覚悟しろよ、このオスガキ！」

シャルさんみたいな素敵美人メイドに、淫語でいじめられながら朝フェラされるなんて、もう死んでもいいくらいの幸せを感じています。

でもシャルさんに寝起きバキュームフェラされて、やっぱりイク前に死にたくないなぁなんて思ったり。

そして悲しいかな、童貞の僕はシャルさんの超絶テクニックに長くは耐えられず。

たった三分で、僕はシャルさんのお口をまた精液お便所にしちゃったワケで。

朝からこんな幸せでいいのかなぁ……？

それから頭がぽわぁ～ってなってるのを、シャルさんのハグで呼び戻されたり。

シャルさんの柔らかおっぱいにいつまでも顔を埋めてクンカクンカしてるのを、無理矢理離されたり。

それで僕が泣きそうになってるのを、やれやれって感じでシャルさんに慰めチューされたり。

そしたら僕もチューして、それに対してシャルさんもチューで応えてくれて、気がつけば朝からたっぷりディープキスしてたり。

それでいつの間にか朝食の時間になってて、二人して慌てて食堂に走って行ったり。

男娼とメイドは食堂が別で、途中でシャルさんと別れて。

シャルさんが「仕事頑張ってな」って、僕の頬っぺたにチューしてくれて。

だから僕もお返しにチューして。

あと一分だけって、階段の下の見えないスペースで抱き合ってベロベロチューチューして。

気がつけば五分経ってて、マジでシャレにならないってシャルさんは血相変えて走って行った。

そんな僕の初出勤の慌ただしい朝。

僕はまず厨房に行って、シェフのお姉様達に挨拶した。

いきなり乗り込んでおはようございますって挨拶したら、みんなビックリしてたけど、気持ちよく挨拶を返してくれた。

後になって聞いてみたら、シェフのお姉様達は男娼に会う事も、会っても挨拶される事もほとんど無いそうだ。

何でだろう？　僕ならこんな素敵なお姉様達に顔を覚えて欲しいから、特に用事が無くても会いに行きたいくらいなのに。

男娼専用の食堂はビュッフェ形式になってて、朝から好きなものが食べられる。

どれもこれも美味しそうだ。食べた後はまた厨房に行って、お姉様達に美味しかったってお礼を言いに行こう。

広い食堂は男の子達でいっぱいだ。

千人近くは居るんじゃないだろうか？　そりゃあこれだけ大きい男娼館なんだから、男娼もいっぱい居るよなぁ。

ふと、食堂の片隅に目をやると、カールが居た。

僕はトレイとお皿を持って、適当にパンとお肉とフルーツを選んで、カールの方へと向かう。

「おはようカール！」

「え？　あぁ、ショータか……おはよう」

あれ？　カールの元気が無い。

眠れなかったのか、目の下にうっすらとクマが。

それに、せっかくの朝食にもほとんど手をつけてなかったり。

「眠らなきゃ、食べなきゃって、解ってはいるんだけど……」

そう言ってカールは、紅茶だけをチビチビ啜ってる。

その横で僕はモリモリ食べてる。

うまっ。このお肉うまっ。

「君は元気みたいだね。やっぱり僕らと君は違うんだよ……何もかも、ね」

「まぁそりゃ僕はカールみたいな美少年じゃないし。でもやる気だけはあるつもりだよ」

周りを見渡せば全員美少年。

金髪のあの子も、茶髪のあの子も、銀髪のあの子も。

その中で日本人丸出しの僕。へこむわぁ。

「……君は気づいてないみたいだけど、君はもう注目の的だよ？」

え？　僕が？

カールの言葉に何気なくチラッと周囲を見てみる。

すると、周りの子達がチラチラと僕らの方を見てる。

さっきは気づかなかったけど、そう言えばやたら多くの子と目が合うなぁと今になって気づいた。

何で？　僕が黒髪黒目だから？

まぁそりゃ白鳥の群れの中に一羽だけカラスが居ればイヤでも目立つよねＨＡＨＡＨＡ！

「実はね、君に金貨十万枚の値がついたって、もう多くの男娼に知れ渡ってるみたいなんだ。僕もさっき、全然知らない男娼の子にその事について聞かれたんだ」

「え？　そうなの？」

「うん。君は気づいてなかったかも知れないけど、君が食堂に入って来た時、みんなざわついてたんだよ？　逆に何であれに気づかなかったのってくらいだったんだけど……」

あー、そう言えばそんなざわめきがあったような……。

でもその時は料理に気をとられてて気づかなかったよマジで。

「多分だけど、あの時に居合わせたメイドの誰かが、男娼の誰かにその事を話したのかも。で、今朝になって男娼全員がその話で持ち切りって時に、君が現れたのさ……」

はぁ、なるほど。

道理で今も何かヒソヒソ聞こえると思ったら。

うーん……まぁいいか。

「まぁそれはそれとして食べよう。もうすぐ八時だよ」

このヴァ・ティン館では男娼の仕事は朝八時からだ。

朝食は朝の七時から八時まで、そして昼休憩は十二時から十三時まで、夕食は十七時から十八時まで、そして夜の二十時に業務終了。

つまり十時間労働で、休憩は食事も含めて二時間だ。

この労働時間が地球では適法なのかどうなのか解らないけど、ここは異世界だし。

まだご飯が食べられるだけマシって感じなのかも知れない。

それに仕事時間が長ければ長い程、お姉様の相手を長く出来るって事だ。それって最高じゃね？

お肉うまっ。パンも固めだけど焼きたてでうまっ。フルーツも何かは解らないけどうっま。

そしておかわりを食べようかと迷っていた時、食堂が一際大きくざわついた。

ん？　どしたの？

すると、ちょっと離れた所で誰かが大声で話してる。

「ミハエル様だ！　ミハエル様が来られたぞ！」

ざわっ……ざわざわっ……

って感じで。

え？　誰？

と思ってると、みんなの視線は食堂の入り口へ。

すると、そこから男娼の一団が現れた。

その集団の先頭に、一際目立つ男の子が居て。

物凄いイケメン。

美少年を通り越してもう美少女。

ウェーブした金髪が肩まで伸びて、肌も本当に真っ白で。背も高過ぎず低過ぎず、そのまま絵画や彫刻にしてもいいんじゃないのかってくらい綺麗な顔立ち。

その後ろに居る男の子達も間違いなくイケメンだけど、その子だけは段違い、ってか桁違い。

カールも美少年だけど、上には上が居るんだなぁってしみじみ思った。パンを食べながら。

そしてその超絶美少年に率いられた集団は、真っ直ぐ僕達の方へ。

え？　と思ってると、その子は空いていた僕達の目の前の席に座った。

取り巻きの子達は彼の後ろに立って、僕を見てる。

僕はワケが解らず、パンをモッシャモッシャ食べてると、その美少年が口を開いた。

「ふぅん……こうして直に見ても、どうして君なんかに金貨十万枚なんて値がついたのか解らないなぁ」

開口一番で嫌味ですか。

まぁそれは自分でも自覚してるし、他人に言われるまでもないし。

「黒髪で黒目は確かに珍しいけど、それ以外は凡庸も甚だしいよね。顔は平たいし、目も小さくて細いし、鼻も低いし」

そうですね。僕も君達を見てると人種の違いを実感させられるよ。

まぁいくら羨ましがっても、明日から君達みたいな顔になるワケでもなし、妬んでるだけ時間の無駄だよね。

「おいお前！　ミハエル様がお声を掛けてくださっているのにいつまで食べてるんだ！」

いきなり取り巻きの一人（美少年）が僕に対して怒り出す。

やっぱりこの子がミハエル様なのか。

ってかもうすぐ八時だから、食べられるだけ食べたいのに。朝食マジで美味しいよ？

「……んっ。朝食食べたいなら、あっちで選んで来たら？　トレイはあっちにあるよ」

口の中のパンを紅茶で流し込んで、僕はミハエル様にそう声を掛けた。

すると取り巻き連中からは明らかな敵意剥き出しの眼差しを受けるし、当のミハエル様からは呆れ顔をされた。

「ボクがこんな騒がしい所で食べるワケが無いだろ？　もう自分の部屋で済ませたさ」

「はぁ、そうですか。ってか僕はまだ食事中なんで、用事があるなら手短にどうぞ」

「……君、名前は？」

「人に名前を尋ねる時は、先に名乗るのが礼儀だって聞いた事があるよ？」

ピクッ、とミハエル様のこめかみが動いたような気がした。

まぁ僕は目の前の朝食を見てたから気づかないけどね。でも横に居るカールが冷や汗をかいてるのは何となく解ったし、取り巻き連中が殺意を込めた視線を送ってるのも何となく解った。

「……フフッ、これは失礼。ボクはミハエルだよ。このヴァルハラ・オティンティン館のナンバーワン男娼さ」

まぁ何となく理解はしてたけど、やっぱりナンバーワンなのか。

そりゃこんなに綺麗な子は、女の人達も放ってはおかないだろうね。

「メイド達が噂してたんだけど、ブデゲハ商会から金貨十万枚で買われた奴隷が居るって聞いてね。こうやってわざわざ会いに来たってワケだよ」

「はぁ、どうも。僕は翔太ですヨロシク。ちなみに君はいくらで買われたの？」

ピクッ、とまたミハエル様のこめかみが動いたのを、今度はしっかりと見た。

多分僕が嫌味を言ったんだと思っただろうし、実際に嫌味のつもりで言ったんだけどね。

だってイケメンってだけでも許せないのに、ソイツが更に嫌味満載の奴なんだもん。嫌味の一つも返したくなるさ。

「……君と比べるとボクは大した事は無いよ。何せボクは金貨千枚だったからね。君の百分の一だけど、それでも当時はヴァルハラ・オティンティン館の男娼としては過去最高額だったんだよ」

「ふぅん。でも買い取り額の多寡でその人の価値が決まるワケじゃないし、気にする必要無いんじゃない？」

要するに、自分より高値がついた僕が気に入らないって事なんだろう。

いくら奴隷として売り買いされたからって……いや、だからこそその時の額で自分の価値が他よりも高いんだって思う事で、自分を誤魔化してるのかも知れない。

でも僕自身がどうして金貨十万枚なんて馬鹿げた値がついたのか解ってない。

だからそれについてアレコレ言われたって何も反論はしないし、自分の金額＝戦闘力でもあるまいし。

そんなので張り合うつもりは無いんだ。

「要は、僕達は男娼としてお客様をどれだけ満足させられるか、どれだけ気持ち良くなってもらえるか、その仕事への期待値としてその値段で買われたんだと思うよ。だから僕は金貨十万枚に見合う仕事をするだけだよ」

決まった。

パンをモッシャモッシャ食べながらだけど。

「……フン！　見上げた根性だよ！　男娼としての誇りってワケ？　女に股を開いて得た金が綺麗な金だとでも思ってるのかい⁉」

あれ？　ミハエル様、何を興奮してるの？

「お金に綺麗も汚いも無いし、帝国では男娼も立派な職業じゃないか。女の人を気持ち良くさせてあげられるなら、それは尊い仕事だと思うけどなぁ」

「……君はまだ実際に男娼として働いた事が無いからそんな綺麗事が言えるのさ！　女なんて全員ケダモノさ！　君はそれを今日思い知るんだ！　今日という日が終わってもまだそんな綺麗事が言えるかどうか、今から楽しみにさせてもらうよ！」

ミハエル様が声を荒らげながら言う。

その綺麗な白い顔を赤くしながら、僕を睨みつける。

「うん、激励ありがとう。頑張るよ」

対する僕はパンをモッシャモッシャ食べながら、一応お礼を言っておく。

すると後ろの取り巻き達から「おい！　ミハエル様に対して失礼だろ！」とか「いつまでパン食べてんだよ！」とか「とりあえず一旦パンを置け！　違う！　何で両手にパンを持つんだよ⁉」って怒られた。

そんな事言ったって、仕方ないじゃないか。(例の口調で)

そんな僕を怖い顔で睨んでたミハエル様。

だけど不意に、何かを思いついたようにニヤッと笑う。

イケメンだからそんな悪そうな顔も画になるのがムカつくなぁ。神様ってば超不公平。

「おい、今日は何曜日だったかな？」

ミハエル様は取り巻きの一人にそう尋ねる。

聞かれた取り巻きは一瞬キョトンとしたけど、すぐに何かを悟ってニヤリと笑う。

取り巻きもイケメンだし、そんな顔がまた画になる。

ムカつく。カール以外のイケメン死ね。

「はい、今日は土曜日《ゾンアーベント》です！」

取り巻きは嬉々として答える。

え？　土曜日がどうかしたの？

僕は思わずカールを見るけど、カールもキョトンとなってるところを見ると、何も思い当たる事は無いみたいだ。

「ククッ、まぁ精々初仕事を頑張ってくれたまえよ……君があの『新人潰し』に潰されない事を祈ってるよ……」

ミハエル様は意味深な事を言って、そのまま取り巻き達とフッフッフッと笑いをハモらせながら去って行った。

嫌味だけど憎めない子達だなぁ。

そして残された僕とカールは、お互いの顔を見合わせながら、どちらともなく呟いた。

「「新人潰し……？」」

まぁ考えても解らないから、後でシャルさんにでも聞くとするか。

僕は朝食を食べ終えて、厨房に行ってシェフのお姉様達に「御馳走様でした！　美味しかったです！」とお礼を言って、お姉様達にカワイイカワイイってハグされた。

ムフフ♪　今日もいい一日になりそう♪


【メルセデス、今日も男を求めて】


朝八時。ようやくヴァルハラ・オティンティン館の門が開く。

朝も早くから男娼達との逢瀬を求めて、飢えた女共が群れをなす。

そんな欲望剥き出しの光景に嘆息しながら、自分も同じなのになと自嘲気味に笑う。

ここには人種も職業もてんでバラバラの女達が居る。

見るからに貴族の人間、冒険者風の小汚い獣人、商人見習いといった感じの幼い顔立ちのドワーフ、魔法使いのようなローブを纏った無表情のエルフ、そして騎士用の簡素な礼服を着た私。

女達のお目当ては、この帝都唯一にして大陸最大の男娼館に居る様々な男娼達。

それぞれが自分の稼ぎに見合った男娼を金で買い、一時の夢を見る。

貴族の女は、まぁ最高級の『神』か『竜』だろうな。

冒険者はそのニヤつき加減から予想以上の収益があったのかも知れないし、奮発して『天』か、それ以上の『竜』だろう。

ドワーフはこれが初めての男娼館デビューのようなので、さしずめ『地』と言ったところか。

エルフは解らない。が、まぁ『地』を下回る事は無いだろう。

私はいつも通りの『人』だ。

性交をしたくないワケではない。

だが私がこの男娼館に求めているものは、そんな即物的なものではないからだ。

私は男娼館に入りたての初々しい新人が好きなのだ。

そして二時間も男娼を独り占め出来て、金額がたったの銀貨十枚。安い。

閉店まで粘ったとしても銀貨五十枚だ。同じ料金なのに二時間しか楽しめない『地』より、遥かにお得ではないか。

近衛の同僚達はそんな私をケチの守銭奴扱いするが、そんな評価などどうでもよい。

私は男娼になったばかりの新人に、ぎこちないながらも尽くされるのが好きなのだ。

そしてもてなしの上手い男娼にはたっぷりとチップを恵み、逆に下手な男娼にはたっぷりと説教をくれてやる。

どうしてこんな事も出来ないんだとか、そんなザマでこれからも男娼としてやって行くつもりかとか、お前のような役立たずを生んで親が泣いているぞとか、そうやって男娼がメソメソと泣くまでいたぶって愉しむのが、私の何よりの鬱憤晴らしとなっているのだ。

そんな悲惨な体験をバネにして、新人が奮起して更に上を目指してくれるのを期待しているだけだ。

まぁ最近はそんな気骨のある新人に巡り合う事もなく、多くの新人が精神を病んで男娼を続けられなくなってしまうのだが。

さりとて私の行いをヴァルハラ・オティンティン館が責められるハズも無く。


逆に不甲斐ない新人ばかりで申し訳ないと詫びられる始末だ。

無論私とて、別に好き好んで男娼を嬲《なぶ》っているのでは断じて無い。

それもこれも男娼達が私の加虐心を煽るからいけないのだ。

男は総じて、か弱過ぎる。

ちょっと強めに注意しただけで、猫に追い詰められたネズミのようにプルプルと震えられると、私もついつい食べてしまいたくなる。

だが『人』は基本的に本番行為は御法度だ。

だから私は説教をしつつ、新人に私を舐めさせるか、私が新人の身体を隅々まで舐めるかしている。

その日の気分によって変わるが、大概は舐めさせる方が好きだ。

怯える目で、震える手で、ぎこちない舌で、精一杯奉仕する新人が好きなのだ。

そんな私が男娼達の間で『新人潰し』と呼ばれている事も知っている。

私のしごきに耐えて上のランクに上がった男娼達が、私に対してある事無い事を噂しているのも。

だがそれで構わない。

表の顔は、皇帝陛下をお守りする近衛騎士のメルセデスとして。

そして仕事が休みの土曜日は、男娼館にて『新人潰し』のメルセデスとしての裏の顔を見せる。

そんな刺激的な日常を私は欲しているのだ。

そして今日も、私は私に潰されるかも知れない新人を指名する。

さて、今日最初の餌食となる新人は……。


【ショータと女騎士】


さて、今日が初仕事だ。頑張るぞ！

まず『人』のシステムなんだけど、何やら広い部屋に男娼全員まとめて入れられる。

壁の四方の内、一面だけ鉄格子になっている。まるで牢屋だ。初めてこの異世界に来た時の事を思い出す。

まぁ今は全裸じゃないけどね。

そしてお客様が来たら、この鉄格子越しに気に入った男娼を指名して、部屋でお楽しみって事らしい。

このシステムは『人』と『地』だけで、固定客がほとんどの『天』から上は、自分の部屋で待っていればお客様の方から訪ねて来るそうだ。

僕らみたいな『人』のランクは、お客様に顔と名前を覚えてもらうところから始まるって事だね。

よし、色んなお客様に話し掛けて、いっぱい覚えてもらおう。

お客様の選り好みなんかしないぞ！

でも出来れば美人でおっぱいの大きい人がいいぞ！

そうこう言ってる内に始業のベルが鳴って、お客様がゾロゾロと入って来た。

うはぁ♡　色んな人が居る♡　しかも全員美人さん♡

お金持ちそうな人に、無表情のクールビューティーさん、背が低くて落ち着きの無い人も居る。

ん？　あの鎧を着た背の高い人って……猫耳!?

うわぁ、本当に猫耳だぁ……異世界スゴい！

あの人がいいかな？

あの猫耳お姉様を、僕の初めてのお客様にしちゃおっかな？

そう考えた僕は、フラフラした足取りで鉄格子に近付く。

もうちょっと、もうちょっとで猫耳お姉様の視界に……。

「おい、そこのお前。黒髪のお前だ」

その時、不意に誰かに呼び止められた。

声の方を向くと……。

そこにはとても綺麗な女の人が立っていた。

キラキラ輝く金髪は、肩の辺りでスパッと切り揃えられていて。

これって何ていう髪型だっけ……おかっぱボブだっけ？　肌は透けるように白くて、瞳は宝石みたいに青くて、唇は林檎みたいに赤い。

おっぱいは控え目だけど、形は良さそう。

そして、腰に剣をぶら下げてる……これが巷で噂の女騎士様かぁ！

「こちらへ来い。もっとよく顔を見せろ」

女騎士様はそう言って僕を手招きする。

僕はフラフラと熱に浮かされたように歩み寄る。

鉄格子の手前まで来た僕の顎を、女騎士様がグッと掴んだ。

「ふむ……好みではないが、まぁたまにはこういうのも悪くはないだろう」

僕の顎を掴みながら、冷たい声でそう呟く女騎士様。

ふわぁ……超ドSっぽいぃ……♡

女騎士様は僕の顔から手を離して、そしてこう言った。

「お前を買ってやろう。部屋まで案内せよ」

「は、はいっ♡」

うっひょー！　僕の初めてのお客様は女騎士様だーい！


その日、早速ヴァルハラ・オティンティン館全体に渦中の新人男娼、ショータのニュースが駆け巡る。

曰く、ショータの最初の客が、よりにもよってあの『新人潰し』だと。

その報せを聞いたミハエルは、豪華な天蓋付きのベッドに身を横たえ、葡萄ジュースを飲みながら高笑いしたという。

◇◆◇◆◇

僕の初めてのお客様は女騎士様だ。

あぁ……遂に、女騎士様と……♡

僕は思い出す。あのエロ本様とのオナニーの日々を。

エロ本様に出て来るファンタジーなコスプレお姉様方の中でも、やっぱり女騎士様は格別だった。

凛々しい女騎士様が、醜悪な怪物に半裸で跨がって微笑んでいるページでは、何度射精したか解らない。

僕も女騎士様にいじめられたい。罵られたい。射精寸止めされたい。

でも、それは叶わない夢だと諦めて、虚しくティッシュに精液を無駄撃ちしていた日々。

でも、ここは異世界で。

僕は成り行きで、女の人に身体を売る仕事をする事になって。

そして僕の目の前には、憧れの女騎士様が居て。

あれ、おかしいな……悲しくなんかないのに、涙が……。

「……お前、何を泣いているのだ？」

しまった。泣いてるのを見られちゃった。

ここは僕の部屋で、女騎士様は椅子に腰掛けながら、突然泣き出した僕を呆れた顔で見ていた。

「ご、ごめんなさい！　今日が初めてのお仕事だから、ちょっと緊張してたみたいで……テヘへ」

僕は笑って誤魔化した。愛想笑いは日本人の十八番だ。

女騎士様はそれ以上は追求せずに、ただ「そうか……」って言って紅茶を飲んでる。

はぁ……紅茶を飲むお姿も凛々しくて素敵……♡

「……何だ？　私の顔に何かついているのか？」

わ、いつの間にかジロジロ見過ぎてたみたいだ。

女騎士様が不審げに僕を見てる。

「あ、いえ、その……き、騎士様がとてもお綺麗なので、見蕩《みと》れちゃって……」

「……あまり見え透いた世辞は好かぬな」

むぅ、お世辞扱いされちゃった。本心なのに。


同じ美人でも、シャルさんやウルスラさんとはタイプが違うんだ。

シャルさんは姉御肌美人、ウルスラさんは友達のママ美人、そして女騎士様は部活の厳しい美人部長って感じだ。

水泳部とか陸上部とかのバリバリ体育会系ね。

「あ、そう言えば自己紹介がまだでした。ごめんなさい……僕は翔太って言います。今日はよろしくお願いします！」

僕は直立不動の姿勢で自己紹介して、直角90度の最敬礼をした。

「ふむ……私はメルセデスだ。まぁ名前を覚えておく必要もないだろうがな……では早速だが、私から注文させてもらおう」

そう言ってメルセデスさんは、僕の目を真正面から見据える。

「なに、難しい注文はせぬよ。お前は今日が初仕事なのだしな……だがお前がこの先、ヴァルハラ・オティンティン館という最高級の男娼館で男娼として生きて行けるのかを、私が見定めよう」

うわぁ……メルセデスさん超凛々しい……♡

思わず顔がにやけそうになるけど、メルセデスさんはスゴく真剣だから、僕も真剣にならないと。

それに、メルセデスさんは新人の僕の為に、わざわざ試験官みたいな役目を自ら引き受けてくれるんだ。

メルセデスさんの期待に応える為にも、頑張らなくちゃ！

「ありがとうございます！　それで、僕は何をすればいいんですか？」

「簡単な事だ。今から私達は姉と弟の関係になる。私が姉、お前が弟だ。本当の姉弟になったつもりで、私に存分に甘えよ」

え？　どゆ事？

お芝居するって事？

そんなんで良いの？　てっきり僕、エロエロなサービスをするものだとばかり……。

ハッ！　そうか！

メルセデスさんは、明らかに男娼館の常連っぽい。

恐らく通り一辺倒のプレイなんかやり尽くしてるんだ！

そっか、これはイメージプレイってやつだ！

厳しくて何でも出来る姉と、甘えん坊でダメな弟の禁断の愛ってプレイをお望みなんだ！

でも確か『人』は本番行為は厳禁だから、寸止めながらもメルセデスさんに満足してもらえるようなプレイを考えなくちゃいけない！

これは……かなりの難問だぞ！

僕はひとりっ子だけど、今だけは弟の気持ちを理解しなくちゃ。

甘えて甘えて甘えまくって、お姉ちゃんの中にある庇護欲を満足させるんだ！

メルセデスさんもそれを望んでるんだ！

僕は覚悟を決めた。

こんな何の取り柄も無い僕だけど、男娼としては半人前以前な僕だけど、誰にも負けない武器がある。

それは、金髪お姉様を愛する気持ちだ！

僕は心の中で仮面を被る。お姉ちゃんに甘える弟の仮面を……！

「メル姉！」

「え？　うわぁっ!?」

僕はメルセデスさんの胸に飛び込んだ。

おっぱいは控え目だけど、充分柔らかい。

筋肉と脂肪のバランスがとれてる、アスリートの身体を存分に楽しむ。

「な、何だイキナリ!?　め、めるねぇとは何だ!?」

突然抱きついて来た僕に戸惑ってる様子のメルセデスさん。

でも僕はメルセデスさんの体臭をクンカクンカするので忙しい。

はぁ……メルセデスさんのフェロモンに包まれてりゅう……♡　甘酸っぱぁい♡

「メル姉ぇ……僕、寂しかったよぉ……」

「な、何だと？」

「騎士としてのお仕事が忙しいのは解ってるけど、それでも僕はメル姉と一緒に居たいんだもん！」

僕は精一杯、姉に甘えるワガママな弟を演じる。

それがメルセデスさんの願いだから。

最後まで被り続けるんだ……このギヤマンの仮面を！

「ねぇメル姉、疲れてるでしょ？　僕がマッサージしてあげるよ！」

と、僕は名残惜しいけどメルセデスさんのおっぱいから離れて、背後に回る。

そしてメルセデスさんの細くてしなやかな肩にギュッと指を当てる。

うわ、意外に硬い。

やっぱり騎士の仕事は気を張るから疲れるんだ。

これは弟として、しっかり癒さないと！

「な、何を……んっ、おっ、これは……ふわっ♡」

「ね、僕上手いでしょ？　お父さんやお母さんも上手だって褒めてくれるんだ♪」

ギュッギュッと、あまり強過ぎない程度に指でツボを刺激する。

首周りが凝っているから、そこを中心に丹念にマッサージだ。

「メル姉、どう？　こんな感じでいい？」

「くぅっ♡　あ、あぁ……上手いぞショータ……あひっ♡あ、そこっ♡」

ピクッと反応した所は重点的に、時間をかけてギュッギュッと揉み解す。

その間も、僕はメルセデスさんに話し掛ける。

やれ騎士の仕事はどうだとか、やれ皇帝陛下はどんな人なのとか。

するとメルセデスさんは仕事は大変だがやり甲斐はあるとか、あの上司はイケ好かぬとか、賃金をもう少し上げてほしいとか、愚痴をこぼし出した。

僕はマッサージを続けながら、そっかぁ大変だねぇって相槌を打つ。

僕のお父さんやお母さんも、こうやってマッサージしてあげると愚痴を言い始めるんだ。

別にそれに対してどうこう言う必要はなくて、ただ聞いてあげるだけでいい。

そうやって一通りマッサージを受けつつ愚痴をこぼしたら、身体も心も楽になるから。

それから僕は、肩だけじゃなくて二の腕や掌までマッサージする。

メルセデスさんはリラックスした様子で、僕のマッサージを何の抵抗も無く受けてくれる。

「はぁ～♡　ショータは本当にマッサージが上手いなぁ……見直したぞ」

そう言ってニッコリ微笑むメルセデスさんは、とても綺麗で。

さっきまでの冷たく厳しそうな印象のメルセデスさんはどこにも居なくて。

今はもう、精一杯マッサージをする僕を優しく見守るお姉ちゃんの顔になっていた。

さすが常連のメルセデスさんだ。

こうやって僕を本当の弟のように扱って、気分を乗せてくれてるんだ。

僕もその期待に応えないと！

「さ、メル姉ここに寝転んで」

僕はメルセデスさんの手を引いて、ベッドの上に寝るよう要求する。

更なるマッサージを行う為に。

せっかくだから足腰のマッサージもしたいと言ったら、メルセデスさんは案外すんなりとオッケーしてくれた。

やっぱり女騎士って疲れるのかな。具体的にはOLさんくらい。

OLさんもマッサージとかリラクゼーションとかリフレクソロジーとかアロマテラピーとか、癒し関係のものが大好きだからね。

とここで、突然僕の中の悪魔が肩越しに囁《ささや》く。

『おい、チャンスだぞ。マッサージするのに邪魔だから、服を脱いでって言えよ。そしたらこの姉ちゃんは脱いでくれるぜぇ？　女騎士様の生パイオツが拝めるぜぇ？』

ハッ！　その可能性は考えてなかった！

でも確かに……背中や足腰のマッサージをするなら、なるべく服は無い方がいいよね？　いいよね？

すると今度は、反対側の肩から僕の中の天使が囁く。

『だとしても、パンツだけは残してあげなさい』

わっかりました天使様！

「あ、あの！　せっかくマッサージするんだから……ふ、服は脱いだ方が、い、いいかなぁ……なんて」

「む、そうか……そうだな。ではそうするとしよう」

と言うと、メルセデスさんは何の躊躇いもなく脱ぎ出した。

それはもう、言い出しっぺの僕が慌てるくらいに鮮やかに。

男らしい脱ぎっぷりに思わず見蕩れちゃうワケで。

メルセデスさんは全体的にスラッとした細身のボディーで。

でもそれこそシャルさんやウルスラさんとは違うタイプの魅力がある。

シャルさんはふっくらタイプ、ウルスラさんはムチムチタイプ、そしてメルセデスさんはモデルタイプなんだ。

僕はそんなスリムなメルセデスさんにも、強烈《きょうれつ》に欲情するんだよね！

オマケに紐パンですよ皆さん！　そりゃ欲情するって！

「脱いだぞ。このベッドに寝ればいいのだな？」

「あ、うん！　う、うつ伏せでね！」

メルセデスさんは僕に推定Bカップおっぱいを晒しても全く恥ずかしがる様子も無く、堂々としてる。

きっと僕を完璧に弟として見てるんだ……すっかり姉役になりきってるんだ！　プロフェッショナルぅっ！

じゃあ僕も、そんなサバサバお姉ちゃんに密かに欲情しちゃうムッツリな弟を演じるぞ！

でも本当は演じる必要も無いくらいに欲情しちゃってるってのはナイショだぞ！

それにしてもメルセデスさんの背中はスゴく綺麗で、僕は思わず生唾を飲み込んじゃう。

背中から腰のくびれ、小さめのお尻と引き締まった太もものラインが、もう何て言うか芸術作品。

神が創りたもうた的なアレ。

今からこの芸術作品に、僕が……触れる……。

僕はズボンの中でカチコチになったオチンチンをメルセデスさんの身体に触れさせないように気をつけながら、うつ伏せになったメルセデスさんの身体に跨がる。

そして、そのしなやかで筋肉質な背中にゆっくりと指を当てる。

「んっ……くぁっ……いいぞショータ……お前は本当にマッサージが上手いなぁ……」

肩甲骨から背骨のラインを上がったり下がったりする度に、メルセデスさんが気持ち良さげな声を出す。

その悩ましげな声を聞く度に、僕のオチンチンはどんどん硬くなっちゃうワケで。

真っ白でホクロすら無いメルセデスさんの肌は、徐々に赤みを帯びて桜色に染まる。

あぁ……綺麗だぁ……。

背中から腰、腰からお尻、太もも、ふくらはぎ、足の裏……。

僕は朦朧《もうろう》となりながら、ゆっくりと丁寧にメルセデスさんの身体を揉み解す。

「はぁ……あふっ……んんっ……ショータ……ショータぁ……♡」

ダメだよ……メル姉……。

そんなエロい声出しちゃ……僕、もう……。

僕は、メル姉のパンツを脱がす為に手を伸ばして……。

ボォーン♪　ボォーン♪

「わ!?　な、何？」

突然鳴り響いた音にビックリして、僕は手を引っ込める。

見ると、部屋に置かれた時計の針が九時五十五分を示してた。

あ……いつの間にか二時間経ってたのか……。

マッサージに夢中になってて、時間を気にするのを忘れてた。

メルセデスさんにオチンチン硬くなってるのを気づかれなくて良かったってホッとする反面、メルセデスさんに僕の卑しくて浅ましいオチンチンを見てもらえなくてちょっとガッカリもしたり……。

僕は気持ちを落ち着ける為に二～三回深呼吸をして、まだうつ伏せのままのメルセデスさんに声を掛ける。

「ご、ごめんなさいメルセデスさん……もうすぐ終了のお時間なんで……」

でもメルセデスさんは動かない。

うつ伏せになってるから、表情も見えない。

「あ、あの……メルセデスさ……うわぁ!?」

と、急にメルセデスさんが身体を起こしたから、僕はベッドの上をゴロンと転がった。

そんな僕には目もくれず、メルセデスさんはそのままベッドから降りた。

あぁ、せっかく僕を選んでくれたのに、マッサージに夢中になって全然性的なサービスをしてあげられないまま終わっちゃったから、怒ってるんだ。

と、僕は思った。

でもメルセデスさんは何も言わず、部屋を出て行った。

……パンツ一枚で。

ガチャッ、バタンッ。

「……え？　ちょ、メルセデスさん!?　服！　服忘れてますよぉ!?」

でも僕の声が聞こえていないのか、はたまた聞こえてるのに無視されたかは解らないけど、メルセデスさんは戻って来なかった。

どうしよう……滅茶苦茶怒ってるじゃん！

真っ裸で帰るくらい怒ってるよおおお!!

ヤバい……これ下手したらウルスラさんとか責任者出て

来いレベルで怒ってるじゃん！

あぁあぁあぁっっ！　僕の馬鹿馬鹿馬鹿ァッ！

自分の欲望を優先して、メルセデスさんの身体に触ってばっかりで、時間を忘れてマッサージしかしないなんて、プロの男娼失格だよぉ！

どうしようどうしよう……と、とにかく謝ろう！

いつ帰って来るか解らないけど、来たら全力で謝って、そして……。

ガチャッ、バタンッ。

でもメルセデスさんはすぐに戻って来た。

出た時と同じ、パンツ一枚の姿で。

「えっ……？」

僕がポカーンとなって立ち尽くしてると、メルセデスさんが厳しい顔で僕に声を掛ける。

「何をしている？　マッサージの続きをやれ」

そう言って、ベッドに座った。

「え、あ、でも、時間が……」

「延長して来た。今から閉店時間まで、私はお前の姉であり、お前は私の弟のままだ」

……えぇっ⁉

あ、さっき部屋を出たのは、フロントに時間の延長を申し出に行ってたからか！

ってか閉店時間までって、今日一日は僕はメルセデスさんの貸し切りか！　嬉しいけど。

「さぁ、時間はまだ充分にある。私がいいと言うまで存分にマッサージしろ」

そう言ってメルセデスさんはベッドに横になる。

でも、何故か仰向けに。

「え、あの、メルセデスさん？」

「メルセデス、さん……だと？」

「あ！　いえ、あの、め、メル姉？　仰向けだとマッサージが出来なくて……」

お腹のマッサージなんてやった事無いし、太もものマッサージはさっきやったし……。

「何を言っている？　胸のマッサージがまだだろう？」

……胸？

オパーイ？

「早くしろ。弟は姉の言う事を素直に聞くものだ」

「う、うん！」

やったあああ！　おっぱい揉めるうううううっ！

「んっ……ふぅっ、ふぅっ……んんっ♡」

スゴい。メル姉のおっぱい柔らかい。

小ぶりでもちゃんと柔らかい。おっぱいってスゴい。

あぁ……乳首もピンク色で綺麗だ……。

指で摘まむと、コリコリしてて面白いや……。

「んひっ♡　ば、馬鹿ァ♡　そんなトコ、ダメぇ♡」

「ち、乳首のマッサージだから♡　ここ、スゴく凝ってるから、コリコリしてマッサージしてるんだよ♡」

コリコリクリクリコリコリクリクリ。

しゅごい♡　乳首しゅごい♡　ずっとコリコリしてたい♡

あぁ……それにしてもメル姉の感じてる顔、スゴく……。

「カワイイ……♡」

「な、何を言っている⁉　お、女に向かって可愛いなどと……んんっ⁉」

僕は何か反論しようとするメル姉の唇に、自分の唇を重ねて塞いだ。

唇と舌のマッサージだから。キスじゃないから。

でもてっきり怒られるのかと思ってたら、メル姉は僕の頭を抱いて、積極的に唇と舌のマッサージを受け入れてくれた。メル姉ってば超優しい。

唇と舌とおっぱいと乳首、同時にマッサージ。

時には優しく、時には強く。

メル姉の身体の疲れを癒す為に、僕は誠心誠意マッサージする。

でも僕の手は次第に下へと下がって、その手をモジモジと太ももを擦り合わせて切なそうにしてる部分へ這わせる。

クチュッ、と指に粘り気のある液体が触れた。

「ふひぃっ⁉　お、おまっ、どこを触ってる⁉」

「ま、マッサージだから！　オマ○コのマッサージだから！」

僕は最低の言い訳をして、そのままパンツ越しにクニュクニュってオマ○コを揉み解す。

ピッタリと閉じられていた太ももは徐々に開いて行って、やがて大股開きで僕の手マン……じゃなくてマッサージを受け入れてくれた。

メル姉優しい♡　メル姉好き♡

「んおっ♡　ふおぉっ♡　い、いいぞ♡　お前のマッサージは最高だぁ♡」

メル姉に褒められた。嬉しい。

だからもっと褒めてほしくて、僕はもっともっと頑張る事にした。

仰向けになったカエルみたいな体勢のメル姉のパンツの中に手を差し入れて、右手でグジュグジュポジュポとオマ○コを念入りにマッサージして、左手はメル姉の右おっぱいを優しくモミモミコリコリ、そして唇と舌で左おっぱいを丁寧にチューチューペロペロとマッサージする。

「はひぃっ♡　しゅごっ♡　こ、こんなマッサージはじめでぇっ♡♡♡」

よかった、メル姉がスゴく喜んでくれてる。

僕はメル姉にもっと気持ち良くなってほしくて、更に手と指と舌をフル回転させる。

「あっあっあっあっ♡　も、もうらめっ♡　イクッ♡　こんなしゅごいマッサージされたら、もうイッちゃう♡　弟にイカされちゃうううううううっっ♡♡♡」

メル姉が叫んだと同時に、僕の右手首の辺りにプシャップシャッと熱い液体がかけられた。

その液体は、僕がメル姉のオマ○コの奥をグリグリとほじくるようにマッサージする度に、どんどん噴き出るんだ。

オマ○コから噴き出た雫が、窓から射す太陽の光を反射して、キラキラと虹色に輝いた。

まるで魔法の噴水だ。

その綺麗な光がもっと見たくて、僕はメル姉のオマ○コを一生懸命マッサージして、プシャップシャッと煌めく噴水を楽しんだ。

その間、メル姉がずっと「イグッ♡」とか「らめっ♡」とか「しぬぅっ♡」とか叫んで、ブリッジしながら腰を突き出してた。


たっぷり十分くらいオマ○コのマッサージが終わって、メル姉はぐったりしてた。

でもいい感じに身体中の疲れがとれたみたいで、ゼェゼェと肩で息をしてる。

よかった。メル姉に満足してもらえた。

こんな僕でも、誰かの役に立てるんだって解って、僕はちょっとだけ涙ぐんでる。

でも僕は今、深刻な危機に晒されてる。

僕のオチンチンが、かつてない程に腫れあがってるからだ。

こんなに大きくなったのは初めてで、昨夜シャルさんにフェラチオされた時よりも大きくて、硬い。

マッサージされてる時のメル姉がエロ過ぎて、僕のオチンチンが痛いくらいにおっきっきしてる。

フェラチオでもオナニーでも何でも良いから、とにかく射精しないと、おかしくなっちゃいそうだ。

そして、そんな極度の興奮状態の僕の目の前には、メル姉さんのヒクヒクと動く、ピンク色のオマ○コが……！

ダメだ！　それだけはダメだ！

僕の中の悪魔と天使に聞くまでもなく、今の僕は新人で、ここは『人』の部屋で、ヴァ・ティン館の決まりで、お客様とセックスしちゃダメなんだから。

シャルさんに聞いたけど、僕の部屋の片隅には水晶玉が置かれて。

あれは僕の世界で言うところの監視カメラみたいな物で、あの魔法の監視装置で僕達の行動を見張ってるらしい。

だから、規則違反なんてしようものならすぐにバレちゃうんだ。

規則を破ってお客様とセックスしちゃったら、僕はまだしもきっとメル姉にも迷惑がかかっちゃう。

でも……入れたい……セックスしたい……。

童貞を捨てたい……この素敵な女騎士のお姉様に、童貞を捧げたい……！

悩みに悩んで、死ぬほど悩んで出した僕の結論は……。

意識が朦朧としているメル姉のオマ○コに、僕のオチンチンの先っぽを押し当てる。

このままオチンチンを入れれば、セックスになる。

だから僕は、とても上手い言い訳を考えたんだ。

これなら、セックスしてもセックスした事にならない！

きっとそうに違いない！

メル姉は頭を弱々しく振って、どうにか意識をハッキリさせようとしてる。

僕はそれを待って、メル姉に声を掛ける。


「メル姉……ねぇ、メル姉……」

「う、うぅん……どうした、ショータ？」

目をパチクリさせてメル姉は僕を見て、そして自分の下半身に違和感を覚えたみたいで、ハッとなって目線を下げる。

メル姉は僕が何をするつもりなのかを悟ったのか、スゴく高速で瞬きをして、口を鯉みたいにパクパクさせてる。

そんなに驚かせちゃったんだ……当然だよね、信じてた弟が、気づかない内に自分をレイプしようとしてるんだもの。

でも僕は意を決してこう言ったんだ。

「め、メル姉！　僕のオチンチンがスゴく凝ってて、我慢出来ないんだ！　だからメル姉のオマ○コでマッサージしてよ！　お願い！」

これぞ僕の秘策、名付けて『これはセックスじゃなくてやわらかふわとろオマ○コでカチカチオチンチンをマッサージしてるだけだから作戦』だ！

メル姉のオマ○コは凝りが解れてとても柔らかそうだから、そのやわらかオマ○コで僕のオチンチンを治してよエーンエーン！　これはマッサージだからセックスじゃないから見逃してよエーンエーン！　って事さ！

完璧なロジックだよね！

「…………………」

あれ？　でもメル姉はポカーンとした顔で、僕を見上げてる。

……もしかして、まずかったかな？

これ、言い訳にすらなってない？

うわぁーん！　完璧な作戦だと思ったのにぃーっ！

でも、シクシクと泣く僕の頬っぺたを、メル姉の柔らかくて温かい手が包む。

そしてメル姉はこう言ったんだ……。

「し、ししし仕方ないな！　そ、そういう事ならお姉ちゃんに任せろ！　お前のカチカチになったオチンチンを、お、お姉ちゃんのオマ〇コでマッサージしてやる！」

え？　本当に？

本当にいいの⁉

声が裏返っちゃってる気がするけど、本当の本当にいいの⁉

「で、でも……僕、オマ〇コにオチンチン入れた事が無いから、上手く出来るか不安で……」

ここまで来て急に怖気づいた僕に、メル姉は……。

「なっ、なにぃ⁉　ははは初めてだとぉ⁉　そ、それなら尚更お姉ちゃんに任せろ！　弟のオチンチンをオマ〇コでマッサージ出来なくて、何の為のお姉ちゃんか！　は、初めてだからって何も不安に思う事はないんだ！　さぁ入れろ！　すぐ入れろ！　お願いします入れてください！」

メル姉は声を完全に裏返しながらも、僕を一生懸命に安心させようと優しい言葉をかけてくれる。

信じられない……何て素敵で、弟想いのお姉ちゃんなんだ……。

僕は嬉しくなり過ぎて、自分の感情が上手くコントロール出来なくてポロポロ泣いちゃってた。

「ど、どうしたショータ⁉　オチンチン痛いのか？　ならすぐにお姉ちゃんのオマ〇コに入れるべきだぞ！　ほら、お姉ちゃんのオマ〇コは柔らかくて気持ち良いぞぉ？」

突然泣き出した僕に、怒るでも気味悪がるでもなく、優しく慰めてくれるメル姉。

ごめんなさい……僕、本当はメル姉とセックスしたいだけなのに……騙しちゃってごめんなさい……。

もしウルスラさんや男娼館の人達にメル姉が怒られた時は、僕が全力で庇うから。

男として、弟として、メル姉は僕が守るから！

「メル姉……大好きだよっ♡」

僕はありったけの感謝と敬愛を込めて、メル姉の唇にキスをした。

マッサージじゃない、本物のキスを。

メル姉はちょっとビックリしてたみたいだけど、すぐに僕のキスに応えてくれた。

舌を絡められて、舌を吸われて、唾液を啜られて、唇や歯を舐められて、大人のお姉様とのキスに、僕はもうメロメロだ。

でも僕は挫けず、何とか震える手でオチンチンを掴んで、先っぽをオマ○コに押し当てた。

そしてゆっくりと、慎重に、優しく、オマ○コの中に入れさせてもらった。

「んぐっ⁉ んおっ、はがっ、あぐっ……ふおおおおおおおおっ⁉」

「あぁぁ……な、何これ？ 何これえええええ⁉」

僕はパニックになった。

オチンチンが、ワケ解らなくなっちゃうくらい気持ち良い！

ヌルヌルしてて、ギュッて締めつけられて、チュウウウウウッて奥まで吸い込まれて、もう何が何だか！

でも、一つだけ解ったのは、メル姉のオマ○コがとんでもなく気持ち良いって事だ。

せっかくの童貞卒業なのに、初めてのオマ○コなのに、楽しんでる余裕なんかこれっぽっちも無くて。

だから僕は、無茶苦茶に腰を動かした。

「ぐひぃっ♡ あひぃっ♡ んおぉっ♡ しゅごっ♡ こんなの、はじめてぇっ♡ ほ、他の、男娼なんか、目じゃないよぉっ♡ ショータしゅごい♡ オチンチンしゅごい♡ これオチンチンじゃないかも♡ チンポ♡ チンポチンポチンポぉっ♡」

メル姉が何か言ってるけど、ぼんやりとしか聞こえない。

何か言ったり、見たり、聞いたりする余裕なんか無い。

今の僕にはずっとメル姉に抱きついて、おっぱいに顔を埋めながらガンガン腰を動かす事しか出来ない。

だから、僕は自分がいつ射精しそうなのかすら解らなくて、気がついたらもう射精してたんだ。

「あああああっ‼ イグゥッ！ メル姉のオマ○コに中出ししちゃううううっ‼」

ドクッドクッ！ ビュルッビュルッ！

「はひぃぃぃぃぃぃぃ♡ あちゅぃぃぃぃぃぃ♡」

初めてのセックスで初めての中出しを体験しても、僕は止まらない。

何故かって？ だってもう次の射精はすぐそこまで迫っていたから。

「ま、またイクッ！ 二発目もメル姉のオマ○コにいっぱい射精するうううううううっ‼」

ビュルルルルッ！ ビュックンビュックン！

「おっ♡　おほっ♡　んほっ♡　ショータのザーメン、いっぱいでてりゅううう……♡」

二発目の射精もスゴく大量で、オマ○コに入りきらなかった精液が、オチンチンとオマ○コの隙間からどんどん溢れて来る。

でもやっぱり止まらない。

一発目と二発目の間隔はとても短かったけど、それよりも二発目と三発目の間隔の方が更に短かった。

「うわあああああああ!!　また出るうううっ！　僕のオチンチンこわれちゃったよおおおお！　このままじゃ僕死んじゃうよおおおおおおっ!!」

ビュウウウウウッ！　ドプッドプドプドプッ！

「はぁっ……………は…………ひぃ…………………♡♡♡」

三発目の射精が終わると、ようやく僕の動きは止まって、そのまま意識を失った。

意識を失う直前に見たのは、白目を剥いてヒクヒクと小刻みに震えるメル姉と、倒れ込む僕に向かって迫り来るメル姉のおっぱいだった。


ボォーン♪　ボォーン♪

置き時計の鐘の音で目が覚めて、気がつけばお昼の時間だった。

僕はメル姉に抱きついたまま気絶してたみたいで、そのメル姉はまだ目が覚めてなかった。

慌てた僕はすぐに身体を起こして、メル姉のオマ○コからオチンチンを引き抜こうとした。

でもメル姉のオマ○コは僕のオチンチンにギュッて吸い付いてて、中々離してくれなかった。

ギュポンッ！　て音と共にオチンチンを引き抜いたオマ○コから、とんでもない量の精液がゴプゴプって溢れ出ちゃったから更に慌てちゃって。

僕は部屋の隅にある洗面台に行って、そこで濡らした手拭いをギュッとしぼってメル姉の身体を拭き始めた。

気温的には小春日和だけど、さすがに裸のまま汗まみれでいたら風邪をひいちゃう。

だから僕は濡れた手拭いでメル姉の身体を綺麗にした後、更に乾いた手拭いでメル姉の身体の水分を拭き取る。

その最中に、メル姉は目を覚ました。

「あ、メル姉！　よかった、気がついた？」

メル姉は最初ぼうっと天井を見てたけど、不意に顔を横に向けて、僕の身体を見て呟いた。

「……夢ではなかったのか」

何の事を言ってるのかは解らないけど、とりあえずは大丈夫そうだ。

ってか、もうお昼休みの時間じゃないか。

お昼ご飯を食べたいけど、お客様であるメル姉を放ったらかしには出来ない。

だから、お昼ご飯はここに持って来て食べる事にしよう。ついでにメル姉の分ももらってくれば、二人で食べられる。ナイスアイディーア！

「ねぇメル姉、このシャツ借りていい？」

僕は自分の身体の汗と、オチンチンについた精液を手拭いで拭き取って、さっきまでメル姉が着ていた白シャツを手に取る。

「ん？　あ、あぁ……それは構わんが、どうするつもりだ？」

メル姉のお許しが出たから、そのシャツを何も身につけてない、素肌の上から直接羽織る。

うわぁ、やっぱりちょっとブカブカだよ。

でもオチンチンまではギリギリ隠れるから、これで良いや。

「ちょっと食堂まで行って、メル姉の分もお昼ご飯もらって来るから！　メル姉はここで待っててね！」

とだけ言い残して、僕は食堂へと駆け出した。

部屋から出る時、メル姉が何か叫んでたみたいだけど、ごめん！　すぐに返すからちょっとだけ貸してて！


白シャツ一枚の姿はとても目立つみたいで、廊下ですれ違う他の男娼やメイドさん達がとても驚いてた。

急いで走ってたから、後ろから見たら裾が捲れてお尻が丸見えになってたかも。ハズカシー！

そして食堂に入る前に厨房に顔を出して、シェフのお姉様達に部屋で昼食を食べたいって事と、お客様の分と合わせて二人分もらって良いか尋ねてみた。

シェフのお姉様達はすんなり許してくれた。

でもハグしてくれたらって条件付きだったので、それくらいならこちらからお願いしたいくらいだったから喜んでハグさせてもらった。

抱きついた瞬間にお姉様達がキャーキャー叫んでた。変なの。何だかお尻も撫でられたし。

僕のお尻なんか触ってもつまらないよ？

そして食堂に行ってトレイを二枚持って、適当にパンやら肉やらサラダやらを選んだ。

飲み物やスープは持って行く途中でこぼしそうだから要らない。部屋には紅茶があるし。

食堂でみんなにスゴく見られた。

カールにも見られたし、今朝のミハエル様の取り巻きにも見られたけど、気にせず部屋に戻った。

そして僕の部屋で昼食を食べた。

行儀が悪いけどメル姉と一緒にベッドに仲良く腰掛けて食べた。

メル姉と食べてるってだけで、今朝の朝ご飯より何倍も美味しい。

「はいメル姉、あーん♪」

「なっ……んっ、んんっ！　し、仕方ないな……あーん♡」

僕が差し出したお肉を、パクって食べるメル姉は超が何個も付く程かわいかった。

お返しに僕もメル姉が差し出してくれたお肉をあーんって食べた。

メル姉が笑ってくれたから、僕も嬉しかった。

お昼ご飯が終わってからは、何をするでもなくダラダラ過ごした。

一緒にベッドに横になって、メル姉に添い寝してもらったり。

メル姉の身の上話や、騎士の仕事がどんなに誉れ高いかとか、今の皇帝の母上様に関する愚痴とか、色々話してくれた。

三時になったから、おやつに僕の作った皇帝プリンをメル姉に食べさせてあげた。

メル姉はプリンを食べた瞬間、目を白黒させてた。

僕が作ったんだよって話したら、さすが私の弟だって抱き締めて顔にチュッチュしてくれた。

だから僕もチュッチュし返したら、そこから何となくムラムラしちゃって。

ベッドに座るメル姉の膝の上で向かい合わせに座って、いっぱいチューをした。

僕はもうすっかりメル姉を好きになってて、それから唇がジンジンするまでチューをしてた。

夕飯も部屋で二人で食べた。

また食堂に白シャツ一枚で行こうとしたら、それはメル姉に止められた。

少しは自分の価値を知れとか、女はドラゴンなのだぞとか、よく解らないけど真剣にお説教されちゃって。

だからちゃんと自分の服を着て食堂に行って、何だか解らないけどシェフのお姉様達にガッカリされて。

異世界って難しいなぁって思った。

夕飯を終えてから閉店時間まで、もう一回だけ秘密のマッサージをした。

やっぱりとても気持ちよくて、またメル姉のオマ○コの中にいっぱい射精しちゃった。

今度はメル姉もちゃんと意識はあったけど、まるで四百メートルを全力疾走したみたいにゼェゼェ言ってて、ちょっと心配になった。

それでも終わった後はさすが私の弟だって褒めてくれたから、スゴく嬉しかった。

そしてあっという間にお別れの時間が来て。

僕達は部屋を出て、メル姉をお見送りする為に玄関ホールまで来た。

今日一日いっぱい甘えさせてくれて、優しくしてくれて、初めてセックス……じゃなくてマッサージさせてくれたお姉ちゃんがもう帰っちゃうんだと思ったら、何だか涙が止まらなくて、ボロボロ泣いちゃってた。

周りの男娼達やお客様達が何事だって心配そうに見てたけど、それでもメソメソ泣いてる僕。

そんな僕は、フロントに預けてた剣を受け取りに行ってたメル姉にコツンと頭をグーで優しく当てられた。

「何を泣いている？　私の弟なら泣くな。これが今生《こんじょう》の別れでもあるまいに」

「グスッ……でも……うぇ～ん」

情けないけど、やっぱり涙が止まらない。

僕は本当にダメなヤツだ。男娼としての初仕事なのに、お客様との別れがこんなに悲しいなんて。

やっぱり僕は男娼には向いてないのかなぁ？

そう思ってると、メル姉が僕の肩にポンと手を置いて、そしてこう言ったんだ。

「また来週の土曜日《ソンアーベント》に来る。と言うかもう二ヶ月先の土曜日まで、一日中予約している。だからその時にはまた私に甘えると良い」

……え？

「ほ、本当に!?　本当にまた来週来てくれるの!?　一日中、甘えちゃって良いの!?」

「あぁ。そしてその時は……またあのマッサージを頼むぞ」

周りの人に聞こえないように小声で囁いて、僕にウィンクするメル姉。

異世界で出会った僕のお姉ちゃんは、美人で、凛々しくて、ちょっとだけ厳しくて、そしてとっても優しくて……。

「……メル姉！　大好きだよ！」

「あぁ……私も愛しているぞ、ショータ♡」

気がついたら僕はメル姉に抱きついて、そしてその柔らかい唇にキスしてた。

メル姉も僕を抱き締めて、キスしてくれた。

唇を合わせるだけの軽いキス。だけど僕の心はとても満たされて。

夜道を行くメル姉に、僕はいつまでも手を振って。

そしてメル姉も、ずっと手を振ってくれて。

僕達はお互いの姿が見えなくなるまで手を振り合ってた。

ヴァ・ティン館での記念すべき初仕事は、こうして終わった。

少しの寂しさと、大きな達成感と、童貞を捨てた感慨とで、何だかとても満たされていた。

そして部屋に帰った僕を待ち受けていたのは、ちょっと不機嫌そうにしているシャルさんで。

初仕事を終えた僕は、その夜にシャルさんのおしゃぶりでたっぷりこってり搾られちゃったのでした。


【メルセデスと少年との出会い】


私がその少年に目をつけたのは、偶然だった。

いつものように、二時間だけ弄《もてあそ》ぶ玩具を欲して品定めしていた。

その中に、一際異彩を放つ存在を見つけた。

美少年が揃う男娼達の中で、平凡な顔立ちの、黒髪黒目の少年が視界に入った。

思わず私はその少年を呼び止め、よく顔を観察した。

凡庸な顔立ちは私の好みからは外れていたが、たまには異なる趣向のものを楽しむのも悪くはないと思った。

毎日赤ワインや白ワインを飲んでいれば、たまにはエール酒も飲みたくなるものだ。

そして、私がその少年を買う旨を伝えると、何故かその少年は目をキラキラさせていた。

何故喜ぶのか？　恐らく今日が初仕事であろうその少年は、男娼という仕事がどれだけ過酷なものなのか知らないのだろう。

たった二時間の間、女のワガママに耐えて我慢すれば、その分の賃金が得られると思い込んでいるのかも知れないが……。

その認識は甘いと言わざるを得ない。如何に本番行為が禁じられている『人』でさえ、お前の想像すらしていないような苦痛と辱しめを、極めて合法的に与える事が可能なのだ。

面白い。その平たい顔に浮かべたヘラヘラ笑いがいつまで保つものか、今から見物だ。

お前も私が潰した新人達と同じ末路を辿るがよい。

「……お前、何を泣いているのだ？」

ところが、その黒髪少年の部屋に入った途端に、少年はシクシクと泣き始めたのだ。

早くも男娼としての仕事に対して言い様の無い恐怖心が

湧いてしまい、不安に涙ぐんでしまったのだろう。

だとしても泣くのが早過ぎるだろうとは思うが。

「ご、ごめんなさい！　今日が初めてのお仕事だから、ちょっと緊張してたみたいで……テヘヘ」

少年はそう言ってヘラヘラと笑う。

嘘が下手な子だ。きっと内心では今すぐにでも逃げ出したい気持ちでいっぱいなのだろう。

だがそこで殊更に不安を指摘して煽るようなマネをする事なく、私はただ「そうか……」とだけ言って、差し出された紅茶を嗜《たしな》む。

ふむ、さすがは皇帝陛下もご利用される男娼館だ。

最下級のクラスとは言っても、紅茶のランクまで下げるような事はしていない。

何なら皇城の近衛騎士の詰所で飲む紅茶よりも、遥かに良い茶葉を使っているくらいだ。

ふと、私は紅茶を飲みながら、黒髪少年が送る視線に気づく。

少年は、何が珍しいのか私が紅茶を飲む一挙手一投足に対して、まるで子供のようなキラキラとした眼差しを向けている。

まぁ男娼である以上成人しているのは間違いないのだが、齢《よわい》十九の私から見ればまだまだ子供なのだがな。

「……何だ？　私の顔に何かついているのか？」

かと言って、ジロジロと無遠慮な視線を向ける理由にはなっていない。

と言うか、むしろ無遠慮な視線を向けられるべきはその特異な容姿のお前だろうに、とさえ思う。

「あ、いえ、その……き、騎士様がとてもお綺麗なので、見蕩れちゃって……」

「……あまり見え透いた世辞は好かぬな」

まったく、世辞にしてもお粗末過ぎる。

まぁ私に魅力を感じるとするならば、私の細く男性じみた身体のラインについてだろうな。

何せ近衛騎士という激務にあって、だらしなく乳や尻が膨らまぬよう節制しているからだ。

女を女たらしめている胸や尻や太ももの過剰な成長を抑制しているせいで、男娼達にもパッと見は受けが良いのだが。

「あ、そう言えば自己紹介がまだでした。ごめんなさい……僕は翔太って言います。今日はよろしくお願いします！」

ショータと名乗った黒髪少年は、そう言って直立不動の姿勢で私にお辞儀をする。

中々堂に入った姿勢だ。思っていたより礼儀作法についてはそこそこの教育を受けているのかも知れない。

「ふむ……私はメルセデスだ。まぁ名前を覚えておく必要もないだろうがな……では早速だが、私から注文させてもらおう」

私はそう言って、本題に入る。

さて、この少年は私の無理難題に対してどこまで耐えられるだろうか？

「なに、難しい注文はせぬよ。お前は今日が初仕事なのだしな……だがお前がこの先、ヴァルハラ・オティンティン館という最高級の男娼館で男娼として生きて行けるのかを、私が見定めよう」

と、私は如何にもこのヴァルハラ・オティンティン館の常連客として、新人男娼の行く末を案じているかのような雰囲気を醸し出す。

だが本音では、まだこの男娼館のいろはすら知らぬ初心な少年の心や身体をどういたぶってやろうかとしか考えていないのだが。

「ありがとうございます！　それで、僕は何をすればいいんですか？」

そんな私の下卑た欲望に気づく素振りも見せず、ショータとやらは初々しい笑みを私に向ける。

「簡単な事だ。今から私達は姉と弟の関係になる。私が姉、お前が弟だ。本当の姉弟になったつもりで、私に存分に甘えよ」

そう。私は新人の男娼に命令する。

私の弟になれ、と。

だがそれは、簡単なようでいて実に過酷な要求だ。

何故ならば、男とは常に家庭内の女の肉親、姉妹や母娘からの性的虐待に晒されて生きて来た生き物だからだ。

姉妹や母、娘とはたとえ血が繋がっていようが、女にしてみれば父を、息子を、兄を、弟を、果ては祖父や孫であろうとも、お手軽に性欲処理出来る道具としか見ていない。

私の経験上、生まれてこの方肉親に犯されずに育った男など皆無だ。

大抵は血の繋がった肉親という情の部分を利用され、時にはチカラずくで、時には脅し、時には宥めすかし、ナンダカンダとその身を女の性欲を満たす為の生け贄として生きるしかない。

それを拒めば、ただでさえ立場の弱い家庭内での地位が更に低くなり、家族という地位から一気に愛玩動物にまで堕ちる場合もある。

それを防ぐには、生まれて間もない時から修道院に入れ、身の回りに女を寄せ付けぬ暮らしを送らせるしかない。

男にとって、姉や妹などという存在は、恐怖の対象でしかないのだ。

兄と弟、姉と妹、父と息子、母と娘。

家族に甘えるという概念はあくまで同性同士でしか芽生えぬものであり、たとえ血が繋がっていても、異性の間には犯《や》るか犯られるかしかない。

私は、初めて会った男娼にそれを要求する。

私が姉で、男娼が弟で、私に甘えよ、と。

断言しよう。不可能だ。

姉は弟を犯すし、弟は姉に犯される。

それが万物普遍の理だ。

そして男が姉や妹に対して抱く恐怖と嫌悪は、普通の女に対するそれとは比較にならない。

よって、私は無理難題を押しつけているという事になる。

犬に対してニャー鳥のように鳴けと言っているに等しい。

ただ黙って、無抵抗に、私に犯されろと言っているのだ。

まぁここは本番行為禁止のランク『人』の為、本当に犯される事は無いのだが。

だとしてもそれは男娼達の不安を和らげる要因にはならない。

ほぉら……目の前の黒髪少年も、こんなにも震えて……。

「メル姉！」

「え？　うわぁっ!?」

だが、想定外の事が起きた。

何とソイツは、いきなり私の胸に飛び込んで来たのだ。

「な、何だイキナリ!?　め、めるねぇとは何だ!?」

さっきまでのよそよそしさが嘘のように、それこそ子猫のような気安さで、私の胸でゴロゴロと喉を鳴らして甘え出すショータ。

気のせいか、猛烈に鼻息が荒い。

「メル姉ぇ……僕、寂しかったよぉ……」

「な、何だと?」

「騎士としてのお仕事が忙しいのは解ってるけど、それでも僕はメル姉と一緒に居たいんだもん！」

こ、コイツ……もう私の弟を演じている!?

あり得ない！　男のくせに、何の躊躇いもなく姉に甘える弟など存在しない！

「ねぇメル姉、疲れてるでしょ？　僕がマッサージしてあげるよ！」

私の胸で、上目遣いでそう微笑むショータに、不覚にもドキッとしてしまう。

何だと言うのだ……私の無理難題をアッサリと受け入れ、尚且つ主導権を奪われてしまった。

このショータという男……ただの新人ではないぞ！

私の動揺を知ってか知らずか、ショータは私の胸から離れ、あっという間に私の背後を取る。

その動きには一切の無駄が無く、まるで熟練の暗殺者《アサシン》を相手にしているかのような錯覚に陥った。

「な、何を……んっ、おっ、これは……ふわっ♡」

「ね、僕上手いでしょ？　お父さんやお母さんも上手だって褒めてくれるんだ♪」

私の肩にギュッと押し当てられたショータの指は、普段から凝り固まっていた私の肩の筋肉を的確に揉み解す。

「メル姉、どう？　こんな感じでいい？」

「くぅっ♡　あ、あぁ……上手いぞショータ……あひっ♡あ、そこっ♡」

何という事だ……この私が、新人男娼の親指だけで骨抜きにされている……！

だが、弟として接しろと命令したのは私であって、それをはね除けるのはいささか理不尽だ。

だから私は動けない。

首肩の凝りと同時に、私の邪《よこしま》な思惑も揉み解されてしまう。

なのにこの気持ち良さと温かさには抗えない。

姉として、女として、弟に優しく肩を揉まれるなどという極めて貴重な体験を、拒絶する事など出来はしない。

その間も、ショータは私に話し掛ける。

やれ騎士の仕事はどうだとか、やれ皇帝陛下はどんな人なのかとか。

私は思わず答えるのだ。

騎士としての信念と決意、それを阻むくだらない派閥間の争いへの嘆き。

しかしそれでもやり甲斐を感じる事。

それらに対してもショータは、マッサージを行いながら相槌を打つのみ。

だがその相槌が絶妙で、私は興が乗ってしまいどんどんと近衛騎士団の内情をベラベラと話してしまう。

ショータは肩だけではなく、二の腕や掌までマッサージを行う。

またそのマッサージの的確さよ。

私は当初の警戒心などどこへやら、たちまち身も心も揉み解されてしまっていた。

「はあぁ～♡　ショータは本当にマッサージが上手いなぁ……見直したぞ」

そう言ってショータに微笑む私に、私自身が驚いている。

私が普段から新人男娼に対して見せる笑顔は冷笑と失笑のみ。

私の要求に応えられずに、焦りと恐怖とで泣き崩れる新人男娼に向けてきた笑顔とは、正反対のものだ。

あぁ……認めよう。

このショータという少年は、弟として完璧に姉の理不尽な要求に応えている。

こんなにも理想の弟に出会ったのは、初めてだった。

「さ、メル姉、ここに寝転んで」

そしてショータは、私に対して更にマッサージを施してくれるようだ。

こうなれば、この弟がどこまで姉であるこの私の心身を揉み解してくれるのかを見届けたくなった。

そして私がベッドに横たわろうとした時、ショータがどこか緊張したような顔でこう言う。

「あ、あの！　せっかくマッサージするんだから……ふ、服は脱いだ方が、い、いいかなぁ……なんと」

「む、そうか……そうだな。ではそうするとしよう」

ふむ。衣服の上からではなく、直接素肌にマッサージを施してくれるのか。何と出来た弟だろう。

ならばそれを断る理由も無い。私は身につけていたシャツもタイトスカートも、ガーターベルトもタイツも脱ぎ捨て、やがてパンツのみになる。

「脱いだぞ。このベッドに寝ればいいのだな？」

「あ、うん！　う、うつ伏せでね！」

心なしか、ショータの緊張の度合いが増したような気がする。

だがまさか私の裸に欲情しているワケでもあるまい。男にとって女は獣に等しい。その獣が衣服という拘束衣を脱ぎ去ったので、少し警戒しているのだろう。

一説によれば、全裸となった女は通常の三倍の速度で男を捕食するらしいからな。

だが今更ショータに対してそんな事をする気も失せている。

今はただ、ショータのマッサージの腕前に期待し、このマッサージを終えた後の気持ち良さと解放感に思いを馳せるのみだ。

ベッドにうつ伏せになった私の背中を、ショータの指と掌が優しく、時には強く触れる。

はぁ……なんという気持ち良さ……♡

やはりこのショータ、新人離れした技能を有している。

マッサージを行いつつ、私との会話も忘れない。

理想の弟だ。私にも弟が居たならば、ショータのような出来る弟を欲していただろう。

「んっ……くぁっ……いいぞショータ……お前は本当にマッサージが上手いなぁ……」

普段の張り詰めた私からは想像も出来ない程に優しげな声が出てしまう。

そんな私自身すら知らぬ私を引き出したのは、ショータの魔法の指と、弟としての距離感だ。

このマッサージというものは、反則だ。

レイプとはまた別種の快感と、レイプでは得られぬ安心感がとても心地好い。

「はぁ……あふっ……んんっ……ショータ……ショータぁ……♡」

くっ……近衛騎士たるこの私が、こんなにも情けない声を……！

だがやめられない、止まらない。

最早私はショータの指の虜だ。

このままずっと、もっと、私の身体の凝りを揉み解して……。


ボォーン♪　ボォーン♪

「わ!?　な、何？」

突然鳴り響いた音に驚いたのか、ショータの手が私の身体から離れる。

置き時計の針が示す時間は、終了の五分前だった。

何という事だ……いつの間に二時間も経っていたというのだ!?

まだこれからだというのに、こんな中途半端では納得出来んぞ！


私は枕に顔を伏せたまま、気を落ち着かせる為に二～三回深呼吸を行う。

よし、私は冷静だ。顔も赤くなってはいない。

「ご、ごめんなさいメルセデスさん……もうすぐ終了のお時間なんで……」

私の上に跨がるショータが、申し訳なさそうにそう告げる。

何故お前が申し訳なさそうにしているんだ……お前は与えられた役割を完璧にこなしたに過ぎないと言うのに。

そんなに寂しげな声を聞かされてしまっては……私も姉として、役割を果たさなければならない。

「あ、あの……メルセデスさ……うわぁ!?」

私は横たえていた身体を起こし、ベッドから降りる。

その反動でショータがベッドに寝転がってしまう。

あぁ……コイツの可愛らしさ、天真爛漫さは国宝級だ。

今すぐにでもコイツを押し倒してしまいたい衝動に駆られてしまうが、それをするにしてもまずやらなければならない事がある。

ガチャッ、バタン。

私は無言で部屋を出る。

服など着ている暇はない。

悠長に服など着ていては、その間に二時間経過して、シヨータに次の客がついてしまうかも知れないからだ。

少なくとも今日一日は、誰にもショータを渡す気にはなれない。

他の腰抜け新人男娼を相手にする気もさらさら無い。

私の弟は、ショータだけだ。

「……え？　ちょ、メルセデスさん!?　服！　服忘れてますよぉ!?」

私が退室した部屋の中から、ショータが何事か叫んでいたような気がするが、敢えてそれを振り切る。

待っていろよショータ。私はまだまだマッサージを受け足りていないのだからな！

私はそのまま一階のフロントまで行き、時間の延長を申し出た。

今日一日、閉店時間までショータは私が貸し切りとする。

フロントには剣と一緒に財布も預けていた為、そこから今日一日の利用料金である銀貨五十枚を支払う。

フロントの受付職員は、私が普段から一日ずっとこのヴァルハラ・オティンティン館を利用しているのは知っているのだが、さすがに一人の男娼を一日貸し切りにするのは初めてだった為か、驚いていた。

まぁその前に何故裸なのだと驚かれたのだが。

が、ショータにはそれだけの価値がある。

たとえショータがランクを上げて『地』や『天』になったとしても、私はショータを貸し切りにするだろう。

いざとなれば貯金を切り崩し、最悪同僚に借金までするかも知れない。

アイツにはそれだけの魅力が秘められているからだ。

ガチャッ、バタンッ。

そして私はショータの待つ部屋へと戻る。

待たせたな、我が弟よ。

「えっ……？」

何故か呆けたような顔をしているショータ。

「何をしている？　マッサージの続きをやれ」

そう言って、私はベッドに座る。

「え、あ、でも、時間が……」

「延長して来た。今から閉店時間まで、私はお前の姉であり、お前は私の弟のままだ」

ええっ!?　と驚くショータ。

何を驚いているのかは知らんが、あんな中途半端なままでマッサージを終えられては私の方が困るのだ。

今日一日、お前を逃がすつもりは無いからな。精々覚悟しておけ。

「さぁ、時間はまだ充分にある。私がいいと言うまで存分にマッサージしろ」

そう言って私はベッドに横になる。

もう背中や腰は充分なので、まだマッサージをしていない部分を重点的にお願いするとしよう。

「え、あの、メルセデス、さん……?」

「メルセデスさん……だと?」

私はショータをギロリと睨み付ける。

お前は姉に対してそんなに他人行儀になるのか?

オォン?

「あ! いえ、あの、め、メル姉? 仰向けだとマッサージが出来なくて……」

……まったく、我が弟ながら鈍感であるな。

だがそんな所も、お前の溢れる魅力を少しも損ねていない。

「何を言っている? 胸のマッサージがまだだろう?」

当然だ。

見ろ。お前のマッサージがもたらす快感に期待して、私の乳首がこんなにも硬くなっているのだから。

「早くしろ。弟は姉の言う事を素直に聞くものだ」

「う、うん!」

……よし! これはマッサージだからな!

決して疚《やま》しい気持ちなどこれっぽっちも無いからな!

医療行為だからな! 性的なサービスではないからな!

……む? 別に性的なサービスでも良いのか?

「んっ……ふぅっ、ふぅっ……んんっ♡」

こ、コイツ……胸だけではなく、乳首まで……♡

何という優秀な弟なのだ……姉の求めるものを正確に汲み取っている!

だ、だが……少々ねちっこ過ぎではないだろうか……あふんっ♡

「んひっ♡ ば、馬鹿ァ♡ そんなトコ、ダメぇ♡」

「ち、乳首のマッサージだから♡ ここ、スゴく凝ってるから、コリコリしてマッサージしてるんだよ♡」

はあぁぁ……♡

ち、乳首コリコリってぇ♡

こ、こんなのおかしい……自分でつまんでもこんなに気持ち良くなったりしないのにぃ♡

「カワイイ……♡」

んなっ!? なななな!?

か、可愛いだとぉ!?

お、弟のくせに姉をからかうとは生意気なぁっ!

「な、何を言っている!? お、女に向かって可愛いなどと

「……んんっ!?」

　私が慌てて反論しようするが、その口はショータの唇で塞がれてしまう。

「んむっ♡　ぷぁっ♡　舌が、入って、んぐぅ♡

　こ、こんな事……誰にもされた事無いぃ♡

　いつもは嫌がる男娼に私が無理矢理キスする側なのに、ショータは積極的に私にエロい事をしてくれる……。

　天使♡　妖精♡　神の子♡

　もう弟云々どころの話ではない。

　ショータを胎児にまで戻して、私の子宮に入れてしまいたい♡

　そして私がショータを産んであげたくなってしまう♡

　私は夢中になって、ショータの頭を抱き寄せてキスを楽しむ。

　んむっ♡　この舌使いと、遠慮無しに唾液を飲ませようとする強引さ……将来有望過ぎる!

　ふおぉっ♡　き、キスされながら胸と乳首を刺激されてるぅっ♡

　な、何という技巧……コイツ本当に新人なのか!?

　しかし、私の驚きはこれで終わりはしなかった。

　ショータの手が、徐々に胸から下を触り出した事に、私は気づかなかった。

　胸から腹、腰、そして……。

　クチユリ。

「ふひぃっ!?　お、おまっ、どこを触ってる!?」

「ま、マッサージだから!　オマ〇コのマッサージだから!」

　何とショータは、私の股間を指で撫で擦っているではないか!

　そ、そんな……命令されてもいないのに、女の最も汚《けが》らわしい箇所を、献身的にマッサージする男が居るなんて……。

　こんな奇跡が私の身に起こるなんて、到底信じられなかった。

　だが、私の戸惑いなどお構い無しに、ショータはパンツの上から私の塗れそぼった股間を優しくグジュグジュとマッサージする。

　そんなに優しく触られてしまっては、気持ち良くて……なのに切なくて、もどかしくて……もっともっと触ってほしくなるぅ♡

　私は自らの意思とは関係なく、ゆっくりと足を開いてショータがマッサージし易いような体勢になる。

「んおっ♡　ふおぉっ♡　い、いいぞ♡　お前のマッサージは最高だぁ♡」

ショータの指がいつの間にかパンツの中に差し入れられ、その小さな指を直接迎え入れた途端、ショータのマッサージは更に積極的になる。

キスしながら、胸を揉みながら、おま……オマ○コをこねくりながら、触った所を全て気持ち良くさせる。

「はひぃっ♡　しゅごっ♡　こ、こんなマッサージはじめでぇっ♡♡♡」

コイツは神かも知れない。

その手は神の手《ゴッドハンド》だ。

その舌は神の舌《ゴッドタン》だ。

神の技巧に抗おうとするだけ無駄だったのだ。

人の身で、神の愛に逆らえるワケがない。

私はあっという間に登り詰めてしまう。

「あっあっあっ♡　も、もうらめっ♡　イクッ♡　こんなしゅごいマッサージされたら、もうイッちゃう♡　弟にイカされちゃうううううううっっ♡♡♡」

私は呆気なくイカされた。

男娼のぎこちない愛撫などでイカされた事など無かった私だが、弟の献身的な愛の奉仕に、心身共に蕩けきってしまったのだ。

オマ○コから大量の液体が噴き出す。

排尿ではない。これが噂に聞く、女が絶頂に達すると自然に噴き出すという「潮」なのだろう。

無論、私は今まで絶頂に達した事が無かった。

オナニーで得られていた快感など、これに比べれば文字通りの児戯であった。

ずっとイキっ放しなのに、ショータはオマ○コマッサージを止めてくれず、ずっと潮を噴きまくっている。

自然と腰が浮いてブリッジ状態になり、「イグッ♡」とか「らめっ♡」とか「しぬぅっ♡」とか、自分の意思に反して叫んでしまっていた。

私はショータの指で快感地獄へと堕とされたのだ。


どれくらい時間が経っただろう。

ほんの数秒かも知れないし、一時間くらいかも知れない。

私はグッタリと脱力してしまい、指一本すら満足に動かせない。

これは疲労困憊しているのか、それともマッサージによって疲れが全て取り払われたのか、正常な判断が出来ない。

あぁ……まるで自分の身体ではないようだ。

そんな時でも乳首は未だ硬いままだし、オマ○コはヒクヒクと切なげに蠢《うごめ》いている。

ここまで来たら、後はセックスだけなのに……。

だが、ここは『人』の部屋だ。

どんなに私が望もうと、セックスだけは出来ない。

客が男娼に対して無理矢理にセックスを強要すれば、その時点であの水晶玉……魔法の監視装置の先で監視している用心棒が踏み込んで来るだろう。

そして高額な違約金を払わせられ、ヴァルハラ・オティンティン館には出入り禁止となるに違いない。

最悪の場合、近衛騎士の地位すら剥奪されるやも知れない。

それはあまりにもリスクが高い。

この倦怠感にも似た心地好さを得た事で満足するしか無いのだ。


あぁ……それにしてもまだ頭がクラクラする。

ショータのマッサージはそれ程までに凄かったのだ。

だから、私は気づかなかった。

ショータがいつの間にか私の上に覆い被さり、私を見下ろしていた事に……。

「メル姉……ねえ、メル姉……」

「う、ううん……どうした、ショータ?」

私は数回瞬きをして、至近距離のショータの顔を見る。

……んん?　何やら股間に違和感が?

私が視線を下に下げると、そこには信じられない光景が。

ショータはいつの間にか服を脱ぎ去っていて、そしてハッキリとは見えないが、私のオマ〇コにオチンチンを押し当てているではないか!

私はショータの目を見る。

その黒い目には、ハッキリと欲望の炎が燃え盛っていた。

私が絶句して口をパクパクさせていると、ショータは更に信じられないような事を口走ったのだ。

「め、メル姉!　僕のオチンチンがスゴく凝ってて、我慢出来ないんだ!　だからメル姉のオマ〇コでマッサージしてよ!　お願い!」

「…………………」

そ、そうか!　私ばかりがマッサージを受けていたので気づかなかったが、ショータもマッサージをしてほしかったのか!

しかもオチンチンが凝ってしまったのなら仕方ない!

手や口でもマッサージは出来ようが、ここはやはりショータにマッサージしてもらったばかりで充分に解れたオマ〇コを使ったマッサージを行うのが一番効果的ではないだろうか!

「し、しししし仕方ないな!　そ、そういう事ならお姉ちゃんに任せろ!　お前のカチカチになったオチンチンを、お、お姉ちゃんのオマ〇コでマッサージしてやる!」

完璧なロジックだ。

これはセックスではない。オマ〇コを用いた新しいマッサージなのだ。

だから誰も私達を咎める事など出来はしない。

出来ないいったら出来ないのだ！

「で、でも……僕、オマ〇コにオチンチン入れた事が無いから、上手く出来るか不安で……」

……………………な、なぁぁぁぁにぃぃぃぃぃぃぃぃ!?

ど、どどど童貞だとおおおおおお!?

食う！　絶対に食わねばならない！

違約金？　出入り禁止？　騎士解任？

それが何ほどのものか！

童貞を食える事に比べれば、どれもこれも些末な問題ではないか！

「なっ、なにぃ!?　ははは初めてだとぉ!?　そ、それなら尚更お姉ちゃんに任せろ！　弟のオチンチンをオマ〇コでマッサージ出来なくて、何の為のお姉ちゃんか！　は、初めてだからって何も不安に思う事はないんだ！　さぁ入れろ！　すぐ入れろ！　お願いします入れてください！」

そうだ！　弟が苦しんでいる時に、手を差し伸べぬ姉がどこに居る!?

安心しろショータよ！　愛しい弟よ！

お前の苦しみは私の苦しみであり、お前の喜びは私の喜びだ！

お前のオチンチンは私のもの、私のオマ〇コはお前のものだ！

だが、私の決意とは裏腹に、ショータは突然ポロポロと泣き始めたではないか！

「ど、どうしたショータ!?　オチンチン痛いのか？　ならすぐにお姉ちゃんのオマ〇コに入れるべきだぞ！　ほら、お姉ちゃんのオマ〇コは柔らかくて気持ち良いぞぉ？」

私は必死にオマ〇コにオチンチンを入れるよう促した。

後から考えてみても、必死過ぎて気持ち悪くなる程に。

だがそんな私に、ショータは涙を流しながら微笑んで、そして私にこう言ったのだ。

「メル姉……大好きだよっ♡」

そしてショータは、私にキスをした。

大好き……だいすき……ダイスキ……。

その言葉と優しいキスだけで、私はまたしても絶頂に達した。

そして私がショータの唇と舌の感触を楽しんでいると、オマ〇コに何か途轍もなく圧倒的な存在感が侵入して来たのだ！

「んぐっ!?　んおっ、はがっ、あぐっ……ふおおおおおおおっ!?」

「あぁぁ……な、何これ？　何これえええええ!?」

私はパニックになった。

何だこれは？　オチンチンではないのか？

硬く、太く、長く、熱い。

違う。これは断じてオチンチンなどではない。

まるで剣の柄《つか》を無理矢理捩《ね》じ込まれたような。

だがショータがそんな事をするハズも無いし、現にショータはとても気持ち良さげなだらしない顔をしているではないか。

　ならばこれはオチンチンなのか？　何が何だか解らない！

　それでも一つだけ解っている事は、私のオマ○コに入って来たものが、私にこの世のものとは思えない快感を与えてくれる事だ。

　間違いない。これはショータのオチンチンだ。

　何故ならばショータが腰を動かした瞬間、私の頭の中で大量の火花が飛び散ったからだ。

「ぐひぃっ♡　あひぃっ♡　んおぉっ♡　しゅごっ♡　こんなの、はじめてぇっ♡　ほ、他の、男娼なんか、目じゃないよぉっ♡　ショータしゅごい♡　オチンチンしゅごい♡　これオチンチンじゃないかも♡　チンポ♡　チンポチンポチンポぉっ♡」

　さすがは私の弟だ。

　まさかこんなオーク以上のチンポを隠し持っていたなんて。

　こんな神チンポを入れられては、もう他のどんな男も、如何なる魔物であろうとも私を寝取る事など出来はしない。

　そして、これ以上驚く事は無いだろうと思っていた私の予想はアッサリと裏切られる事になる。

　私のオマ○コの奥で、何か大量の熱の塊が迸ったからだ。

「あああああっ!!　イグゥッ！　メル姉のオマ○コに中出ししちゃううううううっっ!!」

　ドクッドクッ！　ビュルッビュルッ！

「はひいいいいいいいい♡　あちゅいいいいいいい♡」

　し、射精？

　これ、精液？

　こんなに出せるの？

　スゴい！　他の男なんか目じゃない！

「ま、またイクッ！　二発目もメル姉のオマ○コにいっぱい射精するうううううううっっ!!」

ビュルルルルルッ！　ビュックンビュックン！

「おっ♡　おほっ♡　んほっ♡　ショータのザーメン、いっぱいでてりゅううう……♡」

二発目ええええええ♡
二発目なのに勢いそのままあああああ♡
しゅごいいいいいいい♡　弟チンポミルクで姉マ○コいっぱいアクメくりゅううううう♡♡♡
「うわあああああああ!!　また出るうううううっ！　僕のオチンチンこわれちゃったよおおおおお！　このままじゃ僕死んじゃうよおおおおおおおっっ!!」
ビュウウウウッ！　ドプッドプドプドプッ！
「はぁっ……………は…………ひぃ…………………♡♡♡」
嘘……私の弟……しゅごしゅぎぃ……♡
私はそのまま意識を手放した。

ボォーン♪　ボォーン♪

置き時計の鐘の音が聞こえて、私はうっすらと目を開ける。

ベッドに横たわった私は、ショータに身体を手拭いで拭かれていた。

ショータも疲れているハズなのに……何故この子は、ここまで私に尽くしてくれるのだろうか？

単なる男娼と客の関係では絶対にあり得ない。

まさか、本当に私を姉だと思ってくれているのだろうか？

だとしても、弟が姉や妹に献身的に尽くす理由が無いのに。

「あ、メル姉！　よかった、気がついた？」

私の目に飛び込んで来たのは、温かくも柔らかなショータの笑顔。

それと、ショータの股間で圧倒的な存在感を見せつける……チンポだった。

「……夢ではなかったのか」

他の騎士仲間にこの事を言っても、夢物語だと馬鹿にされるだろう。

だが、伝説は本当だったのだ。

竜のチンポは夢物語などではなく、実在していたのだ。


それからは怒濤の展開が待っていた。

ショータが私のシャツを貸してくれと言うなり、裸のままでそれを羽織り、そのままの姿で部屋から出て行ってしまったのだ。

さすがの私も慌てたが、ショータはすぐに昼食を持って戻って来た。

まったく……何と大胆な弟なのだろう。

昼食はショータと二人で楽しく頂いた。

急に私に「あーん♡」とかしたり、逆に私に対しても要求したり、姉を困らせて楽しむとは、何と生意気な弟なのだろう。

ショータに対する愛がますます深まった。

昼食後は添い寝をして、私の何気ない話や愚痴に対してイヤな顔をする事もなく耳を傾けてくれた。

小動物のような顔でウンウンと首肯《うなず》く弟に、私の胸はキュンキュンと高鳴りっ放しだった。何と可愛らしい弟なのだろう。

午後の三時になると、おやつの時間だと言って何やら不思議な菓子？　を持って来た。

私が恐る恐る食べてみると、そのプリンなる菓子はこの世のものとは思えぬ程に美味だった。

しかもこの天上の菓子を作ったのはショータだと言うではないか。何と才気に満ち溢れた弟なのだろう。

さすが私の弟だと褒めてはみたが、最早この弟はすっかり姉を越えてしまっている。

そして夕食前にまたしてもムラムラしてしまい、もう一度だけ「マッサージ」をお願いした。

今度は私も何とか意識を保ち続けたが、正直かなり参った。

セッ……マッサージでは、この弟に一生勝てる気がしない。

何と姉泣かせな……私の自慢の、弟よ……♡

そして時刻は夜の八時。別れの時だ。

私はショータと共に部屋を出て、玄関ホールまでやって来る。

フロントにて先祖伝来の魔法剣と、すっかり軽くなった財布を受け取る。

職員から今回の規約違反について何か言われるのではと思って内心ヒヤヒヤしていたのだが、誰にも何も言われないどころか、またのご利用をお待ちしておりますと礼まで言われる始末。

なので、私は来週の土曜日の予約を入れた。

もちろん相手はショータで、一日中貸し切りだ。

更に二ヶ月先まで予約した。

本当は半年先まで予約したかったのだが、財政事情もあって見通しが不透明だったので泣く泣く断念した。

が、予約を終えて私がショータのもとへ戻ると、ショータがボロボロと泣いているではないか。

それはもう、周りの客や男娼達、メイドや従業員が何事かと心配する程に。

まったく……ベッドの上では私など手も足も出ない程の強者なのに。

私はコツンとショータに拳骨をくれてやる。

「何を泣いている？　私の弟なら泣くな。これが今生の別れでもあるまいに」

「グスッ……でも……うえぇ～ん」

あぁ……何と愛おしいのだ、私の弟は。

今日たっぷりとショータに抱かれたのに、またたっぷりとしたくなってしまうではないか。

そんな際限の無い欲望に蓋をして、私はショータの肩に手を置いてこう告げる。

「また来週の土曜日《ゾンアーベント》に来る。と言うかもう二ヶ月先の土曜日まで、一日中予約している。だからその時にはまた私に甘えると良い」

すると、メソメソと泣いていたショータの顔がパァッと笑顔になる。

まるで大降りの雨天がみるみると晴天になったかの如くだ。

「ほ、本当に!?　本当にまた来週来てくれるの!?　一日中、甘えちゃって良いの!?」

「あぁ。そしてその時は……またあのマッサージを頼むぞ」

周りの者達には聞こえないよう、私とショータとの秘密の合言葉を囁く。

私の弟は、平凡な顔立ちで、何を考えているのか解らなくて、だが色んな意味で規格外の男だ。

「……メル姉！　大好きだよ！」

「あぁ……私も愛しているぞ、ショータ♡」

不意にショータが私に抱きつき、その小さな唇で私に口づけをする。

そんなどこまでも愛らしい弟を、私はギュッと抱き締める。

舌を絡めない軽いキス。一日の終わりを、こんな優しいキスで終えられる幸せを噛み締めながら、私とショータはずっとずっとお互いの唇の柔らかさと温かさを惜しんでいた。

ヴァルハラ・オティンティン館の門の前で、ショータはいつまでも手を振って私を送り出してくれていた。

そんな弟が愛おしくて、一人で帰る家路が少しだけ寂しくなって。

私はショータに手を振り返しながら、頬を濡らす熱い何かを感じていた。

また来週も、そのまた来週も、弟に会いにここに来る。

その生活を維持する為ならば、いざとなればこの腰の剣を売り払ってでも、と心に堅く誓いながら。

【ショータのいつもと同じ朝】


日曜日の朝。

たとえ日曜日でも、異世界ではほとんどの人達が汗水垂らして働いているし、夕方の国民的アニメも放送されていない。

そしてこのヴァ・ティン館も通常営業中であって。

ちなみに男娼についいては、十日に一日は休みが貰えるらしいし、客が自分を指名してくれるまでは基本的に休み時間みたいなものだ。

人気のある男娼は休み無く働くワケだけど、その分お金を稼げる。

僕はなるべく多くのお姉様に抱いてもらいたいから、休みも別に要らないんだけど。

現在朝の六時。

これから朝食を食べて、開店時間に備えるってワケだ。

さて、今日はどんなお姉様と……グフフ♡

と想像してると、脇腹をギュッとつねられた。

イテテテ！　な、なに？

慌てて下を向くと、寝ている僕の股間の辺りでモゾモゾ動く謎の赤い髪。

まぁシャルさんなんだけどね。

シャルさんは昨日から日課になった朝フェラチオの真っ最中で、僕の朝勃起オチンチンを一生懸命しゃぶってもらってる。

毎日の精液の量と濃さをゴックンする事で、その人の体調を把握出来るなんて、さすがは異世界だよね。

そのシャルさんは、僕のオチンチンからチュポンッて口を離した後、少し不機嫌そうな顔で僕を睨んでる。

プクッと膨れた頰っぺたがカワイイんだよね。

「……今、他の女の事考えてただろ？」

ギクッ。

シャルさんはとても鋭い。

昨夜も仕事終わりでフェラチオをしてもらった時も、精液をゴックンした後で「ちょっと薄い気がする……」って睨まれちゃったり。

そりゃ昨日はメル姉に四回も中出ししちゃったし、朝と夜のシャルさんのフェラチオと合わせると六発目の射精だから、多少薄いのは仕方ないワケで。

「アタイにしゃぶられてる時は、アタイの事だけ考えるように！　返事は？」

「は、はい！」

「ん。よろしい。じゃあ今朝もいっぱいゴックンしてやるからな♪」

僕のオチンチンをシコシコしながら、ニカッて笑うシャルさん。

そんな無邪気な笑顔と、カチカチになった僕のオチンチンとの対比がエロ過ぎて、僕は更にオチンチンを大きくしちゃったりして。

ビキビキッて血管が浮き出た僕のオチンチンに、シャルさんは何だかウットリした顔で頬擦りしちゃってて。

「はぁぁ……やっぱりスゴいよこのチンポ……こんなの反則だよぉ……♡」

そう言ってシャルさんはオチンチンをパックンした後、物凄い速さで頭を上下に動かすんだ。

頭を引く時はシャルさんの頬っぺたがギュウウウッてへコんでて、そしてオチンチンを根元まで咥えた時は頬っぺたがプクゥッて膨らむ。

その度に僕のオチンチンは信じられないくらい気持ち良くなっちゃって。

朝起きる度に、美人のメイドさんにフェラチオしてもらえるなんて、今でも夢を見てるみたいだ。

こんなに熱心にフェラチオされちゃったら、頭が馬鹿になって何も考えられなくなっちゃう。

「あっあっあっ♡　出るっ♡　精液出ちゃう♡　飲んで♡　シャルさんに精液飲んでほしいっ♡」

腰をガクガクさせながらそう言うと、シャルさんがラストスパートをかける。

僕は両手をシャルさんに恋人繋ぎされながら、シャルさんがずっと僕の顔を凝視してる。

きっと射精前の僕のだらしない蕩け顔を見られちゃってると思うと、恥ずかしさと情けなさと気持ち良さで、今朝もいっぱい射精しちゃうんだ。

「あうぅっ♡　シャルさんしゅきっ♡　あいしてりゅっ♡　僕とケッコンして♡　そして毎日僕のザーメンお便所になってえぇっ♡」

自分でも何を口走ってるのかよく解らなくなっちゃうんだけど、シャルさんは無言で僕の両手をギュッと握ってくれる。

大丈夫、安心して精液いっぱい出せよ、って言ってくれてるような気がして。

だから僕は今朝も、シャルさんのお口に精液をおもらししちゃったんだ。

ビュルルッ！　ビュクッビュクンッ！

「んおおお♡　は、はひぃっ♡　んぎゅううぅ♡」

も、もうダメ……仕事前なのに、僕の金玉からザーメン全部吸い取られそう……♡

いっぱいいっぱい射精してる最中にも、シャルさんは僕のオチンチンの先っぽを丹念にペロペロしたり、唇をキュッキュッてすぼめたり、わざとジュルジュルって下品な音を立てたりして、更に僕のオチンチンから精液を絞り取ろうとするんだ。

シャルさんは最高のメイドさんだ。

シャルさんにおしゃぶりされないと満足出来ない身体になりそうで、ちょっとだけ怖くて、とっても嬉しかった。


【シャルロッテのいつもと違う朝】


朝の七時、今朝は余裕を持って朝の支度を済ませた。

あれから精液まみれになったショータのチンポを満足するまでお掃除フェラしてあげた。

ショータってば「らめぇ♡」とか「もっとぉ♡」とか甘えた声を出すから、もうちょっとで我慢出来なくなって襲っちまいそうになった。

それでもアタイは我慢した。

ショータを遅刻なんかさせようもんなら、ショータの評価が下がっちまう。

アタイが叱られたり減給されるくらいならまだしも、アタイが原因でショータの価値を下げちまうなんて、絶対に許される事じゃないからな。

だけどアタイがこれ程ショータの事を想っても、所詮アタイとショータの関係はメイドと男娼のままだ。

これからまた違う女に、アタイのショータの身体を好き勝手弄ばれちまうのかと思うと、胸の奥がチクリと痛む。

それが嫉妬なんだって思いたくなくて、アタイは必死にその感情を否定する。

アタイだって解ってる。

ショータは男娼で、いずれはあの先帝陛下であらせられるヒルデガルド様の離宮に行くんだって事くらい。

そう、どんなに好きになったって、どんなに愛したって、ショータはアタイのモノにはならないんだ。

月々の給金が金貨一枚半の稼ぎしかないメイドに、どうやって金貨十万枚なんて価値のついた男娼を買えるってんだよ。

アタイに出来るのは、こうやって仕事にかこつけてショータのたくまし過ぎるチンポから、コソコソと精液を盗み飲みするくらいだ。

浅ましい、卑しい、惨めったらしい。

そもそもその精液を味わえるのだって、一ヶ月だけに過ぎない。

その後、ショータに手出し出来ない三年という年月を、アタイは悶々としながら過ごさなけりゃならないんだ。

今後の事を考えるなら、早々に自らショータと距離を置くべきなのに。

それなのに、出来ない。

もうアタイは、ショータの精液無しじゃ一日だって我慢なんて出来やしないんだ。

あの精液の生臭さ、エグみ、粘っこさ、どれもこれも今まで味わってきた精液の比じゃない。

初めてショータの精液を飲んだ時、まるで生命の塊を飲み込んだみたいな、何だかよく解らないけど、生きて行く為の活力を貰った気がした。

身体の芯が熱くなって、喜びに満ち溢れて。

飲み込んだだけでこれなら、オマ○コなら……子宮ならどれだけの幸せを得られるんだろう？

そう思いながらも、アタイは歯を食い縛って踏み止まっている。

でも、このままこの関係を続けていれば、アタイはそう遠くない日に、ショータを無理矢理レイプしちまうだろう。

ショータの事を想うなら、それだけはしちゃいけない気がする。

ウルスラ様がどうとか、ヒルデガルド様がどうとかじゃない。他の女の事なんざ知った事か。

アタイ自身がそれを許せないんだ。

好きな男の意思を無視して、自分の欲望の為だけにレイプするなんて事は許されやしない。

今まで散々他の男をレイプしておいて、どの口がほざくんだってアタイは自嘲気味に笑った。

「シャルさん、元気ないよ？　どしたの？」

ぼうっとしてる間に、ショータは身支度を終えていた。

アタイはハッとなって、作り笑顔で誤魔化す。

「な、何でもないよ。じゃあ早く食堂に行こうか。今日もお互い頑張ろうな！」

そう言ってアタイは先に部屋を出る。

アタイの背後でショータがどんな顔をしてるのか、見ないようにしながら。

そして男娼とメイド、それぞれの食堂へ向かう分かれ道まで一緒に来た。

「じゃあな、朝メシはちゃんと食っておくんだぞ」

と、アタイはメイド用の食堂へと歩き出す。

だけどショータはそんなアタイの手を掴んで、そのままグイッと引っ張る。

「お、おい？　どうしたんだよ？」

ショータに引っ張られて誘い込まれた先は、階段下の人目につかない空間。

昨日の朝、ショータと熱いキスを交わした場所だった。

ショータはそこで、爪先立ちになって、顎をクイッと上げて、目を閉じて、唇をンーッて突き出したんだ。

そんな可愛らしい姿に情けないくらい心臓をドキドキさせながら、その唇にむしゃぶりつきたくなる衝動を必死に圧し殺す。

「あ、あのなショータ……昨日はノリと勢いでキス、しちまったけど……今後はこういうのは控えるようにしたいんだよ……だから、な？」

「イヤだ」

アタイの必死の拒絶を、バッサリと斬り捨てやがった!?

あぁっ、そんな頬っぺたをプクッとさせて……可愛いなぁオイ！

「シャルさんが朝のチューしてくれないんなら、僕もう仕事しない。今日は休むから」

「ちょ、何をガキみたいな事言ってんだよ？　ワガママ言わずに、な？　そ、それに朝と晩のフェラチオだって、もうやらなくてもいいかなって……」

アタイがそう言うと、ショータはスゴく驚いた顔をした。そしてあからさまに落ち込んで、みるみる内に泣きそうな顔になりやがった！

「何で？　何でそんな事言うの!?　僕もうシャルさんが居ないと生きて行けないのに！　シャルさんがそばに居ないとダメなのに！」

ショータは泣きながらアタイの腕を掴んで……。

想定外だ。まさかこのアタイが、そんな女心をくすぐるような嬉しい事を言われるなんて……。

「ねぇ？　もう僕にフェラチオしたくないの？　キスするのもイヤになったの？　ならもう何もしなくていいから、せめて一緒に居てよ！　僕をひとりぼっちにしないでよ！」

「……ワガママ言うんじゃないよ。アンタにゃ三年後にはこの男娼館よりも贅沢な、何不自由無い暮らしが待ってるんだぞ？　それなのに、アタイがずっとお前のそばに居たら……別れがツラくなるじゃねえかよぉ！」

いつの間にかアタイも泣いてた。

男の前で泣くなんて、みっともなさ過ぎる。

でも仕方ない。ショータとの別れを想像しただけで、涙が止まらなくなっちまうんだから。

「別れないもん！　僕がここから出る時は、ヒルダちゃんにお願いしてシャルさんも一緒に連れて行ってもらうんだもん！　そして毎日身の回りのお世話をしてもらうんだもん！」

アタイは驚いた。頭を戦鎚《ウォーハンマー》で殴られたような衝撃を感じた。

ショータが……アタイを必要としてくれてる？

アタイと離れたくないって、思ってくれてる？

アタイはワケが解らなくなって、それでも目の前で泣きながら必死にすがりつくショータが愛おしくて。

気がついたら、アタイはショータの唇を奪ってた。

「あむっ……んむっ、んんっ……シャル、さぁん……♡」

「ショータ……しょーたぁ♡　はんっ……んぐっ♡」

アタイとショータの唇が、舌が、唾液が、お互いの境目が無くなるくらいに激しく絡まり合う。

このまま溶けて一つになれればと願いながら、それでもショータの愛を感じてアタイは泣いた。泣きながらキスした。

所詮は商売男の戯言。

女の客には全員同じような事を言っている。

本気になったら、きっと裏切られる。

もちろん、アタイはそんな事は微塵も思わなかった。

ショータがそう言ってくれるなら、アタイはそれを信じて疑わなかった。

だってショータは、アタイが本気で好きになった初めての男なんだから。

ショータはアタイが絶対に幸せにする。

そしていずれは、ショータの子供を産むんだ。

それはいつか必ず叶うだろうと、確信にも似た予感がしていた。

たっぷりキスした後、泣いたのが気恥ずかしくなってお互い笑っちまった。

涙を拭いて、仕事頑張れよって送り出した時には、いつも通りの明るくて笑顔が素敵な、アタイの大好きなショータに戻ってた。

さてと、アタイも仕事しなきゃなぁと思って食堂に向かおうとしたその時。

思いもよらないヤツと会う。

「おや？　そこに居るのはシャルロッテじゃないか？」

声は頭上から、大階段の踊り場から聞こえた。

そこに居たのは、五～六人の男娼達。

その中心に居た金髪の美少年は、このヴァルハラ・オティンティン館で働く者なら知らぬ者は居ない男。

看板男娼、金の卵、宝石細工の花、傾国の美男子。

アホみたいに色々なあだ名の付いた男、ミハエルその人だった。

正直に言うが、アタイはコイツが嫌いだ。

他のメイド仲間の中にも、ミハエルを嫌っている女は意外に多い。

確かに見た目は綺麗だし、コイツ目当てにこのヴァルハラ・オティンティン館を御贔屓にしてくれている王侯貴族や尚書《しょうしょ》様方は多い。

ミハエルの稼ぎでこのヴァルハラ・オティンティン館は成り立っていると言うヤツも多いし、それは事実だろう。

だけどそれでも、アタイはコイツをどうしても好きになれない。

他の多くの男娼にも言える事だが、コイツはアタイ達女をトコトン下に見ている。

それはまぁ仕方ない。大抵の男は女に対して嫌悪感や敵意、人によっては殺意を抱いてるのが多数派だからな。

だけどコイツはそれを隠そうともせず、ナンバーワンという自分の立場を笠に着て、メイドやシェフに威張り散らしているんだ。

そんな横暴に耐えられず、ウルスラ様に抗議した者も居る。アタイも不満を訴えた事はある。

ウルスラ様が再三に渡ってミハエルに注意してるのは知っているし、以前は他の男娼やメイド達が見ている前でかなり強めに説教していた。

ところがコイツは反省するどころか、その事に不貞腐れて一週間も仕事をサボりやがった。

どんな客が訪ねて来ようが仮病を使って門前払い。

わざわざ旧熱砂王国から来た王家の姫さんまで追い払ったせいで、ウルスラ様が姫さんに激怒されるなんて理不尽な事もあった。

顔が良ければ、人気があれば、金さえ稼げればそれで許されるだろうなんてナメた態度がムカつくし気に食わない。

コイツをショータの爪の垢を付けた拳でぶん殴ってやりたいとさえ思う。

まぁそれをやったら確実にクビだろうけどな。

で、そんな毛嫌いしてる男娼が、わざわざアタイに声を掛けた理由が解らない。

ミハエルとその取り巻き男娼達は、踊り場からゆっくりと時間をかけて降りて来る。

掴まり立ちで歩ける赤ん坊の方がもっと早く降りられるわってくらいに時間をかけながら、ミハエルはアタイに向かってニヤニヤと笑いながら声を掛ける。

またその笑顔が腹立つの何のって。

「おやおやぁ？　キミ一人かい？　最近仲良くしてるって噂の、あの黒髪黒目君は一緒じゃないのかい？」

……なるほど、お目当てはアタイじゃなくてショータの方か。

「知らないね。っつーかショータに用があるんなら本人に直接会いに行きな。今の時間なら食堂に居るだろうしね」

「まぁそんな邪険にしないでよ。あの金貨十万枚君は何だか掴み所が無くって苦手なんだよね。で、新人のくせに生意気にも専属メイドをつけたって噂になっててさ、その専属メイドさんに、彼から聞いておいてほしい事があるんだ」

……この野郎。

「おいミハエル、アンタが普段からアタイ達メイドや、アンタを指名してくれる客に対してどんなに口汚く罵ってるか、アタイの耳にも届いてる。それでもそれについてはアタイは何も言うつもりは無いさ」

と、アタイは前置きする。

そう、男が女を毛嫌いするのは当然だし、それについてとやかく言っても無駄だろうから、それはいい。

「だけどな、黒髪黒目だとか金貨十万枚だとか、そんな風に呼ぶんじゃねぇよ。アイツの名前はショータだ。てめぇも男娼なら、せめて同じ境遇の仕事仲間だけには敬意を払いやがれ！」

いけね、つい熱くなって大声出しちまった。

その声を聞きつけたメイドや職員達が、遠巻きに様子を伺ってら。

あ、取り巻き連中がビビって青くなってやがんの。

度胸無さ過ぎだろ……ショータを見習えってんだ。

「同じ境遇、ねぇ……まぁいいや。じゃあそのショータ君に聞いておいてくれないかな？」

「……何をだよ？」

ま、どうせ口クでもない事を聞きたがってるんだろうけどな。

男娼としてのランクはまだミハエルの足元にも及んでないショータを、何故こんなにも気にかけてるのか……そりゃ何と言っても売値なんだろうけどな。

馬鹿な野郎だよ。いくら売値に百倍の差があっても、それが男としての価値を示してるワケじゃないのに。

アンタとショータの男としての差は、百倍どころじゃないけどな!!

「聞くところによると、昨日例の『新人潰し』がショータ君を指名したそうじゃないか。で、もしかしたら彼が潰されて再起不能になったんじゃないかって心配しててねぇ」

「そうかい、そりゃ余計な心配をどうも。お生憎様だけどショータはピンピンしてるし、その新人潰しさんとやらもショータの事をえらく気に入ったみたいで、また来週ショータを指名するってさ」

これはアタイも驚いたんだが、新人潰しこと近衛騎士のメルセデスには、ヴァルハラ・オティンティン館側も手を焼いていた。

出入り禁止の措置も検討していたらしいけど、そんな難しい客を仕事初日のショータが手懐けてしまったらしいと聞いた時、信じられないという衝撃と、ショータならそれくらい当然だという誇らしげな感動を覚えた。

確かあの新人潰しには、当のミハエルも新人の時に手痛い目に遭わされたんじゃなかったっけか？

自分に出来なかった事をショータが難なくこなした事が、ミハエルの癇に障ったんだろうな。

まったく……女のアタイですらイヤになるくらい男らしい男だよミハエル様は、ハッ。

「フン、あり得ないね。今までどの男娼でも手に負えなかったあの化け物を、あんな冴えない平たい顔がどうやって手懐けたってのさ？　どうせ魔法具か何かで精神を操作したか、怪しげで非合法な薬でも使ったんだろうさ。あの小狡《こずる》そうな男ならやりかねないね」


…………………フッ。


アタイは穏やかな笑みを浮かべて、階段の三段目に立っているミハエルに歩み寄る。

ミハエルは少し動揺したような様子を見せたけど、それでも取り巻きが見ている手前か、逃げ出す素振りは無い。

本当に馬鹿なヤツ。

今すぐ尻尾を巻いて逃げれば、助かったのにねぇ。

アタイは有無を言わさず、両手を伸ばしてミハエルの襟首を強く掴んで、その細首を絞め上げる！

「がっ!?　な、何を……グエエエェッ!?」

ハッ。笑えるわ。

お綺麗な顔に似合わず、絞められる前のニャー鳥みたいな断末魔をあげやがって。

「テメェ如き糞ガキがぁ、知ったような口でショータを悪く言ってんじゃねぇよ……ぶっ〇《ピー》すぞコラ？」

「や、やめ……グヘッ！　がっ、はがっ……！」

アタイはそのまま両腕を伸ばして、ミハエルの細い身体を宙吊りに処す。

ほーら、高い高～いってな。

「ちょ、何してんのよシャル!?　相手はミハエルなんだよ!?」

チッ。騒ぎを聞きつけたヨハンナ達がアタイを止めにかかる。

「馬鹿なマネしてるんじゃねぇよ！　館長に見つかったら即クビだぞオイ!?　早く手ぇ離せっての！」

誰だっけコイツ……あ、二年前にメイドとして入ったしベッカだっけか。

目ぇ細過ぎだろ……キツネかよ。

こういう目つきしてる女は総じて詐欺師が多いからな、気をつけねぇとな。

それはともかくここで暴れるのも面倒だし、アタイは言われた通りに手を離す。

ドサッと床に落ちたミハエルは、ヒューヒューと口から笛みたいな音を発してる。

その音すら不快で、アタイは青白い顔で涙と鼻水とヨダレまみれになっているミハエルの金髪を、片手でむんずと掴んでやった。

「ヒッ！　ヒイイイイイイ⁉」

「……今度アタイの前でショータを悪く言ってみろ？　テメェをここから拐《さら》って帝都を抜け出して、すぐ近くの魔の森に棲むメスの魔物の群れの中にテメェを放り出してやるからな。解ったか？」

ハハッ、ミハエルの野郎ガクガクと首肯いてやんの。

そのまま無駄に整った顔を張り飛ばしてやりたかったけど、メイド仲間達に羽交い締めされてるのが鬱陶しいから解放してやんよ。

あん？　うわっ、マジかコイツ……失禁してやがる。

肝っ玉も、男娼としての器も、オマケにチンポも小さいとか……顔だけでナンバーワンになれたんだから、ある意味大したヤツなのかもね。


それから大騒ぎになった。

メイドや用心棒達からはアタイが暴れ出さないように何重にも囲まれるわ、ミハエルのヤツには怪我ひとつ負わせてないのに、男娼館御抱えの治癒士《ヒーラー》まで呼ばれるわ、ミハエルはミハエルで「アイツをクビにしろぉっ！」とか泣きながら喚いてるし。

とりあえずアタイは館長室まで連行されて、ウルスラ様に沙汰を言い渡されたんだ。

結果はクビにこそならなかったけど、一週間の謹慎と館外での無給奉仕、更には三ヶ月の減給処分だとさ。

はぁ～……凹むわぁ。

いや、あのカスにキレたのは別に反省してないけどね。

むしろ何人かの同僚からは「よくやった」とか「スカッとしたわ」と密かに褒められたくらいだから、如何にあのカスが嫌われてるのかが解るわ。

ヨハンナとレベッカはやたらハイタッチ求めて来てウザかったんで、とりあえず蹴飛ばしといた。

でも一週間、ショータに会えなくなるってのがなぁ……。

今朝やっと迷いが無くなって、これからもずっとショータに毎日朝晩フェラチオしてやるって約束したばっかなのになぁ……はあぁ～……。

POST CARD

恐れ入りますが
切手をお貼り
ください。

1 0 4 0 0 4 1

東京都中央区新富1-3-7 ヨドコウビル
株式会社キルタイムコミュニケーション

ビギニングノベルズ
読者アンケート係行

フリガナ 氏名	年齢 歳	男・女
住所 〒		
◆お買い求めのタイトル	◆購入いただいた店舗名・サイト名	
◆この本を購入いただいた理由と、感想をご自由にご記入ください。		

※お客様の個人情報は、アンケート集計の際にのみ使用させていただきます。

この度はビギニングノベルズをお買い上げいただきましてありがとうございます

◆本書について当てはまるものに○を付けてください

表紙イラスト	1：良い	2：普通	3：悪い
挿絵イラスト	1：良い	2：普通	3：悪い
話の内容	1：良い	2：普通	3：悪い
総合的な満足度	1：良い	2：普通	3：悪い

◆本書で一番気に入ったヒロインの名前と理由をご記入ください

ヒロイン名　　理由

◆この作品がネットに公開されていた小説という事を知っていましたか？

1：知っていた。ネットに掲載されていた頃から読んでいた
2：知っていたけれど、ネットに掲載された頃は読んでいなかった
3：知らなかった

◆この作品がネットに公開されていた頃から読んでいた方に質問です。書籍化にあたっての満足度とその理由をご記入ください

1：良い
2：普通
3：悪い

理由

◆ビギニングノベルズ以外で、キルタイムコミュニケーションの小説を購入したことはありますか？（二次元ドリームノベルズ、二次元ドリーム文庫、あとみっく文庫など）

1：購入したことがある
2：ない。でも存在は知っていた
3：ない。存在自体、知らなかった

◆ビギニングノベルズで書籍化して欲しいネット小説がありましたらご記入ください
（官能シーンあり、無しでもどちらも可）

ご協力ありがとうございました。

まぁ考えても仕方ない。クビにならなかっただけ感謝しなきゃならないし。

ウルスラ様としても、アタイをクビにしたら他のメイドや従業員から猛抗議が来るって思ったのか、恩情溢れる処分になったんだ。

感謝こそしても、恨むのは筋違いだってね。

そうして時刻は夜の八時を過ぎた。ショータの仕事が終わった頃だ。

ごめんよショータ……今日から一週間は、寂しい思いをさせちまうよ。

朝晩のフェラチオもしてあげられないのは、アタイ的にも本当にツラい。

はぁ～……アタイは部屋に帰ってから何回目か解らないため息を吐く。

ちなみにアタイはメイドとしては中堅よりやや上なので、狭いながらも個室だ。

ベッドと机を置いたら、もう狭く感じるような部屋だけどな。

新人のショータの部屋でさえ、アタイの部屋の三倍は広いってのになぁ。

と、ドアがコンコンとノックされる。

誰だよこんな時間に……アタイはもう何もする事が無いから寝ようと思ってたのに。

「はぁい、開いてるから勝手に入りな～」

どうせヨハンナだろ。そう思ったアタイは投げやりにそう告げる。

でも予想は外れた。

ドアが開けられ、そこに立っていたのは……。

「こんばんはシャルさん♡」

「………し、ショータぁ!?」

そこには、アタイの今最も会いたい男が居た。

ショータは長めの外套《マント》をすっぽりと羽織って、手には銀の蓋《クロッシュ》を乗せた皿を持っている。

「な、何で来てんだよ!? アタイは謹慎中だぞ! ウルスラ様からアタイと会うなって言われてるだろ!?」

「え? 言われてないよ? ってかシャルさんが僕の部屋に来るのはダメだけど、僕がシャルさんに会いに行くのは問題無いって言ってたから、来ちゃった♡」

いや、来ちゃったって……。

ウルスラ様もそれでいいのかよ!? ガバガバ処分じゃねえか!

「何でシャルさんが謹慎になったのかは大体聞いてるから知ってるけど……あんなヤツの言う事なんか無視すればよかったのに。僕は何を言われたって気にしないよ?」

「……ショータが気にしなくても、アタイが許せなかったんだよ。ちょっと顔が整ってるだけのカスの分際で、アタイのショータを悪く言いやがって……思い出したらまた腹立ってきたから、もう一回宙吊りにして来るわ」

アタイがそう言ってベッドから立ち上がると、ショータがワーワー！　って慌てて持ってた皿を机に置いて、アタイに抱きついて必死に止める。

……ったく、冗談だっての。

アタイはショータの身体を抱き締めて、その柔らかな黒髪を撫でてやる。

すると、アタイの胸に顔を埋めたショータがグスッと鼻を鳴らす。

「……泣くなよ。アタイはアタイの為にやったんだ。それにクビになったワケじゃないし、謹慎が解けたらまたフェラチオしてやるから、な？」

そう言うと、ショータはアタイの胸から離れる。

アタイを見上げた顔は少し目が赤かったけど、やっぱりアタイの大好きな笑顔だった。

グウゥ～……

あ。

アタイの腹の虫が絶妙なタイミングで鳴る。

空気読めよアタイの腹……でもナンダカンダで晩メシ食いそびれたんだよなぁ。

アタイもまだまだ育ち盛りだから、メシ抜きはツラいんだぜぇ……。

するとショータは、クスリと笑って机の皿を指差す。

「ちょうどよかった。そんな事もあろうかと、僕がシャルさんの為に新しい料理を作って来ました～！　ドンドンドンドンパフパフパフ～♪」

お、ショータの新作料理か。

こないだの皇帝プリンはマジで美味しかったから、今回も期待だな。

アタイはショータに椅子に座るように促されて、首にナプキンを掛けてもらって、ナイフとフォークを渡される。

肉料理か？　魚料理か？　どっちも好物だぜ。

「じゃあ召し上がってください！　どうぞ～！」

ショータの手でクロッシュを取られた皿の上には……何だこれ？

狐色の……丸い何かが、ひぃふぅ……三段重ねになってる。

「な、何これ？」

「これも僕の故郷では大人気のデザートで、先にウルスラさんに試食してもらったら大好評だったんだよ。飛び跳ねて喜んでたし。で、ウルスラさんに命名してもらったんだ……皇帝ホットケーキ《カイザープファンクーヘン》ってね」

ホットケーキ……甘味なのか。

結構ボリュームありそうだけど、食えるかなぁ？

すると、ショータは外套のポケットから小瓶を取り出す。

その小瓶の中には、薄い琥珀色の液体が入ってる。

ショータは小瓶の栓を開け、中の液体をホットケーキに掛けた。

琥珀色のドロッとした液体は、ホットケーキの上で滑らかに拡がってキラキラと輝いている。

皇帝プリンに掛けたカラメルソースってヤツに似てる気がする。

生まれて初めて見る甘味から香る芳醇な匂いに、アタイはゴクリと唾を飲み込んだ。

「ほら、温かい内に食べて食べて♪」

「う、うん……じゃあ」

アタイはそのホットケーキにナイフを入れる。

お、柔らかい……フワッフワだな。

そして切り分けたひと切れを、フォークで刺して口に運んで……。

！？！？!?

ふわっ！　うんまっ！　やわらかっ！　あまぁっ！

ホットケーキの生地はほのかに甘くて、プリンよりやや歯応えがあるなってくらい。

この上から掛けた琥珀色の液体は、今まで食べた事が無いくらいに甘くて濃厚だ！

蜂蜜みたいだけど、蜂蜜よりサラッとしててクドくない！

この甘さが、淡白なホットケーキと絶妙に絡まって……。

「うんまあああああい！　何だこれ!?　いくらでも食べられるうううううっ!!」

アタイの手は止まらない。

一枚目を食べ終えると、二枚目三枚目にも謎の液体を掛けてもらってパクパク食べる。

全部食べられるだろうかと心配していたさっきまでの自分はどこへやら、あっという間にペロッと平らげてしまった。

「ぷっへぇ～食った食った……なぁ、このホットケーキってどうやって作るんだ？　あと、そのソースは何なんだ？」

「んっと、簡単に説明するね？」

それからショータはこのホットケーキの材料を教えてくれた。

小麦粉と砂糖、ニャー鳥の卵、ギウニーの果汁、それとベーキングパウダーってのを混ぜて焼くと出来るらしい。

ベーキングパウダーってのはこのホットケーキをふんわ

りさせる為の魔法の粉だってさ。

無いから手作りしたらしいけど。

で、驚いたのがこの琥珀色の液体、何とある木の樹液を集めて煮詰めたものらしい。

偶然庭に生えてたその木をこないだ見つけて、ウルスラ様の許可を得て表面に傷をつけて、そこからタラタラと漏れてくる樹液から出来た液体で、メープルシロップっていうらしい。

……本当にコイツは何者なんだ?

何でこんなに不思議な事を知ってるんだ?

謎は深まるばかりだ……ケプッ。

「お腹いっぱいになった?」

「ん? あぁ、スゴく美味しかったよ。ありがとな」

「じゃあさ……食後のデザートとか、どう?」

デザート?

いやいや、もうお腹いっぱいで食えないって。

と言って断ろうとしたら、ショータはアタイの目の前で外套の紐をシュルッと解いて、そのまま外套を脱ぎ去る。

アタイの目の前に……天使が現れた。

生まれたままの裸身を晒して、恥ずかしそうに微笑んでいる、黒髪黒目の天使が。

その天使の股間は、いつもよりも逞《たくま》しくなっていて、ピクピクと小刻みに動いてた。

そして黒い天使はアタイに近寄って、耳元でこう囁いたんだ……。

「召・し・上・が・れ♡」

ってな。

そんな事言われて、断る女が居るか?

居るかよそんな女! そんなヤツは女じゃねぇよ!

アタイはショータの身体を王子様抱っこして、そのままベッドにポイッと投げ捨てる。

ショータの身体がベッドの上でボヨンと弾む。

そしてアタイはもどかしげに服を脱ぎ去り、全力で愛しい男の裸身目掛けて思いっきり飛び込んだ!

アタイはその夜、ショータのチンポで天国の扉を開けた。

メイド宿舎全体に、アタイとショータの喘ぎ声が隅々まで響き渡り、アタイの部屋の左右の部屋と、扉と窓の外には、ショータの可愛らしい悲鳴をオカズにしようと宿舎中のメイドが集まってたらしい。

でも残念。アンタ達は声だけで我慢しな。

ショータの全部はアタイんだからな!

ちなみにそれとほぼ同時刻、ヒルデガルド先帝陛下の住まわれる離宮から、またしても竜の咆哮《ドラゴンハウリング》が轟いたらしいけど、ショータとの目眩く熱い夜に夢中なアタイはまったく気づかなかった。

三章　とっても素敵なおっぱい

【ヒルデガルドとメルセデス】

「……で、何か申し開きはあるかや？」

ここは妾の離宮。

真夜中の謁見の間にて玉座へ座る妾。

傍らには銀盆に乗せられた童貞の血のように赤いワインと、先程ヴァルハラ・オティンティン館よりの使者から届けられた狐色の丸い焼き菓子。

皇帝ホットケーキと名付けられたそれは、別添えの淡い琥珀色のソースを掛ける事により、この世のものとは思えぬ程の美味を妾にもたらす。

一昨日の皇帝プリンもそうじゃが、まだまだ妾の知らぬ美味なる甘味があるものじゃのぉ。

それらを教えてくれたショータには感謝じゃの。

今度ヴァルハラ・オティンティン館に行ったら、偉大なる妾にチューをする権利を与えてやらねばなるまいて。

さて、皇城のそれよりは小なりといえども、威厳を示さねばならないという理由で無駄に広く荘厳に造られたこの離宮の謁見の間には、たった二人の者しか居らぬ。

玉座に座る妾と、少し離れた場所で立ち尽くす騎士。

騎士の顔は酷く青褪めておる。

少し薄暗い謁見の間の松明《たいまつ》の炎に照らされて尚、青褪めておるのが解る程度には。

騎士が怯えておる理由はいくつかあるのじゃが、その理由の一つとして妾は今、本来の姿に戻っておる。

この完熟ボディーから漏れ出す覇気が、可視のオーラとなって騎士に多大なる威圧感を与えておるからじゃろう。

この皇城に居る騎士や兵士ならば、妾が打ち立てた数々の武勇伝をイヤと言う程見聞きしておるのじゃ。

曰く、空高く飛翔するワイバーンを素手で屠《ほふ》った。

曰く、体長五メートルのストーンゴーレムを素手で破壊した。

曰く、人里に現れたトロールの群れを『竜の炎《ドラゴンブレス》』で一斉に焼き払った。

ま、全て真実じゃがの。

並の人間の騎士には、目の前の妾は古代竜と同じに見えるのじゃろう。ほれほれ、もっと妾を恐れよ。

そして妾と騎士の間には、とある魔法具が置いてある。

さる男娼館から届けられたその魔法の水晶玉は光を放ち、その光は何も無い空中にある映像を映し出しておる。

ある男と女の、秘め事の映像がのぉ。

「おーおー、あのようにぶっとい逸物を咥えこみよって……さぞかしお楽しみだったようじゃのぉ」

映像の中ではどこかの部屋でベッドに横たわった金髪の女が、黒髪の少年に上からのし掛かられてまぐわり、あまつさえ大量の精液を中出しされておる……羨ましいのぉ。

「さて、近衛騎士メルセデスよ。貴様に問い質したい事がある。確か貴様がお楽しみの男娼館のこの部屋は、本番行為は御法度のハズなのじゃが……？」

玉座の肘掛けを指でトントンと叩きながらメルセデスとやらに問うも、尚無言のままじゃ。

まぁ恐怖と絶望で喉が凍りついて、ロクに言葉も吐き出せんのじゃろうな。

この件に関して問い詰められるなら男娼館の職員か、最悪でも館長のウルスラじゃと踏んでおったのじゃろうが、まさかその遥かに上の妾からの詰問を受けるなどとは想像の埒外《らちがい》であったろうのぉ？

まったく、悪い事は出来ぬものじゃて。

「まぁ規約違反云々はここでは問題にはせぬ。そもそも館長であるウルスラが何も言うておらぬのじゃから、妾がどうこう言えるものでもないのじゃ」

と言うと、メルセデスは少しだけ安堵したのか、吐息を一つ漏らす。

が、これから告げる真実に、メルセデスは今度こそ絶望のズンドコに叩き落とされるのじゃ。

ありゃ？　ズンドコ？　ポンポコじゃったかのぉ？

「が、問題は貴様が手を出した男娼にある。この男娼はの、妾手ずからその価値を見いだし、妾のお小遣いの中から金貨十万枚という大枚を叩《はた》いて買いつけた、言わば妾の秘蔵の男娼じゃ」

それを聞いた途端、メルセデスは先程よりも更に血の気を引かせ、真っ白な顔になりおった。

まぁそうなるのも致し方なかろうて。まさか自分が手をつけた男娼が、妾の所有物だとは知らなんだからな。

てっきりウルスラがショータ辺りが教えておると思ったのじゃが、考えてみればその事実を知って尚手を出すなど、妾に対する挑戦と捉えられても何ら不思議は無い。

余程の大うつけか自殺志願者でも無い限り、そのような無謀なマネはせんじゃろうな。

「三年の後、成長したその男娼を妾の離宮へと呼び寄せ、そして妾と男娼は末長く幸せに暮らしたのでした、めでたしめでたし……となるハズの大切な男娼を、事もあろうにキズモノにしてくれるとは……ようもやってくれたものじゃなぁ、ん？」

グシャッ。

おっと、イカンイカン。思わずチカラが入ってしもぅて玉座の肘掛けをゴッソリ引き千切ってしもぅたわい。

手の中の肘掛けだった物をポイッと投げ捨て、妾は目の前で小刻みに震えるメルセデスに改めて問う。

「して、何か申し開きはあるのかゃ？　せめて死ぬ間際に言い訳くらいは聞いてやろうではないか」

そう言うと、それまで俯いて小刻みに震えていたメルセデスじゃったが、ゆっくりと顔を上げおった。

その悲愴感に満ち溢れた顔には、それでも並々ならぬ決意が見て取れた。

どうやら覚悟を決めたようじゃな。

さて、どんな言い訳をするのか楽しみじゃのぉ。

「な、何も、申し開きする事など、ご、ございません……全ての咎《とが》は、私に、ございますれば……」

……ほぅ。

「し、ショータは……私が、無理矢理に手篭めとしました……客という立場を利用し、規則を破らせたのは私です……ですから、ショータだけは何卒寛容なお心で許して頂きたく……」

ふむ。

「そうか……なれば、貴様が死ねば万事解決じゃな。で、覚悟は出来ておるのじゃろうな？」

妾がそう言って玉座から立ち上がると、妾でも予想すらせなんだ事が起こった。

何と、メルセデスが妾に対して構えをとったのじゃ。

丸腰で、鎧も着けず、それなのに拳のみで妾に立ち向かおうとしておるのか。

「……正気かゃ？　貴様は妾が誰か知らぬワケでもあるまい？」

そう。妾は竜神帝国の先の皇帝、ヒルデガルド。

この竜神帝国で最も強き女。

妾とタイマン張って互角に戦えるのは、伝説に謳われた古代竜のみよ。

そんな妾に、よもや素手で相対する馬鹿がおるとは思わなんだわ。

「……み、身に寸鉄を帯びずとも……せめて、心に、折れぬ剣を！」

それは、竜神帝国の騎士たる者がまず最初に教えられる戦いの心得。

じゃがそれを本当に、しかも最強たる妾で実践しようとする者がおったとはのぉ。

「わ、私はここで朽ち果てるワケにはいかない……私が死ねば、ショータが悲しむ！　私とショータの仲を引き裂こうとする者あらば、それがたとえ誰であろうとも……負けるワケにいくかコンチクショー！」

もう後半は破れかぶれじゃな。

じゃが、そうか……コイツはもうそこまでショータと心を通わせておったか……。

ならば妾の採るべき選択はただ一つ！

妾は両手を高く挙げ、その指を頭頂部に押し当て、高らかにこう唱えた！


「なぁ～んちゃってぇ!!」


…………む、外したか？

見ると、メルセデスは構えをとったままポカーンと呆けている。

「何じゃ、貴様よもや妾がほんの二百年前に一世を風靡させた栄光の一発ギャグ『なーんちゃって』を知らぬのかや？」

「も、申し訳ありません……存じ上げませぬ」

これじゃから最近の若いモンは。

妾は玉座にドカッと座り直し、未だに何が起きておるのか理解が及ばぬメルセデスに対してこう宣告した。

「近衛騎士メルセデスよ。今この時より貴様を近衛の任から解き、新たに『竜の鱗《ドラゴンスケイル》』としての任を命ず」

「…………………え？　え、ええっ!?　ど、どどドラゴンスケイルぅっ!?」

メルセデスは混乱の極地のようじゃ。

そりゃそうじゃろう。『竜の鱗』と言えば、竜神帝国三千年の長き歴史の中でも、未だ三人しか名乗る事を許されていない、帝国騎士最高の地位じゃ。

半ば名誉職のような扱いじゃが、常に皇帝の傍らに立ち、身命を賭して皇帝を守る不破の楯。

まぁ竜人である皇帝そのものが最強の武力なので、所詮御飾りに過ぎんのじゃがのぉ。

それに現皇帝ならまだしも、既に娘に譲位した妾の竜の鱗となったところで、如何程の価値があるのやら。

「そ、そそそれは何かの間違いでは!?　わ、私は陛下の大切な男娼の純潔を汚し、尚且つ陛下に反逆の意志を明確に示した大罪人なのですよぉ!?」

「よい。その程度の豪胆さと鼻っ柱が無ければ竜の鱗などとても務まらんわ。それに、いずれ妾の夫となるショータの純潔を奪った女が、ただの近衛騎士では体裁が悪い」

そう、これも妾の計画に必要な措置じゃ。

メルセデスだけではない。いずれこの竜神帝国は、妾とショータを中心とした新たな国へと生まれ変わる。

ハッキリ言って妾がショータの本妻であれば、後は愛人が何人居ても構わん。

　言わばメルセデスはその大事な計画の第一歩、要石《かなめいし》とも言えるのじゃ。

　頭上に大きな疑問符を浮かべたまま固まるメルセデス。

　妾は懐から拳大程度の布袋を取り出し、それをメルセデスへ投げ渡す。

　上手くキャッチしたメルセデスは、戸惑いながらもその袋の中身を確認する。

　中には50粒程度の錠剤が入っておる。

「……陛下、これは？」

「貴様も噂くらいは耳にしておるじゃろう。助妊薬じゃ」

「!?　じょ、助妊薬!?」

　そう。セックス前に飲めばあら不思議、たちまちその女は孕み易くなる魔法のお薬じゃ。

　妾も最愛の娘アンネリーゼを身籠もる事が出来たのは、この薬のお陰なのじゃて。

　お値段なんと、一粒で金貨十枚！　お得！

「貴様に預ける。以降、ショータとまぐわう前にはこれを飲め。さすればいずれはショータの子を孕む事が出来るじゃろう」

「えぇっ!?　よ、よろしいのですか!?」

「構わん。これからもガンガンまぐわってバンバン孕むがよい。あ、ちなみに給金もアップな。今の給金の百倍くれてやるわ」

「あわわわ……はわわわ……！」

　ケヒヒ、脳がフットー寸前じゃのぉ。

　じゃがこれで終わりでは無いぞ？　貴様にはこれから更なる荒波に揉まれてもらわねばならぬからのぉ。

　これから激動の時代となるぞぉ！

　ケヒャヒャヒャヒャヒャヒャーッ!!

　ホットケーキあまーい♡♡

【グレーテル、初来店】


　月曜日《モーンターク》が来た……待ちに待った今日が。

　オラ、この日の為に、いっぱいお金貯めたんだ。

　これでやっと、オラも一人前の女になれるんだ。

　オラが立っているのは、帝都では一軒しか無い男娼館。

　ここでオラの友達のドワーフ達がいっぱい女になったって言ってた。

　だからオラも、ここで女にしてもらうんだ。

　何でもこのヴァルハラ・オティンティン館には、すんごいめんこい男達が大勢居るらしい。

　オラ達ミノタウロス一族の男よりも背丈は小さくて、筋肉も無いけど、顔が牛じゃない普通の男の子達が。

　オラ、牛顔のオスのミノタウロスも好きだけど、それよりも人間の男の子のめんこい顔が好きなんだ。

　処女を捨てるなら、人間の男の子でって決めてたんだ。

　んで、魔の森の中のミノタウロスの村で木こりとして必死に働いて、やっとの事で男娼を買うのに充分な金を貯める事が出来ただ。

　オラももう十八だし、せっかくだからそこで婿でも探して帰って来いって母ちゃんと姉ちゃんに言われてっし、気合い入れねぇとな！

　んだども……本当にオラなんかが相手にしてもらえるんかなぁ？

　一抹の不安はあっけど、女は度胸だべ！

　いざとなったら、有り金全部渡してでも抱いてもらうだ！

　行くんだグレーテル！

　ミノタウロスだって人間と交尾出来るんだって証明して、村で待ってるオラの友達にいい報告をするんだ！

　オラはヴァルハラ・オティンティン館の門をズシーンズシーンと潜り抜けて、楽園の扉を開けただ。

　ほんで、何だか顔が引き攣《つ》ってる受付の姉ちゃんに向かって、ニカッと笑ってこう言ったんだ。

「この店のナンバーワンを呼んでけれ！」


【ショータの二人目の客】


「あひっ♡　ふひっ♡　でるっ♡　今日もシャルさんに精液ゴクゴク飲まれちゃうううううっっ♡♡♡」

　ビュルッビュルッ！　ドックドック！

　あひぃ……やっぱりシャルさんの朝フェラ最高説……♡

　もうこれが無いと一日が始まらないよね。

　僕はお礼のチューをしようとすると、まだ僕の精液をお口の中でグッチュグッチュと転がしてるからって唇でのチューを拒否されちゃった。

　そんなの気にしないのにと思いつつ、僕はプニプニの頬っぺたにチューの雨を降らせる。

　それだけで顔を真っ赤にするシャルさんって超カワイイ♡

　よし、これで元気が出たぞ！

　今から朝ご飯を食べて、今日もお仕事頑張るぞ！

　シャルさんはまだ謹慎が解けてなくて、これから街で清掃活動とかやるらしい。

　最後にもう一度だけシャルさんパワーを補給する為、シャルさんのフカフカおっぱいに顔を埋める。

そしてシャルさんに頭を撫でてもらって、エネルギー満タン！

服の上から乳首をチュッてしたら、アンッ♡　ってカワイイ悲鳴が聞けたけど、頭をポカッてされちゃった。

そして僕はシャルさんの部屋を出て、本館にある食堂へと向かう。

さぁて、昨日はお客様に指名してもらえなかったし、今日はいっぱいアピールして顔と名前だけでも覚えてもらおう。

と決意を固めたその時だった。

食堂とは反対側にある玄関ホールで、何だか慌ただしい動きが。

メイドさん達や用心棒の皆さんがバタバタと走り回ったり、男の子達の悲鳴も聞こえたり。

どう考えてもタダゴトじゃない。

すると、ヨハンナさんが食堂の方へ走って行く。

でも一瞬僕と目が合うと、急ブレーキをかけて僕の前へ駆け寄って来た。

「あ、居た！　ショータ、ウチと一緒に来て！　ウルスラ様が呼んでるから！」

「え？　ど、どうしたんですか？　あの騒ぎと関係があるんですか？」

「あるある！　大あり！　いいから来て！」

ヨハンナさんは酷く慌てていて、僕の腕をギュッと掴んでそのまま僕をスゴいチカラで引っ張って走り出した。

僕は転びそうになりながらも、何とか必死に走る。

月曜日の朝から、何だか波乱の予感がした。

でも同時に、何故か素敵な出会いの予感もあったりして。

早くも僕のオチンチンは甘おっきしてたんだ。

玄関ホールは騒然としてた。

何人かの冒険者さん風のお姉様達が床に倒れてて、メイドさん達がそれを介抱してて。

その人達がこの男娼館の用心棒さんだって、ヨハンナさんが教えてくれた。

お客様達も、受付のお姉さん達に「これはどういう事なの⁉」とか「今日は営業出来るんですか？」とか不安そうに尋ねてる。

受付のお姉さん達も涙目になって対応してて。

幸いな事に怪我人は居なかったみたい。

でも現場はスゴくピリピリしてた。

何故かって言うと、玄関ホールの大階段のところでギャーギャー騒いでる男の子が居たから。

僕はその男の子を見て、思わずこう言ったんだ。

「うへぇ……ミハエル……」

そう。ミハエルとその取り巻き男娼達だ。

ミハエルが頻《しき》りにギャーギャー喚いてて、取り巻き達は「落ち着いてくださいミハエル様！」とか「あの女はもう居ませんから！」とか言って落ち着かせようとしてる。

それをメイドさん達が心底ウンザリした顔で見てて、どうにも関わりたくないって雰囲気を醸し出してて。

でも明らかにミハエルのパニックっぷりが、その場に居るお客様達に余計な不安を与えてるって、さすがに僕にも解って。

だから僕は、とりあえずミハエルに声を掛けた。

「ねぇミハエル、何があったの？」

「ヒッ⁉　な、何だ君か……別に何もないさ。僕は至極冷静だからね。ナンバーワン男娼の僕は、いつだって落ち着いているからね」

僕に声を掛けられたミハエルは、一瞬ビクッてなったけど、すぐに気を取り直したみたいで、余裕綽々《よゆうしゃくしゃく》で皮肉たっぷりの、いつものミハエルに戻ったみたいだ。

冷静って……さっきまでギャーギャー騒いでたのに？

「ふぅん……ってか、何か大変そうじゃない？　何があったの？」

「あ、あぁ……いや、大した事じゃあないよ。この騒ぎの元凶は捕まったし、ナンバーワン男娼の僕は怪我一つ無いからねぇ」

正直、ミハエルが無事かどうかなんて僕にはどうでも良かったけど。

でもこの騒ぎを大した事無いって言える辺り、やっぱりミハエルはズレてるなぁと思った。

だから僕はこのヴァルハラ・オティンティン館の男娼の端くれとして、僕に出来る事をやる事にした。

まず僕は倒れてる何人かの用心棒のお姉さんの所に行って、怪我や痛む所は無いか尋ねた後、大変だったみたいですねとか、ありがとうございますってお礼の言葉を掛けた。

用心棒さんが頑張ったって事は、多分荒くれ者みたいなお客様が暴れて、それを用心棒さんが身体を張って止めてくれたんだろうなって僕は推理した。

こんな緊急事態の時に、身体を張って僕を守ってくれる用心棒のお姉さんに感謝するのは当然だもん。

すると用心棒さん達は少し顔を赤くしながら「これが私達の仕事だからね」とか「坊や達に怪我が無くて何よりだよ」とか「今度私らにお酌してくれよな」って笑って答えてくれた。

用心棒さん達マジイケメン。思わず股間がキュゥンって疼いた。

だから僕は「お酒のお酌でもマッサージでも、僕に出来る事なら何でもしますよ」って答えたら「ん？　今何でもするって言ったよね？」ってちょっとざわついた。

それから、ホールの奥の方に小さな人影が倒れてるのが見えたから、急いで駆け寄った。

「あ、あの、大丈夫ですか？」

その人は髪が灰色で、肌は日焼けしたみたいに浅黒くて、そして小さかった。

身長は僕より少しだけ低そうで、ヒルダちゃんと同じくらいかも。

おっぱいも……ペッタンコだった。

ゴツめのブーツと革手袋をしてて、おヘソ丸出しの黒いタンクトップに、ちょっとローライズ気味のホットパンツから覗く黒いパンツが、ちょっとだけエロかった。

「え、えっと……君、いくつ？　迷子？　お母さんとはぐれちゃったの？」

僕はその子の事を、お客様と一緒に来た子供だと思った。

だってどこからどう見ても子供だし。

僕がそう声を掛けると、その灰色の髪の子は無言無表情のまま僕の顔をじっと見つめてて。

するとその子が人差し指でチョイチョイと僕を呼んでる……ような気がした。

だから僕はその子の前にしゃがみ込んだ。

「どうしたの？　どこか怪我したの？」

って僕が心配そうに顔を覗いた瞬間だった。

ガシッ！　ギュウウゥゥゥッ！

「アイタッ⁉　イデデデッ‼」

い、いきなり頬っぺたをつねられたぁっ⁉

し、しかも……チカラ強過ぎひぃぃいっ‼

「口の利き方に気をつけろよ小僧……儂《わし》は貴様なんぞより遥かに年長ぞ……」

「イダイイダイ！　ご、ごめんなひゃぁい！」

何が何だか解らないけど、僕は誠心誠意謝った。

僕の謝罪が通じたのか、僕の頬っぺたを万力の如くつねってた指がスッと離れて、間一髪僕の頬っぺたはコブ取りじいさんみたいにちぎられずに済んだみたいだ。

僕が目に涙を滲《にじ》ませながら頬っぺたを手で擦ってると、その子は突然立ち上がってスタスタと歩き出した。

「こんな所で貴様と遊んでいる暇はない……ミハエル様をお守りせねば！」

と言って、今も尚騒いでるミハエルの所に走って行っちゃったワケで。

後で用心棒のお姉様から聞いた情報では、ナントその子もこのヴァ・ティン館の用心棒なんだって！

名前はマリオンさん、子供に見えたけど実はドワーフっていう種族で、これまたナント御年六十八歳！　僕のお婆ちゃんより歳上！

いわゆる合法ロリってヤツか……。

って事は、僕ってばさっきは結構失礼な事言ってたりするかも……。

今度会ったらちゃんと謝っておかないとなぁ。


それから気を取り直して、僕はお客様達が集まる受付カウンターのテーブルの上に土足で飛び乗った。お行儀が悪くてごめんなさい。

そして不安そうにしてるお客様達全員が僕に注目したところで、お客様全員に聞こえるように大声でこう言った。

「皆様、おはようございます！　当ヴァルハラ・オティンティン館の新人男娼、翔太です。本日はお騒がせして申し訳ありません。ですが当館は本日も絶賛営業中です。あちらに居ります当館ナンバーワン男娼のミハエルを始め、指折りの綺麗所が皆様に最高のおもてなしをさせて頂きますので、何なりとお申し付けくださいませ！」

僕は内心ドキドキしてるのを悟られないよう、とりあえずそれっぽい事を言っておいた。

笑顔と元気。あと、出来るだけ子供っぽさを心掛けて。

すると僕なんかが言った事でもそれなりに効果はあったみたいで、さっきまで騒いでたお客様達も安心してくれて、待合スペースみたいな椅子に座っておとなしく待っててくれるみたいだ。

お客様の何人かのお姉様やマダム達が「黒髪黒目なんて変わってるわね」「新人なのに落ち着いてるじゃないの」と声を掛けてくれたから、僕は一人ずつに営業スマイルで「翔太です。真心を込めてサービスしますから、ご指名待ってますね♡」って売り込みしておいた。

早く僕を指名してください。ってかむしろサービスさせてくださいお願いします！

お客様全員が受付カウンターから離れた後、受付のお姉さん達にお礼を言われちゃった。

「ありがとうショータ君、本当は私らがやらなきゃいけない事なのに……」

ってシュンとなって、中には泣いてるお姉さんも居た。

よっぽど怖い目に遭ったのかな……だから僕は、皆さんを元気づける為にこう言った。

「気にしないでください。あ、今度から面倒そうなお客様は全部僕に振ってください。僕なら全然オッケーだし、お値段お安めなんでオススメしやすいでしょ?」

と、ここでも営業トーク。

そしたら受付のお姉さん達は「新人なのにミハエルより落ち着いてるね」とか「アタシが指名しちゃおっかな♡」とか言ってくれた。

そしてカワイイカワイイって、もみくちゃにされちゃったり。

ウハ♡　朝から超幸せ♡

「ちょっと!　そんな事してる場合じゃないって!　早くウルスラ様の所に行かなきゃ!」

あ、ヨハンナさんがちょっとイライラしてる。

ってかウルスラさんに呼ばれてたんだっけか。すっかり忘れてた。

「ウルスラ様は館長室だよ。例の暴れた客と一緒に居るみたい」

え?　この騒ぎの張本人と二人っきりなの?

それって大丈夫なの?　その人がまた暴れたりしたら…

…ウルスラさん危なくない?

と不安になってる僕に、ヨハンナさんも受付のお姉さん達も「無い無い」って笑って否定した。

何でも、ウルスラさんは元帝国竜騎士だったらしくて、このヴァ・ティン館で一番強いらしい。


あんなに美人でナイスバディーで、オマケに強いなんて……素敵!　抱いて!

それから僕とヨハンナさんは地下の館長室へ向かう。

入り口前に居る警備のお姉さん達もちょっとピリピリしてるみたいで、何かあったらすぐに踏み込めるようにしてるんだって。

ヨハンナさんが大扉をコンコンとノックして、大きな声で部屋の中に居るウルスラさんに呼び掛けた。

「失礼します!　ショータを連れて来ました!」

『お入りなさい』

ってウルスラさんの落ち着いた声。

よかった。ウルスラさんは無事みたいだ……。

でも僕は密かに緊張する。

さっきまで暴れてて、用心棒さん達が束になっても敵わなかった人って、一体どんなゴッツい人なんだろう……。

元カリフォルニア州知事みたいな人だったら……イヤだなぁ。

いきなり「デエエエエエン」とか大音量で流れたりとかしそうだもん。

ヨハンナさんが大扉をガチャッと開いてくれた。

中に入ると、館長室にはソファーに座って煙管を咥えたウルスラさんと、もう一人。

こっちに背中を向けて座ってるその人は、背中だけでスゴい大きな人だって解る。

でもそんな人が何だか縮こまって、身体を小刻みに震わせてて。

やっぱり暴れたのを反省して泣いたりして……ってプリン食べとる!? しかも泣きながら!?

「うぅっ……ぐすっ……こったら美味いモンがあったなんて……こんな美味いモンを食わしてくれる男娼館で、オラは何て事をしちまったんだべぇ……ヒック」

あ、反省はしてるのね。

プリン食べながらだけど。

でもこの人、何か……何て言うか……カワイイ♡

濃い茶色の髪は、ちょっとボサボサで腰の辺りまで伸ばされてる。

頭にはツルッとした短めのツノが二本。

ヒルダちゃんのゴツゴツした羊型のツノじゃなくて、どっちかと言えば牛っぽい。

うっすらオリーブ色の肌は、どこかイタリア人かスペイン人ぽい感じ。所謂ラテン系？

手足が長いって言うか、多分全体的にデカい。

そして……おっぱいが凶暴！

ウルスラさんもデカいけど、それより一回りはデカい。

多分推定一メートル越え。

この異世界に来てからナンバーワン巨乳。巨乳って言うかもう超乳。

その極上ワガママボディーを、何かの毛皮で出来た黒いビキニだけで包んでる。

ウルスラさんとはまた違うベクトルのフェロモンがムンムン。野生の美っていうのか、粗削りな美人さん。

そんな超乳美人さんは、僕達には気づかずプリンを頬張ってる。ひぃふぅみぃ……それ五個目のプリンですよね？

「ご苦労様、ショータ君はこちらへ。ヨハンナは下がりなさい」

ウルスラさんがそう言うと、ヨハンナさんは一礼して館長室から退室して行った。

とりあえず僕は向かい合わせで座るウルスラさんと超乳美人さん、どちらの隣に座るか死ぬ程悩んだ末、ウルスラさんの隣に座った。

これなら正面でプルンプルン震える超乳を眺めていられるし、ウルスラさんの柔らかな美巨乳を横目でチラチラ盗み見れるかなぁって邪な目論見があったから。

僕が隣に座ったのを見ると、ウルスラさんはニコッと笑ってすぐに煙管の火を消してくれた。優しい。

そして僕の頭を抱いて、横顔におっぱいをムニュンって押しつけてくれる。

ふわぁ……♡　ウルスラさんのおっぱい、柔らかいナリィ……♡

僕がふにゃあってなってると、ようやく超乳美人さんが僕の存在に気づいたみたいで。

ハッとなって慌ててプリンをテーブルに置いて、背筋をシャキッと伸ばしてかしこまってる。

でもそんなに仰け反るような姿勢になると、かえっておっぱいがボイ～ンって強調されて……。

ウルスラさんのおっぱいを顔に感じながら、目の前のおっぱいをガン見して、僕のオチンチンが甘おっきからガチおっきになっちゃった。

あのおっぱいを触りたい……揉みたい……舐めたい……吸いたい……噛みたい……ぱふぱふしたい……。

「お待たせいたしましたグレーテル様、この子がヴァルハラ・オティンティン館の館長として絶対の自信を持ってお薦めする、未来のナンバーワン男娼のショータですわ」

ちょ、ウルスラさんってば未来のナンバーワンって、それちょっと……いや、かなり大袈裟過ぎません？　誇大広告でJAR○《ビー》に怒られちゃいますよ！

僕なんかがミハエルに勝てる要素は無いと思うけどなぁ。

でもそれくらい評価してくれてるって、悪い気はしない。むしろスゴく嬉しい。

その大きな期待とおっぱいに応える為にも、ウルスラさんに恥をかかせないように振る舞わないと。

「翔太です。よろしくお願いします」

さすがにウルスラさんのおっぱいに抱かれながら挨拶するのは格好がつかないから、もったいないけど僕は身体を真っ直ぐにしてニコッと笑って挨拶する。

「あ、ど、ども……オラはグレーテルだ……です」

あら訛ってる。

訛りのあるお姉さんって……いいよね！　大いにプラス査定だよ！

「ちなみに、グレーテル様が召し上がったその皇帝プリンも、このショータが考案して作らせたんですよ？」

「えぇっ!?　こったら美味いお菓子を、この子が!?　天才だべ！」

「いえ、このお菓子は僕の古郷では割と誰でも簡単に作れますから」

天才なんて言われたら、背中がムズムズしちゃうよ。

僕はただ、甘いお菓子を食べて幸せそうにしてるお姉さんを見るのが好きだから。

アナタノコトガー！　トゥキダカラー！　（唐突なる韓

流スター)

グレーテルさんは僕の顔とプリンを、キラキラした瞳で交互に見比べてる。カワイイなぁ。

こんな美人さんと、エッチ出来たらなぁ……でも無理かな? 騒ぎを起こしたって聞いてるし、今日はこのまま引き取りコースなのかな?

でもウルスラさんは、僕の予想とはまったく正反対な事を言った。

「あのね、ショータ君。こちらのグレーテル様なんだけど、今日はせっかく銀貨千枚という大金をお支払い頂いて、当館のナンバーワン……ミハエルね、を指名して頂いたのだけれど……」

と、そこで言葉を濁すウルスラさん。

ミハエルの事だから、何か余計な事を言ったのかも。

「グレーテル様を見るなり『獣人じゃないか!? この美しい僕が、こんな醜く太った汚らわしい獣人などに抱かれるワケが無いだろう! どんなに金を積まれたってお断りだね! お引き取り願おう!』って言ったらしくって……ハァ……」

そこまで言って、重々しくため息を吐くウルスラさん。

ミハエル……ひょっとして、アイツ馬鹿なのかな?

余計な事を言ったどころの話じゃない。事の発端はアイツじゃないか。

「で、これもこちらの不手際で、職員に呼ばれた用心棒達が、グレーテル様を強制的に退店させようとしてしまったの。グレーテル様がそれに抵抗している内に、騒ぎになってしまったというワケなの」

「じゃあグレーテルさんは全然悪くないじゃないですか!?」

僕はビックリして思わず大きな声を出してしまった。

用心棒さん達も確かに詳しい事情も聞かずに荒っぽい対応になったのも問題だと思う。

でもこの件で一番悪いのはミハエルだ。

「ナンバーワンだからってお客様を選り好みして、挙げ句の果てにちゃんとお金を払ってるグレーテルさんを追い出そうなんて、そんなの絶対に間違ってますよ! 僕達の仕事は、たとえわずかな時間でもお客様が気持ちよく過ごして頂けるようにお手伝いする事なのに! お客様に不快な思いをさせちゃ絶対ダメなのに!」

怒ってる内に、何だか解らないけど涙が溢れて止まらなくなった。

ウルスラさんは悪くないのに。悪いのは全部ミハエルなのに。

グレーテルさんをお客様扱いしなかったミハエルに対す

る怒りと、グレーテルさんに対して好意以上の想いを抱いている僕を同一に見られたくないっていう焦りが混ざり合って、ワケが解らなくなって。

それでもウルスラさんは僕の怒りを何も言わずに受け止めてくれるし、グレーテルさんはそんな僕にとても驚いてるみたいだ。

僕は、そんなグレーテルさんの大きな手を両手でギュッと掴んで、真剣な目で訴えた。

「グレーテルさん！　僕に、アナタの御奉仕をさせてください！　僕なんかじゃ到底『神』ランクの満足は得られないかも知れないけど、少なくともミハエルなんかよりグレーテルさんを満足させられる自信があります！　絶対にお帰りの時間までに、グレーテルさんを笑顔にしてみせます!!」

キョトンとなって目をパチクリするグレーテルさん。

本当にカワイイ。愛おしい。このままチューしたい。

「……ショータ君ならきっとそう言ってくれると思っていたわ♡」

僕の背後でウルスラさんがそう言う。

顔は見えないけど、多分笑ってくれてるんじゃないかなって思う。

「さぁ、私がお薦めするショータ君はこのように言っておりますが……グレーテル様はどうなされますか？」

ウルスラさんの提案に、グレーテルさんはとても戸惑ってるみたいだ。

だから僕は、そんなグレーテルさんの不安を一つずつ取り払ってあげた。

「だ、だどもオラ……獣人だし……気味悪いし……」

「それがどうしたんですか？　だったら僕もみんなとは違う色の髪と目を持ってますけど、グレーテルさんは僕の事を気味悪いと思いますか？」

「そ、そったら事はねぇ！　だども、オラ……三日も風呂に入ってないから、汚ねぇし、匂うし……」

「僕は匂いなんか気にしませんよ！　それでも気になるなら、一緒にお風呂入りましょうよ！　僕がグレーテルさんの全身をくまなく洗いますから！」

「うっ……あ、その……お、オラ……胸が、デカ過ぎて……気持ち悪いから……」

「おっぱいが嫌いな男なんて居ませんっ!!　僕は大！　好！　物！　ですっっ!!」

気がつけば、大声でキモい事を叫んでしまってた。

さすがにこれは引かれちゃったかな……とグレーテルさんを見れば……。

「うぅっ……ひっ……ぐすっ……ひぃぃぃ～ん！」

泣いてる。

身体がとても大きいグレーテルさんが、小さな子供みたいに泣きじゃくってる。

どうしよう……盛大に引かせてしまった！

でも、どうやらそうじゃなかったみたいで。

「お、オラ、そったら事言われたの初めてでぇ……スゴく嬉しいだぁ……だども、オラ……ショータの言葉を信じてぇのに、信じるのが……怖いんだべ……うううううう～！」

そう言ってグレーテルさんは顔を覆って泣き始めた。

大きな身体を縮めるようにして、ただただ泣いてた。

そんなグレーテルさんを見て、僕はとても悲しくなったし、それと同時に無性に腹が立った。

こんなに綺麗でカワイイのに、こんなにスゴいおっぱいを持ってるのに。

それなのに、どうしてグレーテルさんはこんなにも自分に自信が無いんだろう？

一体どんな言葉なら、グレーテルさんの心を縛る鎖を断ち切れるんだろう？

僕は考えた。考えて考えて考えて考えて……そうか。言葉じゃダメなんだって気づいたんだ。

言葉よりも確かなものがあるじゃないか。

僕がグレーテルさんを好きだという、確かな証拠が。

僕は泣きじゃくるグレーテルさんの手を取って、その大きな掌を僕の股間へ触れさせた。

「⁉」

その途端、グレーテルさんはビックリして顔を上げた。

涙と鼻水でグシャグシャの顔で、グレーテルさんの手が触れているものをマジマジと見ていた。

「こ、ここここれって……？」

「これが、僕がグレーテルさんを抱きたいっていう証拠です。グレーテルさんの事を嫌ってたり、気味悪がってたりしたら、僕のオチンチンはこんなに硬くなりませんよ」

グレーテルさんはズボンの上から触れただけでも、僕のオチンチンがおっきしてるのが解るみたいだ。

そしたらグレーテルさんの顔がみるみる赤くなって、口をパクパクさせて、どうして良いか解らないみたいで、それでも僕のオチンチンに触れた手をどかしたりはしなかった。

その隙に、僕は持っていたハンカチでグレーテルさんの顔を拭いてあげた。呆然《ぼうぜん》となってされるがままになってるグレーテルさんも超カワイイ。

「グレーテルさん……僕、グレーテルさんとセックスしたくって、こんなになっちゃったんです。だから、どうか僕とセックスしてください！　お願いします！」

僕のおねだりに、グレーテルさんは困ったような、嬉しいような、怖がってるような、表情をコロコロと百面相させた。

でも、その間もオチンチンから手を離さずにいたし、何ならちょっとニギニギしてオチンチンの感触を確かめてるようだった。ぁふん♡

「うぅぅ……わ、解っただよ！　オラ、ショータとセックスしてぇ！　ショータに女にしてもらいてぇだ！　だ、だどもその前に風呂に入って身体を綺麗にさせてくれなきゃダメだぞ⁉」

……やった。

やったぁ。

やった！　やったやったぁ！

「ありがとうグレーテルさぁん！」

僕は感激のあまり、グレーテルさんの胸に飛び込んだ。

その瞬間、胸の谷間から香る濃密なメスの匂いが僕を包む。

ふわぁ……何これぇ？

グレーテルさんの匂いで……脳みそ溶けりゅうううう♡

「わぁっ⁉　ちょ、ショータあ！　オラくせぇから離れるだよ！」

「そんな事ないよぉ……グレーテルしゃん、いいニオイだよぉ……おっぱいもフカフカで、サイコーだよぉ……スンスン♡」

「ひゃあああ⁉　し、ショータの変態いいいい！」

「……こぉらっ」

ポカッ。

アイタッ！　僕がグレーテルさんのおっぱいまくらとおっぱいアロマで気持ち良くうたた寝しそうになってると、ウルスラさんに叩かれちゃった。

「商談がまだでしょ？　匂いは後でたっぷり嗅がせてもらいなさい」

「はぁい」

「いや、嗅がせねぇべ⁉　嗅がせたくねぇから風呂に入って綺麗にするんだべ⁉」

その後、交渉はトントン拍子に進んだ。

グレーテルさんは僕をお試しで買ってみて、その満足度に応じて払う金額をグレーテルさん自身が決める。

でもプレイの前にはお互いちゃんとお風呂に入って身を清める。

現在朝の十時。ここから閉店時間まで、僕はグレーテルさんがどんな事を望んでも、たっぷり御奉仕をする。

という感じにまとまった所で、お風呂に入る事になった。

ウルスラさんを先頭に、僕とグレーテルさんも館長室を出る。

警備のお姉さん達が、グレーテルさんを見て一瞬警戒するけど、ウルスラさんが軽く片手を挙げただけでそれを制する。

カッコいい……僕は前を行くウルスラさんのプリプリと揺れる美尻を、締まりの無い笑顔で見ていた。

でもふと横を見ると、グレーテルさんがガチガチに緊張してた。

顔は青くて、身体は小刻みに震えて、よく見れば左右同じ手足を出して歩いていた。ナンバだこれ。

……馬鹿か僕は。

今日のお客様はグレーテルさんだろ。それなのにウルスラさんに見蕩れててどうすんだよ。

さっきまで暴れて迷惑をかけたヴァ・ティン館の中を、グレーテルさんがどんな気持ちで歩いてるか……周りの職員やメイドさん達が、グレーテルさんにどんな目を向けているのか。

そんな簡単な事も察せないで、プロの男娼なんて名乗っちゃダメだろ！

僕は、グレーテルさんの手をギュッと握った。

突然の事でビックリしたグレーテルさんだけど、僕がニコッと笑うと、グレーテルさんもぎこちないながらも僕の手を握り返して微笑んでくれた。

大丈夫だよグレーテルさん。僕がアナタを守るから。

あれ？ってか、ウルスラさんどこ行くの？

男娼用の大浴場はあっちじゃないの？

ってか何で階段を上がるの？一階にもお風呂があるの？

僕もそうだけど、グレーテルさんもワケが解らずただウルスラさんの後に続いて歩くだけだ。

でもウルスラさんは更に上へと階段を昇る。

やや下方向から眺めるお尻も最高だけど、それを楽しむ余裕すら無くなってきた。

そしてウルスラさんと僕達は、五階まで上がって来た。

僕が何か言う前に、ウルスラさんはさっさと歩いて行ってしまう。

慌ててグレーテルさんの手を引きながら後を追う。

するとウルスラさんは、ある部屋の扉を開けて中に入る。

え？ここがお風呂なの？

僕達もその部屋に入った。

そこはとても広い部屋だ。

天井からは豪華なシャンデリア、床には毛足の長くてフカフカの絨毯、部屋の真ん中には天蓋付きのとても大きなベッド。

これって、もしかして……。

「ここはクラス『神』の部屋です。今は空き部屋ですので、ここをお使いください。お風呂は隣の部屋にあります。二人で入っても充分に余裕がありますから、どうぞごゆっくり」

やっぱり。

って事はお風呂はここで二人っきりで入るって事か。

多分この部屋を使わせてくれるのは、ウルスラさんなりのグレーテルさんへの謝罪のつもりなのかも。

グレーテルさんがポカーンと立ち尽くしてるから、ウルスラさんへは僕がお礼を言っておく。

「ありがとうございますウルスラさん。後で僕からお礼をさせてください」

「あら、何をしてもらえるのかしら……楽しみにしておくわね」

そう言ってウフフっと笑ったウルスラさんが、去り際に僕の耳元で囁いた。

「……グレーテル様に天国を見せてあげてね？　ショータ君なら、それが出来るわ」

「……はい！」

そしてウルスラさんは部屋を後にした。

残ったのは僕とグレーテルさん。

この広くて豪華な部屋で、グレーテルさんに忘れられない素敵な思い出をプレゼントしなきゃ。

僕はまだ呆けてるグレーテルさんに、ギュッと抱きつく。

それでハッとなったグレーテルさんに向かって、上目遣いでこう言った。

「ね、一緒にお風呂入ろ？　グレーテルさんの身体、僕に洗わせて？」

「う、うん……♡」

本当は洗わなくてもいいのになぁってくらい、グレーテルさんの身体からはゾクゾクするような野性的な匂いがして、僕のオチンチンはフルおっきしちゃってた。

やっぱり僕って、変態なのかなぁ？

◇◆◇◆◇

お風呂スゴい。超広い。

床も壁も天井もバスタブも全部大理石。

ってかこの浴室だけで、僕の部屋より広いかも。

さすがはランク『神』の部屋だわ。

貴族とか将軍とかが利用するなら、これくらい豪華じゃないとダメなのかも。

バスタブにはもうお湯が張ってあるし、壁から突き出た大理石で出来たドラゴンの口から絶えずお湯が出てる。

お湯の使い方が贅沢。贅沢にも程がある。

根が貧乏性の僕は、どうしても水道代の事を考えてしまうんだよね。

「と、とにかくお風呂入ろう！」

「う、うん……」

少し遠慮がちだったグレーテルさんだけど、早く身体を洗いたかったらしくて……。

「んしょっ、よいしょっと」

黒い毛皮のブラを脱ぐと、そこからバルルンッ！　って溢れ出たおっぱいが眩しくて。

さすが推定一メートル超。早速脳内メモリーに４Ｋ録画開始。

そして毛皮のビキニパンツを脱ぐと、ムッチリして張りがあるお尻と、ツルンとした無毛のオマ〇コが顔を出す。

ってかシャルさんもメル姉も毛が無かった。

異世界では剃るのがマナーなのかな？

てな事を考えながら服を脱ぐ僕。

そんな僕をまばたきもせずガン見するグレーテルさん。

あまりの熱視線に恥ずかしくなって、僕は最後のパンツだけはグレーテルさんに背中を向けて、ゆっくりと脱いだ。

そしてお互い生まれたままの姿を、正面を向き合って見せる。

「……やっぱりグレーテルさんは、綺麗だね」

「し、ショータのは、お、おっきいべ……オラ、そんなおっきいオチンチンは、村でも見た事ねぇだよ……」

褒められちゃった……お世辞でも嬉しい。

よし、じゃあグレーテルさんの身体を洗うぞ！

頭のてっぺんから爪先まで綺麗にして、グレーテルさんに自信をつけさせてあげなきゃ！

まずは髪だ。

ガラス瓶の中に入ってるプーシャン（こっちのシャンプーらしい）をつけて洗う。

でもグレーテルさんの髪は少し汚れてて、泡立ちが悪い。

それでも髪全体についたプーシャンをお湯で洗い流して、そしてもう一回プーシャンをつけて再チャレンジ。

そしたら今度はスゴく泡立った。

甦れ、グレーテルさんのキューティクル！

泡をお湯で洗い流すと、髪の手触りがさっきとは全然違う。

滑らかでスベスベ。さっきまで所々ハネてたボサボサの髪も真っ直ぐストレートになって、グレーテルさんの魅力が更にアップした。

ヤバい。自分の手でお姉様を綺麗にしてあげるのって楽しい。ハマりそう。

「うっひゃ～……お、オラの髪がこったらピカピカのツヤツヤになっちまうだなんて……」

グレーテルさんも、鏡に映る自分の髪のツヤに見蕩れてるみたいだ。

ほら、だから言ったでしょ？　グレーテルさんは綺麗だって。

さて、次はいよいよ身体を洗いますよグヘへへ……と手をワキワキさせてる僕の目に、ある物が映る。

僕は何気なく、そのプーシャンの隣に置いてあったガラス瓶を手に取る。

……何だろう？　薄いピンク色の、プーシャンよりも粘性の強いドロッとした液体だ。

仄かに良い香りがして……これがボディーソープなのかな？

でも瓶にラベルが貼ってあって、そこには文字が書いてある。

異世界の文字は初めて見るのに、僕の頭にはその文字の意味がハッキリと染み込んだ。

『スライムプーシャン』

……？　プーシャンなの？　何でスライム？

そして、僕は更に奇妙な物を見つける。

それはバスタブの横に置いてある、半透明のマットみたいな物で。

触ってみるとブヨブヨしてて、ポヨンポヨン弾む。

まるで大きな寒天かゼリーみたいだ。

それに、これだけ大きければグレーテルさんでも余裕で寝転がれて……。

その時、僕に電流走る。

これと、これを、組み合わせれば……。

「ね、ねぇグレーテルさん。ここに寝てもらって良い？」

「え？　これにか？　何だべこれ？」

グレーテルさんも初めて見る物らしい。

でも、僕には何となく使い方が解ってしまった。

僕の推理が正しければ、僕もグレーテルさんもとっても気持ち良くなれる、魔法のアイテムさ！

グレーテルさんは恐る恐るその半透明のマットに腹這いになって寝そべる。

「わっ、ポヨンポヨンしておんもしれぇ！　まるで水に浮いてるみたいだべ！」

さっきまでの警戒心はどこへやら、グレーテルさんは裸でポヨンポヨンとはしゃいでる。カワイイ。

そして、僕はそんなグレーテルさんの背中とお尻、そして太ももやふくらはぎに満遍なくスライムプーシャンを掛ける。

「あひゃっ⁉」

とグレーテルさんは身体をビクンとさせる。

そして僕も、肩からスライムプーシャンをドロッと掛けて、全身に塗り込む。

これで準備は完了だ。後は、僕が……こうやって……。

ぬりゅんっ♡

「わきゃっ⁉　な、何してるんだべ⁉」

はひぃっ♡　や、やっぱりこれ……ローションだぁ♡

僕はグレーテルさんの逞しい背中に、自分の胸とお腹、更にはオチンチンを押しつけて、そのままニュルニュルって擦りつける。

スライムプーシャンはグチュグチュって音を立てた後、うっすら泡立って僕とグレーテルさんの身体の汚れを落としている。

はわぁ♡　これ最高♡

汚れも落とせる上に、こんなに気持ち良くなれるぅ♡

「はわぁ……な、何だべこれ……オラ、こんなの……初めてだぁ……♡」

「ぼ、僕も……初めて、だけど……僕、上手く、出来てますか……？」

あまりの気持ち良さに頭がクラクラする。

僕の方からはグレーテルさんの顔は見えないけど、耳もうなじも真っ赤になりながら、無言でコクコクと頷いてる。

よかった……じゃあもっともっと気持ち良くさせちゃうね？

僕はマットとおっぱいの間に、自分の手をにゅるんって滑り込ませる。

スライムプーシャンのお陰で、何の抵抗もなくおっぱいに辿り着いた。

「くひぃっ♡　やぁん……む、胸はダメだべぇ……♡」

うわぁ……これ、スゴい……！

おっぱいが……おっぱいがぁ……！

シャルさんよりも遥かに大きいそのおっぱいは、僕の小さな掌では包む事が出来なくて、指と指の間から柔肉がムギュッて溢れそうなくらいだ。

僕は初めての手触りに夢中になって、グレーテルさんのおっぱいに両手を滑らせながら、自分のオチンチンをグレーテルさんのお尻の谷間にグイグイと押しつける。

グレーテルさんは声を圧し殺して、ただ荒い呼吸を繰り返しながら僕のローション洗いに耐えてる。

でもその時折漏れる声がエロいんだって、グレーテルさんは気づいてないっぽいし、その声で僕のオチンチンは更に硬くなっちゃうのぉ！

あ、ダメ。出そう。

このままグレーテルさんのお尻にぶっかけたいけど、それはまだダメだ。

僕だけ気持ち良くなっちゃダメなんだ。まずはグレーテルさんに気持ち良くなってもらわなきゃ。

僕はグレーテルっぱいから手を離して、身体を起こす。

一旦オチンチンをクールダウンさせなきゃ。

はぁはぁって息遣いがエロくって、その呼吸音を聞いてるだけで射精出来そう。

でも我慢。自分のしたいようにするだけなら、ミハエルと変わらない。

僕は、グレーテルさんに喜んでほしいから、精一杯の御奉仕をするんだ。

それから僕は、グレーテルさんの引き締まった太ももにゆっくり手を這わせて、ニュルニュルと洗う。

本当は足に抱きついて全身で擦り洗いしたいけど、それをやったら多分呆気なく出ちゃう。

太ももから足首、足の指に到るまで丁寧に、時間を掛けて洗う。

グレーテルさんはくすぐったいのか、身体を小刻みに震わせてたけど、それでも何も言わない。

まぁ身体を綺麗にしたいっていうのがグレーテルさんの望みだし、僕も一応真面目に洗ってるから、これもきっとグレーテルさんの意に沿ってるのかな。

さて、後ろは全部洗えた。

次は……。

「ぐ、グレーテルさん……次は、あ、仰向けで……お願いします」

「……わがった」

ゴロン。

マットの上で体を回転させたグレーテルさん。

その身体はとても綺麗で、迫力があって、スゴく魅力的だった。

ミハエルは本当に馬鹿だ。こんな綺麗な人を抱かないなんて、さてはアイツもホモなんだな。

グレーテルさんは腕で目の辺りを隠してる。

僕と目を合わせるのが恥ずかしいっぽい。

その間に僕もプロの仕事に徹してしまおう。

もっともっと綺麗になったグレーテルさんを見たいから、僕は爪先から太もも、腰、お腹、おっぱい……は避けて、先に腕を洗う。

汚れは順調に落ちてる。

後は、二つの山脈のみだ。

僕はゴクリと唾を飲み込んで、そしてグレーテルさんのおっぱいをムギュッと鷲掴みにした！

「んきゅぅっ♡」

グレーテルさんからカワイイ悲鳴が。

痛くしてないだろうか？　でも僕もそんなにチカラいっぱい握ってないし、ローションのせいでヌルヌルと滑るから、多分大丈夫だ。

それにしても……スゴい！

僕の手の中で、弾力たっぷりのプリンがぷるぷるって揺れてる。

そのプリンのてっぺんにあるサクランボも、次第に大きく硬くなって……あぁ……プリンがぷるぷる……僕を誘って……サクランボ……。

「も、もう我慢出来ないぃ！　いただきまぁす！」

パックン。僕はサクランボごとプリンにむしゃぶりついた。

「うひゃっ⁉　ちょ、ショータ⁉　はんっ♡　うひっ♡　ち、ちくび、チューチュー、吸われて……♡」

おいちい。プリンおいちい。

サクランボも舌でコロコロ転がしちゃう。

チューチュー吸ったり、ペロペロ舐めたり、ちょっとだけカミカミしたり。

「はっ、やっ、あっ♡　し、ショータぁ♡　胸、吸うの上手……んひっ♡」

褒められた事が嬉しくて、もっともっと気持ちよくなってほしくて、僕は更に激しく味わう。

右のサクランボ、左のサクランボ、右、左、右……もう二つ同時に吸っちゃえ！

僕はおっぱいプリンをギュッと手で寄せて、二つのサクランボを同時に口に含んだ。

「はひいいいいいいいいっ‼　り、両方なんてダメだぁ！　お、オラ、おがじぐなるうううううっ‼」

ビクンビクンッ！　ってグレーテルさんの腰が大きくバウンドして、上に乗ってた僕はまるで馬から落ちたみたいにグレーテルさんの身体の上から投げ出される！

「う、うわっ⁉　アイテッ！」

大理石の床にお尻をぶつけた僕が見たのは、尚も腰をブリッジさせながら身体をビクンビクンさせてるグレーテルさんだった。

十秒くらい経って、ようやく震えが止まったグレーテルさんは、口の端からヨダレを垂らしながらボーッと天井を眺めてた。

「お、オラ……頭が真っ白になって……こんな、幸せな気分になったの、初めてで……いいのかな……オラ……幸せ過ぎて、どうにかなっちまいそうだよぉ……」

そう言って瞳をウルウルさせるグレーテルさん。

その言葉を聞いて嬉しくなる半面、ちょっとやるせなくなる。

乳首を吸われてイッちゃっただけで、今までで一番幸せだなんて……。

「……まだまだこんなものじゃないよ。僕がもっともっと、グレーテルさんを世界一幸せな女の子にしちゃうんだから」

僕はそう言って、グレーテルさんのちょっと厚めの唇にチュッてキスする。

そしたら更にウルウルするグレーテルさん。

「はひぃ……男の子にチューされたのも初めてだぁ……♡ これよりももっと幸せになっちまうんだか？ そんなのオラ……ドキドキして、心臓がもたねえだよぉ……♡」

おっぱいの前でギュッと両手を組んで、怖がりながらもそれを期待してるグレーテルさんをカワイイなって思うのは、男なら当然の感情だよね。

「ねぇグレーテルさん、髪も身体も綺麗さっぱり洗われて、今のグレーテルさんは前よりももっともっと綺麗な女の子になったよ。じゃあ次はどうしたい？ グレーテルさんのやりたい事、して欲しい事、僕が何でも叶えちゃうよ♪」

「な、何でも……何でもいいのけ？ オラ、うんとワガママ言っちまうぞ？ あんな事やこんな事、いっつも妄想してる事、ショータに叶えてもらうぞ？」

「うん。何でもいいよ。言ってみて？」

さすがにお姫様抱っことかは……体格的に無理だよね。でも頑張ってチャレンジしてみよう！

さぁ、グレーテルさんのお願いは何かな？

「……オラ、ショータのケツを舐めてぇ！」

そう来たかぁぁーっっ!!

僕は一応、スライムプーシャンでお尻周りを綺麗に洗っておく。

さすがに汚いお尻は舐めさせられないから、自分の手で綺麗にしておかないと。

あひっ♡ お尻の穴を弄《いじ》ってると、変な気持ちになるのぉ♡

で、準備が出来たところで、マットの上に仰向けに寝てるグレーテルさんが更に難易度の高い要求をする。

「そ、そのままオラの顔の上にケツを乗せてけれ！ 体重かけてもいいがら！ むしろ思いっきり乗っかってきてけれ！」

僕はちょっとだけ、ほんのちょっとだけ引いたけど、グレーテルさんがそれを望んでるなら、叶えてあげるのが僕の仕事だ。

寝ているグレーテルさんの顔の真上に僕は立つ。

グレーテルさんの目の前一メートルくらいで、僕はグレーテルさんにオチンチンやタマタマ、更にお尻の穴まで見せてる事になる。

こ、これ想像してたより恥ずかしいよおぉぉぉっ！

でも僕は勇気を振り絞って、徐々に腰を落として行く。

僕のお尻の下から、ハッハッハッハッて犬みたいに忙しないグレーテルさんの息遣いが聞こえる。

怖いのと恥ずかしいのと期待感がグチャグチャになって、僕はどうしようもないくらい興奮しちゃってる。

オチンチンもビンビンになって、多分お尻の穴もヒクヒクしてて、それを全部グレーテルさんに見られてるんだって思うと、更にドキドキしちゃうんだ。

何だろう……こんな気持ち初めて！

あと三十センチ……あと二十センチ……あと十五センチ……あと十センチ……。

僕のお尻とグレーテルさんの顔が近づくにつれ、グレーテルさんの鼻息がスゴく荒くなる。

何かテレビで見たスペインの闘牛みたいで、ちょっと怖い。

「はぁ、はぁ、ケツ穴……人間の男の子のケツ穴……ショータのケツ穴……も、もう辛抱たまらねぇだぁ！」

そして残り五センチのところで、我慢出来なくなったグレーテルさんが僕の腰を両手で引き寄せて、僕のお尻の穴にブチュッてむしゃぶりついた！

ジュルッ！　ジュルルルルッ！

「うひいいいいいっ⁉　んあっ♡　ほぉっ♡　ぎひっ♡　な、何これえええええ♡♡♡」

「しゅげぇ♡　うんめぇ♡　ショータのケツ穴甘ぇ♡　プリンなんか目じゃねぇべ♡」

僕のお尻をベロベロと這い回るグレーテルさんの舌は、まるで牛タンみたいにぶっとくて、熱くって♡

ニュルニュルジュルジュルって無茶苦茶にされて、僕のお尻の穴が……と、溶かされちゃうううっ♡♡

オマケに僕のオチンチンが、グレーテルさんのおっぱいの谷間にガッチリとハマっちゃって、抜けない！

スライムプーシャンまみれのおっぱいは、こっちもニュルニュルドロドロで、オチンチンをすっぽりと包んで離さない！

おっぱいの気持ち良さに腰を引いちゃうと、グレーテルさんの牛タンに僕のお尻の穴がガン攻めされちゃう♡

かと言って牛タンから逃げようとすると、今度は強烈なおっぱい万力で、僕のオチンチンがギュウギュウ搾られちゃう♡
　まさに進むも天国、戻るも天国♡
　前門のおっぱい、肛門の牛タン♡
「あっ♡　あっ♡　あっ♡　グレーテルさん♡　出るっ♡　出ちゃう♡　僕の精液で、グレーテルさんのおっぱい汚しちゃうぅっ♡♡♡」
「んぐっ♡　出せ……出しちまえ……オラのデカいだけで何の取り柄もねぇ胸で、ショータの子種汁いっぱい搾ってやっからな……ぷはっ♡」
「んぎいいいいいいいっ♡♡♡　おっぱいとベロでイギごろざれるうううううっっ♡♡♡　こんなしゅごいの初めてらよおおおおお♡♡♡　ひぎっ♡　ぐひっ♡　おおっ♡　ふおおおおおおおおおおおおおっっ♡♡♡」
　ブビュッブビュッ！　ビュルビュルッ！　ドックンドックン！　ビュウウウウウウウッッ!!
「ふぎゅううううっっ♡♡♡　ぼ、僕のオチンチン、馬鹿になっちゃったぁ……パッキン壊れちゃったぁ……精液止まらないよぉ……♡♡♡」
「はぁぁ……♡　熱い……ショータの赤ちゃん汁……熱くて、臭くて……オラ、幸せだぁ……♡♡♡」

僕が精液を出し尽くしても、おっぱいを緩めてくれないし、お尻の穴も舐められっ放しだし。

　このまま下半身を溶かされちゃってもいいかも……と、本気で思っちゃう程、グレーテルさんの攻めは強烈過ぎた。

　そして僕は、意識を失った。


　目が覚めた時は、僕は裸のまま天蓋付きのフカフカベッドに寝かされてて。

　顔の右半分が、ベッドよりもフカフカなおっぱいに包まれてて。

　やわらかしっとりなそのおっぱいは、グレーテルさんのおっぱいだった。

「あぁ……目が覚めただか？」

　そう言ってちょっと涙目で笑うグレーテルさんは、初めて見た時とまるで別人みたいで。

　暗茶色《ダークブラウン》だったボサボサの髪は、潤いのあるしなやかな明茶色《ライトブラウン》のストレートヘアーになってて。

　肌の色は真っ白になってて、シャルさんやメル姉と同じくらい透き通ってて。

「グレーテルさん……綺麗だ……」

「……オラがこんなに綺麗になれたのは、ショータのお陰だぁよ♡」

そう言って僕の顔にチュッチュッてキスするグレーテルさん。

唇の感触とおっぱいの柔らかさで、あっという間に僕のオチンチンはまたおっきしちゃった。

僕の身体に掛けられてたシーツがこんもりと盛り上がったのを見て、グレーテルさんの顔がほんのりと赤らむ。

「ショータはスゴいべ……さっきあんなに出したのに、またこんな……逞しくなって……♡」

僕のオチンチンはグレーテルさんの大きな掌で、シーツ越しにシュコシュコと擦られる。

あひっ♡　そんなにしたらまた出ちゃうのぉ♡

でもここで出すワケにはいかない。

僕はまだ、グレーテルさんとセックスしてないんだ。出すんなら、グレーテルさんのオマ○コに出したい。

「ねぇ、グレーテルさん……僕、グレーテルさんとセックスしたい……」

僕がそう言うと、グレーテルさんは顔を真っ赤にして、ニッコリ微笑んだ。

「うん……オラも、ショータを抱きたい。オラの子宮に、ショータの逞しい子種汁を貰いたいだよ……♡」

グレーテルさんはそう言うと、ガバッと身体を起こして、僕の身体の上に跨がった。

……あれ？　これ体勢が逆じゃない？

僕がグレーテルさんに御奉仕しなきゃいけないのに……ってか今、グレーテルさんってば「抱かれたい」じゃなくて「抱きたい」って言わなかった？

「あ、あの、グレーテルさん？　ぼ、僕が下なの？　何なら僕が上になっても……」

「何言ってるだ？　ミノタウロス族の子作りセックスは、女が上に乗るのが基本だべ♡」

グレーテルさんはそう言って、舌舐めずりをする。

その顔はあまりにもエロくて……僕は反射的にオチンチンを更に大きくしてしまった。

「あは♡　もうショータも準備万端だな♡　じゃあ……オラの初めて、ショータに……あげるべ……………んんんっ!!」

僕のオチンチンは突然、ニュルルルッ！　って柔らかくて熱い何かに包まれて。

これがグレーテルさんのオマ○コなのかって、感激する間もなく、突然始まったグレーテルさんの高速腰振りで、僕は本当に天国に旅立ちそうになる。

パンパンパンパンパンパンパンパンパン！

「いぎぃっ♡　あがっ♡　んぎゅううぅ♡　ぐれ、てる、さん……つよ、すぎ……ほおおおっ♡♡♡」

「あひっ♡　んほっ♡　ふぐっ♡　あぁん♡　ショータのチンポ気持ち良いだよぉ♡　オラ、こんなの知っちまったら、もうショータでねぇとダメになっちまうだよぉ♡」

僕の目の中でバチバチって火花が散ってる。

グレーテルさんのオマ○コが、僕のオチンチンをギュウゥッて締めつけて離してくれない。

オマケにグレーテルさんは僕のオチンチンを支点にして、まるでバランスボールかロデオマシーンに乗ってるみたいなスゴい腰使いで、僕のオチンチンを無茶苦茶にする。

でもそんなにされてるのに、僕のオチンチンは全然痛くなくて。

むしろ気持ち良いしかなくて。いや、気持ち良過ぎて死にそう。

そうこうしてる内に、精液が僕のオチンチンの中を昇って行く。

「はひっ♡　グレーテルさん♡　出ましゅ♡　精液出ましゅぅ♡」

僕が息も絶え絶えにそう告げると、グレーテルさんは僕の身体の上から覆い被さって、その逞しい手足を僕にガッチリと絡めて、オチンチンの先っぽを子宮にコツンってぶつけた。

それが引き金になって、僕は全身の骨が折れそうなくらい強く抱き締められながら、グレーテルさんのオマ○コに大量に射精した。

「うひぃいぃいぃん♡♡♡　ぐ、ぐれぇてるしゃあぁあぁあああん♡♡♡」

ビュルルッ！　ドプドプッ！　ビュクビュクッ！

「おっ♡　おっ♡　おほっ♡　オラのオマ○コに、ショータの子種汁がドクドクって……オラ……世界一幸せな女だぁ……♡」

耳元で囁かれるグレーテルさんの声で、僕の心は優しさと安らぎで満たされた。

そして、そのまま気を失った。（本日二回目）

◇◆◇◆◇

気がついたら自分の部屋のベッドに寝ていて、もう閉店時間を過ぎてた。

僕はグレーテルさんに最後の一滴まで搾り取られて、指一本も動かせないくらいに疲れ果てて。

部屋にはウルスラさんと治癒士《ヒーラー》のお姉さんが居て。

ミノタウロス相手にちょっと疲れた程度で済んでる事に、治癒士のお姉さんはとても驚いたんだって。

でもウルスラさんは、ショータ君なら当然ですよって何

故か誇らしげだった。

とりあえず僕の体調が戻るまでは出勤停止で、その間のお世話は特例でシャルさんに任せるってさ。

僕はウルスラさんにありがとうございますって言ったら、お礼を言うのは自分の方だって言ってくれた。

「ショータ君が居てくれたから、ヴァルハラ・オティンティン館はお客様からの評判を落とさずに済んだし、グレーテル様も自分の村の女達にこの男娼館の素晴らしさを宣伝してくれるんですって。それに、思わぬ収穫もあったしね♪」

収穫って何だろう？

解らないけど、ウルスラさんがとてもニコニコしてるから、よっぽど嬉しい事があったんだろうな。

ウルスラさんが嬉しいなら、僕も頑張った甲斐はあるってものだよ。

「グレーテル様がショータ君によろしくって言ってたわよ。あのお客様、来店された時とは全然別人みたいに綺麗になってて、見違えたわ。さすがショータ君ね」

ウルスラさんが僕の頭を撫でながら褒めてくれる。

嬉しいなぁ……♪

「いえ……グレーテルさんは最初から綺麗でした。僕はほんの少しお手伝いしただけですから」

「……アナタは本当に不思議な子ね。ともかく、改めて私からお礼をするわ。何でも好きな事を言ってね？」

ウルスラさんに好きな事を……どうしよう。いざとなったら何をお願いすれば良いのか、スゴく悩んじゃう！

「あぁ、それと……ショータ君にはいつかミノタウロスの村に出張サービスに行ってもらうわね」

えっ？

「だってぇ、ここに大勢のミノタウロスの方達をお迎えするワケにはいかないもの。ショータ君以外にミノタウロスの皆様のお相手が出来る男娼なんて居ないし。それならショータ君を派遣して、ミノタウロスの女性全員でショータ君を生け贄……じゃなくて味わって頂く方が、お互いの利害が一致するもの」

………………えっ？

「近々ミノタウロスの村でお祭りがあるらしくて、主賓のショータ君は、村の女性全員から盛大なおもてなしを受けるみたいよ。じゃあ、頑張ってね？　もう契約は済んでるから、今更キャンセルは出来ないの」

……オワタ。

「大丈夫。ショータ君なら出来るわ。私、アナタを信じてるから、ね♡」

そう言って僕の頬っぺたにキスをしたウルスラさんの笑

顔は、とても断る事なんて出来ない程に魅力的で。

せめて、その祭りの日以降も命がありますようにって、僕はまだ見ぬ異世界の神様に祈りを捧げた。

帝都の夜空には、綺麗な流星群が流れていたりしたけどね！


【グレーテル、大暴れ】


どうしよう……オラ、とんでもねぇ事をやらかしちまっただよ！

オラはヴァルハラ・オティンティン館の地下にある、館長室って所に連れて来られた。

頭が冷えて冷静になったら、自分のしでかした事に対して震えが止まんねぇ。

だってオラ、ちゃんとお金払って、この男娼館のナンバーワンを買って、子種汁を貰おうとしただけなのに……。

しばらく待ってやって来たナンバーワンの男の子は、確かにオラの大好きなめんこい金髪の男の子だった。

だども、オラの目の前に現れて早々、その子は鼻をつまんで思いっきりイヤな顔をしてこう言ったんだ……。

「獣人じゃないか!?　この美しい僕が、こんな醜く太った汚らわしい獣人などに抱かれるワケが無いだろう！　どんなに金を積まれたってお断りだね！　お引き取り願おう！」

そったら事言われた瞬間、オラの頭は真っ白になった。

オラはそんなに汚くて臭いだか？

オラはそんなに醜く太ってるだか？

オラはちゃんと真面目に働いて、必死に人間のお金を貯めて、やっとこさめんこい男の子に種付けしてもらえると思っただのに。

オラが臭いからイヤなのか？

オラがだらしなく太ってるから抱きたくないんだか？

オラがミノタウロスだから、嫌われてるのか？

気がつけば、オラは自分を捕まえようとする用心棒達を片っ端から投げ飛ばしてただ。

あちこちから悲鳴が聞こえて、やれ増援を呼べとかやれ騎士に応援を要請しろとか、うるせぇって思った。

一番離れた所では、オラに向かって化け物だとか消えろとか喚いてる、さっきのナンバーワンを見つけただ。

こうなったらもう、あのナンバーワンとかいうオスガキをズタボロになるまで犯してやるだって思って、そいつらに近づこうとしたその時、今オラの目の前に座って煙管を吹かしてる館長とやらがやって来たんだ。

佇まいを見ただけで解った。オラはこの女には絶対に勝てねぇって。

目を見ただけでオラの身体が竦《すく》んじまって、身動きすら出来ねがった。

その隙に、オラは大勢の用心棒に取り押さえられちまった。

そしてそのままオラは男娼館の外へ放り出され……

「おやめなさい!!」

……なかった。

恐らく途轍もなく強いこの銀髪の女は、オラを取り押さえてる用心棒達を睨みつけてこう言ったんだ。

「アナタ達、お客様に対して何をやっているのです？　早くお客様を解放なさい！　このヴァルハラ・オティンティン館に来られたお客様へ非礼を働く輩には、誰であろうとこのウルスラの怒りの刃が下されると知れ！」

シィン……

水を打ったような静けさの中、館長はオラにこう言った。

「お客様、私どもの非礼の数々をお許しくださいませ。つきまして、私からの謝罪と最高のおもてなしをさせて頂きたく思いますので、是非私とご一緒に館長室へおいでくださいませ」

オラはワケが解らなかったけんど、その女の「お願い」には逆らう事が出来ねがった。

そしてオラはフラフラと地下にまでついて行って、今ここに居るってワケだ。

館長室のソファーに座ったオラに、館長は温かいお茶と、何だか見慣れない得体の知れない、食い物なのかどうかも解らない物を差し出した。

「どうぞお召し上がりください。甘い物がお好きなら、きっとお気に召すと思いますわ」

そう言って柔らかく笑う館長の手前もあるだで、オラはその黄色くてプルプルしてるスライムみてぇな薄気味悪い物を口に運んで……。

「うんっめえええええええええ!?」

皇帝プリンっていうらしいそのお菓子を、オラは夢中で貪った。何個も何個も貪った。

自分の店でチカラ任せに暴れたオラに、こんなに美味い物を食べさせてくれる館長さんに対して、オラは感謝と謝罪の気持ちでいっぱいになって、思わずプリンを食べながら泣いちまってた。

「お入りなさい」

だから、館長さんが外から来た誰かに声を掛けたのも気がつかねがった。

誰かが入って来たみてぇだども、オラは五個目のプリンを食うのに忙しくてそれどころでねぇ。

「うぅっ……ぐすっ……こったら美味いモンがあったなんて……こんな美味いモンを食わしてくれる男娼館で、オラは何て事をしちまったんだべぇ……ヒック」

こったら美味いモンを食わされちまっちゃ、自然と泣けちまうだ。

ついさっきまでのイヤな気持ちが、今はもうほとんど消えちまってた。

「ご苦労様、ショータ君はこちらへ。ヨハンナは下がりなさい」

そしてプリンを食べてる時に、誰かがオラをジッと見てるような気配を感じた。

チラッと正面に座ってる館長さんを見てみると、いつの間にか館長さんの横に知らない男の子が座ってただ。

オラは慌ててプリンを置いて、姿勢を正す。

昔から、人間の男の子を前にすると、ガチガチに緊張しちまうんだ。

その男の子は、不思議な子だった。

館長さんに肩を抱かれて、館長さんの胸に顔を寄せてる。

そんな変態的な事をされてるのに、その子はちっともイヤそうじゃねぇ。

むしろ締まりの無い顔でニヤニヤしてるし、気のせいか視線がオラの胸に行ってるような気がするだども……。

「お待たせいたしましたグレーテル様、この子がヴァルハラ・オティンティン館の館長として絶対の自信を持ってお薦めする、未来のナンバーワン男娼のショータですわ」

未来のナンバーワン？　この子が？

この黒髪黒目の、平凡な顔の子が？

……こう言っちゃ何だけど、性格はともかく顔はあのミハエルっちゅうナンバーワンの子とは比べ物にならねぇだぞ？

「ショータです。よろしくお願いします」

そのショータって子は、姿勢を正してオラに頭を下げて挨拶してくれた。

たったそれだけで、あのミハエルよりは礼儀正しいって解るだ。

「あ、ど、ども……オラはグレーテルだ……です」

オラはボソボソって答えた。

帝都に暮らしてる人からしたら、オラのミノタウロス訛りはからかいの対象だから。

「ちなみに、グレーテル様が召し上がったその皇帝プリンも、このショータが考案して作らせたんですよ？」

「えぇっ!?　こったら美味いお菓子を、この子が!?　天才だべ！」

「いえ、このお菓子は僕の古郷では割と誰でも簡単に作れますから」

そう言われて、ショータに対するオラの評価はグンッと跳ね上がっただ。

こんな美味しい菓子を作れるとか、スゴ過ぎるっぺ！

だってオラの村の女達は、肉を丸焼きにする事しか出来ねぇもん！

オラはプリンとショータの顔を交互に見る。

やっぱり信じらんねぇ。こんな平凡そうな子なのに、こんなに……あ、んだどもよく見れば可愛いかも。

何つーか、草とか木の実食べてる小動物みてぇな、妙なめんこさがあるのかも。じっと見てっと何か癒される。

あんなイヤなナンバーワンなんか指名せず、この子を指名してればなぁ……。

「あのね、ショータ君。こちらのグレーテル様なんだけど、今日はせっかく銀貨千枚という大金をお支払い頂いて、当館のナンバーワン……ミハエルね、を指名して頂いたのだけれど……」

そうだ。オラはあんな騒ぎを起こしちまったから、今日はもう……ひょっとしたら、出入り禁止になっちまうかも知れねぇ……。

「グレーテル様を見るなり『獣人じゃないか!? この美しい僕が、こんな醜く太った汚らわしい獣人などに抱かれるワケが無いだろう！ どんなに金を積まれたってお断りだね！ お引き取り願おう！』って言ったらしくって……ハァ……」

仕方ねぇか……オラみたいな魔の森に住む獣人は、普通の人から見れば醜い化け物でしかねぇもの。

図体がデカくて、胸も尻もぶよぶよで、気持ち悪いもんなぁ……グスッ。

「で、これもこちらの不手際で、職員に呼ばれた用心棒達が、グレーテル様を強制的に退店させようとしてしまったの。グレーテル様がそれに抵抗している内に、騒ぎになってしまったというワケなの」

「じゃあグレーテルさんは全然悪くないじゃないですか!?」

突然のショータの大声に、オラはビクッてなった。

な、何で怒ってるだか？

そもそもオラが怒って暴れたのが原因なのに……。

「ナンバーワンだからってお客様を選り好みして、挙げ句の果てにちゃんとお金を払ってるグレーテルさんを追い出そうなんて、そんなの絶対に間違ってますよ！ 僕達の仕事は、たとえわずかな時間でもお客様が気持ちよく過ごして頂けるようにお手伝いする事なのに！　お客様に不快な思いをさせちゃ絶対ダメなのに！」

解らねぇ……何でショータは泣いてるんだ？

ショータは何もしてねぇのに。

悪いのは全部オラなのに。

ミノタウロスのオラが、生意気にも人間の男の子と子作りしてぇって思ったのが、全ての間違いだってのに。

館長さんはそんなショータには何も言わねぇで、ただウンウンって頷いてる。

オラはどうしていいか解らずオロオロしてると、急にショータがオラの手をギュッて握ってきた。

その小さな手は、とっても温かかっただ。

「グレーテルさん！　僕に、アナタの御奉仕をさせてください！　僕なんかじゃ到底『神』ランクの満足は得られないかも知れないけど、少なくともミハエルなんかよりグレーテルさんを満足させられる自信があります！　絶対にお帰りの時間までに、グレーテルさんを笑顔にしてみせます!!」

オラはワケが解らず、何度もまばたきする。

ショータが真剣な顔で、少しも目を逸らさずに見ている。

「……ショータ君ならきっとそう言ってくれると思っていたわ♡」

見ると、ショータの後ろで館長さんが笑ってる。

少し顔が赤いような気もするだども。

「さぁ、私がお薦めするショータ君はこのように言っておりますが……グレーテル様はどうなされますか？」

オラは戸惑った。だって、こんなオラに優しくしてくれるだなんて嘘だと思ったから。

だからオラ、どうにかしてショータに自分のダメなところを言って諦めさせようとしたんだべ。

「だ、だどもオラ……獣人だし……気味悪いし……」

「それがどうしたんですか？　だったら僕もみんなとは違う色の髪と目を持ってますけど、グレーテルさんは僕の事を気味悪いと思いますか？」

「そ、そったら事はねぇ！　だども、オラ……三日も風呂に入ってないから、汚ねぇし、匂うし……」

「僕は匂いなんか気にしませんよ！　それでも気になるなら、一緒にお風呂入りましょうよ！　僕がグレーテルさんの全身をくまなく洗いますから！」

「うっ……あ、その……お、オラ……胸が、デカ過ぎて……気持ち悪いから……」

「おっぱいが嫌いな男なんて居ませんっ!!　僕は大！　好！　物！　ですっっ!!」

……それ、本当か？

本当に、オラの事をそんな風に思ってくれてるだか？　信じて良いだか？　オラなんかを、抱きたいって、思って、くれて……

「うぅっ……ひっ……ぐすっ……ひいぃぃ～ん！」

泣いちまった……このオラが。

オラより歳下で背も低いショータの前で、まるで赤ン坊みたいに泣いちまってる。

どうしよう……また気持ち悪いって思われたら……！

でも、涙が止まらねぇんだ。

嬉しいのに。喜びたいのに。だども……。

「お、オラ、そったら事言われたの初めてでぇ……スゴく嬉しいだぁ……だども、オラ……ショータの言葉を信じてぇのに、信じるのが……怖いんだべ……うううううう～！」

オラはメソメソ泣く。

生まれちまった負の感情は、もう自分ではどうする事も出来ねぇ。

誰かの言葉を素直に信じられたら、こんなに悲しい思いをしなくて済んだのに。

でもさっきのミハエルだけじゃねぇ。人間の男の子は、みんなオラを化け物だと思ってるんだ。

オラは今までにも帝都以外の男娼館に行った事も、道端で身体を売ってる男の子にも声を掛けた事がある。

その度に馬鹿にされたり、逃げられたり、化け物の分際でとか言われたり……。

もう傷つきたくねぇ！　今ここで優しい言葉を信じて裏切られたら、オラもう立ち直れねぇだ！

ショータの事も……キライになりたくねぇだよぉ……。

そう思っていつまでもメソメソ泣いてるオラの手を、ショータが優しく握ってくれた。

そして、オラの手はショータの手で引き寄せられて……。

「!?」

ビックリし過ぎて、オラの涙が引っ込んじまった。

オラの手は、ショータの股間に添えられてただ。

「こ、こここここれって……？」

「これが、僕がグレーテルさんを抱きたいっていう証拠です。グレーテルさんの事を嫌ってたり、気味悪がってたりしたら、僕のオチンチンはこんなに硬くなりませんよ」

スゲぇ……何だこれ……鉄みてぇだ！

こんなデカいの……作り物みてぇで、現実感が湧かねぇだよ。

これが本当に、ショータのオチンチンなら……お、オラ……このデカチンチンが欲しい……！

オラが呆然となってると、ショータがハンカチでオラの顔を拭いてくれる。

そんな綺麗なハンカチで、オラのバッチイ顔を……。

こんな優しくしてくれる男の子が、居ただなんて……♡

「グレーテルさん……僕、グレーテルさんとセックスしたくって、こんなになっちゃったんです。だから、どうか僕とセックスしてください！　お願いします！」

ふえぇ……そったら事言われてもぉ……お、オラどうしたらいいか……。

でも、オラの手がショータのオチンチンから離れてくれねぇだ。

それって、オラがこのショータのオチンチンで子作りセックスしてぇって思ってるって事で……うぅ～っ!!

「うぅ……わ、解っただよ！　オラ、ショータとセックスしてぇ！　ショータに女にしてもらいてぇだ！　だ、だどもその前に風呂に入って身体を綺麗にさせてくれなきゃダメだぞ!?」

……言っちまっただ。

あぁ……これで、オラはショータと……ショータのデカチンチンで、女にしてもらえるんだぁ……♡

「ありがとうグレーテルさぁん！」

オラが戸惑ってると、急にショータがオラの胸の中に飛び込んで来た!?

ダメぇ！　オラ風呂入ってねぇって言ったべぇ！

「わぁっ!?　ちょ、ショータあ！　オラくせぇから離れるだよ！」

「そんな事ないよぉ……グレーテルしゃん、いいニオイだよぉ……おっぱいもフカフカで、サイコーだよぉ……スンスン♡」

「ひゃあああぁ!?　し、ショータの変態いいいい！」

こったらエロい男の子、オラ、初めて見るだよぉ！

な、何なんだべこの子!?

「……こぉらっ」

ポカッ。

あ、館長さんがオラを助けてくれた。

よかったぁ……ショータってば、オラの想像以上に変態で困っちまって……。

「商談がまだでしょ？　匂いは後でたっぷり嗅がせてもらいなさい」

「はぁい」

「いや、嗅がせねぇべ!?　嗅がせたくねぇから風呂に入って綺麗にするんだべ!?」

うわーん！　ショータも変だけど、館長さんも変だべぇーっ！

◇◆◇◆◇

その後、オラがお風呂に入る事と、今から閉館時間までショータにサービスさせて、満足したらそれに見合う代金を支払うって事になった。

館長さんがこんなに自信満々に薦めるって事は、ショータはやっぱり未来のナンバーワンなんだべか？

でも、あのオチンチンなら……納得かも♡

っつー事で、館長さんはオラ達を風呂に案内してくれる。だども館長室を出ると、警備の女達がオラを鋭い目つきで睨んでる。

館長さんが軽く片手を挙げて女達を止めるけど。

そっか……そう言えばオラはさっきまで、ここで暴れてたんだ……。

どうしよう……オラ、身体の震えが止まらねぇ……。

メイドや受付が、冷たい目でオラを見てる。

まるで「まだ帰らねぇのか」「散々迷惑をかけやがったくせに」って言ってるみてぇで……申し訳なくて、泣きそうになっちまう。

あれ？　誰かがオラの手を握って……。

温かいその小さな手は、ショータの手だ。

ショータはオラの顔を見て、ニコッて笑う。

その笑顔を見るだけで、とっても心強いんだべ。

何だよ……小《ち》っこいくせに、格好良いでねぇか……♡

少し落ち着きを取り戻したオラは、ショータの小さな手を握り返しただ。

と、いつの間にか五階まで上がって来ちまった。

こんな上の階に風呂があるんだべか？

すると館長さんはある部屋の中に入った。

オラとショータも後に続く。

そこは……無茶苦茶広い部屋だった。

天井からは豪華なシャンデリア、床にはフカフカの絨毯、部屋の真ん中には……確かテンガイっていうんだべか？　それが付いたとても大きなベッド。

こ、これが風呂なんだべか？

「ここはクラス『神』の部屋です。今は空き部屋ですので、ここをお使いください。お風呂は隣の部屋にあります。二人で入っても充分に余裕がありますから、どうぞごゆっくり」

えぇっ!?　風呂だけでも贅沢なのに、こんな広い部屋を閉館時間まで自由に使っていいんだか!?

そらいくら何でもサービスし過ぎでねぇか!?

オラがポッカーンと部屋を眺めてると、ショータと館長さんが何か話してる。

でもオラはそんな事より、あの部屋の真ん中のテンガイ付きのベッドに目を奪われちまってる。

あそこでショータと……まるで王子様と結ばれるみてぇに……ウヒヒヒヒ♡

っと、そったら事を考えてる間に、館長さん部屋を出て行ってた。

残ったのはオラとショータだけ。

こったら豪華な部屋で、女にしてもらえるなんて……まるで夢でも見てるみてぇだべ……。

と、ショータがトツゼン抱きついて来た。

ハッとなってショータを見下ろすと、ショータは産まれたての子犬みてぇなつぶらな目で、オラにこう言ったんだ。

「ね、一緒にお風呂入ろ？　グレーテルさんの身体、僕に洗わせて？」

「う、うん……♡」

遂に……男に身体を洗わせるなんて、オラまるで皇帝陛下になったみてぇだべ♪

オラは鼻歌混じりに、ショータに手を引かれながら風呂へと向かう。

◇◆◇◆◇

ほわぁ～……風呂も広ぇなぁ！

床も壁も天井もバスタブも全部ツルッツルの石で出来てるべ。

ってかこの風呂場だけで、五人家族のオラの家より広いんでねぇか？

さすがはランク『神』の部屋だっぺよ。

そう言えばこの男娼館の客には貴族やら大商人やらが居るみてぇだし、これくらい豪華じゃねぇとダメなんだべか？

バスタブにはもう綺麗なお湯が張ってあって、あれに浸かれば絶対に気持ち良さそうだっぺ。

「と、とにかくお風呂入ろう！」

「う、うん……」

こりゃ遠慮するのも馬鹿らしいべ。

うっし、せっかく使わせてもらうんだから、お湯もバンバン無駄遣いしてやるっぺよ！

さっさと身体を綺麗に洗って、さっさと子作り開始だべ！

とりあえずオラはさっさと全裸になる。んしょっ、よいしょっと。

この毛皮も随分汚れちまってるから、後で洗うとするべ。

しっかしオラの身体……全然締まりがねぇだよ。毎日仕事して鍛えてんのに、胸も尻も全然引っ込まねぇだ。

下の毛も生えなくてツルッツルだし……恥ずかしいっぺよ。

するど、オラの隣でショータが服を脱ぎ始めてるべ！

やっべぇ……これやっべぇぞ！

ショータの肌は少し色がついてるけど、それがまた違った意味でエロいべ。

うひょっ!? い、今ケツ！　ケツの穴見えたべ！

はあぁぁ……ショータのケツの穴の匂い嗅ぎてぇなぁ……鼻を直接つけて、クンカクンカ吸いてぇべ……。

とかアホな妄想こいてる内に、オラ達はとうとうスッポンポンになっちまっただ。

そして、いよいよお互いの裸を見せ合う……。

オラは……圧倒されちまってるだ。

「……やっぱりグレーテルさんは、綺麗だね」

「し、ショータのは、お、おっきいべ……オラ、そんなおっきいオチンチンは、村でも見た事ねぇだよ……」

褒められた。お世辞でも嬉しいべな。

いんや……ショータはそんなお世辞を言う子じゃねぇって、もう解ってるべ。

さ、気を取り直して身体を洗ってもらうべ。

こうなったら頭のてっぺんから爪先まで、綺麗さっぱり洗ってくれっぺよ！

まずは髪からだ。

オラの髪はやっぱり汚れてたらしくて、一回では汚れは完全に落ちなかった。

だども二回目に洗ったら、オラの髪が泡だらけになっただ。

そして洗い流したら、自分でもビックリするくれぇさっぱりしっとりな髪になっちまっただ！

「うっひゃ～……お、オラの髪がこったらピカピカのツヤツヤになっちまうだなんて……」

あんなにボサボサゴワゴワだったオラの髪が、まるで帝都の貴族様みてぇに真っ直ぐサラサラになっちまった……こりゃ凄《すげ》えっぺ！

ウヒヒヒヒ……この調子でもっともっと綺麗にならねぇかなぁ、なんてな♪

「ね、ねぇグレーテルさん。ここに寝てもらって良い？」

見ると、バスタブの横に何か半透明のぷよぷよした物が敷いてあるだ。

何だっぺこれ？　スライムか？

「え？　これにか？　何だべこれ？」

オラは恐る恐るその半透明のマットにうつ伏せになって寝そべる。

「わっ、ポヨンポヨンしておんもしれぇ！　まるで水に浮いてるみたいだべ！」

恥ずかしいけど、子供みてぇにはしゃいじまって、ボヨンボヨンと身体を弾ませる。

こりゃ楽しいべ！

すると、寝そべったオラの身体の上から、ショータが何かドロッとした液体を掛けた！

「あひゃっ!?」

それはちょっとヒンヤリしてて、そしてかなりドロッとしてた。

そのワケわかんねぇ液体を、ショータは自分の身体にも塗りたくって、そしてそのままオラの背中から覆い被さったんだべ！

ぬりゅんっ♡

「わきゃっ!?　な、何してるんだべ!?」

お、オラの背中とケツの谷間に……ショータのおっぱいとオチンチンがナマで当たってるだよぉ！

グチユグチユヌリユヌリユって、何だかとってもスケベな音が風呂場に響いてるだ。

そしてその液体はちょっと泡立ったかと思うと、みるみるオラの身体の汚れや垢を落としているように感じるっぺ。

んくっ……ショータの乳首がオラの背中に……これってもしかして、乳首勃起してるんでねぇだか!?

はひゃっ!?　お、おち、オチンチン……硬い！　熱い！　太い！　これもう人間のオチンチンでねぇべ！　竜のチンポだっぺよ！

か、身体を洗うついでにこんなに気持ち良くなっちまってもいいんだべか!?

「はわぁ……な、何だべこれ……オラ、こんなの……初めてだぁ……♡」

「ぼ、僕も……初めて、だけど……僕、上手く、出来てますか……？」

ダメだぁ……こんなの、エロ過ぎて、目眩が……。

オラの方からはショータの顔は見えねぇけど、さっきから耳やうなじにショータの熱い吐息が掛かって、そこが燃えちまいそうに熱くなってるんだべ。

はぁ、はぁって声が、子供っぽいのにどこかハスキーで……思わずオラのオマ○コが疼いちまうだよぉ……♡

そうやって油断してたら、ショータの手がオラの胸をムギュッて鷲掴みにした！

「くひぃっ♡　やぁん……む、胸はダメだべぇ……♡」

ちょ、何だべこれ……！

オラの胸が……熱くなるぅっ！

おかしいっぺ……胸なんて、自分で触っても全然気持ち良くならねぇのに……。

なのに何で、今はこんなに気持ち良いんだべ？

このヌルヌルの液体のせいだべか？

それとも……揉んでるのがショータだから？

オラ、ショータにたっぷり胸を揉まれてる時に気づいただ。

ショータのチンポも、さっきよりどんどん硬くなってるって事に。

ひょっとして……ショータも気持ち良いんだべか？

オラのでっけぇケツ（ミノタウロスのメスの中じゃ小尻なんだども）なんかで気持ち良くなってくれるんなら……嬉しいなぁ♡

するとショータは、オラの背中から離れちまう。

横目でチラッとチンポを確認したら、今にも爆発しそうにビキビキって太い血管が浮き出てた。

ショータのチンポはエロい。血管も、陰毛も、金玉さえエロい。

あのエロいチンポで、オラと子作りしてくれるって思うと……オマ○コからトロッとマン汁が溢れて止まらなくなっちまうんだべ。

それからショータは、オラの太い太ももに手を這わせて、ニュルニュルと洗う。

太ももだけじゃなく、膝の裏やふくらはぎ、足の裏や指の股まで。

ちょっぴり……っつーかかなりくすぐったかったけんど、ショータが一生懸命洗ってくれてるから、どうにか耐える。綺麗に洗ってほしいって言ったのは自分なんだから、オラは誠意をもって耐える事が、ショータの頑張りに報いる事になるんだべ。

そしてオラの背中から足先まで、満遍なく洗えたと思う。

次は……。

「ぐ、グレーテルさん……次は、あ、仰向けで……お願いします」

「……わがった」

ゴロン。

オラはマットの上でうつ伏せから仰向けになる。

うぅっ……あんまり胸は見られたくねぇんだども……。

ミハエルが「太ってて醜い」って言ったのは何も間違ってねぇだ。

こったら恥ずかしい身体を晒しちまって、恥ずかしくてショータと目が合わせらんねぇ。

ショータは何も言わず、オラの身体を隅々まで洗ってくれる。

ただ、まだ洗っていない場所がある。胸だ。

やっぱりこんなぶよぶよの塊には触りたくねぇんだべか……オラが密かにシュンなったのも束の間。

ショータがオラの胸を、ムギユッて鷲掴みにした！

「んきゅうっ♡」

うへぁ、オラの口から出たとも思えねぇような情けない悲鳴。

こんなに遠慮なくムギュムギュされてるのに、何も痛くねぇ。

このヌルヌルドロドロのせいで滑ってあんまり痛くねぇのか、それともショータが上手だからだべか？

オラのだらしない胸は、ショータの手の中でプルンプルンタプンタプンと揺れてる。

こったら醜い胸に欲情する男なんて、居るハズが……。

「も、もう我慢出来ないぃ！　いただきまぁす！」

居たぁ!?　オラの胸でショータが釣れたぁ！

「うひゃっ!?　ちょ、ショータ!?　はんっ♡　うひっ♡ち、ちくび、チューチュー、吸われて……♡」

ショータがオラの乳首を熱心に吸ってる……♡

まさか、本当にオラの胸なんかで興奮してくれるなんて……♡

どうしよう……オラ、必死で我慢してるのに、顔がスゴくニヤケちまってるっぺよぉ！

「はっ、やっ、あっ♡　し、ショータぁ♡　おっぱい吸うの上手……んひっ♡」

オラの胸が、乳首が、フワフワしてポワポワで……とにかくよく解らないけど、気持ち良いってのだけは確かだっぺ。

右の乳首と左の乳首を交互に吸って、徐々にその繰り返しが早まって……って油断してたら、いきなり両方同時に吸われちまった!?

お、オラ、やっぱり夢でも見てるだか？　乳首を両方同時に吸う男なんて、変態を通り越して最早妖精だべ！

「はひぃいいいいいいいっ!!　り、両方なんてダメだぁ！お、オラ、おがじぐなるうううううううっ!!」

ビクンビクンッ！　ってオラの腰が大きく跳ねる。

オラにとって初めての体験……これが噂に聞いてた……乳首アクメ……♡♡♡

「う、うわっ!?　アイテッ！」

あんまり大きく腰を跳ねさせちまったせいで、上に覆い被さってたショータが吹っ飛んで床でお尻を打ったみてぇだ。

だども、オラにそれを気にする余裕なんか無くて……腰ががクガク跳ねて、腹筋がプルプルと震えて止まらなくなっちまった。

「お、オラ……頭が真っ白になって……こんな、幸せな気分になったの、初めてで……いいのかな……オラ……幸せ過ぎて、どうにかなっちまいそうだよぉ……」

あ、ダメだ。オラまた泣きそうになっちまう。

でも仕方ねぇ。今度は本当に嬉しくなっちまったから。

このまま死んでも、悔いはねぇだよ。

「……まだまだこんなものじゃないよ。僕がもっともっと、グレーテルさんを世界一幸せな女の子にしちゃうんだから」

ショータはそう言って、オラの腫れぼったい唇にチュッてキスしてくれた。

あぁ……ダメだよ。オラにこんなに優しくしてくれても、オラどうやって恩返ししたらいいのか解んねぇのにぃ……♡

「はひぃ……男の子にチューされたのも初めてだぁ……♡これよりももっと幸せになっちまうんだか？　そんなのオラ……ドキドキして、心臓がもたねえだよぉ……♡」

胸の前でギュッと両手を組んで、息苦しさに必死に耐える。

怖い。けど嬉しい。これ以上を期待してもいいのけ？

「ねぇグレーテルさん、髪も身体も綺麗さっぱり洗われて、今のグレーテルさんは前よりももっともっと綺麗な女の子になったよ。じゃあ次はどうしたい？　グレーテルさんのやりたい事、して欲しい事、何でも叶えちゃうよ♪」

「な、何でも……何でもいいのけ？　オラ、うんとワガマ言っちまうぞ？　あんな事やこんな事、いっつも妄想してる事、ショータに叶えてもらうぞ？」

「うん。何でもいいよ。言ってみて？」

どうしよう……王子様抱っことかしてみてぇけど……。

でもそれより、もっとやってみたい事があるハズだべ。

今なら、その無茶な夢をショータが叶えてくれる……そう信じて、オラは思い切って告白する。

「……オラ、ショータのケツを舐めてぇ！」

あああああ言っちまったべええええ!!

オラが必死の思いで打ち明けた願いを、ショータは意外とスンナリ受け入れてくれて、逆にこっちが驚いたくらいだっぺ。

だどもその前に、さすがにお尻は綺麗に洗わせてってショータは言う。

ううぅ……何てもったいない！

獣人族にとって、ケツ穴を嗅いだりするのはある程度以上の親しい間柄じゃねぇとやらない習慣だ。だどもケツ穴を舐めるってのは、それ以上の関係を意味するっぺ。

特にオラ達ミノタウロス族は、ケツ穴を舐める＝求婚だ。もちろんそれをショータに強制するワケでねぇ。んだども、オラはショータにその想いを伝えたい。でも言葉にするのは恥ずかしいから、だからショータのケツ穴を舐めるんだ。

オラが聞いた話だと、人間の風習でもお月様が綺麗だとか何だとかいうのが愛の告白代わりになるとかいうらしいべ。人間は本当に変な種族だべ。

さぁ、そうこうしてる内にショータのケツ穴は綺麗になったみてぇだ。

オラは早速マットの上に仰向けになる。

「そ、そのままオラの顔の上にケツを乗せてけれ！　体重かけてもいいがら！　むしろ思いっきり乗っかってきてけれ！」

ショータがかなり引いてるのが解る。けどもうオラは止まらねぇだ。

寝ているオラの顔を跨いで、ショータが立つ。

オラのすぐ目の前で、ショータのチンポと金玉、そしてケツの穴まで丸見えになって、オラはもう鼻血が出ちまいそうになる。

この光景を見れただけでも、銀貨千枚の価値は充分にあるだよ！　ありがとう牛神様！　（えぇんやで）

そしていよいよショータがゆっくりと、腰を落として行く。

オラは思わず呼吸が忙しなくなる。ハッハッハッハッてまるで犬みてぇな息遣いになる。

それだけ興奮しちまってるって事だべ。

嬉しいのと焦りと不安と、その他にも色んな感情が綯い交ぜになって、オラは今までの人生の中で最も興奮しちまってる。

乳首もビンビン、クリトリスもビンビン、マン汁もダラダラだ。

このまま見てるだけでイッちまいそうだ。これが真の見抜きってヤツだべ！

あと三十センチ……あと二十センチ……あと十五センチ……あと十センチ……。

ショータのお尻とオラの顔が近づく程、オラの鼻息が荒くなる。

多分オラの今の鼻息の風圧はドラゴンと同等だべ。

「はぁ、はぁ、ケツ穴……人間の男の子のケツ穴……ショータのケツ穴……も、もう辛抱たまらねぇだぁ！」

残り五センチ………あーもう！　こんなの我慢出来るワケねぇべよぉ！

　オラはショータの腰を両手で掴んで、そのままオラの顔にその柔らかい極上の桃《プフィルズィヒ》を着陸させて、強引に舐め啜る！

　ジュルッ！　ジュルルルッ！

「うひいいいいいっ⁉　んあっ♡　ほぉっ♡　ぎひっ♡　な、何これえええええ♡♡」

「しゅげぇ♡　うんめぇ♡　ショータのケツ穴甘ぇ♡　プリンなんか目じゃねぇべ♡」

　うはっ♡　何だべこれ♡　まさか本当に桃の味がするなんて、夢にも思わなかっただよぉ♡

　人間の男の子のケツ穴がこんなにうめぇなんて、こりゃ村の仲間達にも教えてやらなきゃなんねぇべ！

　ニュルニュル、ジュルジュル、ベチョベチョ、グチュグチュ。

　キュッキュッて収縮するケツ穴を、オラは一心不乱に舐め続けた！

　すると、どういうワケかオラの胸の谷間にショータのチンポと思われる熱い塊が滑り込んだ。

　これが普通の男ならまずあり得ねぇけんども、ショータのチンポは他の男の何倍も長いから、この体勢でも難なく胸まで届いたんだ。

　オラはショータの腰から手を離し、代わりに胸を両側からムギュッと寄せる事で、ショータのチンポをスッポリと包み込んだ。

　あ、もちろんケツ穴ナメナメは続けたままだぞ。

　ショータがオラの胸を突きたいって思えば、潰しちまわない程度にムギュッと包んでやる。

　反対にケツ穴を舐めてほしいと腰を後ろに引けば、オラの長くて太い舌でベロベロとケツ穴がふやけるまで舐めてやる。

　前でも後ろでも、ショータの好きな方を選んでけれ♡

　オラはもちろん、両方トロトロにするつもりだどもな♡

「あっ♡　あっ♡　あっ♡　グレーテルさん♡　出るっ♡　出ちゃう♡　僕の精液で、グレーテルさんのおっぱい汚しちゃううぅっ♡♡」

「んぐっ♡　出せ……出しちまえ……オラのデカいだけで何の取り柄もねぇ胸で、ショータの子種汁いっぱい搾ってやっからな……ぷはっ♡」

「んぎいいいいいいいっ♡♡　おっぱいとベロでイギごろざれるううううっっ♡♡♡　こんなしゅごいの初めてらよおおおお♡♡　ひぎっ♡　ぐひっ♡　おおっ♡　ふおおおおおおおおおおっっ♡♡」

ブビュッブビュッ！　ビュルビュルッ！　ドックンドックン！　ビュウウウウウッッ!!

「ふぎゅううううっっ♡♡♡　ぼ、僕のオチンチン、馬鹿になっちゃったぁ……パッキン壊れちゃったぁ……精液止まらないよぉ……♡♡♡」

「はあぁ……♡　熱い……ショータの赤ちゃん汁……熱くて、臭くて……オラ、幸せだぁ……♡♡」

オラは幸せだ。

ミノタウロスにとっての至上の喜び、ケツ穴アクメをショータにしてあげられたから。

そして、ショータの熱くて濃くてドロドロの子種汁を胸にいっぱい浴びて、オマ○コがこれ以上無いくらいキュンキュン疼いてるだよ。

だども、オラのケツ舐めがキツかったのか、ショータの身体がフラッと倒れてそのままオラの腹の上に崩れ落ちた。

……………やり過ぎたっぺよおおおおおお!!

んだどもショータは目を覚ました。

ミノタウロス族の男ですら、ケツ穴アクメしたら三日三晩は寝込むって事を、オラ完全に忘れちまってただよ……。

だのに、ショータはほんの十分で覚醒しちまったから、オラ驚いたの何のって。

ショータは本当にタフな子だぁ。

「あぁ……目ぇ覚めただか？」

ひょっとしたらもう目が覚めないかもって、オラ泣いちまっただよ。

だどもショータは、オラの顔を見て、笑顔でこう言ったんだ。

「グレーテルさん……綺麗だ……」

「……オラがこんなに綺麗になれたのは、ショータのお陰だぁよ♡」

オラの髪色はすっかり明るくなって、クセもパサつきも無い、全てのミノタウロス族憧れの直毛になった。

肌の色もすっかり白くなって、まるで本当に普通の人間みてぇだ。

それもこれも、全部ショータがオラを綺麗に洗ってくれたからだぞ♡

感謝の意味を込めて、オラはショータの顔にチュッチュッてキスをする。

本当は唇をベロベロしたいけど、ケツ穴を舐めちまったから今日はお預けだべ。

んでもオラのキスを全く嫌がらず、まるで子牛が母牛に毛繕いされてるみたいにウットリしてるのを見て、オラの中の何かに火が点いちまった。

多分これが、母性本能ってヤツなのかも知んねぇなぁ♡

するると、ショータに掛けてたシーツの股間部分がモッコリしてるでねぇか。

ふわぁ……♡　もうショータは全部が規格外だべ♡

「ショータはスゴいべ……さっきあんなに出したのに、またこんな……逞しくなって……♡」

オラはショータのチンポを優しくシュコシュコしてやる。

ほら、ちょっとしごいただけでまたこんなにカチカチなチンポになったべ。カチカチチンポだべ。

こんなにカチカチなら、ここでもう一回出させてもいいべか？

……うんにゃ、よく考えればオラ達はまだ子作り交尾してねぇ。

どうせ出すんなら、オラのオマ○コに出してほしいべ！

「ねえ、グレーテルさん……僕、グレーテルさんとセックスしたい……」

……ンもう♡　ショータったら、女よりも先にそーゆー事言うとか……エロエロな男の子って最高だっぺ♡

「うん……オラも、ショータを抱きたい。オラの子宮に、ショータの逞しい子種汁を貰いたいだよ……♡」

そうと決まれば、ショータの気が変わらない内に！

オラは勢いよく身体を起こして、ショータの身体の上に跨がった。

男に跨がるのはミノタウロスのメスの誉れだっぺ。

オラの拙《つたな》い腰使いでどこまでショータを気持ち良くさせられるかは解らねぇけど、精一杯やるしかねぇ！

それがオラのショータへの恩返しだから！

「あ、あの、グレーテルさん？　ぼ、僕が下なの？　何なら僕が上になっても……」

「何言ってるだ？　ミノタウロス族の子作りセックスは、女が上に乗るのが基本だべ♡」

ウヒヒ……男のくせにミノタウロスの女の上に乗りたいなんて……とんでもないドスケベだなぁ！

でもダメ♡　今日は確実にショータの精液で孕みてぇから、ショータはそこに寝たままでいいんだべ。

なぁに、天井の木目を数えてる内に終わっぺよ。

すると、オラの犯る気を察したのか、ショータのチンポがビクビクって震えてるべ。

「あは♡　もうショータも準備万端だな♡　じゃあ……オラの初めて、ショータに……あげるべ…………んんんっ!!」

オラのオマ○コの中に、ニュルルルッ！　って硬くてぶっといチンポが奥深くまで入って来たぁ♡

はぁ～……これがショータのチンポ……人間なのに…

…いきなりミノタウロスの子宮を突くとか……あ、あり得ねぇべ……♡♡

パンパンパンパンパンパンパンパンパン！

「いぎぃっ♡　あがっ♡　んぎゅううぅ♡　ぐれ、てる、さん……つよ、すぎ……ほおおおっ♡♡♡」

「あひっ♡　んほっ♡　ふぐっ♡　あぁん♡　ショータのチンポ気持ち良いだよぉ♡　オラ、こんなの知っちまったら、もうショータでねぇとダメになっちまうだよぉ♡」

オラの目の奥で、チカチカって星が瞬いてる。

ショータのチンポが、オラのマン肉を隅々までゴリゴリ抉ってる。

人間の女では到達出来ない程の前後左右上下の腰の動きにも、ショータのチンポはまったく硬さを変える事なく動きを合わせて、オラのオマ○コを掻き回す。

だどもそんなに無茶苦茶されてるのに、オラのオマ○コは全然痛くねぇだ。

むしろ何でこんなに気持ち良いんだってくらい。うんにゃ、強烈過ぎて頭がおかしくなりそうだよぉ♡

そうこうしてる内に、オラの子宮がゆっくりと下りて、ショータのチンポの先っぽにピッタリと密着する。

これで子作り準備完了だべ♡

「はひっ♡　グレーテルさん♡　出ましゅ♡　精液出ましゅぅ♡」

ショータがゼェゼェ言ってる。さすがに体力の限界みてぇだ。

オラはトドメとばかりに、ショータの小さくて細い身体の上から覆い被さって、両手両足をガシッと絡める。

そしてその状態で腰だけをガツンガツンと打ちつける。

これがミノタウロス族の女に伝えられている奥義『種付けプレス』だべ！

抱き締めたショータの骨を折らないようにチカラを調節しながら、ぽっかりと開いた子宮口にショータの子種汁を受け入れる。

「うひいいぃいぃん♡♡♡　ぐ、ぐれぇてるしゃあぁあぁあああん♡♡♡」

ビュルルッ！　ドプドプッ！　ビュクビュクッ！

「おっ♡　おっ♡　おほっ♡　オラのオマ○コに、ショータの子種汁がドクドクって……オラ……世界一幸せな女だぁ……♡」

極上の部屋で極上のサービスを受けて、そして極上の男の子から極上の子種汁をたっぷり注がれて。

その瞬間、オラは本当に世界一の幸せな女だって初めて実感出来たんだ……♡

愛してるべ、ショータ……そして……さようなら……。

一階まで下りると、玄関ホールに館長さんが居たからちょっと驚いただ。

館長さんはオラを見つけると、ニッコリと微笑みながら近づく。

「お待ちしておりました。お楽しみ頂けましたか？」

「……あぁ、最高の一日だっただよ」

それだけ言うと、オラはショータの部屋へ案内してもらった。ショータを寝かせてやる為だ。

スヤスヤと寝息をたてるショータを見てると、やっぱり涙を堪える事が出来なかった。

もっと一緒に居たい。もっとイチャイチャしたい。

でも、それは叶わぬ夢だと解ってるんだ。


そしてショータの部屋へ辿り着く。

思ってたよりも質素な部屋で驚いた。

ショータが実は入ったばかりの新人で、最下級のランクだって事にも驚いた。

んだどもそんな事はどうだっていい。

誰でも最初は新人だ。それにショータは新人だとしても、あのミハエルの何万倍もオラを幸せにしてくれた。

ベッドで眠るショータを残し、オラと館長さんは部屋を出る。

◇◆◇◆◇

その後、また気絶しちまったショータの身体は汗まみれマン汁まみれ子種汁まみれだったから、このまま放っておいたら風邪をひくと思った。

だからお湯で身体を綺麗にしてあげた。

今度はオラがショータを綺麗にするだよ♡

そして時計を見れば、午後の八時前。

オラはさっき洗って乾かしておいた自分の毛皮服を着て、そしてショータの身体をシーツで包んで、王子様抱っこして部屋を出た。

オラの腕の中でスヤスヤ眠るショータがとても可愛くて、愛おしくて、オラは寝ているショータの唇に、軽くキスした。

これが最初で最後のキスになるだろうと思うと、ジワッと涙が溢れそうになる。

それを必死に堪えて、オラは階段を下りた。

途中でメイドや男娼達が、オラとショータを見てギョッとなる。

だどもオラはもう気にしない。どうせここに来るのも今日が最後だから。

部屋を出る時には振り返らなかった。

もし振り返ってたら多分、大泣きしてたべな。

玄関ホールまで案内されて、オラは館長さんにお礼を言う。

「今日はどうもありがとう。出入り禁止になってもおかしくないオラに、あんな最高のおもてなしをしてくれて……」

そう言ってオラは、館長さんに革袋を手渡す。

中身は銀貨千枚だ。それを全部館長さんに支払った。

「足りねぇかも知んねぇけど、オラの全財産だ。これでスッパリ一文無しだ。また稼がねぇとな」

「ええ。当ヴァルハラ・オティンティン館は、グレーテル様のまたのお越しをいつまでもお待ちしております」

そう言ってお辞儀する館長さんに、オラは苦笑いしか出来なかった。

「無理だべ。オラみたいなただの木こりは、銀貨一枚稼ぐのも大変だ。またここに来て、ショータを指名するには何年もかかっちまう。その間にショータはドンドン出世しちまうし、いつかは誰かに身請けされちまうだろ？」

「……ええ。もう既にショータ君は身請け先が決まっています。三年後にはそちらに引き取られる事になるでしょう」

だべなぁ。

んだども、その身請け先ってのは見る目があるべな。

三年後のショータは、今よりももっといい男になってるハズだ。実際に交尾したオラが保証するべ。

「んじゃ、達者でな。ショータにもよろしく言っといてけれ」

そう言ってオラは、ヴァルハラ・オティンティン館を後にする。

もうここの門を潜る事は無いと思うだ。

何年後かに金が貯まったとしても、ショータの居ないこの男娼館には何の未練も無いから。

「……あれ？　館長さん、あの木って何だべ？」

帰る直前になって、オラは窓から見える一本の木に視線を奪われた。

葉っぱの形が特徴的な、ギザギザの葉っぱの木。

その木の根元から一メートルの所にバケツが吊るされていて、そのバケツに木から出た樹液を貯めているようだ。

「あぁ、あれはカエデの木というらしくて、当館ではあの木の樹液を集めているのですが……どうやらこの帝都にはカエデの木はあの一本しか無いらしくて……」

え？　そうなのけ？

「オラの村……魔の森の中にあるんだども、そこには何本もあるべよ？　それこそ何百本単位で」

「!?　そ、それは本当ですか!?」

「あぁ。まぁあの木より木材に適した木は山程あるから、あのカエデ？　の林は長い間手つかずで……ってうわぁ!?」

オラの説明を待たずに、館長さんが突然オラの両手をガシッと掴む。

め、目が怖ぇよぉ！

「グレーテル様！　これはお互いにとって有益なお話になると思われます！　つきましては明日、私が直接ミノタウロスの村に赴きます！」

「え？」

「当館はあの木を……あの樹液を求めています！　もしそれをお売り頂けるなら、当館で全て買い取らせて頂きます……もちろん銀貨ではなく、金貨で!!」

「……えぇぇぇぇぇぇぇぇーっっ!?」

◇◆◇◆◇

今日は待ちに待った月曜日《モーンターク》だ。

あの人の予約が入ってるんだ。

僕は待ちきれなくて、待合室じゃなくて玄関ホールで待っている。

まだかな？　もうすぐかな？

ちゃんと来るよね？　あの人の為にちゃんとお尻を綺麗にして待ってるのに。

そして開店時間になって、大扉が開けられる。

開店を待っていたお客様の中から、一際背の高い人が大急ぎで走って来る。

来た！

身長190センチ！　（ミノタウロスの中では小柄らしい）

バスト105センチ！　（ミノタウロスの中では貧乳らしい）

ストレートの明るい茶髪を靡かせて、僕の大好きな人が今日も来てくれた！

「ショータぁ！」

「グレーテルさぁん！」

僕はグレーテルさんの胸の中にダイブして、グレーテルさんは僕をしっかりと抱き締めてくれて。

……やっぱりグレーテルさんはとってもいい匂いで。

僕は本当にグレーテルさんが大好きで。

匂いも、髪も、おっぱいも、お尻好きなところも。

そして僕達は抱き合ったまま、幸せなキスをする。

唇と唇、舌と舌、唾液と唾液。

全てを絡ませた、世界一幸せなキスを……。

「……うぉっほん！」

「「……あ」」

……ウルスラさんが腕組みをして僕とグレーテルさんを睨んでいたし、周りのお客様やメイドさんや用心棒さん達が、ニヤニヤしながら僕達を眺めていた。

「……部屋でやりなさい！」

「「……はい」」

月曜日は始まったばかりだ。


【ショータと謎の魔術師】


水曜日の朝、今朝もシャルさんの愛情たっぷりフェラで精液を抜かれて、身も心も軽い僕。

そんな出勤前の僕に、ウルスラさんに食堂前で声を掛けられた。

「あ、おはようございますウルスラさん！」

「おはよう、今日も元気ね」

僕はウルスラさんに頭をナデナデされる。

だらしない笑顔でそれを受け入れる僕。

食堂に出入りする男娼達は、そんな僕達を奇妙な目で遠巻きにして見ている。

中には露骨にイヤな顔をする子達も。

何だろう……ウルスラさんみたいな超絶グラマラス美人なお姉様が嫌いな男の子なんて居ないだろうし……でも僕に嫉妬してるって風でも無いし。

あの日僕がこの異世界に迷い込んで、もうすぐ二週間になる。

そんな僕でも、そろそろ他の男娼達が女の人に示す嫌悪の感情に気づき始めてるワケで。

おかしい。そう言えば、そもそも女の人に愛想良く応対してる男娼が居ないって事実にも気づく。

もしかしたら……それは例によって僕に突然降って来た天啓だった。

この異世界の歪《いびつ》で不自然な構造に、僕は半ば確信めいたものを感じずにはいられなかった。

この異世界の男達は……全員……。

ホモなんじゃないかな!?

大変だ！　それならカールやミハエルの態度にも説明がつく。

特にミハエルだよ！　アイツ完璧なガチホモじゃないか！

どうしよう！　僕の後ろの貞操の危機が増したってのもあるけど、このままじゃこの異世界って深刻な出産率低下状態なんじゃゃ!?

飯島翔太、異世界で貞操の大ピーンチ!!

「……ショータ君？　どうかしましたか？」

「え？　あ、いえ！　だ、大丈夫です！　今日も元気に頑張りまぁす！」

僕は慌てていつも通りに振る舞う。

僕がこの異世界の重大な秘密を知ってしまった事は、何となく黙っておいた方がいいと思った。

これからは男娼達に気をつけなきゃならない。

彼等は女の人に嫌々奉仕して、その鬱憤を晴らす為にチョロそうな僕を襲って犯すつもりに違いない！

ミハエルなんかに捕まったら一大事だ！

アイツは取り巻きが多いから、襲われたら多勢に無勢だ！

きっとアイツの部屋に引っ張り込まれて、夜通しファックされて僕もチンポアクメを覚えさせられるんだ！

アッー!!　それだけはご勘弁をぉーっ!!

「ショータ君？　ショータ君！」

ハッ!?

気がつけば僕の目の前に、ウルスラさんの顔が。

近いっ！　顔が！　ただでさえ美人なウルスラさんの顔が！

そしておっぱいが！　ドレスからプルンッて溢れちゃいそうなくらいの大容量オパーイが！

「あ、ご、ごめんなさい……ちょっと考え事してて……テヘへ♪」

とにかく、僕はこれからの生活に若干の不安を覚えながらも、それでも前向きに生きて行く事を決意した。

それに、悲観的な事ばかりじゃないしね。

男がみんなホモなら、それは誰も女性に興味が無いって事で。

つまり、僕には女性を狙うにあたって誰もライバルが存在しないって事だ。

男娼には固定のお客様がついてる子が多いけど、それはあくまでビジネスの上での事だ。

ウルスラさんもシャルさんも、メル姉もグレーテルさんも、僕は寝取ら《NTR》れの不安なく全員とハーレムになれるって事じゃん！

ひゃっほう！　異世界ひゃっほう！

という事は、目の前のウルスラさんのおっぱいに触りたがる男もきっと居ないワケで。

そりゃそうだ。だってみんなホモなんだから。

よぉし……恋敵が居ないこの異世界で、僕は安心してお姉様達とイチャラブトロ甘セックス出来る喜びに感謝した。

「それはそうと、ショータ君。アナタは『人』から『地』

に昇格よ。朝食を食べてる間に荷物を二階に移しておきますから、部屋を間違えないようにね？」

「えっ？　僕が『地』にですか？　でも、早くないですか？　最低でも三ヶ月は『人』で修行してからって……」

「アナタを『人』に留めておく事はこのヴァルハラ・オティンティン館にとっては有益ではないわ。アナタが『地』に昇格して、今よりも更に稼いでくれる事は私にとってもメリットだらけだし、それにアナタにも、ね？」

　そう言うと、ウルスラさんはその豊満なボディーを僕に押しつけて、そして僕の耳元で囁いたんだ。

「……アナタだってお客様としたいんでしょ？　セックス♡」

　はひっ♡　ウルスラさんのちょっと低めなしっとり声で僕の耳が孕んじゃうぅ♡

「と言っても、アナタはもうセックスしちゃったのよね……しかも本番が禁止されている『人』で……でも許しちゃう♡　アナタがこれからもステップアップして、早く『神』まで上がって来られたら、私がショータ君に素敵なプレゼントをあげちゃう♡」

「し、しゅてきな、プレゼント……？」

「他の男娼なら、絶対に喜んだりしないでしょうけど……ショータ君ならきっと喜んでくれると思うわぁ……私の事を、一日中好きに出来る権利っていうのはどう？」

⁉

何そのジャンボ宝くじ⁉

そんな素敵なプレゼントを目の前にぶら下げられたら……脇目も振らず猛ダッシュせざるを得ない！

「やります！　僕、頑張ります！　必ず『神』に……いえ、ナンバーワンになって、ウルスラさんを僕の部屋に御招待してみせます！」

　その為なら、ホモのミハエルに怯えてるヒマなんて無い！

　やるぞ！　僕はやってやる！

　このヴァ・ティン館で、僕だけの楽園《ヴァルハラ》を築いてやる！

　ナンバーワン男娼に、僕はなる！

　そんな決意を胸に秘めていると、突然ウルスラさんが僕の手を握る。

　その手の柔らかさと温かさに、僕を見る潤んだ瞳に、揉み応えのありそうな爆乳に、僕の心臓と股間はドキドキドクンドクンと脈打つ。

「じゃあ、その夢を叶えてあげるお手伝いをしてあげちゃおうかしら……朝食を食べ終えたら、館長室に来てもらえる？　そこで会わせたい方が居るの」

「は、はい！」

そう言うと、ウルスラさんは僕の頬をそっと撫でて、食堂を後にする。

僕はしばらくぽや～っとなってたけど、気を取り直して急いで朝食を貪る。

毎朝朝食を一緒に食べるカールとの会話もそこそこに、僕は今日から『地』に上がるって事だけを言っておいた。

カールはとても驚いていたけど、君なら当然だよねって言ってくれた。

褒められたんだよね？　きっとそうだよね。

ありがとうカール。君は良い友達だよ。ホモだけどね。

◇◆◇◆◇

そして館長室。

大扉を開けたその先には、ウルスラさんが居て。

もう一人、知らないお姉様が居て。

そのお姉様は、とっっっても美人だった。

魔法使いみたいな濃い緑色のフードつきのローブを着て、そのフードをすっぽりと頭から被ってる。

だから顔は半分以上見えないんだ。

だけど僕には解る。このお姉様が、ウルスラさん級の超絶美人さんだって。何故ならもう佇まいが既に美人のそれだから。

ウルスラさんとそのお姉様はソファーに向かい合わせに座ってるから、僕はまたウルスラさんの横に座る。

フードの中から見えるお姉様の口元は、白い素肌と真っ赤な唇のコントラストがとても綺麗で、僕は思わず見蕩れてしまっていた。

「ショータ君、こちらはこのヴァルハラ・オティンティン館の上得意様で、ヒルデ……ヒルダ様のご友人でもある魔術師のドロテ……ドロシーさんよ」

「ドロシーだ。年はにせん……二十歳だ」

「初めまして翔太です。DCです。僕を指名して頂ければ、ドロシーさんの為に誠心誠意サービスさせて頂きます！」

僕はキラキラした目で自分を売り込んだ。

そんな僕にウルスラさんはクスリと笑って、ドロシーさんはフム……と顎に手をやる。

二人の美人にマジマジと見られて、思わずオチンチンも甘おっき。最近堪え性が無くて困っちゃう。

「なるほど。ヒルダの言っていた通りのようだ。こんなに見事な黒髪黒目の少年とは……我輩も長い事生きているが、初めてお目にかかる。それに……女を恐れないのも珍しい」

そうか。この異世界の男達はみんなホモだもんね。

それなのに男娼として働く男の子達には同情を禁じ得な

いよ。

出来れば僕がみんなの分のお客様をお相手してあげたいくらいだけど、それじゃいくら何でも身が保たないよね。

シャルさんもメル姉もグレーテルさんも、みんな性欲がスゴいんだ。

僕はカラッカラになるまで搾り取られて、ヒィヒィと悲鳴をあげるまでやめてくれないんだから、みんな酷いよねぇ……僕そのうち死んじゃうかもだよぉ……イヒヒ♡

「……お主ならば、我輩の最高傑作を与えるのに相応しい男やも知れぬな。まぁ並の男なら爆発四散するだろうが」

え？　何か物騒な事言ってない？

僕が少し不安になっていると、ドロシーさんはローブの胸元に手を入れて、何かを探すような仕草をする。

うはっ♡　中々御立派な谷間が見えて、僕は思わずニヤけちゃう。

そしてドロシーさんの手に握られたのは、とても綺麗な宝石だった。

僕の親指の第一関節くらいの大きさの、そのルビーみたいな赤くて楕円形の宝石は、見ていると中に吸い込まれそうなくらい神秘的で。

宝石に疎い僕でも、これがとても高いものなんだろうなって思う。

「これは我輩の創り出した魔法具の中でもまさに最高傑作。ヒル……竜の血を媒介にして、古代語魔法・精霊魔法・神聖魔法の粋を集めて完成させた究極の魔石、その名もまさしく『竜の血《ドラゴンブラッド》』だ」

うわぁ……思いっきり厨二病っぽいけど……これだけ綺麗ならそんな厨二設定も気にならないよ。

僕はまばたきも忘れて、その『竜の血』を眺めてる。

まるでショーウィンドウの中のピカピカのトランペットを眺める黒人少年みたいに。

「……で、これをどうするんですか？」

と僕が尋ねると、ドロシーさんは『竜の血』を僕の目の前にズイッと差し出して、真顔でこう言ったんだ。

「飲め」

「……え？」

「飲み込め。一気に。グイッと」

「…………………え？」

無表情でそう言い放つドロシーさんと、僕の隣でウンウンと力強く頷くウルスラさんを見て、僕は思った。

あぁ、これ逃げられないな、と。

【ドロテアと不思議な少年】

我輩は退屈な日々を送っている。

最後に男を抱いたのは、かれこれ百年前になるか。

我が友ヒルダは飽きもせず、離宮で毎日男を抱いているなどと言っていた。

さすがは竜人族。物であれ人であれ、欲を隠さず自分に正直に生きている。

だが荒淫に関して言えば、我輩達エルフ族も竜人族には引けを取らない。

事ある毎に内なる魔力《マナ》が暴走し、その火照りと渇きを癒す為に男のオチンチンを求め彷徨《さまよ》うという意味では、エルフと竜人はまるで合わせ鏡のような存在だ。

何を隠そう、ヒルダに男の味を教えたのは我輩だ。

あれは遥か昔。生まれて何年も経たぬヒルダに、我輩が戯れにエルフの少年奴隷を買い与えてやった事で、ヒルダの竜人としての過剰な性欲が開花した。

哀れエルフの奴隷は、三日と経たずに不能となった。

だがその頃には次期皇帝として絶大なる権力を持っていたヒルダは、自らの権力を行使して次々に若い男を食い荒らした。

おいおいこのままじゃ帝都から若い男が消えちまうんじゃね？　という程に。

責任の一端は我輩にもあると思い、時の皇帝に対して提案を行った。

この帝都に男娼館を建て、そこで竜人族専用の男娼を育成すべし、と。

表向きは国民の欲求不満を解消する為の女の楽園、だが裏では様々な女を抱いて経験を積んだ男娼を帝国が買い上げ、ヒルダの生け贄にする為の男の地獄……否、屠殺場である。

無論殺すワケではない。新たに建設されたヒルダ専用の離宮では、男娼達はそれはそれは贅沢な暮らしをさせてもらい、何不自由の無い生活を送っていると聞く。

だが、毎夜のヒルダの責めに二週間と耐えられた者は居らず、大概は不能になるか精神を病むかしてしまい、離宮を追われ故郷に戻される事になる。

我輩はそんな暮らしから脱却した。

齢千を越えた辺りから、男に対する肉欲が薄れてしまった。

そして完全なる男断ちを果たして早百年。

今年で齢二千と二十にもなる我輩に、最近になってヒルダが喜色満面でこう言った。

『妾は遂に見つけたぞ！　喰らっても喰らっても喰い尽くせぬ、竜人族にとって最高の贄を！』

『其奴が居れば、妾は飢える事は無いじゃろう！　じゃがその血脈を二代三代にわたって紡がねば意味が無い！　その男の子孫を、子種をあらゆる女に受け継がせるべきなのじゃ！』

『ドロテアよ！　妾の最も古き友よ！　悠久の時を生き、この世のあらゆる魔法をその身に修めし大賢者よ！　何としても、その男を鍛えてほしい！　もっと強く！　もっと貪欲に！　もっと幼く！　幼くと言うても具体的には……そうじゃな、お主の何とかいう魔導書に書いてあった……』

『……そう、DS！　確かそのくらいの幼年期の男の事をディーエスと記しておったわ！　是非それでよろしく頼むのじゃ！』


　男は青年よりも若く、然《さ》れど幼子よりも年を経た時が最高に旨みが増すのだとヒルダは言う。

　その意見には同意する。

　そうして我輩は自らの生涯に於ける魔法研究の最高傑作の製作に取り掛かった。

　この仕事は命懸けのものになるだろう、という確信めいた予感があった。

　そして完成した。製作時間実に三十分。

　その我輩の最高傑作を、目の前の黒髪黒目の少年に与える為の儀式をこれより執り行う。

　果たして、この少年の運命や如何に？

◇◆◇◆◇

「と言うワケで飲め。何なら水も用意するぞ？」

「わ、解りました。とりあえず飲めばいいんですね？」

　もったいないなぁ、と呟いてショータは我輩から『竜の血』を受け取る。

　ウルスラはソファーから立ち上がり、執務机の上に置いてあるガラスのゴブレットに水を注ぎ、それをショータに手渡すと、我輩の隣に座った。

　手に水と『竜の血』を持ったショータ。

　それを期待を込めた眼差しで見守る我輩とウルスラ。

　さて、これから何が起こるのか……我輩が『竜の血』に込めた願いは、果たして正しく作用するのか？

「じゃあ……飲みますよ？」

　意を決したショータは『竜の血』を口の中へと放り投げ、そして水で一気に流し込む。

　ングッ、ゴクンッ。

「ぐへっ……飲みにくかったぁ……」

　……ん？　それだけか？

「おい、何か身体に変調は無いか？」

「し、ショータ君大丈夫？　お腹痛くない？　ぽんぽん平気？」

「は、はい……特には……っ!?」

その瞬間、あらゆる魔力の流れを見る事の出来る我輩の目には克明に見えた。

ショータの身体の中で起こる魔術的な変化が。

ショータは覚醒する。この『竜の血』によって！


まず用意するのは、我輩の所有する幾千幾万の魔導書の中でも最秘奥の魔導書。

先祖代々継承される都度、その持ち主が新たな魔法を書き足していったという、エルヴァーン大陸最古の魔導書『ミンメイ・ショヴォー』だ。この書に示された通りに作らなければならない。

次に竜人であるヒルダの採れたてホヤホヤの血液。

そしてヒルダの先祖である、古代竜の血液。

ヒルダの血と、古代竜の血を、レッツ・ラ・まぜまぜ！

まぜまぜした二つの血は、やがて光を帯び始める。

そこからが我輩の腕の見せ所だ。

まずは僧侶や神官、司祭だけが行使出来る神聖魔法。

我輩はかつて二百年間だけ、とある神の教義を唱えて布教活動を行っていた為、神聖魔法が使えるのだ。

ある日突然飽きたので辞めたのだが、その後その宗教は帝国に邪教認定されて滅びた。

その神聖魔法を唱えると、キュルキュルと我輩の口内から激しい音がかき鳴らされる。

これについては後述するとして、神聖魔法は正しく発動し、まぜまぜした竜の血を光の膜が包み込む。

そして次は精霊魔法だ。

これはエルフならば子供でも使える魔法であり、我輩の最も得意とする魔法だ。

遥かな昔、帝国の最大の敵国であった旧要塞都市の堅牢なる城壁を、我輩の召喚した五十メートル級超大型精霊べルなんとか君が粉砕した事で、エルヴァーン大陸に於ける竜神帝国の覇権をほぼ手中に収めた。

その精霊魔法はまたもキュルキュルと何かを擦り合わせる音と共に発動させ、新たな光の膜で竜の血を更に包み込む。

最後に古代語魔法。これに関しては特に説明する事も無いので割愛。

そしてキュルキュル。そして発動。

最後の光の膜が包み込み、こうして『竜の血』は完成した。

奔流《ほんりゅう》はショータの身体を内側から徐々に蝕み始めた。

このままでは、ショータが爆発四散してしまう！

ダメか……やはり人の身で竜のチカラを制御する事など出来はしないというのか……。

するとその時、ウルスラがもがき苦しむショータに悲痛な叫びを投げ掛ける。

「頑張ってショータ君！　負けないで！」

「う、ウルスラ……さん……！」

「ショータ君が頑張れたら……えっと、その……そ、そうだ！　おっぱい！　私のおっぱいを好きにしていいから！」

……何を言っているのだ、お前は？

錯乱しているのは解るが、仮にも元帝国竜騎士団の筆頭ともあろう者が……。

大体、女の胸の為に頑張る男がどこに……。

「も、もう一声えええええええええっっ!!」

えっ？

「えっと……じ、じゃあドロシーさんのおっぱいもつけてあげるわ！　ドロシーさんのおっぱいはフワフワのムニュムニュで、ヒルダ様からスライムみたいって言われてるわ！」

おい、アイツそんな事言ってたのか？

◇◆◇◆◇

「ぐっ！　ぐあああああああこれやっぱりアカンやつだったあああああああ！」

ショータは心臓を押さえて絶叫した。

失礼な。何もヤバいものなど入っておらぬ。

我輩が片手間で作った『竜の血』の半分は優しさで出来ているのだ。

今、ショータの身体には五つの魔法が作用している。

それら全てがショータの中で目覚めれば……。

正直に言おう。我輩は今、猛烈に興奮している。

こんなにも興奮したのは、旧熱砂王国名物のお菓子である氷砂糖に出会った時以来だ。

極甘の砂糖水を氷魔法で凍らせて砕いて食すなど、我輩にもヒルダにも全く発想出来なかった。ひゃっこくて美味かった。

あの時に、人の無限の可能性に気づかされたのだ。

「さぁ目覚めよショータよ！　己の可能性を呼び覚ませ！　その痛みと苦しみに打ち克つ事が出来たその時、お前は至高の存在となるのだ！」

だが我輩の期待も虚しく、ショータの中にある魔力のスライムみたいってそれはただの悪口だろうが。

そんな条件で喜ぶ男など……。

「おっぱあああああああああああああああああああああああああああああああいぃっっ!!」

居たぁっ!?

と言うか魔力を制御したぁ!?

信じられん……あの状態から持ち直して、魔力を自分の器に収めようとするなど……。

何故こんなにも頑張れる!?

この少年の、女の胸に対する強い執着が、竜のチカラさえもその身に吸収しようとしているとでも言うのか!?

そして魔法は発動し、ショータの身体は光に包まれた。

そして我輩は、人のチカラが竜のチカラを超越し、奇跡を自らの手で起こした瞬間を目撃したのであった。


【ショータの新たなチカラ】


どれくらい気を失っていたのかな……？

もしくはほんの一瞬だけだったのかも知れない。

身体の痛みと熱はもう跡形も無い。

まったく……本当に死ぬかと思ったよ。

「アイテテ……あれ、声が……？」

おかしい。僕の声がおかしい。

別に遅れて聞こえるワケじゃないよ？

でも、僕の口から出た声は、どこか違和感があって。

それに、ソファーから身体を起こした僕の服は、とても乱れていた。

上衣も下衣も、別にどこかボタンが外されたりしてるワケじゃない。

でも僕が身につけてるシャツは、肩口からスルリとはだけて。

ズボンのベルトもユルユルで。

あれ？　僕そんな急に痩せた？

ってか、手……小さくね？

ふと見ると、そこにはウルスラさんとドロシーさんが。

ウルスラさんは頬に手を当てて、トロンと潤んだ目で僕を見ていて。色っぽい。

ドロシーさんはフードを取り払っていて。

白い肌にエメラルドみたいに綺麗な緑色の瞳。

キラキラと輝く緑色のお下げ髪、そして上にニョーンと伸びた長い耳。

あ、何かエルフっぽい。そしてやっぱり超美人。

そんなドロシーさんは、大きな目を更にまん丸にして、そして興奮したように呟いた。

「……成功だ！」

え？　成功？

「ショータ君……素敵……♡」

あれ？　ウルスラさん、目がハートになってません？

その時、僕は見た。

ソファーの横に置いてある姿見を。

その鏡に映し出された僕の姿は……。

「ちっ………ちっちゃくなっちゃったあああああ⁉」

そう。そこに居たのは本来の僕じゃなかった。

身長は頭一つ分くらい低くなって、手足も短くなって。

元々童顔気味だった顔は、本当にただただ幼くなって。

これじゃまるで、初等部の高学年くらい……もしかしたらもっと小さいかも⁉

「な、何なんですかこれぇ⁉　僕、どうなっちゃったんですかぁ⁉」

僕はドロシーさんに説明を求める。

「何って、見たまんまだろう。お前の身体が小さくなったのだ。これは『竜の血』に込められた効果の一つである『時間逆行』だな。ちなみに二つ目の効果である『成長抑制』がある為、君はこれからずっとこの姿のままだ」

ええっ⁉　今サラッととんでもない事言いませんでしたか⁉

でもドロシーさんはそんな僕の戸惑いなんか問題じゃないとばかりに、僕のシャツのボタンを外しにかかる。

ちょ、ドロシーさん？　今そんな事してる場合じゃ……てかウルスラさんはズボンを脱がしてる⁉

「おぉ……そしてこれが三つ目の効果『逸物肥大』だ。具体的には元の大きさの三割増しくらいかな？」

ドロシーさんの言葉に、僕はとても驚いた。

確かに、縮んだ僕の全身とは裏腹に、僕のオチンチンだけは以前より少し大きくなってる。

やった！　中学生サイズから大人サイズになったぞ！

……って喜んでる場合じゃないよぉ！

「君の身体が縮んだ分、そのエネルギーはこのチンポに集まったのだ。我輩の魔導書ミンメイ・ショヴォーによるとこれが質量保存の法則というものらしい」

何その胡散臭い魔導書⁉

あぁっ！　ウルスラさんとドロシーさんに見られて、僕のオチンチンがいつもより大きくなっちゃうのおおおお！

あ、これからはいつもより大きいのが通常のおっきしたサイズになるのか。

「はあぁ～♡　ショータ君……スゴいわぁ♡」

「むぅ……まさかこれ程のモノとはな……♡」

「ドロシーさん……これは、是非……♡」

「うむ。効果を確かめる為にも、味見をせねばなるまいな♡」

え？　味見？

僕が何かを考える前に、ウルスラさんとドロシーさんは行動に移してた。

まずドロシーさんは立ち上がって、ローブを一気に脱ぎ捨てた。

するとそこには、トップモデルも真っ青な完璧ボディーのエルフが現れた。

ってかエロい。これもうエルフじゃなくてエロフ！

ってか何でローブの下が即全裸なの？

これが全裸ローブってヤツ？

ダメだ、上級者過ぎて僕には理解出来ない！

そして再び僕の横に座ると、僕の目の前に推定Cカップおっぱいが！

こ、これがドロシーさんの、スライムおっぱい……！

僕が感激して手を伸ばそうとすると、今度はウルスラさんが立ち上がった。

そしてドレスを華麗に脱ぎ去る。

そこに現れたのは……デカい！　おっぱいデカい！

さすがにミノタウロスのグレーテルさんよりは小ぶりだけど、それでも余裕の推定90センチオーバー！

F……いや、これはもうG超！　そこらのグラビアアイドルも全裸で逃げ出すダイナマイトボディー！

そしてドロシーさんもだけど、ウルスラさんも毛が……下の毛が無い！

やっぱり異世界では下の毛を全部剃る文化があるのか⁉

ひゃっほう！　異世界ひゃっほう！

そして再び僕の横に座ったウルスラさんの爆乳から目が離せない。

でもドロシーさんの美乳も無視出来ない！

更に僕のオチンチンは過去最高の勃起度を誇って、もう痛いくらいなのぉ！

「さぁショータ君、私のおっぱい……好きにしていいのよ？　無駄に大きくてだらしないおっぱいだけど……」

「うむ。約束だからな。こんな胸でよければ、気の済むまで触るなり揉むなりすればいい」

「そ、そんな……ウルスラさんの大きなおっぱいも、ドロシーさんの形のいいおっぱいも、どっちも素敵過ぎて……ぼ、僕なんかが触っていいのかって……お、畏れ多くて……！」

あんなに見たかった、触りたかったウルスラさんの爆乳。

そして新たに現れた、ドロシーさんのエルフ美乳。

どっちも触りたい、舐めたい、吸いたいのに。

どっちを先にすればいいのか、僕は死ぬ程悩んで、それでも結論が出なくて。

あうあう言いながら、爆乳と美乳を交互に見比べる事しか出来ない。

まるでどちらのエサを食べればいいのか決められず、そのまま餓死しそうになるまで迷う犬みたいに。

「おやぁ？　どうした？　もしかしておっぱい触りたくないのか？」

「あらぁ？　そうなの？　じゃあもうおっぱいナイナイしちゃおっかなぁ？」

そう言ってドロシーさんとウルスラさんはイタズラっぽく笑いながら、僕の目の前からおっぱいを隠そうとする。

「え、あっ、そ、そんな……！」

その瞬間、パニックになった僕は……。

「うっ、うぐっ……ふっ、ふえええええええええん‼」

号泣した。僕はワケも解らず泣きじゃくった。

これにはドロシーさんもウルスラさんもビックリだ。

でも仕方ないんだ。おっぱいが目の前から消えそうになった時、僕はとても悲しい気持ちになっちゃったから。

これも身体が小さくなった事の副作用かも知れない。

「やぁだあぁああおっぱいなくしちゃやぁだああぁ！　おっぱい触らせてくれるってゆったのにいいいいい！　うあああああああああんああああああああん‼」

もう僕はビービー泣くしかなくって。

理性ではこんなの情けなくて恥ずかしいって解ってるのに。

でも本能ではこれが正しいんだって言ってて。

だから僕はそれに素直に従うんだ。だって僕は泣いちゃうくらいおっぱいが好きだから。

「あぁっ！　ご、ごめんねショータ君！　ちょっと意地悪しただけなのよ！　ほら、おっぱいはここですよぉ～？」

「む、少しからかい過ぎたようだ……ほらショータ、泣くんじゃない。お詫びにおっぱい好きなだけ触らせてやるから、な？」

ウルスラさんとドロシーさんに宥められて、僕はようやくヒックヒック言いながらも泣き止む。

「じゃあ順番こにしましょうね？　まずは私のおっぱいから、どうぞ♡」

そう言って差し出されたウルスラさんのおっぱいは、とても大きくて。

あまりの大迫力に、僕はグビリと唾を飲み込む。

そこで迷ってるとまたおっぱいを隠されそうだったから、僕は覚悟を決めてウルスラさんのおっぱいに両手を伸ばした！

ムニュン。

「あん♡」

うわっ。ふわっ。はわぁ♡

柔らかいのに、スゴく弾力があって。

どこまでも僕の指が埋まって行って、それと同じくらいのチカラで跳ね返されて。

ちょっと大きめの乳輪と乳首もスゴく綺麗で。

僕は夢中になって、ウルスラさんのおっぱいをモミモミしてた。

「はんっ♡　し、ショータ君……スゴく上手……あふっ♡」

ウルスラさんが褒めてくれた。嬉しい。

だから僕はもっともっと褒めてほしくて、更に揉み始めた。

「おいおい、私のおっぱいは必要無いのか？　じゃあやっぱりおっぱいしまっちゃおうかなぁ？」

僕がウルスラさんのおっぱいに集中してると、ドロシーさんがさっき脱いだローブを着ようとする。

ダメ！　そのおっぱいも触るの！

僕はクルッと振り返って、ドロシーさんのおっぱいをムギュッて掴む。

フニョン。

「んんっ♡　ハハッ……君は本当におっぱいが好きなんだな……くぅんっ♡　こ、こら……乳首をつまむのは……はひっ♡」

ドロシーさんのおっぱいは、とても柔らかくて、本当にスライムみたいだ。

僕の指で、掌で、変幻自在に形を変えるおっぱいが楽しくて、僕は一心不乱におっぱいを弄ぶ。

「もう……ショータ君？　私のおっぱいはもう飽きちゃったの？　触ってくれなきゃ、おっぱいが逃げちゃうわよぉ？」

しまった！　まだウルスラさんのおっぱいを揉み足りないのに！

焦った僕は、クルッと振り返ってウルスラさんのおっぱいの谷間にダイブする！

「ひゃんっ♡　もう、甘えん坊さんなんだから♡　だいじょぶですよぉ～おっぱいは逃げませんよぉ～♡」

しゅごい♡　おっぱいの圧力がしゅごいよぉ♡

これがパフパフ……全ての男の憧れ！

でもこの異世界の男は全員ホモだから、僕だけがこの爆乳を独占出来るんだ！

ありがとう異世界！　ありがとうホモ達！

「あ～ぁ、ショータはやはりウルスラのおっぱいの方が好きなのか。こんなブヨブヨグニャグニャのおっぱいは好みではないようだなぁ」

そんなぁ！　僕はドロシーさんのスライムおっぱいも好きなのにぃ！

僕はドロシーさんのおっぱいの谷間にもダイブして、ブルブルと顔を左右に震わせる。

すると僕の顔に、ウルスラさんのおっぱいよりも柔らかくてフニョンフニョンした優しい感触が当たる。

「んあっ♡　フフフ……可愛いヤツめ♡」

僕はウルスラさんとドロシーさんのおっぱいを交互に楽しむ。

すると二人は、そのおっぱいで僕の顔を左右からムギュッってサンドイッチしてくれる。

「ふわあぁ～♡　しゅごいぃ♡　おっぱいあったかくて、やわらかくて、甘いニオイがして……ふにゃあぁ～♡」

右はタプタプ、左はフニュフニュ。

右はポヨンポヨン、左はプニュンプニュン。

最高……生きててよかったぁ♡

と、僕がおっぱいに夢中になってると、ウルスラさんとドロシーさんは僕のオチンチンを左右からギュッと掴んだ。

「はひぃぃっ♡　な、なにこれぇっ♡　い、いつもより気持ち良いのおぉ♡」

「ふむ、感度も上がっているようだ……だがやはりこの大きさは驚きだな。普通の男なら指二本でつまめてしまうのに、君のチンポを掴もうとしても指が届かないぞ？」

「それはもう、このチンポで何人もの女を逆に泣かせて来たんですもの。メイドも女騎士も獣人も、ショータ君のチンポには勝てませんわ♡」

そう言いながら、二人は僕のオチンチンをシュコシュコとしごく。

もうカウパーがダダ漏れの僕のオチンチンは、二人の手をニュルニュルと滑らせる。

「おほっ♡　はひっ♡　んぎゅっ♡　らめらめぇっ♡」

僕は気持ち良さでどうにかなっちゃいそうだった。

そしてドロシーさんは僕のオチンチンを根元からニュッコニュッコと優しくしごいて。

ウルスラさんは僕のオチンチンの先っぽを掌でニッチュニッチュと優しく撫でる。

「はぎゅうううっ♡　ツラいよぉ♡　気持ち良すぎてツラいよおおおお♡　助けてママぁ♡　ママあああ

あ♡」

感度が上がるって事がこんなにも気持ち良くて苦しいんだって事を実感して、僕は思わず泣き叫ぶ。

ちなみに僕のママは今頃日本で昼ドラを見て泣いてると思う。

「おやおや、ショータは赤ン坊になってしまったのか？　仕方ないヤツだ。ならば我輩がママになってやるから、おっぱいを吸って気分を紛らわすがいいぞ♡」

「あらあら、チンポは逞しいのに泣き虫な赤ちゃんねぇ♡　ほぉら、ママのおっぱいはここでちゅよぉ♡」

おっぱい……ママのおっぱいぃ♡

僕はオチンチンの激しい快感から早く解放されたくて、まずはウルスラママのおっぱいにパクッて吸い付く。

「あふんっ♡　はあぁ……す、スゴい♡　男の子におっぱいを吸われるのが、こんなに気持ちいいなんて……はうぅっ♡」

「お、おいショータ？　おっぱいはこっちにもあるんだぞ？　ほら、ママのおっぱいはおいちいぞぉ？」

もちろんドロシーママのおっぱいも忘れてなんかいない。

僕は名残惜しいけど、ウルスラママの乳首からチュポンッて唇を離して、今度はドロシーママのおっぱいにムチュッて吸い付く。

「ふおぉっ♡　な、何という快感……乳首が甘く痺れて……それでいて心身共に満たされるような、何かが……きゅぅんっ♡　だ、ダメだ……何も考えられないぃ♡」

館長室には僕が二人のママのおっぱいに交互に吸い付く音と、ママ達が僕のオチンチンをしごく音と、僕達の喘ぎ声が響いてる。

そして、僕にようやく限界が訪れた。

「はひっ♡　ふひっ♡　ま、ママぁ……もうらめ♡　おちっこ出ゆ♡　白いおちっこ出りゅううう♡」

「んっ、んっ、んっ♡　ママもイッちゃう……ショータ君におっぱい吸われて、ママ……はしたなくイッちゃうううううううっ♡」

「ば、馬鹿な……この私が……はうっ♡　胸だけでイクなんて……ひぎっ♡　な、何て恐ろしい赤ン坊なんだ……い、イクうううううっ♡」

ビュルッ！　ビュルルルルッ！

ドックン！　ドクッドクッドクッ！

ブピュッ！　ブシュッブシュウゥッ！

「はひぃいいいいいい♡♡　しゅきっ♡　ママだいしゅきぃいいいいい♡♡」

「んおおおおおお♡♡　ま、ママもしゅきよぉ♡　ショータ君の事、愛してりゅううううう♡♡」

「ふぎゅううううう♡♡♡　そ、そんな事言われたらぁ♡ほ、本当にショータのママになりたくなるううううう♡♡♡」

僕は二人の綺麗なママに挟まれて、過去最大最高の射精を果たした。

僕の大きくなったオチンチンからは、あり得ないくらいの量の精液が噴き出して、僕と二人のママを白く染め上げた。

そして僕は、ゆっくりと意識を失った。（これぱっか）

◇◆◇◆◇

……で、再び目が覚めた時には、僕の身体に降りかかった精液は二人のママに綺麗さっぱり舐められた後で。

僕の身体を這い回る二枚の舌が、まるでナメクジみたいにネットリしていて。

そんなエロいものを見せられたら……僕のオチンチンがまたおっきして……ってもうおっきしてるぅ!?

「うむ。どうやら『竜の血』の最後の効果の『精力増強』と『疲労回復』は問題なく機能しているようだな。これで君の射精量と射精回数はおよそ十倍になり、またどれだけ出しても萎えず、疲労が蓄積する間も無く回復するぞ」

え？　つ、つまり……どゆ事？

「つまり君はその姿のまま……不老長生というヤツだ。そしてチンポも大きくなり、何回も射精出来て疲れ知らず（チンポに限る）というワケだ。まぁその効果も、君の体内の『竜の血』が溶けて無くなるまでだがな」

「ぐ、具体的に……どれくらいで溶けて無くなる、んですか……？」

「そうだな……前例は無いがそこまで長くは保つまい。長くて三年くらいかな？　不老長生とは名ばかりだが、さすがに『竜の血』といえどもそこまで万能では……ん？」

三年……三年でこの効果は切れる……。

よかったぁ……！

安心した僕は、ポロポロと溢れる涙を抑える事が出来なかった。

「……何を泣く？　まさか、そうまでして女の性奴隷になりたくは無かったとでも？」

「ショータ君……ご、ごめんなさい……アナタの意思も確認せずに、私達の欲求を満たす事ばかり考えてしまって……」

「ちが、違うんですぅ……背が縮んだのはビックリしたけど、オチンチンは大きくなったし……ずっと疲れずに女の人とセックス出来るなんて夢みたいだし、嬉しくて……それに……」

「……それに？」

「ぼ、僕だけが長生きして、百年も二百年も生き続ける事になったら……他の皆さんと、同じ時間を歩めないなんて事になったらって思ったら……でもそうならずに済んで……よかったって……グスッ」

「⁉」

僕にはもう大切な人達が居る。

シャルさん、メル姉、グレーテルさん、ウルスラさん、ヒルダちゃん、そしてドロシーさん。

それに、ヴァ・ティン館に居るヨハンナさんやメイドさん達、シェフのお姉様達や用心棒の皆さん、カールや男娼のみんなとも、同じ時間を生きて行きたいんだ。

みんなが死んで、僕だけが今のままの姿で生きてるなんて……想像しただけでもツラいんだ。

そうならなくてよかった……三年だけだったら、むしろ精力増強とか疲労回復なんてご褒美だよ。

すると、僕の涙がようやく引っ込んだと思ったら、何故かウルスラさんとドロシーさんが目に涙を溜めてた。

「え？　ど、どうしたんですか？」

「……すまないショータ！　お前にほんの少しでもそんなツラい思いを味わわせてしまって！」

「ショータ君！　アナタはなんていい子なの⁉　私……アナタと出会えて本当によかったわ！」

え？　えぇっ？

何だかよく解らないけど、ウルスラさんとドロシーさんが、泣きながら僕に抱きついて来た。

僕はどうしていいか解らなかったけど、二人のおっぱいにムギュッとされて、僕はふにゃあっと全身からチカラが抜けた。

「なぁショータ。怖がらせてしまったお詫びに、我輩達に何かして欲しい事はあるか？　君の為なら何でもしてやれるぞ？」

「そうですね……何をして欲しいですか？　またおっぱいを吸いたいですか？」

え、何この大チャンス？

今なら何をやってもいいの？　ハイパー何チャラタイム突入なの？

「じ、じゃあ……その……♡」


【ウルスラ、芽生える母性】


ムギユッ、ムニユッ。

「はひぃ♡　ふおぉ♡　し、しあわせえぇ～♡」

ウフフ、ショータ君ったら本当に気持ち良さそう。

まさか私のおっぱいでチンポを挟んで欲しいだなんて……

…これじゃ私へのご褒美になっちゃうのに。

でも、本当に大きいわ……私のこの無駄に大きな胸でも、完全に挟めないなんて……♡

両側から寄せた胸の谷間にチンポを挟んで、そのチンポに私が上から唾液を垂らして、そしてゆっくりと胸を上下に動かす。

たったそれだけで、ショータ君たら天にも昇りそうな顔になって……私なんかの胸でそこまで喜んでくれるなら、もっともっと気持ち良くしてあげなきゃ。

ズリュッ、ムニュッ、グニュッ。

「うひっ♡　あひゃっ♡　んほっ♡　き、気持ちいいよぉ……ウルスラママのおっぱい、最高だよぉ♡」

あら、まだ私の事をママって呼んでくれるのね……。

嬉しい♡　今のショータ君にそう呼んでもらえるなら、ママもいっぱいこの胸で甘えさせてあげる♡

ニユルンニユルン、ニユルンニユルン。

「んひぃっ♡　ママ♡　ママぁ♡」

はあぁ……私、どうしてしまったのかしら……？

ショータ君にママって呼ばれる度に、オマ○コの奥が疼いて……♡

「さてショータよ。こんな時だが、お前に問題だ。エルフである我輩の身体的特徴は主に三つ。この緑の髪と目、そしてこの長い耳、あと一つは何だか解るかな？」

「はへぇ？　わ、わかりましぇん……ふひぃ♡」

あらあら、ドロテア様ったらダメですよ？

今のショータ君は私の胸で蕩けちゃってるんですから、他を気にする余裕なんてありませんわよ？

「やれやれ、すっかりウルスラの胸に夢中か。だがお前のママはウルスラだけでは無いんだぞ？」

そう言ってドロテア様は、ショータ君の顎を掴んでそのままグイッと御自分の方に向けたのです。

「正解は……これさ♡」

そしてそのままショータ君にキスしました。

するとショータ君は目を白黒させて、腰をガクガクと震わせたのです。

そして……。

ビユルルッ！　ドクッドクドクッ！

きゃん♡　ショータ君のチンポから、まるで噴水みたいに精液が飛び出て来ました！

あふぅ……頭の奥が痺れてしまいそうなこの精液の匂い……胸が火傷《やけど》してしまいそうなくらいの精液の熱さ……どれを取っても規格外だわぁ♡♡

「んっ……ぷぁっ♪　正解は……この舌さ」

ショータ君とドロテア様の口と口の間から、ズルリと何かが引き抜かれました。

長くて太い、その物体は……ドロテア様の舌です。

エルフは精霊魔法を得意としていて、その長い舌を使って高速詠唱する事により、人間の精霊使いが召喚する精霊よりも更に高位の精霊を呼べるのです。

一説によると、人間が精霊語を一文字詠唱する間に、エルフは二十文字の詠唱が可能なのだとか。

普段は短くして引っ込めているその舌は、今のように伸ばせば人間の三倍の長さになるのです。

そしてその長い舌を活かして男とキスをすれば、男は自分の意思とは関係なく骨抜きになるそうです。

そんなキスをされてしまって、ショータ君は大丈夫なのでしょうか？

と、私はショータ君のチンポをお掃除フェラしながら、彼の身を案じました。

「ぷぁっ……ま、ママぁ……もっと……きしゅう……♡」

よかった。ショータ君は無事のようです。

それにしても、エルフの本気のベロチューを受けてまだあんなに余裕があるなんて……未だ萎えない彼のチンポを見て、私は自分のオマ〇コが熱く疼くのを感じました。


ダメ……ダメよウルスラ！

お口や胸までならまだしも、オマ〇コセックスだけはまだダメよ！

ヒルデガルド様の信頼を裏切るワケには行かないわ！

と私が一人で葛藤していると、ドロテア様はその長い舌でペロリと舌舐めずりをしながら言いました。

「フフフ……キスもいいが、それよりももっと楽しい事をしてあげようじゃないか♡」


【ドロテアの奥義】


グジュッ、ヌリュッ、ジュプッ！

「ひいいいいいいいいいい!?　ぼ、僕のオチンチンがあぁっ♡♡♡」

フフフ、我輩のショータが気持ちよさげに喘いでいる。

ショータのそんな声が聞きたくて、我輩はもっともっと献身的にショータのチンポに奉仕する。

「はひっ♡　ふぎっ♡　のほっ♡　ど、ドロシーママぁ♡　ぼ、僕のオチンチン……壊れちゃうよおぉ♡」

何を言うか。こんな立派な極太チンポがこの程度で壊れるものか。

だがさすがにエルフ独特のオーラル技である巻きベロフ

ェラはキツいかも知れぬが。

チンポに我輩の舌をグルッと巻きつけた後での高速フェラだ。

３６０度どこからでも襲い来る快感に、さすがの竜のチンポもひとたまりもあるまい。

「ママぁ……ウルスラママぁ……僕、気持ち良すぎて怖いよぉ♡」

「はいはい、じゃあママのおっぱい吸ってごらん？　ママがおっぱいでムギュッてしてあげるから、それだけに集中しててね♡」

「ママぁ……ママのおっぱい……しゅきぃ♡」

む、ウルスラめ。

我輩が自慢の舌でショータを気持ち良くしている最中だというのに、そのミノタウロス級の胸でショータを甘やかすつもりだな？

そうは行くか。ショータは我輩が厳しくも愛情たっぷりに育てるのだ。おっぱいなどは甘えだ！

さぁショータよ。そろそろトドメを刺してやろう。

我輩の奥義、竜巻高速フェラを喰らうがよい！

ジュロロロロロロロロ！　ブジュルルルルルルルル！

「あああああああああ♡♡　ぎ、ぎもぢいいいいいいい♡　おヂンヂンとけるうううううう♡　んぎいいいいいいイグイグイグイグうううううううう♡♡♡」

ドプッドプッドプッ！

ビュクビュクビュクビュクッ！

んぶぉっ!?　こ、この量……濃さ……勢い……！

他の人間などとは、比較にも、なら……な……。

「はっ♡　はっ♡　はひっ♡」

「よく頑張ったわねショータ君、ママ感動したわぁ♡」

そう言ってウルスラはショータの蕩けきった顔にチュッチュチュッチユと気前よくキスをしている。

そして我輩はと言えば、想定以上の精液を飲み込んでしまい、頭も身体も麻痺してしまった。

このまま気絶してしまえれば、どれだけ楽か。

だがショータのチンポは未だ萎える事も無く、早くも次なる射精へ向けて準備は万端のようだ。

喉でもこんなにスゴいのなら……オマ○コならば……。

いやいやダメだ！　それは我が友を裏切る事になる！

今回はただの味見だ。本番はもっともっと後、ショータが熟成してからでなければならない。

だが……むむ……！

「あ、あの……ドロテア様……？」

「……何だ、ウルスラ？」

「あ、味見だけなら……もっと味わいたくは、ありませんか……？」

「……そうだな。たったこれっぽっちの味見では、肝心の味も解らぬからな」

我輩とウルスラは、ソファーの上でグッタリしているショータを見て、お互い同時に生唾を飲む。

少し幼くなり、その分チンポが成長したショータ。

いずれこの幼子の身体を隅から隅まで味わえる日が来るのを楽しみにしつつ、今はまだ少しつまみ食いするだけに留めるとしよう。

「……では、まずはツヴァイ《ダブル》パイズリから、ですわ♡」

「うむ……その後はツヴァイ《ダブル》フェラチオで搾り取ってくれよう♡」

我輩達の味見は、まだ始まったばかりなのだ。


【ヒルデガルド、降臨（しただけ）】


ヴァルハラ・オティンティン館の閉館時間に合わせて、童女姿の妾は館長室を訪れる。

そこには妾の腹心であるウルスラと、妾の刎頸《ふんけい》の友である大賢者ドロテアが居た。

ちなみにフンケーとは、その者の為ならばたとえ首をはねられようと惜しむ事は無いという程の間柄の事なのじゃ。博識な妾。

今日は確か例の物をショータに授ける日じゃったの。

どのような顛末になったのかは、これからじっくり聞くとするのじゃ。

「よ、やっとるかの？」

「あぁ、いらっしゃいませヒルデガルド様」

「来たか。経過は上々だったぞ」

ウルスラとドロテアの満足そうな笑みを見て、やはり此奴らに任せて間違い無かったと安堵した。

「ま、その辺は夕餉を食いながら聞くとするかや。すまぬがホットケーキを持って来てくりゃれ。メープルシロップはマシマシじゃぞ？　その後デザートでプリンじゃ。カラメルソースはマシマシで！」

焼きたて熱々のホットケーキとよく冷えたプリンの味を思い出し、溢れるヨダレを抑えられぬ妾。

「ウルスラもドロテアも今日はご苦労じゃったの。ささ、まずはホットケーキを食え！　妾の奢りじゃい！」

「あ、いえ……私達はもう……ケプッ」

「生憎と我輩も腹いっぱいでな……ウプッ」

？？？

何じゃ付き合いの悪い。

フーン、いーもんいーもん。妾だけホットケーキをたらふく食うのじゃ。

後で欲しいと言ってもあげないのじゃ！


【シャルロッテ、翻弄される】


……遅い！

もう閉館時間はとっくに過ぎてんのに、ショータはまだ帰って来ないのかよ！

せっかく『地』への昇格祝いの為に、新しい部屋を掃除して待ってるってのに。

部屋も少し広くなって、ベッドも大きくなったんだよなぁ。

今日はお疲れ様のねっとりフェラから始まって、朝まで裸でイチャイチャモードのつもりなのに……始まりが躓くとイライラするんだよアタイは！

その時、扉の開く音が聞こえた。

やっと帰って来やがったか……遅いぞショータ！

って……え？　誰？

そこにはアタイの知らないガキが居た。

男娼にしちゃあ随分と幼くて……全裸で腰にシーツか何かを巻いただけの姿。

全身至るところにキスマークや口紅の跡があるその黒髪黒目のガキはヒックヒックと泣きながらアタイの方へと歩み寄る。

……おい、まさか？

黒髪で黒目、幼くなっちゃいるけどアタイのよく知ってる顔立ち……。

そして歩いている途中で腰のシーツがバサッと落ちて、そこから現れたのは……。

って、デカっ⁉

アタイの知ってるそれより更にデカっ！

ショータのが13センチだとすると、ソイツのは約三割増しの約17センチになってる！

アタイがワケ解んなくなってると、そのガキは……。

「うっ……グスッ……シャルざあああああんっ‼」

と泣き叫んでアタイの胸に飛び込んで来た！

咄嗟の事で避けきれず、アタイはそのガキ諸共ベッドに倒れ込む。

「うおっ、ちょ、待て！　っつーか、ショータか⁉　ど、どうしたんだその姿は⁉」

「シャルさぁん……シャルさぁん！」

そのショータと思われるガキは、いきなりアタイの唇を奪いやがった！

「んむっ!?　むぅっ……あむっ……ぷあっ♡　はぷっ♡

えぅっ♡」

間違いねぇ。コイツはショータだ。

ショータ以外にこんなエロいキスの出来る男を、アタイは他に知らない。

だってほら……ショータとキスするだけで、アタイのオマ○コはしっとりといい感じに濡れやがるんだ。

「シャルさぁん……僕とセックスしてぇ……フェラチオもパイズリもよかったけどぉ……僕やっぱりセックスしたいよぉ……！」

ショータはそう言って、キスしながらアタイの胸を揉みつつ、足で器用にアタイのパンツを脱がす。

そしてそのままアタイのオマ○コにチンポを当てて……。

ちょ、待っ……いきなり!?

ズニュウウウウウッ！

「ひぎいいいいいいいい!?」

おっきいいいいい！

しゅごっ……息……できな……はがっ♡

お、おい……ま、待て……今動かれたら……アタイ……。

「んほおおおおおおお♡♡♡」

◇◆◇◆◇

チュンチュン、チュンチュン♪
「んーっ♪　あースッキリしたぁ♡」
は……はひ……♡♡♡
よ、夜通しぶっ続けとか……♡
この小さな身体の、どこに、こんな……♡
さ、三回から先は……覚えてねぇし……♡
はは、は……腰の震え……止まんねぇや……♡
全身精液まみれにされて……オマ○コの中にも、たっぷり出されて……入りきらなかった精液がゴボゴボって……♡
「あ、もう朝ご飯食べに行かなきゃ。シャルさんも早くしないと遅刻だよ？」
「あ、アタイは……今日……休み、だから……」
「え？　そうなの？　じゃあ僕は食堂行ってそのまま仕事に行くから」
そう言ってイソイソと着替え終えたショータは、クタクタになったアタイの所まで来て……。
「……ありがとうシャルさん、愛してるよ♡」
って、アタイの頬にチューして、赤い顔のままで部屋を飛び出した。

……っつーか、アイツずっとあのままなのか？

って事ァ、この先のセックスも……あんな……？

は、はは、はははは……

……マジの天国かよぉ♡♡♡

これからのショータとの生活が幸多いものになると確信して、アタイはそのまま泥みてぇな深い眠りに落ちた。

四章　褐色のお姫様を守りたい！

「何か新しい甘味は無いのかや？」

開口一番、ヒルダちゃんがそう言った。

今の時間は本来なら僕は『地』の控え室でお客様に指名されるのを待ってなきゃいけないんだけど、突然館長室に呼び出されて、僕はシャルさんと一緒に地下へと向かう。

待っていたのはヒルダちゃんとメル姉、そしてウルスラさんだった。

ヒルダちゃんとメル姉が一緒に居るって事に僕はちょっと不審な顔をしてしまったのか、メル姉が説明してくれる。

「私はこの度、ヒルダ様の側付を命じられてな。外出の際はこうして随行しているのだ」

え？　そうなの？

でもメル姉って確か、近衛騎士とかじゃなかったっけ？

帝国に仕えてるメル姉がボディーガードするくらいの人って事は……もしかしてヒルダちゃんってスゴい重要人物とか？

「ま、その辺は追々語ってやろうぞ。女は謎めいておるくらいが丁度いいモテポインツなのじゃ」

と、ヒルダちゃんはケヒヒッとイタズラっぽく笑う。

そんなトコも相まって、小悪魔的な魅力に満ち溢れてる将来の僕の御主人様なのでした。

「しかしまぁ……見事に縮んだのぉ？」

そう言ってソファーからピョンッと立ち上がったヒルダちゃんは、トテトテと僕の方へと歩いて来る。

そして僕の目の前まで来て、背比べをする。

「ん～……ケヒヒッ♪　ちょっとだけ妾の方が背が高いのぉ？　すっかりおチビちゃんになってしもぅて……めんこいのぉ♡」

「さ、三年後には元の背丈に戻るんだからね？　僕の方がお兄さんなんだから、子供扱いは止めてよね」

「おぉ、そうかそうか。じゃが今は妾の方がお姉ちゃんじゃぞ？　よしよし、イイ子イイ子～なのじゃ♡」

ヒルダちゃんに頭を撫でられてる間も、僕はその手を振り払う事が出来なかった。

至近距離で見るヒルダちゃんの顔は、幼いながらもとても綺麗で。

ヘビやトカゲを思わせる金色の瞳が、とても神秘的で。

僕の身体にピッタリと密着させてる赤いミニチャイナドレスに包まれた細い身体がとても魅力的で。

僕はヒルダちゃんと目を合わせられないくらいドギマギしてた。

だから僕は落ち着きを取り戻そうとして、話題を変える事にした。

「あ、あの……それよりさ、ヒルダちゃんには話しておかなきゃならない事があって……」

「ん？　何じゃ？　申してみよ」

僕は隣に居るシャルさんをチラッと見る。

シャルさんは少し青い顔をして、小刻みに震えてるみたいだ。

止ん事無い家柄のヒルダちゃんを前にして、緊張してるのかな？

大丈夫だよ。いざとなったら僕が守るからね。

「えっとね、三年後に僕がヒルダちゃんの所に行く時に、このシャルロッテさんを一緒に連れて行きたいんだけど……いいかな？」

僕がそう言うと、ヒルダちゃんはシャルさんを正面からジッと見る。

それだけなのに、シャルさんは蛇に睨まれたカエルみたいに顔からダラダラと汗を流してる。

今日ってそんなに暑かったっけ？

「……別に妾は構わぬ。どうせショータの身の回りの世話をするのなら、少しでも気心の知れた者の方が良いじゃろうからの。ま、ウルスラがいいと言えばよかろうなのじゃ」

「私にも特に問題はありませんわ。シャルロッテ、ヒルダ様の期待とショータ君の信頼を裏切らないよう努めるのですよ？」

「は、はいっ！」

やった！　ヒルダちゃんが許してくれた！

シャルさんはウルウルと目に涙を溜めて、僕にギュッと抱きついた。

僕もシャルさんと離れずに済んだから、やっぱりウルウル来ちゃって。

「やったよぉ……アタイ、これからもショータと一緒に居られるんだぁ……グスッ」

「うん……僕達はずっと一緒だよ……ヒック」

僕らは泣きながら抱き合った。

喜びと、安心と、愛しさと切なさと心強さとが混ざり合って、やがて僕とシャルさんの唇はゆっくりと近づいて……。

「……あー、うぉっほん！」

あ。

見ると、ヒルダちゃんはニヤニヤと、ウルスラさんはニッコリと、そしてメル姉は何だかムッとした様子で僕とシャルさんを見ていた。

「まぁ嬉しいのは解らんではないが、さすがに未来の御主人様の前でイチャつかれるのは敵わんのぉ？」

「も、ももも申し訳ございません‼」

顔を真っ赤にしたシャルさんが、僕から五メートルは離れた所に飛び退いてしまった。

むぅ……あの流れは絶対に幸せなキスで終わるハズだったのにぃ。

でもメル姉のご機嫌が斜めになっちゃったみたいだから、後でちゃんとお話をしなきゃ。


「とーこーろーでー、新しい甘味は無いのかと聞いておるのじゃーがー？」

あ、そう言えばそんな事言ってたねぇ。

「お主の作ったプリンもホットケーキも確かに美味じゃし、いくら食ぅても飽きぬのも確かじゃ。じゃがそろそろ新作をお披露目してもよい頃合いではないかの？　の？」

何か……スゴい期待した目を向けられている……。

当然僕も、あれから色々試行錯誤はしてるワケで。

でもこの帝都では、お菓子に使える材料があまり見つからない。砂糖とか蜂蜜とか、よく解らない果物とかはあるけど。

日本での知識を基に作ろうとしても、あれが無いわこれが無いわで断念するしか無いんだよね。

特に僕が今お菓子作りに最も必要としてる物が、未だに見つかってないんだよ。

それは、生クリームとバターだ。

どっちもお菓子作りの基礎となる材料だし、それがあるのと無いのとではまさに天地の差だ。

え？　ベーキングパウダーの時みたいに作ればいいじゃないかって？

それが出来たらやってるよ……でも僕の知ってる作り方では、生クリームを作るのにはバターが、バターを作るのには生クリームが必要なんだ。

八方塞がりだよ！

生クリームを作りたいのにバターが無くて、バターを作りたくても生クリームが無いんだよ！

何だよこの状況は⁉

オー・ヘンリーの『賢者の贈り物』かよ⁉

……ちょっと違うか。

まぁ無い物ねだりをしても仕方ないんで、僕は出来る事をやるだけ。

でもまだこれはって物が出来てないし、さすがに僕も知ってるレシピはそんなに無いんだ。

日本みたいにスーパーに売ってるワケでも無いからね。

でも、お菓子とは呼べないけど、ヒルダちゃんの喜びそうな物はもう作れてるんだけどね。

「新しいお菓子はまだ出来てないけど、ヒルダちゃんの大好きなホットケーキをより美味しくする物は出来たよ。試食してみる？」

「なぬっ⁉　ホットケーキをより美味しくじゃと⁉　それは真か⁉　嘘ついたら針千本刺すぞ⁉」

刺すの⁉　それってただ痛いだけじゃん！

あ、ヒルダちゃんだけじゃなく、ウルスラさんやメル姉まで期待を込めた眼差しを向けてる。

じゃあその期待に応えられるかどうかは解らないけど、お菓子作りの基本中の基本、砂糖・卵・牛乳の妙をお見せしましょう。

僕は厨房でチャチャッと用意した、二つのボウルに入ったそれぞれのある物をヒルダちゃん達に見せる。

片方のボウルには白くてフワフワしている物が。

もう片方には黄色くてネットリしてる物が入ってる。

この場に居る僕を除いた全員が、初めてそれを見るみたいでキョトンとした顔をしている。

「こっちの白いのはメレンゲ。こっちの黄色いのはカスタードクリーム。どっちもニャー鳥の卵から出来てるんだ」

僕がそう説明すると、みんな不思議そうな顔でそれぞれのボウルを見つめる。

「不思議ですね……どちらも同じ卵から出来ているのに、見た目がこんなにも違うのは何故なんですか？」

と、ウルスラさんが尋ねる。

他のみんなもウンウンと頷いてるのを見ると、同じ疑問を感じてたみたいだね。

ならば説明しよう！

「それは、卵を卵白と卵黄に分けてるからですよ」

メレンゲは卵白と砂糖とほんのちょっとの塩を、根気よくかき混ぜる事で出来る。

カスタードは卵黄と砂糖とギウニーの果汁と小麦粉を混ぜて、レンジでチンすれば完成。

レンジっぽいのは魔法で動く似たヤツがあった。

さすが異世界！

「わざわざ卵を白身と黄身に分けるのか？　よくもまぁそんな面倒な事が出来るものだ……さすが私の弟だな」

と言ってメル姉が僕の頭を撫でる。

えぇ……そんな事で褒められてもなぁ。ちょっと複雑。

「とりあえず、この二つがどんな味なのか気になるでしょ？　じゃあまずは味見してみて」

僕はみんなにスプーンを手渡して、まずはメレンゲから試食させる。

「んぉっ⁉　これはアッサリしておるが実にまろやかなの

じゃ！」

「まぁ……舌の上でシュワッと溶ける軽やかな口当たりが、とても面白いですわ」

「泡のような見た目通りの舌触りだが、口の中にしっかりとした甘味が残り、いくらでも食べたくなってしまうな」

「うまっ！　甘くてうまっ！」


次にカスタードクリームを試食。

「おほっ♪　こっちは濃厚でドッシリした味じゃのぉ！」

「本当に……メレンゲと違って口の中でしっかりと自己主張しているのに、全く嫌みの無い鮮やかな味です」

「どちらかと言えば、こちらの方がニャー鳥の卵の味わいを感じられるな。まろやかでコクのある舌触りが最高だ」

「うっひゃぁ！　こりゃうまいわ！　あんめぇ～！」

良かった。どっちも高評価みたいだ。

そして、その二つを使って作ったのが、こちらです！

「ジャッジャァ～ン♪　パンケーキのカスタードクリーム添え～！」

お皿に乗っているのは、さっき厨房で焼いて来たパンケーキ。

その上にカスタードクリームを乗せたものをみんなに差し出す。


「パンケーキとな？　ホットケーキとは違うのかゃ？」

とヒルダちゃんが尋ねる。

うん、見た目はほぼホットケーキと変わりは無いね。

でも、これはホットケーキの材料にメレンゲを加えて出来たお菓子なんだ。

古来からホットケーキを更にフワフワにする為、先人達はあらゆる知恵を搾って来た。

そしてヨーグルトやマヨネーズ、果ては豆腐を混ぜたりする事で、従来のホットケーキよりもフワフワな食感を生み出す事に成功したんだ。

メレンゲを入れる作り方もその内の一つ。

ちなみにホットケーキって呼び方自体は日本人が生み出した造語だって説があるみたいだね。

「ま、口で説明するより実際に食べてみた方が早いよ。どうぞ召し上がれ♪」

と言って僕はカスタードクリームが塗られたパンケーキを切り分ける。

うん、フワフワした感触がナイフから伝わって来る。

そしてヒルダちゃん、ウルスラさん、メル姉、シャルさんの四人は、パンケーキを刺したフォークをそれぞれ手にして、ゴクリと生唾を飲み込んだ。

ってか前々から思ってたけど、たかだかお菓子を食べるのにどんだけ覚悟が必要なの？

やがて四人はお互いにアイコンタクトを取りながら、一斉にパンケーキを頬張った。

「「「「　!?　」」」」

……あれ？　みんなどしたの？

パンケーキを口に入れたまま固まって……も、もしかして失敗しちゃってた!?

僕が慌ててると、みんなプルプルと小刻みに震えてて……そ、そんなに不味かったの!?

どどどうしよう!?　結構自信あったのにぃ！

「ショータ……お主は……っ」

え？　ヒルダちゃん？

「なんちゅうモンを食わせてくれたんじゃ……なんちゅうモンを……！」

ひ、ヒルダちゃんがパンケーキを咥えたまま泣いてるぅーっ!?

何か生まれ故郷の鮎の天ぷら食べた人みたいになってるんだけどぉー!?

「あぁ……私の身体が喜びに打ち震えている……この天上の甘味に巡り会えた奇跡に……！」

「今ようやく解った……私の人生は……この甘味に巡り合う為にあったのだ！」

「うぅっ……グスッ……うえぇ……おがぁざぁ～ん！」

みんな号泣しながら食べてるぅーっ!?

正気に戻ってー！　それただの砂糖と卵で出来たシンプルなお菓子だよーっ！

「妾が今まで美味だと思っていた甘味など……この真に美味なる甘味と比べるまでもない……これは甘味にして甘味に非ず！　これは最早、至高の芸術品よ！」

あーあー……ヒルダちゃんがおかしなスイッチ入っちゃったよ……お菓子だけに。

「こんな美味い甘味を食ぅてしまっては……妾は……妾はぁっ……うぅぬぬうううううううっっ!!」

あ、あれ？　ヒルダちゃんから何か……赤いオーラが出てるんですけど……？

ってか、ヴァ・ティン館全体が揺れてない？

その異変に気づいたのは僕だけじゃなかったみたいで、泣きながらパンケーキを食べてたウルスラさんとメル姉がハッとなって、次の瞬間にはヒルダちゃんに抱きついてた。

「へ、陛下！　落ち着いてください！　こんな地下で迂闊《うかつ》に『竜の咆哮《ドラゴンハウリング》』を放ってはなりませぬ！」

「ヒルダ様！　お気持ちは察するに余りありますが、ここはどうか堪えてくださいませ！」

何だかよく解らないけど、ヒルダちゃんが何かやろうとしてるのを、メル姉とウルスラさんが必死に止めてる最中みたいだ。

でもそこでヒルダちゃんも思い止まったのか、身体を覆ってた赤いオーラが雲散霧消した。

「ぐうぅっ……すまぬ。思わず取り乱してしもぅたのじゃ……こんなにも妾の心を惑わすとは、ショータめ……何という小悪魔……否、此奴めはもう悪魔じゃ！　甘味の悪魔じゃ！」

酷い言われようだよ。

何だよ甘味の悪魔って。虫歯菌じゃないか。

「お、お主のような悪魔は……悪魔は……こうしてくれるわあああああああっ‼」

え？　な、なに？

僕が戸惑う間も無く、ヒルダちゃんは僕に向かってその小さな身体をダイブさせた！

普段の僕なら何とか受け止められたかも知れないけど、今の僕はか弱いDSボディーだから、ヒルダちゃんの勢いを受け止められず、そのまま後ろに倒れ込んじゃって。

「此奴め！　此奴め！　お主のような悪い悪魔は、妾が退治してくれるわ！　こうやって！　こうやってじゃあぁっ！　んっ♡　んっんっ♡　ん〜っ♡♡♡」

うわっ⁉　ちょ、ヒルダちゃん⁉

仰向けに倒れた僕の身体の上に跨がったヒルダちゃんは、何故か僕の顔にチュッチュチュッチュッチュとキスの雨を降らせてる。

ヒルダちゃんの体温と柔らかさが直接伝わって、僕は慌てふためく。

でもヒルダちゃんはこの小さくて細い身体のどこにこんなチカラがあるんだってくらい、僕の身体をギュッと抱き締めて離してくれないんだ。

だから僕はアタフタしながらも、ヒルダちゃんのキスに抵抗出来なくて。

「グヘへへ……ショータよ、やはり妾が睨んだ通りお主は甘味の悪魔よ……じゃって、ほらぁ♡　どこもかしこもこぉんなに甘いぞよぉ♡」

頬っぺた3の唇7の割合で激しくブッチュブッチュベロンベロンされて、でも逃げる事も出来なくて。

「ちょ、まっ……んんっ♡　ぷあっ！　だ、誰か助けてぇっ！」

でもウルスラさんは僕達を無視してパンケーキに夢中で。

メル姉は止めたがってはいるものの、雇い主に面と向かって逆らえないみたいでオロオロしてて。

シャルさんはシャルさんで、僕のパンケーキを食べた事で何か思うところがあったのか、膝から崩れ落ちてオイオ

イ泣いてて。

結局僕はヒルダちゃんが満足するまでの約十分間、されるがままになってるしか無かったワケで。

最後の方はキスと言うよりはベロベロと舐められて、顔面ヨダレまみれだった。

……もうお菓子作りやめよっかなぁ。


でも僕はこの時はまだ知らなかった。

メレンゲとカスタード、同じ卵から作られているのに見た目も味も食感もまるで違うこのお菓子みたいな、そんな二人に出会う事なんて。

ま、顔をヨダレでベタベタにされながら、それに興奮してオチンチンおっきしてる時に格好つけてもねぇ。


【マルグリット、大いに怒る】


「一体どういう事やの!?　説明しぃや！」

ウチは値の張りそうなテーブルをバンッと叩いて、目の前の美男に向かって抗議する。

テーブルに乗せられたお高そうなティーカップのセットがガチャンと跳ねる。割ったら弁償せなアカンのやろな。

せやけど今はそんなんどうでもエエねん！


「ミハエル様！　私達に何か落ち度でもあったのですか!?」

ウチの隣で同じく大声で詰め寄ってるんは、ウチの自慢の姉ちゃんや。

ウチと違っておしとやかで、おっとりしたイング姉ちゃんがこんなにも取り乱すやなんて、尋常な事やない。

そんな尋常やない事を、目の前の美男は言ぅたんや！

「フゥ……だから先程も申しました通り、もうアナタ達姉妹と会う事は出来ないのですよ。そしてイングリット様、もうアナタと契る事は叶いません。まぁこれも仕方ない事かと」

ウチらの怒りをよそに、この美男子……ミハエルは優雅に茶をしばいとる。

「せやから理由を教えろ言ぅとんねん！　そんなん言われてハイそうですかって納得出来るか！　アンタはウチとこの王家が身請けするっちゅう事でナシついてんねんぞ!?」

そう。このミハエルは帝都唯一にして最大の男娼館、ヴァルハラ・オティンティン館のナンバーワン男娼や。

その美貌に惚れ込んで、ウチとイング姉ちゃんが足繁く通って早二年。

ミハエルが順調に出世を重ねて、今や最高ランクの『神』にまでなったのも、ウチらの後押しがあればこそやと思うとる。

　あと一年で身請け解禁となった時、オカンとも相談したウチらはこのミハエルを身請けする決意を固めた。

　イング姉ちゃんに甘いオカンは、イング姉ちゃんが惚れ込んどるこのミハエルを身請けして、イング姉ちゃんの婿にする事を許してくれた。

　まぁ多分オカンもミハエルをつまみ食いしたいと思てんねやろうけど。

　そして身請けまであと半年っちゅうこのタイミングで、ミハエルが突然トチ狂った事をぬかしよった。

　イング姉ちゃんとはパコられへんって、どういう事やねんコラァ！

「実は、アナタ方よりも高額の申し出がありましてね。悩んだ末にそちらへ身請けされる事になりました。なので残りの半年間その方に操《みさお》を立てる意味でも、他のお客様の御指名は全てお断りさせて頂いているのですよ」

「なっ……!?」

　嘘やろ……そんな理由で？

　コイツ……阿呆と違うか!?

「で、ですが……ミハエル様の身請けの為に、我が熱砂王家は金貨二千枚を出すというお話になっていたハズです！　それなのに、いきなりそれ以上出される方が居るからと言ってそちらに傾かれるとは、いささか不義理が過ぎるのではありませんか!?」

　イング姉ちゃんが半ベソかきながらミハエルに詰め寄る。

　せや。ミハエルを身請けするいう話は、もう一年前から決まっとったし、このヴァルハラ・オティンティン館の館長はんもそれに同意してたハズや。

　それをいきなりウチらより高値を出すから言うて、ホイホイそっちに行くって……ウチらの面子《メンツ》はどないなんねん!?

　そんなん熱砂王家の女王であるオカンの顔にも泥を塗る事になんねんで!?

　ウチらの真っ当な抗議に、ミハエルはやれやれとでも言わんばかりに首を振る。

　そして今まで見せた事の無い、ウチらを小馬鹿にしたような顔で言う。

「実はですねぇ……以前からアナタ達の他に僕を身請けしたいと言っている方は何人も居まして。ですが熱砂王家の名前を出したら皆さん引き下がりましてね」

　当然やろ。竜神帝国広し言ぅても、正面切ってウチら熱砂王家に楯突くような阿呆は居てないわ。

　旧熱砂王国から独自のルートで売りさばく香辛料やカーフィー豆の商いで、ウチらの家には金は仰山ある。

そこらの木っ端貴族やチンケな商人なんぞでは、ウチらに睨まれただけでおとなしゅうなるわ。

そんなウチらガツバつけたミハエルを横取りしようなんて、言わば喧嘩を吹っ掛けられてるようなモンや。

どこのどいつか知らんけど、エエ度胸しとるわホンマに！

「ですが今回僕を身請けしたいとおっしゃる方が……その……法皇猊下でして」

ほ、ほうおう……げいか？

法皇って……あの法皇がいな？

竜神帝国の国教である、黒竜教の？

「予《かね》てより、猊下は御息女であるフローラ様と僕との婚姻を望まれていて、先日金貨五千枚での身請けの打診がありました。僕としても熱砂王家からのアプローチもあるので、軽々に返答は出来ないと申し上げたのですが……それならばと猊下は直接熱砂の女王と話し合われるとかで……今頃会談の途中ではないでしょうか？」

ご、五千枚……？

ウチは目の前が真っ暗になってしもうた。

イング姉ちゃんも、真っ青な顔で椅子に座り込んでもぅてる。

金額の事もそうやけど、相手が法皇なんがアカン。

この帝都には、たとえ旧王家のモンでさえも逆らってはアカン人らがおる。

現皇帝のアンネリーゼ様、先の皇帝ヒルデガルド様、宰相である大賢者ドロテア様。

そして、法皇のカサンドラ様や。

如何にチカラのある貴族や商人、果ては将軍や尚書といえども、この四人に逆らったら帝都では……否、このエルヴァーン大陸では生きて行かれへんようになる。一体どんな目に遭わされるか……！

そんなお人が、よりにもよってミハエルを身請けするやて……？

こんなん……勝ち目あらへんやん……！

オカンから聞いた話やと、ミハエルを身請けする可能性のあるヒルデガルド陛下はミハエルには食指を動かしてへんて言ぅとった。

アンネリーゼ様は男娼遊びには興味を示さず、ドロテア様も随分と昔に男遊びは卒業されとるみたいやった。

せやけど最後に残った法皇が、まさかこのタイミングで仕掛けて来よったなんて！

普段はイケイケのオカンも、法皇が直で出張って来たらそら従うしかないやんか！

「そ、それではミハエル様は……法皇猊下の御息女と結婚されるという事なのですか!?」

アカン。イング姉ちゃんが取り乱しとる。

せやけど無理も無い。一年前からイング姉ちゃんはミハエルを婿にする日を指折り数えて待っとったんや。

それやのに……あとたった半年やのに、その夢を引き裂かれたんや。

それも、自分よりも遥かに権力を持つ女に。

「そんなのってあんまりです！　私はミハエル様と結ばれる日を夢見て、今まで清い身体のままでいたのに！　それなのに……！」

泣いとる……普段は弱音一つ吐かず、妹のウチにさえ涙のひと粒も見せへんイング姉ちゃんが……！

「……こんなん納得でけへん！　ミハエルかて、イング姉ちゃんとの結婚を心待ちにしてる言うてたやんか！　なのに、いきなりそんなん言われて、ウチらが引き下がるとでも思てんのんか!?」

ウチはミハエルに訴えた。

週に一度だけ、ミハエルを朝から晩まで独占出来る日の、ウチとイング姉ちゃんの満たされた日々を。

ミハエルの優しい笑顔、優しい声、優しい眼差し……それがいきなり、全部他の女に奪われるやなんて！

商売男にここまで入れあげるウチらが阿呆なんかも知れへん。

せやけど惚れてしもたんやから仕方ないやろ！

二十歳になるイング姉ちゃんも、もうすぐ成人になるウチも、ついでに男日照りの三十四歳のオカンも、みんなミハエルと生パコ出来る日を待ってんのに！

何とかミハエルに心変わりしてもらえるよう、ウチとイング姉ちゃんの説得は続く。

たとえ相手が法皇猊下やとしても、そう簡単にミハエルみたいな奇跡の美男を諦められへん！

するとミハエルは重々しいため息を吐きながら、ウチらにこう答えた。

……ウチらは絶対に忘れへん。

信じてた男に、絶望のドン底に叩き落とされた今日という日の事を。

「……鬱陶しいんだよ君達は。そうやって泣いて縋《すが》れば僕が心変わりするとでも思ってるのか？　甘いんだよ。そもそもこの僕が、君達のような薄汚れたドス黒い肌の女と本気で結婚するとでも思ってたのか？」

「……え？」

……何やて？

何を言うてるん？

ウチもイング姉ちゃんも、突然豹変《ひょうへん》したミハエルが信じられへんくて、固まってしもうた。

せやけどそんなウチらに、ミハエルは更なる追い討ちをかける。

「おや、もしかして僕のおべんちゃらを真に受けちゃってたのかな？　綺麗だよ、とか美しいね、とか？　本気なワケが無いだろう！　美しいと言うのは僕のこの雪のような白い肌の事を言うんだ。君達熱砂の民のような泥を塗りたくった黒い肌の女なんか、吐き気がするよ！」

ミハエルの美貌には、この二年間でウチらがまったく見た事のない表情が貼り付けられとった。

それは侮蔑と、嫌悪と、嘲笑や。

「そんな薄汚い黒い肌の女の所に輿入れなんかするハズ無いって、少し考えれば解るだろ？　まぁでもそんな僕に法皇猊下の娘との結婚が持ち上がったのは当然だよ。女はみんな、この僕の美しさを放っておけないんだからね。その娘はまだ成人前のガキみたいだけど、まぁその方が何かと手懐け易いよね」

そう言って下卑た笑いを浮かべるミハエル……うぅん、今ウチらの目の前に居るんは、ウチらの知らん男や。

「そういう事だから、恨むならこの僕にたった金貨二千枚しか出さなかった君達の母親を恨みなよ。まぁたとえ金貨五千枚出せたとしても、僕は法皇猊下のお話を受けただろうけどね。そりゃあ法皇と旧熱砂王国とじゃ、格が違い過ぎるもの！　上手く行けば僕は法皇の血族になって、この竜神帝国で確たる権力を自由に行使出来る身分になれるんだからさぁ！」

下卑た笑い顔のまま、ミハエルは心底嬉しそうに捲し立てた。

ウチとイング姉ちゃんは、血の気の引いた顔でそれを聞かされる羽目になる。

「じゃあ君達とは今日でサヨナラだ。もう二度と会う事も無いんじゃないかな？　まぁこのヴァルハラ・オティンティン館には僕に遠く及ばないとは言え、まだ綺麗な男娼はいくらでも居るし、そこから次の婿探しでもするといいよ。でも、君達みたいな汚い肌の女を好きになってくれる男が居るとは思えないけどね」

汚い肌……薄汚れた黒い肌……。

ウチら熱砂の民が、竜神帝国の男達に何度も言われた言葉や。

灼熱の太陽に照らされたウチらの先祖伝来の土地を離れ、帝都で暮らすようになってもこの黒い肌は代々受け継がれて来たんや。

それこそ呪いのように……。

でもミハエルはウチらのような熱砂の民特有の黒い肌に対しても何も言わへんかった。

珍しいけど、綺麗ですねって言うてくれた。

その言葉を信じて、この人を婿にしよう、この人を幸せにしようって、ウチとイング姉ちゃんは固く誓ったのに……。

それが……全部嘘やったなんて……！

ガタンッ！

大きな音に振り向くと、イング姉ちゃんが椅子から床に倒れとる！

「イング姉ちゃん!?　大丈夫か!?　しっかりしぃや!!」

アカン！　貧血を起こしたんや！

仕方ないわ。今まで信じてた男に、あんな酷い事を言われたんやから！

でも当のミハエルは、そんなイング姉ちゃんを心配するどころか……。

「フン、そんな所で寝転がらないでくれるかい？　僕の部屋の床が汚れるじゃないか。おい用心棒共！　話は終わりだ。この女達にはお引き取り頂け。このままここに居座られたら空気まで汚れそうだ」

そう言ってミハエルは、胸元から白いハンカチを取り出して口元を覆う。

それを見た瞬間、ウチの心はあっという間にミハエルへの殺意で満たされた。

美しかったら……綺麗やったら……何をやっても許されるんか？

こんな酷い裏切りも、心無い罵倒も、人の尊厳を踏み躙るんも、全て許されるんか!?

せやけどウチがミハエルに飛び掛かろうとした瞬間、ヴァルハラ・オティンティン館の用心棒の女達が、ウチを止めよった！

「何人たりともミハエル様への手出しは許さん……！」

くっ、この！　灰色髪のドワーフ女が馬鹿力でもってウチを羽交い締めにしよる！　離せやコラァ！

「ミハエルゥッ！　この仕打ちは忘れへんで！　お前らのトコの館長にも、厳重に抗議したるからなぁ！」

「ハハッ。何を言うかと思えば……そんなの館長が知らないハズが無いじゃないか。猊下と君達の母親との会談には、館長も参加してるよ。言わば僕の言葉は館長の言葉だと受け取ってもらって構わないよ」

ウチは血が出る程強く唇を噛み締める。

視線で人が射殺せるならと、強く願った。

「まったく……この二年間、いつ君達が獣のように僕に襲い掛からないかと不安で仕方無かったけど、これでようやくその心労から解放されるワケだよ。君達なんかに抱かれたら、僕のこの美しい白い肌が黒くなっていたかも知れないと思うと、ゾッとするよ」

「ミハエル！　許さへんからなぁ！　たとえ黒竜様が許しても、ウチはお前のした事を絶対に許さへんで！　いつかお前のオチンチン食い千切ってメスオークに食わしたらぁアホボケカスぅっ！」

ウチはドワーフ女に引き摺られながら、イング姉ちゃんは気を失ったまま用心棒に背負われてミハエルの部屋から退室させられた。

背中にミハエルのせせら笑いを受けながら……。


【イングリット、目を覚ます】


私が目を覚ました時には、もうミハエル様は居なかった。

どこか知らない粗末な部屋のベッドに寝かされていた。

周りには誰も居ない。

ミハエル様も、妹のマールも、用心棒の皆さんも。

もしかしてあれは夢だったのでは……私はミハエル様に言われた言葉を思い出す。

そうだ。ミハエル様があんな酷い事を言うハズが無いのだわ。

全部夢なのよ。ミハエル様の心変わりも、法皇猊下の御息女への輿入れも……全部……。

そう願いたい。そう信じたい。

でも、私の目からは涙がポロポロと溢れて止まらない。

夢であれば……よかったのに……。

全てが嘘だったのだ。

ミハエル様も、心の中では馬鹿な女だと笑っていたに違いない。

甘い言葉を信じて、結婚するまでは清い身体で居てくださいと言ってくれたのも、本当はこの黒く穢れた身体に触れたくなかっただけ……。

死にたい。

こんな仕打ちを受けて、おめおめと生きていたくない。

ミハエル様と結ばれないのなら、生きている意味なんて無い……。

私はベッドから離れ、フラフラと扉の方へ向かう。

そして扉を開けた先にも誰も居ないのを確認すると、そのまま彷徨い歩く。

私に相応しい死に場所を求めて……。


【ショータ、暇を持て余す】

今日は暇だなぁ……ってかいつもこんな感じだけど。

土曜日のメル姉と、月曜日のグレーテルさん以外に、僕を指名してくれる新しいお客様が居ないんだよね。

顔見知りになって挨拶してくれる人は居るんだけど、その人達が僕を指名してくれる事は無くて。

やっぱ同じ料金なら、カワイイ男の子を買うよねぇ。

オマケに僕は『竜の血』の効果でチンチクリンになってるし、それがお客様にも二の足を踏ませる原因になってると思う。

まったく……この姿になってからロクな事が無いよ！

精々シャルさんがチュッチュしてくれる回数が増えたとか、メル姉が添い寝しながら授乳手コキしてくれたとか、グレーテルさんに前より念入りにお尻の穴を舐められるようになったとか、メイドさんやシェフや用心棒のお姉様達にチヤホヤされるようになっただけだよ！

……あれ、スゴい得してる？

でもそろそろ新規のお客様を獲得しないとなぁ……正直今の僕は毎日だってこってり搾り取られたいんだ！

この姿になってから、シャルさんともメル姉ともグレーテルさんともいっぱいエッチしたけど、みんな途中でダウンしちゃうんだ。

最後の方はダッチワイフを抱いてるみたいで（もちろんそんなの抱いた事なんか無いけど）、それはそれで背徳的で気持ち良いけど、やっぱり僕はお姉様と甘々イチャラブしたいんだ！

その為には、一週間全部の曜日で固定客が居る状態にするのが望ましいワケで。

僕は壮大な野望を胸に秘めながら、男娼の控え室で待機してる。

鉄格子の向こうのお客様達は、僕をチラ見はするんだけど、それでも指名してくれそうな雰囲気は無い。

こりゃ今日もハズレかなぁ……と思った僕は、控え室を抜け出して厨房に行く事にする。

本当は営業時間内に持ち場を離れたりするのはダメらしいけど、僕はウルスラさんに自由にしていいからって言われてる。

だから厨房に居るシェフのお姉様達にチヤホヤされながら、新しいお菓子でも開発しようと思う。

そして僕は二階から一階へ降りる階段へと向かう。

だけどその手前の曲がり角で、僕は誰かとぶつかっちゃったんだ。

ポヨンッ。

「きゃっ⁉」

「わぁっ⁉」

と、尻餅をついたのは僕の方で。

今のDSボディーじゃ、誰とぶつかっても当たり負けするんだよね……イテテ。

でも、ぶつかった時に何かとっても柔らかいエアバッグに顔が当たったような……？

「ご、ごめんなさい……大丈夫でしたか？」

と、僕は声のする方を見上げる。

そこには……褐色の天使が居た。

サラサラの銀の髪をポニーテールにして、浅黒い健康的な肌を、布地の少ない……と言うか最小限の布だけで隠してる。

ボンキュッボンを絵に描いたようなダイナマイトボディーのその人は、僕がこの世界で見る初めての褐色巨乳美人お姉様で。

僕はこの出会いに運命を感じたんだ。

そしてオチンチンも密かにおっきしてた。

褐色銀髪ポニテお姉様を見た瞬間、僕は思った。

この人を逃がしてはいけないと。

「あ、アイタタタ！　アシクビヲクジキマシター！」

「えぇっ⁉　だ、大丈夫ですか⁉」

実際痛いのは足よりもお尻だけど、僕はそれを隠してアピールする。

気分は相手ペナルティーエリア内で何とかPKを貰おうとするサッカー選手だ。特に南米のアレみたいに無駄なローリングを繰り返す。

……ちょっと、いやかなり引かれてるっぽいので、痛がるのを止めて普通に接する事にした。

「……ちょっと歩けそうにないんで、肩を貸してもらえませんか？　僕の部屋はすぐそこなので」

「は、はい。解りました」

そう言って僕に寄り添う褐色お姉様の身体からは、何とも言えない素敵な匂いがして。

花の匂いか、果物の匂いかは解らないけど、そんな甘い香りに包まれて、僕はますますそのお姉様に恋をしてしまっていた。

ついでにオチンチンもおっきっきしてる。

そうして僕の部屋まで連れて来てもらって、僕はベッドに座らせてもらった。

褐色お姉様は所在無さげに僕の部屋を見渡してる。

「ありがとうございます。ちょっと休めば大丈夫だと思いますので……えっと、僕は翔太です。一応ここの男娼で、ランクは『地』です」

「あ、はい……えっと、私は……イングリットと申します……ご覧の通り……熱砂の、民です……」

イングリットさんは僕と目を合わせずに、俯きながら自己紹介する。

熱砂の民ってのがどんな人達なのかはよく解らないけど、とりあえず僕のイメージでは砂漠に住んでる褐色の人達って事になった。

それから僕は、立ち話も何ですからとイングリットさんに椅子に座る事を薦める。

イングリットさんはしばらく悩んだ後、チョコンと椅子に座った。

今僕の目の前には、露出度激高の褐色銀髪ダイナマイトバディーお姉様が居る。

こんな美人さんと御近づきになれるチャンスなんて滅多に無い。何としても距離を縮めないと！

「イングリットさんはおいくつなんですか？」

「わ、私ですか？　今年で二十歳になります……」

二十歳かぁ……童顔だから年齢より幼い印象がある。

身体はすっかり大人ですけどねグヘへへ。

「ちなみに僕は……こっち《異世界》で言うところの成人ってやつです」

「え、えぇっ!?　マールと同い年なのですか!?」

驚かれた。マールっていうのはイングリットさんの知り合いかな？

そら異世界での普通の成人さんと比べられちゃうと、こんなチンチクリンな僕が今の見た目ではDCには見えないよなぁ……。

「ちょっと事情があって、人より成長が遅いんです。ちなみに僕の特技はお菓子作りです。出来れば今度、イングリットさんに僕の手作りのお菓子を召し上がって欲しいです」

「え、あ、はい……わ、私の特技は……う、占い、です」

へぇ、占いかぁ。

あれでしょ？　水晶玉とか使ったりとか？

丁度この部屋には監視玉があるから、あれを水晶玉代わりにして占えないかな？

「占いですかぁ。じゃあ僕の恋愛運も占ってもらおっかな～なんてね」

「……ウフフ、じゃあショータさんの手作りお菓子を食べさせてくれたら、お礼に占ってあげますね♪」

あ……イングリットさんが笑った。

よかった。ずっと暗いっていうか、沈みがちな表情だったから、心配してたんだよね。

「……もし本当に占ってくれるなら、僕とイングリットさんの相性が知りたいですね」

「……え？」

「僕、イングリットさんみたいな綺麗な人と出会えてラッキーだと思ってます。だから、イングリットさんと僕はどこまで深い仲になれるのか、是非占って欲しいんです」

ちょっと場の空気が和んだから、僕はここぞとばかりにイングリットさんにアプローチしてみる。

だってイングリットさんは美人で、笑顔が素敵で、褐色で、超ダイナマイトバディーで。

僕が惹かれない理由が無いくらい完璧な女性だから。

ここでただのお知り合いのままで終わりたくないから。

だから僕は、ちょっと焦り過ぎかも知れないけど、イングリットさんともっともっと御近づきになりたかったんだ。

でも、イングリットさんの反応は、僕の想像以上に冷たくて……。

「か、からかわないでください……私のような熱砂の民を弄んで、何が楽しいのですか？」

イングリットさんはキッと僕を睨む。

その綺麗な銀色の瞳は、じわっと涙ぐんでいて。

イングリットさんは、ハッキリと僕を拒絶していた。

「か……からかってなんかいないし、弄ぶつもりも無いです。僕は、イングリットさんに一目惚れしちゃいました」

だから僕は真剣に答える。

茶化したりせず、自分の気持ちを正直に伝える。

少しでも誤解を生む隙を与えず、僕の好意をイングリットさんに知ってほしいから。

「嘘です！　私なんかを好きになってくれる殿方なんて居るハズがありません！　ましてや竜神帝国の殿方なんかに一目惚れされるなんて！」

「僕は竜神帝国の生まれじゃありませんし、イングリットさんを好きになったのは本当です。出会ったばかりだけど、アナタの事をもっと知りたいんです」

「馬鹿な事を言わないでください！　私のこの黒い肌を！　醜く弛《た》るんだ身体を！　心の中では嘲笑《あざわら》っていらっしゃるんでしょう⁉」

「イングリットさんの身体は素敵ですし、肌だってとても綺麗じゃないですか。僕だってこんな黒い髪に黒い目だけど、イングリットさんは僕の事を気持ち悪いとお思いですか？」

「そんな事……でも、でも……私は……私の肌を……あの人は……ひぐっ……うううぅ～っ！」

イングリットさんが泣いちゃった。

両手で顔を覆って、子供みたいに声をあげて泣き出した。

そんなイングリットさんを見て、僕まで悲しくなった。

肌の色が帝国人と違うくらいで、こんな綺麗な人がすっかり自信を無くして泣きじゃくってる。

こんな理不尽な事があっていいんだろうか？

何がこの人をこんなに傷つけてしまったんだろう？

「ヒッ……うえぇ……わ、わらひは……あの人を……ミハエル様を、お慕いしていたのに……幸せにするって、誓ったのに……」

……何だって？

「ミハエル様、が……私の、肌は……薄汚れてて、穢らわしいって……だから私を捨てて、法皇猊下の所へ……私なんか……私なんか生きてる価値はありません！　ミハエル様に捨てられた私は、もう誰からも愛してもらえないんですわ！」

………………。

「私なんかが……夢見てはいけなかったんだわ……ミハエル様と、マールと、母上と……みんなで幸せに笑って暮らせるだなんて……私は馬鹿な女だったのです！　所詮ミハエル様と私とでは最初から釣り合いが取れていなかったのに、それに気づかず舞い上がって！　うあああああああああああああん‼」

ガタッ。

「……イングリットさん、ちょっとだけこの部屋に居てもらってもいいですか？　すぐに戻って来ます。だから、どうかここで待っていてください。お願いします」

僕はテーブルに突っ伏して泣き続けるイングリットさんを置いて、部屋を出ようとする。

本当はイングリットさんを放って行くべきじゃないのかも知れない。

いや、絶対にそばに居なきゃダメだ。そんな事は解ってるハズなのに。

でも、僕はそれでも行かなきゃならない。

この胸を燃やす、猛烈な怒りの火を消す為に。

ミハエル……お前だけは……。

絶対に許さない‼

◇◆◇◆◇

僕は部屋を出てすぐ、肩にモップを担いで歩くメイドさんを見つける。

栗色の髪をした、どこかキツネを思わせるちょっと吊目のクールビューティーなお姉さん。

いつもの僕ならすぐに笑顔で挨拶しつつ、名前と顔を覚えてもらいながらあわよくばもっと親密になれるよう営業活動を始めてるところなんだけど。

でも僕の今の精神状態だと、笑顔を見せる事すら難しくて。

だから僕は真顔で吊目のお姉さんに尋ねた。

「すみません、ミハエルは今どこに居るかご存知ですか？」

「は？　ミハエル？　えーっと、確か今はテラスでお茶して……って、どしたのお前？　何でそんなにコエー顔してんの？　ミハエルに何か用があんのか？　だとしても今は止めといた方がいいぞ。何せ……」

吊目お姉さんの疑問には答えず、僕は大階段を降りて中庭に向かう。

「ちょ、おい？　ミハエルは今大事な客の相手してて……っつーか絶対に失礼があっちゃダメな客なんだぞ⁉　何か問題を起こしたらぜってー面倒な事に……って聞けよ！　ちょ、誰かその黒いガキを止めろぉーっ‼」

吊目お姉さんの叫びを背中に受けながら、僕は中庭へと走り出した。

そして見つけた。

小春日和の中庭で、円卓を囲んでお茶を楽しむ集団を。

そこに居たのは五人。

まずウルスラさん。

それと褐色で赤髪の、イングリットさんよりも布地が少ない、極小ビキニのセクシー美人さん。

それからゆったりとした白い服を着てて、真っ白なローブを着て、頭から白いヴェールをすっぽり被ってる、性別もよく解らない人。

その近くで何か大声で叫んでる、褐色金髪ツインテの、多分僕と年齢が近い女の子。

そして……ミハエル。

ミハエルは仁王立ちしてる女の子に、嫌味ったらしい笑顔を向けている。

どうせロクな事は言ってないんだろうな。

もういいや。

僕はもう頭に来てる。

今までの十何年の人生の中で、こんなに怒った事は無い。

そしてそんなヤツが怒ったら何をするか、ミハエルには身をもって体験してもらおう。

◇◆◇◆◇

僕はまず、ミハエルに向かって全力疾走する。

麗らかな木漏れ日が漏れる木々の中を、猛ダッシュで駆け抜ける。

あと五十メートル、あと三十メートル、あと十メートル。

その時になってようやく、ミハエルは僕に気づいた。

でももう遅いし、ミハエルの反応は鈍重だ。

まだ椅子に座ったまま、ティーカップすら手離してない。

そこまで接近して、ミハエルがプリンを食べてたのも僕の怒りに拍車をかける。

イングリットさんを裏切って、傷つけて、泣かせて。

そんなお前にプリンを食べる資格なんか無い！

「タイガーエルボォオオオオオオオオオオッッ！」

僕は充分に助走をつけたエルボーパットを、ミハエルの呆けた横っ面に思いっきり叩きつけた！

ミハエルの綺麗な顔がグニャッと歪んで、ミハエルと僕は椅子ごと地面に倒れ込む。

「ぶげえぇっ⁉」

ミハエルが豚みたいな悲鳴をあげる。

でも僕は止まらない。

ミハエルと一緒にお茶を嗜んでたお姉様達は、僕の突然の襲撃に反応出来ず、驚いて固まってる。

この機を逃す僕じゃない。

襲撃は迅速に、それでいて効果的に。

気分は悪役レスラーの電撃乱入だ！

ミハエルは僕のエルボーに脳をしこたま揺らされたみたいで、立ち上がって逃げようとしてるけど、まるで生まれたての子鹿みたいに四つん這いになってプルプル震えてる。

僕は満面の笑みでミハエルの背後に回り込んで、ミハエルの両手の間に門を通すようにして腕を組む。

そしてそのまま……ミハエルの身体を引っこ抜く！

「喰らえミハエル！　愛と怒りと哀しみのおぉっ！　タイガースープレックスゥゥッ！」

思ってたよりも軽く持ち上がったミハエルの身体は綺麗なアーチを描いて、そのまま後頭部を芝生にしこたま叩きつけた！

「ぶぎゅるっ⁉」

チッ、芝生じゃなけりゃ確実に致命傷だったのに……悪運が強いヤツめ。

でもミハエルは後頭部を両手で押さえて、足をジタバタさせている。ダメージは深いみたいだ。

チラッとウルスラさん達の方を見ると、ようやく自分達の目の前で公開殺戮ショーが行われてるのを理解したみたいだ。

慌てて立ち上がるウルスラさん、まだポカーンとしてる褐色赤髪お姉様、そして絹を裂いたような悲鳴をあげる白ヴェールの人。声を聞く限りでは女の人みたいだ。

でもごめんなさい。僕の怒りはまだこんなものでは治まらないんだよね。

僕はミハエルの金髪をむんずと掴んで、無理矢理立ち上がらせる。

本当ならこのままフェイスロックで絞め上げたいところだけど、グズグズしてたらウルスラさんや周りで待機してる用心棒のお姉さん達に止められちゃう。

だから僕は一気にトドメを刺す事にした。

僕は立ち上がらせたミハエルの胴体に両手を回して、そのままミハエルを持ち上げた！

ただし天地逆に。

現在ミハエルの頭は大地に、足は空に向いている。

「ちょ、おま……や、やめろぉ！」

そこでミハエルは数秒先の自分の運命を悟ったのか、逆さ吊りのまま情けない悲鳴をあげる。

でも許さない。許しちゃいけない。

同じ男として、同じプロの男娼として、間違いを正さなきゃならないから。

だからミハエル……さようなら。

生きていたらまた会おうね。

「イングリットさんの悲しみをおおおおおおお！　思い知れえええええええええ!!」

「ひぎゃあああああああああああああっっ!!」

そしてそのままズゥン！　って鈍い音と共に大地を揺らし、ミハエルの頭を芝生に突き刺す！

これぞ奥義、エメラルドフロウジョン！

ノアだけはガチ!!

哀れミハエルの頭は完全に芝生の中に埋まってしまってる。

手足はピクピク震えてるから多分まだ死んでない。

そんな異様な光景を目の当たりにして、その場に居たウルスラさんや褐色美人さん達は目を真ん丸にして口をパクパクさせていた。

「は、はわ……はわわわ……！」とウルスラさん。

「な、何やのこの子……無茶苦茶やんか……」と褐色赤髪お姉様。

「ひ、ひぃ……ヒイイイイイイイッ!?　わ、私のミハエルちゃんがあああああああっ!!」と白ヴェールの人。

「あ、アンタ……い、今……イングリットさんって……」と褐色金髪の女の子。

みんなとても混乱してらっしゃる。

そりゃそうか。さっきまで優雅にお茶を飲んでたのに、気がついたらナンバーワン男娼が頭から地面に突き刺さってるんだから。

だから僕はそんな皆さんを安心させる為にも、こう言ったんだ。

「安心せい、峰打ちじゃ……サラダバー！」

そして僕はダッシュでその場から逃げ出した。

……大目玉くらいで済めば良いけどなぁ。

◇◆◇◆◇

それにしても、今の僕は非力なＤＳボディーなのに、あんなに簡単にミハエルを〆られたのが不思議だ。

火事場の馬鹿力ってヤツかな？

まぁあれで少しは懲りて、真っ当な男娼になってくれれば良いんだけど。

ウルスラさんに見られちゃったから後で怒られるのは確実だけど、まぁくよくよするのは止めよう。

僕は気持ちを切り替えて、厨房に向かう。

厨房に入った途端、シェフのお姉様達に囲まれて撫でられたりハグされちゃう。ワハハ♡

とっても気持ち良いけど、今はイングリットさんを待たせてるから早く戻らなくちゃいけないいんだ。

「む、来たなショータ。さてはリンダに新たなるレシピを授けに来たのかピョン？」

と、ウサ耳をピコピコ揺らしながらリンダさんが僕に近づく。

リンダさんは初めてプリンを試食した日から、事ある毎に何でもいいから新しい料理のレシピを教えろって迫って来るんだ。

そうは言っても僕もそんなに料理やスイーツのレシピを知ってるワケじゃないって説明するんだけど……その度に「出し惜しみかピョン⁉　ケチケチせずに教えるピョン！」って怒って聞いてくれない。

「ってか、こないだ野菜スティックによく合うマヨネーズの作り方を伝授してあげたばかりじゃないですか」

「そう……あれはまさに禁断のソース……あの味を知ってしまったリンダは、もうあの頃みたいに生のニージン丸かじりでは満足出来ない身体に作り替えられてしまったのだピョン……責任とって欲しいピョン……♡」

人聞きが悪いっていうか、言い方が無駄にエロい。

「と、とにかくこないだも言いましたよね？　これ以上僕のレシピが知りたいなら、リンダさんのそのふくよかなおっぱいを見せるか触らせるか……じゃないと教えてあげないって！」

「ひ、卑怯だピョン！　リ、リンダの胸は、そんな事で見せるワケには……むぅ」

途端にその巨乳を両手で隠してモジモジするリンダさん。

エロい……天真爛漫なお姉さんが、急に恥じらいつつ頬を赤く染めるのって、超エロいよね！

おっと、てかこんな所で油を売ってる場合じゃない。

後ろ髪を引かれるけど、僕は冷蔵庫からプリンを貰って厨房を後にする。僕の背後で「コラー！　逃げるなー！　レシピ置いてけピョーン！」って声が聞こえたような気がしたけど、僕は振り返らずに駆け出した。


戻る途中で中庭の方をチラッと見ると、滅茶苦茶大騒ぎになってるような気が……ヤバい。

まぁ治癒士《ヒーラー》のお姉様が治癒してるみたいだし、死ぬ事は無いと思う。

むしろミハエルは二〜三回くらい死ぬべきだと思う。

てか倒れてるミハエルのすぐ横で、灰色の髪をした小さな女の子が叫んでた。

「あんの黒髪の小僧はどこじゃぁぁっ⁉　儂が直々に引き千切ってやるぞぉ‼」

……マジでヤバい。

僕はあの子に見つからないよう、プリンを両手に抱えながら廊下を匍匐《ほふく》前進で行軍するのでした。

そして僕の部屋まで戻ってみると、イングリットさんはちゃんと居てくれた。

鼻を啜ってて目が赤いけど、とりあえず泣いて少しはスッキリしたみたいだ。

僕がそっとハンカチを差し出すと、イングリットさんは俯いたままハンカチを受け取ってくれた。

「ごめんなさい……こんなみっともない所をお見せしてしまって……グスッ」

「構いませんよ。泣きたい時は我慢しないで泣くのが一番ですから」

僕はそう言って、イングリットさんの前にプリンを置く。

イングリットさんは不思議そうに、目の前の黄色い物体を眺めてる。

「これが僕の作った皇帝《カイザー》プリンです。さ、召し上がれ♪」

「えぇっ⁉　これが今、帝都の貴族達の間で噂になっている皇帝プリンなのですか⁉　しかも、それをショータさんが⁉」

ってイングリットさんが驚いた顔で僕とプリンを交互に見比べてる。

噂になってたのか……そう言えば最近プリンやホットケーキの注文が多いらしくて、シェフの何人かはスイーツ専門担当になったたって聞いた事がある。確かリンダさんも来る日も来る日もプリンばかり作らされて大変だって愚痴ってたって、シェフのお姉さんが言ってたような……ケチらずに料理のレシピくらい教えてあげたらよかったかも。

僕が気まぐれに伝えたプリンでそんな事になるとは思わ

なくて。

リンダさんだけじゃなく、シェフのお姉様達には、何らかの形で謝罪とお礼をしなきゃいけないなぁ。

そうこうしている内に、イングリットさんは恐る恐るスプーンでプリンを掬って、カラメルの掛かったプリンをパクッと食べる。

「…………んんん～～っ⁉　何これ⁉　こんなの……あむっ……おいひすぎぃ～っ！」

よかった、喜んでくれてるみたいだ。

僕はイングリットさんの横に座って、パクパクとプリンを頬張るイングリットさんを見ている。

「いやぁ～ん♡　こんなの初めてぇ♡　普段食べてるお菓子より甘さは控え目なのに、それなのに超美味しい～っ！　甘くて……ほろ苦くて……柔らかくて……クセになっちゃいそぉ～♡♡♡」

カワイイ。イングリットさんマジカワイイ。

二十歳なのにまるで日本のガングロJKみたいなはしゃぎっぷりだ。

そんなキャピキャピした褐色美人さんが見られるなんて、眼福眼福♪

でもイングリットさんはプリンを食べ終えると、急にシュンとなる。


え？　足りなかった？

もしかしてイングリットさんって……食いしん坊キャラ？

僕が椅子から立ち上がっておかわりを持って来ますって言うと、アタフタするイングリットさん。

申し訳ないです！　とか御厚意に甘えるワケには！　とかお高いんでしょう⁉　って言ってたけど、僕がイングリットさんに食べてほしいからって伝える。

「で、ではお言葉に甘えてもう一個……あ、でも……出来れば二個…………や、やっぱり……その……もしよかったら、本当にもしよかったらなんですけど…………さ、三個……」

顔を真っ赤にしながら指を三本立ててるイングリットさんに、僕は当然メロメロになっちゃったワケで。

張り切った僕はすぐさま厨房に引き返して（リンダさんに見つからないように、荷物運搬用の木箱を頭から被りつつ）、プリン三個に大サービスでホットケーキと紅茶まで付けた特別セットを提供した。

もちろんホットケーキも大好評で。

熱々フワフワが最高っ♡　とかこんなの食べちゃったら、もう氷砂糖なんか食べられないよぉ♡　とか言いながらパクパクとたいらげて。

気がつけばあんな細いお腹のどこに入ったんだってビックリするくらい綺麗に完食しちゃってた。

もしかしたら、グレーテルさんより大食いかも。

「はぁ～……しあわせぇ♡」

ウットリした顔で剥き出しのお腹を擦ってるイングリットさんを見れたから、僕も大満足。

でも僕のそんな視線にハッとなったイングリットさんは、急に背筋を伸ばしてかしこまる。

「お、おっほん！　ショータさん、ありがとうございました……とっても美味しいお菓子でした」

「喜んでもらえて僕も嬉しいです。何なら次に来た時に僕を指名して頂けたら、今度はもっと美味しいお菓子を御馳走しますよ」

本当はレシピを教えてもいいんだけど、イングリットさんとはこれで終わりにしたくはなかったから、ちょっとあざといけど僕はプリンやホットケーキを次に繋ぐ為の交渉材料にした。

それでも効果は覿面だったみたいで、イングリットさんはパァッと顔を輝かせて「是非！　絶対にショータさんを指名します！」って言ってくれた。

よかった。とりあえずだけど、ミハエルの事は忘れてくれたみたいだ。

やっぱりイングリットさんみたいな美人さんには、笑っていて欲しいからね。


「そう言えば、お菓子を御馳走になったら占ってさしあげるお約束でしたね。では、拙いながら私がショータさんの未来を占ってみますね」

食後の紅茶を飲んで一息ついた後で、イングリットさんは腰のホルダーからカードの束を取り出す。

そして手慣れた様子でシャッフルする。

そこにはさっきまでのカワイイ食いしん坊さんは居なくて、代わりにとっても神秘的な雰囲気を纏った褐色銀髪の占い師が現れた。

そしてテーブルの上に置いたカードの束から一枚ずつめくっては、カードを決められた場所に配置していく。

でもやがてカードをめくる度に、イングリットさんの顔色がどんどん変わる。

その変化がどういう意味を持っているのか、僕には判断出来ない。

「ドランゴンライダーの正位置、ミノタウロスの逆位置……あぁ……レッドドラゴンまで……！」

異世界のタロットっぽいなぁとか思いつつ、僕は結果が出るのを待つ。

やがて全てのカードを配置し終えたのか、イングリットさんがホッとため息を吐く。

「……で、どうでした？」

と僕はイングリットさんに尋ねる。

でもイングリットさんはカードから目を逸らさず、ブツブツと小声で何かを呟いてる。

「これって……でも……これは是非確かめないと……」

何か考え事をしてるみたいで、僕の声は届いてないっぽい。

どうしようかなと思ってると、イングリットさんは急に顔をあげて僕をマジマジと見つめてる。

今度は人相占いかな？

でもこうやって近くで見ると、イングリットさんは本当に綺麗だ。

褐色の肌、銀色の髪、銀色の瞳。

睫毛も長くてクルンとなってて、唇の形も綺麗で思わずキスしたくなっちゃう。

どうしよっかなぁ、キスしちゃおっかなぁ……でも怒られないかなぁ？

と僕が考えてる僕の唇に、イングリットさんの唇がフワッと重なる。

え？　と考える間も無く、イングリットさんの舌が僕の口の中にニュルンと入って、僕の舌にニュルリと絡まる。

まさかイングリットさんの方からキスされるとは思ってなくて、僕は動揺した。

けど僕がどうにか反撃を試みようとして舌を絡ませようとしたら、イングリットさんの唇と舌はスルッと離れる。

ちょ、そりゃないよぉ！

「はぁ、はぁ……やっぱり……でも、まだ確信が持てない……なら、次は……！」

と言うと、イングリットさんはおもむろに自分の背中に手を回して、ゴソゴソと何かをしてる。

何をしてるんだろうと思ってると、イングリットさんの胸元を覆ってた布がパラッと落ちて……そこには……。

デカあああああいっ！

軽く90越え！　推定95センチの褐色オパーイがプルンってこぼれ出たあぁっ!!

スゴい……本当に日焼けとかじゃなくて、全身褐色なんだぁ……と僕は謎の感動を覚えた。

そして二つのオパーイの頂点には、ピンク色の小さな突起が！

僕がイングリットさんの褐色美巨乳に見蕩れてると、イングリットさんは僕の頭を優しく抱いて、そのまま自分のオパーイに僕の顔を押しつけた！
むほおおおおおおっ♡ ぱふ、パフパフじゃあああああっ♡♡♡ 褐色パフパフふぉおおおおおおおお♡
あ、甘いニオイと柔らかい感触と人肌の温もりで蕩けちゃうよおおおおおおおおおお♡♡♡
僕は我慢出来ずに、イングリットさんの細い身体をギュッて抱き締める。
そして頭をブルブル震えさせてセルフパフパフ。
ふにゃあああああああ♡ おっぱいがプルンプルンって生き物みたいになぁおおおおおおおお♡
するとイングリットさんは呼吸を荒くしながら、身体を揺らせておっぱいをペチペチと僕の頬に当ててくれる。
あああああああああ♡ これ、おっぱいビンタだあああああ♡♡
あきんもちいいいいいいいいいいいいいい♡
ふと見上げると、褐色とろふわおっぱいに挟まれた僕を、潤んだ瞳で見下ろすイングリットさんが。
薄桃色の艶々な唇をペロリと舐めるイングリットさんの欲情した顔を見た瞬間、僕は我慢するのを止めた。

僕はおっぱいから顔を離して立ち上がる。

椅子に座るイングリットさんと立っている僕と、顔の高さがほぼ同じな事に軽くショックを受けたけど、そんな些細な事に構ってられない。


僕はイングリットさんのプルプルの唇にむしゃぶりついた。


「んむっ!? ぷぁっ……ショータ、さん……あむっ♡」

「イングリットひゃん……イングリットしゃん……♡」


僕とイングリットさんは、お互いの身体を強く抱き締めて、情熱的に唇を押しつけ、舌を絡め合い、唾を啜り合う。

イングリットさんとのキスは甘い味がした。

直前にプリンやホットケーキを食べてたからだろうけど、そこにイングリットさん自身の唾液の甘さも加わって、僕にとっては最高のスイーツに感じられて。

僕はイングリットさんとキスしながら、イングリットさんの柔らかなお腹に自分のオチンチンをグイグイ擦りつけてる。

でもそれがいけなかった。とっても興奮してる僕は、こんの小さな身体になってからオチンチンの感度が上がってるのも忘れてて。

あ、ヤバいって思った時にはもう遅くて、気がついたらオチンチンが暴発しちゃってた。


ビュクッ！ ビュルルッ！ ドプッドプッ！

「はひいいっ♡ 出ちゃううううう♡ お腹にゴシゴシして、精液ドピュっちゃううううう♡♡♡」

「ふぇっ？ え、えぇっ？」

僕はイングリットさんに抱きつきながら、お腹にオチンチンを押しつけた状態で射精しちゃった。

イングリットさんは戸惑ってるけど、自分のお腹でビクビク跳ねるモノの存在に気づいて、ようやく何が起こったのか理解したみたいだ。

「ご、ごめんなしゃい……僕、気持ち良くって……我慢出来なくて……お射精しちゃったよぉ……」

僕は情けなくなって、ちょっとだけベソかいちゃった。

股間がベッタリ精液まみれになって、気持ち悪い。

「そ、それは大変ですね！　それなら、ふ、服を脱ぐといいですよ！　わ、私が綺麗にしてさしあげますから！」

イングリットさんはそう言って、僕の答えを待たずにズボンに手を掛けて、パンツごと一気にずり下げる！

その瞬間、僕のオチンチンはイングリットさんの目の前で元気にコンニチワって挨拶した。

ブルンッ！　ペチーンッ！

オチンチンの先っぽがパンツのゴムから解き放たれた瞬間、反動のついた僕のオチンチンはお腹に勢いよく当たる。

それと同時に、部屋中に精液のニオイがムワッと拡がって。

イングリットさんは僕の精液まみれでテラテラと光るオチンチンを至近距離で眺めていて。

鼻がくっつきそうなくらい顔を近付けて、スンスンと鼻をヒクヒクさせてて。

「あぁ……この逞しさ……このニオイ……間違い無いわ……ショータさんのオチンポが、私の人生唯一のオチンポ……生涯の伴侶チンポ……♡」

と、イングリットさんはウットリした顔で僕のオチンチンに頬ずりする。

頬ずりしながら、僕のオチンチン全体にまぶされた精液をペロペロと舐めてくれる。

ペロペロペロペロ、ピチャピチャピチャピチャ。

「は、はひぃ♡　い、イングリットしゃん……はぅん♡」

「すごい……ショータさんの、オチンポ……プリンよりも、おいひぃれす……♡」

こんな汚いオチンチンを嫌な顔ひとつせずにお掃除フェラしてくれるイングリットさんの事を、僕は益々好きになっちゃったワケで。

イングリットさんのフェラチオは全体をペロペロ舐めるだけの拙いものだったけど、その初々しさに逆に興奮する。

それに僕の今の敏感オチンチンには、そんなたどたどしい刺激でも充分に気持ちよくって。

その内、オチンチンを舐めた時の僕の反応やオチンチンの震えで、僕が舐めてほしいポイントを的確に捉えて、そして舌の表裏や唇を上手に使って僕を気持ち良くしてくれるイングリットさん。

スゴい！　気持ち良い！

心の底から僕を気持ち良くさせたいって思いが伝わって、僕は身も心も満たされちゃう！

まさに天使のフェラチオだ！　褐色エンジェルだ！

「あ、あの……」

と、イングリットさんはフェラを中断して、上目遣いで僕を見上げる。

そして恥ずかしそうに、モジモジしながら僕にこう言ったんだ。

「わ、私……こんな事を男の方にお願いするのは、初めてで……け、軽蔑されてしまうかも知れないのですけど……ショータさんさえ許してくださるのなら……その……このオチンポを……咥えてしまいたいのですけど……だ、ダメでしょうか？」

顔を真っ赤にしながら、それでも目を逸らさず真剣な顔で僕に尋ねるイングリットさん。

あぁ……食いしん坊のイングリットさんは、今度は僕のオチンチンを食べるつもりなんだぁ……♡

そんな魅力的な申し出を、僕が断るハズも無くて。

「く、咥えて欲しい、です♡　僕のおっきくなったイヤらしいオチンチンを、イングリットさんの綺麗な唇で、思いっきりジュッポジュッポしてください♡　そして僕の精液を、イングリットさんに全部飲んで欲しいです♡」

「はぁ……♡　ショータさんったら……どうしてそんなに私が言って欲しい事を全て叶えてくれるのですか……そんな事をお願いされては……私、初めてですけれど、精一杯頑張ります！　必ずショータさんを、イカせてみせます！」

言うが早いか、イングリットさんは僕のオチンチンをパクッと咥えてくれる。

「あひぃっ♡　イングリットさんのお口が熱いぃ♡」

ヌルヌルのお口の中に入れられたオチンチンは、そのままスゴい吸引力で根元まで吸い込まれてしまう。

僕は膝をガクガク震わせながら、どうにかイングリットさんの頭を掴んで立っている状態だ。

ジュポッジュポッ！　グポッグポッ！　グジュッグジュッ！　ジュプッジュプッ！

「ひぃいいいいいいいい♡　い、イングリットさぁん♡ほ、本当に、フェラ、チオ、初めて、なんれす、かぁ!?」

「んぐっ、ぐぷっ、んぶっ♡　は、はい♡　いつもはオチンチンを模した張り形で練習してます♡　でも、こんなに大きくて、太くて、長くて、硬いのは初めてれふぅ♡」

グッポングッポングッポングッポン！

ジュッポジュッポジュッポジュッポ！

「んぎいいいいいいいっ♡　しゅごい♡　イングリットさんのフェラチオマジしゅごいいいいい♡　僕のオチンチンとけちゃううう♡」

凄まじい吸引力と高速のストロークで、僕の敏感オチンチンは簡単に負けちゃう。

勝てるハズ無いもん！　美人のお姉様にフェラチオされただけで、僕のオチンチンはすぐに屈しちゃうんだもん！

そして僕のオチンチンはまた限界を迎える。

「はひいいいいいいっ♡　でるぅううううううう♡」

ビュルッビュルルルッ！

ドクドクドクッ！

「～～～っ♡　んっ♡　んんんっ♡♡♡」

ゴクッ、ゴクゴクッ。

イングリットさんが、僕の、精液……飲んでくれてりゅぅ……♡

僕は幸せの絶頂の中に居た。

でもそれと同時に僕の全身を強い脱力感が襲って。

まぶたがゆっくりと閉じられる直前、僕は確かに見たんだ。

シッカリと閉めたハズのドアが少しだけ開いていて。

その隙間から、どこかで見た覚えのある褐色金髪の女の子が、金色の瞳を目を真ん丸にして僕とイングリットさんを見ていた。

それが誰なのかを確かめる事も出来ず、僕は幸せな微睡《まどろ》みへと落ちて行った。


【イングリット、運命の出会い】


曲がり角を曲がろうとした時、私は小さな男の子とぶつかった。

その子は黒い髪に黒い目をした不思議な子で、私と勢いよくぶつかった後、床に尻餅をついてしまった。

「あ、アイタタタ！　アシクビヲクジキマシター！」

「えぇっ!?　だ、大丈夫ですか!?」

正直、足を挫くような倒れ方をしたとは思えないのですけど……。

私は廊下中を物凄い勢いで転げ回るその男の子を慌てて抱き起こす。

「……ちょっと歩けそうにないんで、肩を貸してもらえませんか？　僕の部屋はすぐそこなので」

「は、はい。解りました」

ともかく私とぶつかったせいで怪我をしてしまったのなら、私に責任がある。

何もせずに居ると、ミハエル様の事を想って泣いてしまいそうなので、何かをして気をまぎらわすには丁度いいと思ったから。

その男の子に身を寄せた瞬間、何だかとても甘い香りがした。

花のような、果物のような、食欲を刺激するとてもいい香り。お腹の虫を鳴かせるような無作法はお見せせずに済んだけれど。

こんな時にこんな事を言ってしまうのは、正直憚られるのだけど……。

少しだけ……濡れてしまいました……。


そして私とその男の子は、二階の部屋へと到着する。

二階は確か『地』の部屋で、ここから男娼と客との本番行為が解禁されてたハズだと記憶している。

と、いう事は……この子も本番を経験済み……？

こんな、マールよりも年下の子さえ経験しているというのに……私は……。

いつか理想の殿方と結ばれる為に、清い身体でお待ちしていたのに……。

ミハエル様……。

「ありがとうございます。ちょっと休めば大丈夫だと思いますので……えっと、僕は翔太です。一応ここの男娼で、ランクは『地』です」

「あ、はい……えっと、私は……イングリットと申します……ご覧の通り……熱砂の、民です……」

あぁ……いけない……。

ミハエル様とあんな形でお別れしたばかりなのに……とっても悲しいハズなのに……。

この部屋から、隠しきれない程の……淫靡《いんび》な気が……。

恐らく今朝も……この男の子はこの部屋で誰かに……せ、精液を搾られたのだわ……。

こんな……マールよりも年下の男の子なのに……もう一人前の男娼なのだわ……。

そんな事を考えてしまっただけで、私の股間は……。

何てはしたない……たった今会ったばかりの男の子の痴態を想像して、股間を潤ませてしまうだなんて……。

こんな淫らな女だから、ミハエル様は私に愛想を尽かしてしまわれたのだわ……。

今考えると、ミハエル様は私のこの衣服もあまりお好きではなかったのではないかしら……？

この熱砂の民特有の衣服、他の国の民から見ればまるでただ布を巻き付けただけの簡素な装いだと言われた事もあるし。

それにこの衣服だと、私の黒い薄汚れた肌が隠しきれないし……。

「イングリットさんはおいくつなんですか？」

「わ、私ですか？　今年で二十歳になります……」

いけない……ショータさんの前だというのに、ミハエル様の事を考えるなんて失礼だわ。

「ちなみに僕は……こっちで言うところの成人ってやつです」

「え、えぇっ!?　マールと同い年なのですか!?」

せ、成人ッっ!?

てっきりひ、一桁くらいだと思ってたのに！

こんなに小さいのに、マールと同い年だなんて……男の方って本当に不思議だわ……。

「ちょっと事情があって、人より成長が遅いんです。ちなみに僕の特技はお菓子作りです。出来れば今度、イングリットさんに僕の手作りのお菓子を召し上がって欲しいです」

「え、あ、はい……わ、私の特技は……う、占い、です」

お菓子作り……。

ショータさんも、氷砂糖が作れるのかしら？

ただ砂糖水を凍らせるだけと言われている氷砂糖も、意外と奥が深いのです。

急速に瞬間冷凍するが、それとも時間を掛けてジワジワと凍らせるかで、随分と口当たりが変わるものなのです。

それに隠し味に蜂蜜を少し入れると、とてもまろやかになって、それが熱砂の民自慢のお菓子になるのです。

以前お母様が先帝ヒルデガルド様と宰相ドロテア様に氷砂糖を献上した際、お褒めの言葉を頂いた程なのですから。

「占いですかぁ。じゃあ僕の恋愛運も占ってもらおっかな～なんてね」

「……ウフフ、じゃあショータさんの手作りお菓子を食べさせてくれたら、お礼に占ってあげますね♪」

ショータさんは、占いに忌避感が無いみたい。

男の方は皆、占いがお嫌いみたいなのに……。

本当に不思議な方……よく笑うし、こんな私にも気さくに話し掛けてくださる。

でも……これがミハエル様だったら……。

……いけない！　もうミハエル様の事は忘れないと！

「……もし本当に占ってくれるなら、僕とイングリットさんの相性が知りたいですね」

「……え？」

「僕、イングリットさんみたいな綺麗な人と出会えてラッキーだと思ってます。だから、イングリットさんと僕はどこまで深い仲になれるのか、是非占って欲しいんです」

綺麗……私が……？

……何を言っているの？

綺麗という言葉は、ミハエル様のような方にこそ相応しいのに。

雪のような白い肌に、黄金を細く伸ばしたような鮮やかな金の髪。

切れ長の目、スゥッと伸びた鼻梁《びりょう》、艶やかな唇……。

何もかもがミハエル様と正反対な私を……綺麗だなんて……。

所詮この方も、同じなんだわ……。

女の機嫌を取る為なら、心にも無いお世辞を言える他の男娼達と……。

ミハエル様と……一緒……。

「か、からかわないでください……私のような熱砂の民を弄んで、何が楽しいのですか？」

アナタの肌は黒くないから、そんな事が言えるんです！

私にとっては忌むべきこの呪われた黒い肌を綺麗だなんて、そんな見え透いた嘘を！

私は、ショータさんを拒絶する。

「か……からかってなんかいないし、弄ぶつもりも無いです。僕は、イングリットさんに一目惚れしちゃいました」

それでもショータさんは尚も美辞麗句を並べようとする。

酷い。あんまりだわ。

何故そんなにも、私に希望を抱かせようとするの。

どうせ私がそれを本気にして近寄れば、事も無げに突っぱねるくせに！

「嘘です！　私なんかを好きになってくれる殿方なんて居るハズがありません！　ましてや竜神帝国の殿方なんかに一目惚れされるなんて！」

「僕は竜神帝国の生まれじゃありませんし、イングリットさんを好きになったのは本当です。出会ったばかりだけど、アナタの事をもっと知りたいんです」

「馬鹿な事を言わないでください！　私のこの黒い肌を！　醜く弛るんだ身体を！　心の中では嘲笑っていらっしゃるんでしょう!?」

「イングリットさんの身体は素敵ですし、肌だってとても綺麗じゃないですか。僕だってこんな黒い髪に黒い目だけど、イングリットさんは僕の事を気持ち悪いとお思いですか？」

「そんな事……でも、でも……私は……私の肌を……あの人は……ひぐっ……うううぅ～っ！」

私は泣いた。

泣き顔を見られたくなくて、両手で顔を隠して。

でも喉の奥から溢れ出る嗚咽を抑えきれず、私は赤子のように泣き喚く。

恥ずかしい。

妹と同い年の（とてもそうは見えないけれど）男の子の心無い言葉に翻弄《ほんろう》されて、こんなにも心を乱してしまうなんて。

でも、それも仕方が無いと思う。

今の私は、いつもの私ではないから。

二年も想い続けた殿方に裏切られ、無様に捨てられた哀れな私は、こんな年下の男の子に弄ばれているのがお似合いなのだから。

「ヒッ……うえぇ……わ、わらひは……あの人を……ミハエル様を、お慕いしていたのに……幸せにするって、誓ったのに……」

その誓いは果たせなかった。

だって、ミハエル様は私なんかに幸せにされたくはなかったのだから。

「ミハエル様、が……私の、肌は……薄汚れてて、穢らわしいって……だから私を捨てて、法皇猊下の所へ……私なんか……私なんか生きてる価値はありません！　ミハエル様に捨てられた私は、もう誰からも愛してもらえないんですわ！」

こんな穢れた肌の熱砂の民の娘よりも、気高くてお美しい法皇猊下の血族になられた方が、ミハエル様の為だ。

そんな事は解ってるのに。

ミハエル様の事を思えば、身を引くのが当然なのに。

それでも、涙は止まってはくれない。

悲しい気持ちも、ちっとも消えてはくれない。

「私なんかが……夢見てはいけなかったんだわ……ミハエル様と、マールと、母上と……みんなで幸せに笑って暮らせるだなんて……私は馬鹿な女だったのです！　所詮ミハエル様と私とでは最初から釣り合いが取れていなかったのに、それに気づかず舞い上がって！　うあああああああああああん!!」

ガタッ。

「……イングリットさん、ちょっとだけこの部屋に居てもらってもいいですか？　すぐに戻って来ます。だから、どうかここで待っていてください。お願いします」

ショータさんが何かを言っている。

けれど私にとってはもうどうでもいい事。

このままずっと泣き続けて、全ての水分を出し尽くして乾涸《ひから》びてしまえばいいんだ。

そう。黄金色に輝く遥かなる砂漠の真ん中で、全ての汗と命を太陽と砂に奪われた哀れな旅人のように。

ショータさんがいつの間にか部屋から居なくなっていたと気づいたのは、それから暫く経ってからだった。

◇◆◇◆◇

ショータさんが部屋に戻られる頃には、私は幾分か落ち着きを取り戻していた。

とりあえず泣いて泣いて泣き叫んで、少しは気分が晴れたみたいだった。

私が鼻を啜ると、ショータさんがそっとハンカチを差し出してくれた。

そんな何気無い優しさに、私は自分の心臓がトクンと高鳴るのを感じた。

同時に股間がクチュッと濡れるのも感じた。

「ごめんなさい……こんなみっともない所をお見せしてしまって……グスッ」

「構いませんよ。泣きたい時は我慢しないで泣くのが一番ですから」

男の方にそんな優しい言葉を掛けてもらえたのも久し振りかも知れない。

私がハンカチで涙を拭っていると、ショータさんは私の目の前に、お皿に乗った奇妙な黄色い塊を置いた。

丸くて、黄色くて、上に琥珀色の液体が掛けられていて。

そして、プルプルと揺れている。

何だろうこれ……スライム？

「これが僕の作った皇帝《カイザー》プリンです。さ、召し上がれ♪」

「えぇっ!?　これが今、帝都の貴族達の間で噂になっている皇帝プリンなのですか!?　しかも、それをショータさんが!?」

皇帝プリン。それは最近帝都の女達を騒がせているお菓子。

エルヴァーン大陸に存在する、あらゆる甘味を食べ尽くした先帝ヒルデガルド様ですら、あまりの美味しさ故に食べた途端に絶叫したと言われる伝説のお菓子。

市井《しせい》にはまだ出回っていなくて、一部の上流階級の者達しか口にしていない、甘い物好き垂涎のお菓子。

皇帝プリン……名前からはどんな物なのかまるで想像出来なかったけれど……これがそうなのね。

しかもその皇帝プリンを作ったのが、ショータさん？

ショータさんって、男娼なのに……料理も出来るの？

私は置かれた匙を手に取って、プリンの上部にそっと刺し入れる。

プルンッ、と不思議な感触が手に伝わって、匙に黄色と琥珀色の欠片が乗る。

私はゴクリと唾を飲み込んで、その綺麗な欠片を口の中に運んだ……。

「…………んんんん～～～っ⁉　何これ⁉　こんなの……あむっ……おいひすぎぃ～っ！」

こんなに美味しいお菓子がこの世にあるなんて！

口の中に広がるのは、砂糖の甘み。

そう、この黄色い塊と琥珀色のソースからはどちらも砂糖の味がする。

なのに、その風味は私の知っている砂糖とはあまりにも違っていた。

黄色い塊からは砂糖以外にももう一つ……いえ、二つの味わいがある。でもそれが何かは解らない。

琥珀色のソースからは砂糖の甘みがありながら、どこか苦みを感じる。

でもその苦みがまるでイヤじゃない。

甘い砂糖に、敢えて甘み以外の風味づけをするなんて、私には想像すら出来なかった。

「いやぁ～ん♡　こんなの初めてぇ♡　普段食べてるお菓子より甘さは控え目なのに、それなのに超美味しい～っ！　甘くて……ほろ苦くて……柔らかくて……クセになっちゃいそぉ～♡♡♡」

そう、このお菓子はただ甘いだけじゃない。

甘さを抑える事で、いくら食べてもしつこく後味が残る事が無い。

もしこのプリンが丸ごと砂糖の甘みで彩られていたなら、私はこれ一つで充分だと思えたでしょう。

でも、このプリンの不思議な味わいは、食べれば食べる程に後を引く。

と、私は何も無くなったお皿を見つめながら、あっという間に訪れたプリンとのお別れに、悲しい気持ちになってしまったのです。

するとショータさんは笑いながら、すぐにお代わりを持って来ますと言い出したのです！

申し訳ないです！　とか御厚意に甘えるワケには！　とかお高いんでしょう⁉　とは言ったものの、本心ではこの未知のお菓子をもっともっと味わってみたかった。

でもショータさんは僕がイングリットさんに食べてほしいからと、こんな食い意地の張った私にニッコリと微笑んでくれたのです。

「で、ではお言葉に甘えてもう一個……あ、でも……出来れば二個…………や、やっぱり……その……もしよかったら、本当にもしよかったらなんですけど…………さ、三個……」

私の馬鹿っ……だからってそんなに甘えるなんて……恥を知りなさい！

でも、もっと食べたかったんだもの！

あぁ……このプリンというお菓子は危険です。お酒と同様……いえ、ひょっとしたら麻薬以上の中毒性を孕んでいるのかも知れません。

このプリンの味を知ってしまっては、どんなに貞淑ぶった女もその仮面を剥ぎ取られ、虚勢すら張れなくなってしまうでしょう。

現に私もそうなのですから……。

そんな食い意地の張った豚のような私に、ショータさんはイヤな顔をする事も無かった。

とても優しい人……♡

しかもそれだけじゃなくて、しばらくして戻って来た彼はプリン三個とはまた別に、ホットケーキという更なる未知のお菓子まで持って来てくれた。

こちらは熱々のフワフワ、まるで雲を食べてるかのよう。

更に上に掛かった琥珀色のソースはプリンとはまた別の、最早何から作ればこんな爽やかで濃厚な味わいが生まれるのか、私などにはまったく想像すら出来なかったのです。

あぁ……まるでこの世のお菓子とは思えない。

これは天上の……神のお菓子なのだわ♪

その神のお菓子を作ったショータさんは……神様？

でも神様というには頼りなくて……天使……天使！

そんな事を考えながら食べていると、気づけばすっかり完食していた私。

お腹の中にはしっかりと残る満足感と多幸感。

お腹が幸せで満たされて、私の顔には自然と笑みが溢れるのです。

「はぁ〜……しあわせぇ♡」

締まりの無いだらしない顔で笑っていると、ふとショータさんと目が合いました。

……ハッ!?　わ、私ったら殿方の目の前で、何てはしたない！

慌てて背筋をピンと伸ばして取り繕います。

……もう手遅れな気がしますけど。

「お、おっほん！　ショータさん、ありがとうございました……とっても美味しいお菓子でした」

「喜んでもらえて僕も嬉しいです。何なら次に来た時に僕を指名して頂けたら、今度はもっと美味しいお菓子を御馳走しますよ」

へっ？　ショータさんを指名するだけでこのお菓子達を……更にはもっと美味しいお菓子を食べられるの？

そんなの……指名するに決まってるじゃないですか！

私は一も二も無く、予定の無い木曜日《ドンナスターク》の予約を入れてしまっていました。

私の馬鹿……ついさっきミハエル様とあんな別れ方をしたばかりなのに……本当ならもうこのヴァルハラ・オティンティン館に来る事さえ憚られるのに……。

でも、あのお菓子が食べられるのなら……。

そして、お菓子を食べた後のショータさんの笑顔が見られるなら……。


「そう言えば、お菓子を御馳走になったら占ってさしあげるお約束でしたね。では、拙いながら私がショータさんの未来を占ってみますね」

私は食後の胃を落ち着けようと紅茶を飲んで、腰のホルダーからカードの束を取り出して、シャッシャッとシャッフルします。

とっても美味しいお菓子を、あんなにいっぱい御馳走してくれたんですもの。手心を加える事は出来ないけれど、せめて良い結果が出ますように……。

そしてカードを決められた配置の通りに置いていく。

だけどカードをめくればめくる程、私は驚愕《きょうがく》する。

こんなの……あり得ない！

「ドランゴンライダーの正位置、ミノタウロスの逆位置……ああ……レッドドラゴンまで……！」

ドラゴンライダーは飛躍の象徴、ミノタウロスは苦悩と嘆きの象徴、その逆位置は救いの顕れ。

レッドドラゴンは大いなる意志。でもこのカードが中央に配置される事は本当に稀なハズなのに……。

他のカードもとっても良い結果が出ていて、本来ならこんな事はあり得ないのです。

それどころか……この結果が示しているのは……！

「……で、どうでした？」

ショータさんが結果を尋ねます。

でも、私はこの結果を素直に信じる事が出来ません。

「これって……でも……これは是非確かめないと……」

この結果は、私やマール……それどころか熱砂王国や竜神帝国の運命さえも左右する事になるかも知れません。

だから私が……占った私が、せ、責任を持って確かめなければいけません！

私はショータさんにゆっくりと近づいて、その顔をマジマジと見つめます。

こうして見ると、本当に不思議な方です……。

黒い髪に黒い瞳……どちらか片方を備えてる人すら見た事も無いのに、その両方を兼ね備えた人だなんて……。

ショータさんはまばたきもせず、私の顔をジッと見つめていて……。

あぁ……間近で見ると、何て可愛らしい方なんでしょう……。

キョトンとしている顔は、何とも言えない愛らしさがあって、思わずキュンとなってしまって。

はぁ……ショータさんの唇……スゴく柔らかそう……。

きっとキスしたら、とてもプニプニしているのでしょう……。

あぁ……でも今日初めて会った殿方と、そんなふしだらな関係になるワケには……！

で、でも……占いの結果が真実なのかを確かめる為には……！

……何を躊躇っているのイングリット！

事は私だけでなく、熱砂王国や竜神帝国の運命をも左右するかも知れないのよ！

行くのよイングリット！　ここで踏み出さなければ、アナタ自身の運命も変わりはしないのだから！

私はありったけの勇気を振り絞って、ショータさんの唇に自分の唇を押し当てる。

ショータさんが目を白黒させている間に、私は舌をニュルリと差し入れる。

はあぁっ♡　な、何て柔らかいのぉ♡

ショータさんの唇、ショータさんの舌、ショータさんの唾液♡

全部甘いの♡　プリンやホットケーキよりも更に甘くて、こんなの……こんなのぉ♡

私はたっぷりショータさんの口の中を舐め回してからゆっくりと唇を離す。

まだ足りない……もっともっと！　ショータさんの全てを味わいたい！

「はぁ、はぁ……やっぱり……でも、まだ確信が持てない……なら、次は……！」

ショータさんと唇同士で繋がった瞬間、私の頭の中にはある像《ビジョン》が浮かび上がった。

でもそれは朧気《おぼろげ》で、ハッキリとは見えなくて。

だから私は確信を得る為、もっともっとショータさんと繋がらなきゃ！

私は背中に手を回すと、衣服の留め金を外す。

そして意を決して自分の醜い黒い肌を晒す。

あぁ……恥ずかしい……死んでしまいたい……！

これから私がやろうとしている事は、ショータさんにとっては恐らく深い心のキズとなって残るかも知れない。

その黒い肌もそうだけど、それよりも恥ずかしいのはこの醜く膨らんだ胸……！

妹のマールはあんなに細く引き締まった素晴らしい身体の持ち主なのに、姉の私はこんなにもブヨブヨと太ってい て……この身体も、ミハエル様が私を許さなかった原因の一つだと言うのに……。

ショータさんはあまりの恐怖に固まっています。

私は泣きそうになるのをどうにか堪えて、動けなくなっているショータさんの顔を抱き寄せ、えいやっとばかりに自分の胸へと押し当てる！

はあああああああっ♡　こ、こんなのってえええええええっっ♡♡　し、ショータさんの顔があああああああ♡

私の醜い胸の谷間に、男の方の顔が……あぁっ！　恥ずかしいのに……嬉しい！　気持ち良いのぉ！

ごめんなさいショータさん……アナタを酷い目に遭わせているのに、私は浅ましくも興奮して、確かな幸せを抱いてしまっているのです。

すると信じられない事が起こった。

ショータさんが私の背中に両手を回して、そのまま私の身体をギュッと抱き締めたんです！

更にショータさんは、顔をブルブルと左右に揺らして、私の胸の谷間深くに顔を埋めたのです！

はひいいいいい♡　わ、私の胸がぁ♡　プルプルって揺れる度に、全身がビリビリってえぇっ♡

もっと……もっとぉ♡　ビリビリってなりたいぃ♡

私は自ら身体を揺らして、ショータさんの顔にペチペチと胸を当てる。

するとさっきよりも強くビリビリってなって……ち、乳首が硬くなってぇ……しゅ、しゅごく気持ち良い……♡

夢中になって胸を揺らしていた私は、顔を上げたショータさんと目が合いました。

焦点の合わない黒い瞳を見て、私の中の獣が牙を剥いた。

でも更に胸を揺らそうとしたその時、ショータさんは私の胸から離れて立ち上がりました。

あっ……と私は声に出してしまい、思わず顔を赤らめてしまう。

でも少しだけ俯いた私に、ショータさんは……。

その柔らかい小さな唇が、私の唇に吸い付いた！

「んむっ!?　ぷあっ……ショータ、さん……あむっ♡」

「イングリットひゃん……イングリットしゃぁん……♡」

私はショータさんの細くて小さな身体を思い切り抱き締めた。

我を忘れて彼の唇を、そして舌を吸う。

お互いの唇の間からジュルジュルと唾液を啜り合う音が室内に響く。

夢のような時間が続きます。

この夢が終わらなければいいのに……私がそんな事を考えながらキスに夢中になっていると、ショータさんが急に震え出した。

そしてそれと同時に、私のお腹に密着していたショータさんの腰がビクンビクンと跳ねる。

ビュクッ！　ビュルルッ！　ドプッドプッ！

そんな音がしたかと思うと、ショータさんは蕩けた顔で叫びました。

「はひいいいっ♡　出ちゃうううう♡　お腹にゴシゴシして、精液ドピュっちゃうううううう♡♡♡」

「ふぇっ？　え、えぇっ？」

ショータさんは私の身体に抱きつきながら、尚もお腹に腰を押しつけています。

ふえぇ……？　も、もしかして、これって……。

お、チン、チン……？

「ご、ごめんなしゃい……僕、気持ち良くって……我慢出来なくて……お射精しちゃったよぉ……」

ショータさんが涙ぐみ、私に謝罪しています。

や、やっぱり……今のはショータさんが……私で、射精……してくれた……？

信じられない……私のような醜い女で……？

「そ、それは大変ですね！　それなら、ふ、服を脱ぐといいですよ！　わ、私が綺麗にしてさしあげますから！」

私はもう我慢出来なくなっていて。

殿方が、私とのキスで興奮して射精してくれるなんて！

これで喜ばぬ女など居るハズがありません！

見たい！　ショータさんのオチンチンが見たい！

ショータさんの年相応な小さくて可愛らしいオチンチンが！　初々しいザーメンが！

私は興奮してしまい、ショータさんの同意を得る前にズボンに手を掛けて、勢いよく引き下げる！

でも、ショータさんのオチンチンは……。

私の想像を遥かに越えていて……。

ブルンッ！　ぺチーンッ！

それは、オチンチンではありませんでした。

大きくて、太くて、長くて……何もかもが、伝え聞いていたオチンチンとは違っていた。

それはまるで、伝説の……。

私が幼い頃、お母様に寝物語として聞かされたお伽噺に出て来るような、全ての女達の憧れ……。

竜のチンポ……。

やっぱり……ショータさんがそうだったのですね！

私が出会うべきはミハエル様ではなかったのだわ……。

そう……このオチンポを持つショータさんこそが、私の運命の人……。
「あぁ……この逞しさ……このニオイ……間違い無いわ……ショータさんのオチンポが、私の人生唯一のオチンポ……生涯の伴侶チンポ……♡」
私は感極まってしまって、思わずショータさんのオチンポに頬ずりをする。
あぁ……オチンポに精液がいっぱい……濃くって、ネバネバしてて……とってもいいニオイ……♡
こんなオチンポを見せられては、全ての女は平伏してしまいます♡
私は我慢出来なくなってしまい、ショータさんのオチンポについた美味しそうな精液をペロペロと舐める。
ペロペロペロペロ、ピチャピチャピチャピチャ。
はあぁ♡　おいひい♡　ショータさんのこくまろザーメンおいひいれふぅ♡
「は、はひぃ♡　い、イングリットしゃん……はぅん♡」
「すごい……ショータさんの、オチンポ……プリンよりも、おいひぃれす……♡」
甘くて、ほろ苦くて、生臭くて、とっても美味しい♡
プリンやホットケーキの何倍も、私を虜にする……魔性の精液……いえ、これはもう聖液だわ♡
それにこのオチンポ……舐めているだけで舌がビリビリって甘く痺れましゅぅ♡
先っぽも、根元も、エラも、尿道口も、金玉もぉ♡
どこを舐めても、私まで気持ち良くなっちゃうのぉ♡
「あ、あの……」
でも私は舐めるのを中断して、ショータさんを見つめます。
もっともっと味わいたい。もっともっとこの先を知りたい。
だから……。
「わ、私……こんな事を男の方にお願いするのは、初めてで……け、軽蔑されてしまうかも知れないのですけど……ショータさんさえ許してくださるのなら……その……このオチンポを……咥えてしまいたいのですけど……だ、ダメでしょうか？」
私は羞恥と興奮で顔を真っ赤にしてしまっている。
はしたない女だと思われるでしょうか？
処女のくせに、淫らなメスだと軽蔑されるでしょうか？
私はドキドキしながら、ショータさんの答えを待つ。
「く、咥えて欲しい、です♡　僕のおっきくなったイヤらしいオチンチンを、イングリットさんの綺麗な唇で、思いっきりジュッポジュッポしてください♡　そして僕の精液を、イングリットさんに全部飲んで欲しいです♡」

「はあぁ……♡　ショータさんったら……どうしてそんなに私が言って欲しい事を全て叶えてくれるのですか……そんな事をお願いされては……私、初めてですけれど、精一杯頑張ります！　必ずショータさんを、イカせてみせます！」

はあぁ……ショータさんのお許しが出た♡

もう我慢しなくてもいい！　いいえ、我慢なんて出来るハズも無いわ！

私は目の前の餌に飛びつくメス犬のように、ショータさんの逞しいオチンポを咥えた！

「あひぃっ♡　イングリットさんのお口が熱いぃ♡」

おいひぃ♡　ショータさんのオチンポおいひぃ♡

もっと奥までしゃぶりたい♡　もっとヌルヌルにしてあげたい♡

もっともっともっともっとぉ♡♡♡

ジユポッジユポッ！　グポッグポッ！　グジユッグジユッ！　ジユプッジユプッ！

「ひいいいいいいいいい♡　い、イングリットさぁん♡ほ、本当に、フェラ、チオ、初めて、なんれす、かぁ!?」

「んぐっ、ぐぷっ、んぶっ♡　は、はい♡　いつもはオチンチンを模した張り形で練習してます♡　でも、こんなに大きくて、太くて、長くて、硬いのは初めてれふぅ♡」

グッポングッポングッポングッポン！

ジユッポジユッポジユッポジユッポ！

「んぎいいいいいいいっ♡　しゅごい♡　イングリットさんのフェラチオマジしゅごいいいい♡　僕のオチンチンとけちゃううううう♡」

何度も夢に見た、殿方へのフェラチオ奉仕。

その相手はミハエル様ではないけれど、もうそんな事はどうでもいいの。

だって私は巡り合えたのですから。

運命のオチンポに……最高のオチンポに♡

「はひいいいいいいいっ♡　でるぅうううううう♡」

ビユルッビユルルルッ！

ドクドクドクッ！

「～～～っ♡　んっ♡　んんんっ♡♡♡」

ゴクッ、ゴクゴクッ。

ショータさんのザーメン……子種汁……命の源……♡

全部私のものです……誰にも渡さない♡

私は幸せの絶頂を感じていた。

でも足りません。もっともっと欲しいの。

まだまだショータさんのオチンポは硬いままで、その金玉からは次の精液が作られていくのを、波動として感じた。

ですが、私は気づいていなかったのです。

ショータさんと私の営みを、ある人にずっと見られていた事に。

ドアの隙間から覗く視線と、私の視線が交差しました。

彼女は、その両手で自らの胸と股間を必死に慰めていたのです。


【マルグリットは見た】


納得行かへん。

イング姉ちゃんはウチの大事な、この世にたった一人の姉ちゃんや。

お互い父ちゃんが違う種違いの姉妹やけど、そんなん関係あらへん。

ウチにとってイング姉ちゃんは理想の姉ちゃんや。

優しくて、落ち着きがあって、包容力があって。

せっかちで短気な熱砂の民らしない、そんなイング姉ちゃんがウチは大好きなんや。

雷の鳴り狂う嵐の夜、昔からそんな日のウチの避難場所は、イング姉ちゃんの胸の中やった。

あの柔らかい胸に顔を埋めて、イング姉ちゃんの心臓の音を聞いてると、恐ろしい雷の音も次第に気にならんくなってよう寝れたモンや。

イング姉ちゃんは成人になってからも、相変わらず奥手で男を寄せつけへんかった。

その頃のウチはまだ成人前やったけど、もう男とパコっとったで。

でもあれは二年前、ウチが十三歳でイング姉ちゃんが十八歳の時、当時まだ成人したばかりのミハエルに出会ったんや。

ミハエルはその頃から、他の男娼とは一線を画しとった。

女に対しても物怖じせんと、露骨なボディータッチにもニコニコ笑うて対応しとった。

十八にもなって未だ男を知らんかったイング姉ちゃんの行く末を心配したオカンに連れられて行ったヴァルハラ・オティンティン館で、当時まだ新人のミハエルに一目惚れしたイング姉ちゃん。

でもミハエルは綺麗な顔立ちで、当然やけど他の客からも仰山指名されとった。

多分ミハエルは、相当な数の女に抱かれたと思う。

新人の頃はハキハキしてよく笑うミハエルも、ランクが上がるにつれて徐々に笑わんくなった。

イング姉ちゃんは知らんかったかもやけど、側仕えのメイドや用心棒にも厳しく当たるようになった。

きっと男娼としての仕事を続ける内に、女の汚い部分をしこたま見せつけられたんやと思う。

でもそれは男娼なら誰でも一度は経験する麻疹《はしか》みたいなモンで、いつかは元の優しくて明るいミハエルに戻ってくれると思ぅてた。

せやけどミハエルは、ウチら姉妹さえも徐々に疎《うと》ましげに扱うようになった。

前も一回、予約をスッポンかま《ドタキャン》された事がある。

店側は急病や言ぅてたけど、あれは多分仮病や。

ウチは館長に抗議したけど、イング姉ちゃんが止めた。

『きっとミハエル様も疲れていらっしゃるのですよ。だから今日はゆっくりとお休みさせてあげましょう』って。

自分もミハエルに会いたいんを我慢して、淋しい気持ちを圧し殺して、泣く泣くヴァルハラ・オティンティン館を後にした。

せやけどそれから、ミハエルはまたウチらに愛想がようなった。

単純なモンで、それまで素っ気なくされてたんも許せる気になってもぅた。

そして去年、熱砂王家がミハエルの身請けを宣言した。

ミハエルは驚いてたけど、是非お願いしますって言ぅてた。

イング姉ちゃんは泣いて喜んでたし、ウチもコッソリ泣いてた。

イング姉ちゃんとミハエル、綺麗な姉ちゃんと義兄ちゃんがやっと幸せになれる……って、そう思てたのに……。

◇◆◇◆◇

「せやのにアンタは裏切ったんや！　ウチの気持ちも、イング姉ちゃんの想いも、全部踏み躙《にじ》って！　法皇様に尻尾を振る事にしたんや！　せやろがぃ!?」

ウチの絶叫が林の中に響く。

木にとまってた小鳥達が、ウチの声に驚いて一斉に飛んで行った。

せやけどウチに怒鳴られとる当の本人が、気にした風でもなく優雅に紅茶を啜っとるのがまた腹立たしい。

「やめぇマール。その猊下本人が居てんねんで？　無礼なマネは慎まんかぃや」

腕組みして聞いてたウチのオカンが割って入る。

赤銅色の肌に燃えるような赤い髪、左目に眼帯を着けた歴戦の戦士風で、実際に強い。

毎日親衛隊の部下達を相手に格闘戦してるよって、全身が鋼みたいな筋肉で覆われとる。

そんな厳ついオカンやけど、笑うと子供みたいな顔になる。

実際の歳は三十四やけど、ギリギリ二十代に見えん事も無い。

そのオカンが、ウチを片方の目でギロリと睨んどる。

それだけでウチの身体は竦んでまう。

円卓で茶ぁしばいとるオカンの右側には、このヴァルハラ・オティンティン館の館長のウルスラはんが困った顔してはる。

一応上客のウチを窘《たしな》めるべきか、オカンの顔色を窺《うかが》いながら決めかねとるみたいや。

そしてオカンの左側には……。

「よろしいのですよぉ？　私はぁ、ちぃっとも気にしていないのですからぁ♪」

けったくそ悪い猫撫で声で、その女は言う。

白いヴェールを頭からすっぽり被っとるから、素顔は見えへん。

全身が白いローブで覆われとるからどんな身体つきなんかも解らへん。

唯一解るのはその気色悪い声と喋り方だけや。

「だけどぉ……私のミハエルちゃんを怖がらせるのはぁ、許さないわよぉ？」

ゾクッ、とウチの背筋を何か冷たいモノが伝い落ちる。

おっとりとして気の抜けたような喋り方と声の裏に、途轍もない冷たい意思が隠れとる、そんな気がして。

今さっきまでミハエルを責めとったウチは、それだけでもう声が出えへんようになってしもた。

この女こそが、法皇カサンドラや。

年齢不詳、その素顔を知る者はごくわずかしか居てない謎の女。

黒竜教の信者はおろか、教団内でもかなり上の者しかその素顔を知らんそうや。

その威光は宰相ドロテア様と肩を並べ、現皇帝アンネリーゼ陛下さえ一目置いてる。

そんなごっつ強大な権力が、ミハエルの身請け人になる……。

遥か昔に竜神帝国に臣従した、ただの旧王家の一つである熱砂王家では、逆立ちしたかて勝てるワケない。

解ってんのに……そんなん解ってんのに！

せやけど、ほんならウチのこの怒りはどこにぶつけたらエエねん!?

イング姉ちゃんからミハエルを奪ったこの女が憎い！

イング姉ちゃんの気持ちを裏切って、この女にホイホイ鞍替えするミハエルも許されへん！

なのに……ウチは無力や。

ウチだけやない。ホンマはオカンも腸《はらわた》が煮えくり返っとるハズや。

せやけどないも出来へん。

法皇の手にかかれば、ウチらみたいな旧王家を潰すのなんか簡単やねんから。

「ありがとうございます猊下。僕なんかの為にそんなに言って頂いて……」

「あらあらぁ、いいのよミハエルちゃん♡　ミハエルちゃんの為ならぁ、こぉんな小娘くらいいくらでも黙らせてあ・げ・る♡」

そう言ぅてウチらの前でイチャイチャしだすミハエルと法皇。

ムカつくわぁ～！

法皇はミハエルを抱き締めて、柔らかそうな金髪をナデナデしとる。

ミハエルは少し困り顔やけど、満更でも無さそうや。

よりにもよってそんなイチャイチャぶりを、たった今そのミハエルを横からかっさらわれたウチらの目の前でやるやなんて……相手が法皇やなかったらオカンがコテンパンにしばいてんのにぃ！

オカンは平然としながらも、腕組みする指にギリギリとチカラ入れてんのバレバレやし。

ウチかて歯軋りすんのが精一杯で、法皇に食って掛かる事なんて出来へん。

ホンマは今にも大暴れしたい。

熱砂の王女としての立場も何もかも忘れて、この全身を支配する怒りに身を委ねたいんや。

せやけどそんなんしたら最後、熱砂王家の屋台骨の香辛料とカーフィー豆の商売は立ち行かんくなってまう。

黒竜教を崇めとる帝都の民は相当な数居てる。ソイツ等にソッポ向かれたら、どんな商売かて終わりや。

娘の幸せか、熱砂の民全ての安寧か、どっちか選べ言われたら、女王としてのオカンの立場からしたらそら答えは決まっとる。

男はミハエルだけやない。イング姉ちゃんにはもっと相応しい男が居てるハズや。

そんなん解りきってる。

でも、ミハエルに裏切られたイング姉ちゃんは……ウチは……こんなに傷ついてんのに！

それなのに、裏切った当の本人は平気な顔で法皇にすり寄って、ウチらなんかもう無視してる！

こんなん許されてエエんか!?

権力を後ろ楯にしたら、何してもエエんか!?

ウチは悔しくて、情けなくて、惨めで……涙が……溢れそうになってまう……。

「ミハエルちゃん♡　アナタとフローラちゃんが無事結婚出来たらぁ、私は安心して法皇の座をぉ、アナタに譲る事が出来ると思うわぁ♡」

「はい！　僕もフローラさんとお義母様の意志を継いで、竜神帝国と黒竜教の発展の為に尽力します！」

……何やて？　ミハエルが法皇に？

ウチは泣きそうになってたんも忘れて、思わずイチャイチャしている阿呆二人を見る。

驚いてたんはウチだけやなく、ウルスラはんもオカンもポカーンとした顔で二人を見てる。

「し、失礼ですが猊下……ミハエルを法皇に、などと……本気なのですか？」

ウルスラはんが恐る恐る法皇に尋ねる。

そらそうや。その反応も当然や。

法皇という地位に限らず、家は女が家長となって継ぐんが当たり前や。

三千年の歴史を誇る竜神帝国も、皇帝は当然として宰相も将軍も宮廷魔術師も、果ては大小様々な貴族の後継者は全員女や。

男が要職に就いたっちゅう記録は無い。

それは法皇も例外と違う。

「あらぁ？　男は法皇になれない、なんて法は無いわぁ。今まではそれに見合う男が居なかっただけよぉ。でもぉ、ミハエルちゃんならぁ、きっと素晴らしい法皇になれると思うわぁ♪」

法皇はそう言うと、ミハエルの綺麗な顔にスリスリと頬擦りする。

ミハエルが一瞬だけ眉をひそめたような気がした。

「だってぇ、こんなに綺麗で可愛らしいんだものぉ♡　私の愛娘のフローラちゃんが支えてくれるしぃ、勿論この私も全力で支援するわぁ♡　今時ぃ女だけが幅を利かせる社会なんてぇ古いしぃ？」

……阿呆や。このオバハン阿呆過ぎるわ。

綺麗かったら法皇が務まるんか？　何十万人もの信徒が居てる、国教の法皇が？

男に？

せやけど、このオバハン本気や。

阿呆やけど本気や。

本気でミハエルを法皇にしようとしとる。

そしてミハエルも、本気や。

その端正な顔立ちだけで、本当に男の身分で法皇が務まると思てる顔や。

アカン。頭がクラクラする。

今ウチが見てんのはホンマに現実なんか？

ホンマは全部夢で、ミハエルは法皇の娘なんかと結婚せぇへんのとちゃうか？

そう思てウチは自分の手の甲をギュッとつねった。

せやけどこの悪夢は醒めてはくれへんかった……。

「……まぁ法皇でも何でも好きに目指してくれたらエエですわ。ワテらがとやかく言う問題でも無いですし、ワテは別に黒竜教徒でも何でもあらへんさかいに」

ふと、オカンが紅茶をグイッと飲んでから言う。

さっきから目の前に出された黄色い塊には全然手ぇつけてない。

ミハエルも法皇も美味しい美味しい言うてたけど、ウチらは気味悪ぅて食う気も起きへん。

「……せやけどミハエルよ？　アンタこの前まではワテの事をお義母様とかぬかしてたん違うんか？　猊下の御息女と結婚するから言ぅて、その変わり身の早さはァ……ちぃと気ぃ悪いで？」

怒っとる時のオカンのガン飛ばしはそらえげつない。

熱砂の国に棲んでる砂漠蜥蜴《バジリスク》を逆に石にするくらいのどギツい眼力や。

その眼光に射竦められたんか、さっきまでドヤっとったミハエルがヒィッ!?　とか叫んで法皇に抱きついとる。

なっさけない男やで……そんなんで権謀術数を弄せなアカン法皇が務まる思てんのかいな。

せやけどそんなミハエルを、法皇はギュッと胸に抱いて庇う。

ヴェールのせいで顔は見えへんけど、わずかに見える唇は楽しげにニヤッと微笑んでた。

「ちょっとぉ、ヘルガさぁん？　ミハエルちゃんをいじめるのはぁ、やめてくださらなぁい？　ミハエルちゃんはもうアナタの娘のぉ……何て名前だったかしら、あの黒くてウジウジしてて、二十歳にもなって占いなんかやってる暗い子ぉ……とにかくその子とミハエルちゃんはもう何の関係も無いんですからねぇ？　ミハエルちゃんは私のぉ大事なぁボクちゃんなんですからぁ♡」

こ、このオバハン……イング姉ちゃんの事を……！

その瞬間、ウチとオカンの顔色が変わる。

特にオカンは殺気を込めた視線を法皇に飛ばして、血が出る程に唇を強く噛んでる。

クソがぁ……相手が法皇やなかったら、今すぐにでも殺してんのに……！

「落ち着いてくださいヘルガ様！　猊下も無用な挑発はお止めください！」

ウルスラはんが慌ててオカンと法皇の仲裁に入る。

「あらぁ、別に挑発なんかしてないわよぉ？　ま、でもぉウルスラちゃんがそう言うんならぁ、私もヘルガさんの事は許してあげるわぁん♪　ついでにさっきから飢えた野良犬みたいに睨んでるそこのおチビちゃんもね」

そう言ぅて法皇は黄色い塊にスプーンを差し入れて、その欠片をパクッと食べる。

そして「美味しいわぁん♡」とキッショイ声出しながら、スプーンをチロチロと舐めながら……。

「だけどぉ、私は許してあげるけどぉ……ミハエルちゃんにはちゃんと謝ってほしいわぁ」

はぁ？

「ほらおチビちゃん、ミハエルちゃんを怖がらせてごめんなさいって謝りなさぁい？　じゃないとぉ……どうなるか、解ってるわよねぇ？」

法皇の目元を隠すヴェールの奥から、毒蛇みたいな視線を感じた。

……これを拒めたらどんなに楽か。

せやけど、それは熱砂王家の没落を意味する。そんな事は今年成人したばかりのウチでも容易《ようい》に察しがつく。

オカンからも、これ以上逆らっても何の意味も無いって目ぇで教えてくれとる。


ウルスラはんはもう庇い立てしてくれへん。そもそも非の多くはウチとオカンにあるんやからしゃあない。

ミハエルは落ち着きを取り戻したんか、法皇が差し出すスプーンの上に乗った黄色い塊をアーンしてもろて食ぅとる。

ムカつく……こんなヤツらに頭下げなアカンのが……。

せやけどしゃあない。向こうの方が強いねんから。

腕っぷしだけでは勝てん相手に、これ以上意地張っても何の得も無い。

ミハエルの事はすっぱりと諦めなアカン。

大好きなイング姉ちゃんを馬鹿にされても、じっと耐えなアカン。

ウチは今度こそ目から涙をこぼしながら、それでも感情を圧し殺して、殺したい程にムカつく相手に謝罪する為に頭を下げる。

「ミハエル、さんを……怖がらせてしもて……ホンマに……すみま……」

その時、初夏の穏やかな中庭に、疾風が吹いた。

「タイガーエルボォオオオオオオオオッッ!!」

どこからか叫び声と共に、ミハエルの身体が吹き飛ばされた！

「ぶげえぇっ!?」

ミハエルはその綺麗な顔を不っっ細工に歪ませながら、椅子から転げ落ちた。

え？　な、何？

何が起きたん？

その場に居た誰も、ミハエルの身に何が起こったんか理解出来へんかった。

ウチもオカンも、ウルスラはんも法皇も、何かに吹き飛ばされたミハエルを見ながらも、身動きひとつ出来てない。

それでもただひとつだけ解ったんは、ミハエルは誰かに殴られたっちゅう事や。

それも、けったいな子供に。

黒い髪に黒い目、黄色い肌に平たい顔。

歳も背丈もウチより低いその子供が、ミハエルにいきなり殴り掛かりよったんや。

ミハエルはその攻撃がごっつい効いたんか、上手く立ち上がる事が出来へんみたいやった。

どうにか立ち上がろうとして四つん這いでプルプル震えとる様は、端から見たら滑稽そのものや。

せやけど誰も笑わへん。どころかそんな状態のミハエルの心配をする者も居てない。

みんなの脳が、考える事を放棄しとるみたいや。

そんなん言ぅてるウチもそうやし。

そしてそれだけやない。

何か知らんけどニコニコ笑てるその黒髪の男の子は、やっと立ち上がったミハエルの後ろに回り込んで、そのままミハエルの両腕を掴んで極めよった。

何する気や？　と思った全員を置いてきぼりにして、ミハエルの足がフワッと地面から離れた。

「喰らえミハエル！　愛と怒りと哀しみのおぉっ！　タイガースープレックスゥゥッ！」

叫び声と共に、ミハエルの身体が弧を描いた。

おっそろしい勢いで後ろに反り返ったミハエルの後頭部は、そのまま思っくそ芝生に叩きつけられよった！

「ぶぎゅるっ!?」

潰されたカエルみたいな悲鳴をあげたミハエル。

え？　これ死んだんちゃう？　とウチは思った。

せやけどミハエルは後頭部を手ぇで押さえて足をジタバタさせとる。

よかった……とりあえず生きてるわ。

そこでようやく大人達が動いた。

「い、イヤアアアア!?　な、何なのぉ!?　誰なのこの子ぉ!?　あ、悪魔の襲撃ぃっ!?」

法皇が頭を押さえて金切り声で叫ぶ。

その悲鳴を皮切りに、ウルスラはんが席を立った。

オカンはまだ何が起こってんのか解らんみたいで、ポカーンとしてる。

歴戦の勇者て呼ばれてるオカンのこの間抜け面……レアやなぁ。

気がつけばこっちの騒ぎにようやく気づいたんか、建物から続々と用心棒達が向かって来る。

よかった。これであの黒髪の子も諦めて……ない!?

その子は倒れとるミハエルの金髪をガシッと掴んで強引に立たせた。

そしてミハエルの腰の辺りに両腕を回して、そのままグルッと反転させて持ち上げた!

逆さまに持ち上げられたミハエルの顔は、恐怖で青褪めとる。

「ちょ、おま……や、やめろぉ!」

あ、これアカンやつや。

この体勢から何をされるんか、ウチでも解る。

そしてウルスラはんの制止も法皇の悲痛な願いも虚しく……。

「イングリットさんの悲しみをおおおおおおおお! 思い知れえええええええええ!!」

「ひぎゃあああああああああああああああっっ!!」

え?

ドッスウウウウウウウウンッ!!

ウチが驚いてる間に、ミハエルの身体が地面から垂直に生えとった。

……うせやろ?

っちゅーか、今の……何て言うたん?

ウチの混乱を他所《よそ》に、現場は大混乱や。

「は、はわ……はわわわ……!」とウルスラはんにしては珍しく慌てとった。

「な、何やのこの子……無茶苦茶やんか……」とオカンは阿呆みたいに口をアングリしとる。

「ひ、ひぃ……ヒイイイイイイッ!? わ、私のミハエルちゃんがあああああっ!?」と法皇は叫び続けとる。もう少しで失神するんちゃうやろか?

そしてウチは、黒髪の子が発した言葉の意味を反芻《はんすう》して、ようやく理解した。

「あ、アンタ……い、今……イングリットさんって……」

この子はイング姉ちゃんを知ってる?

イング姉ちゃんの悲しみって言うてた。っちゅう事は、今回のミハエルとウチらのゴタゴタも知ってる?

そして……ひょっとしたらこの子は……。

イング姉ちゃんの代わりに、ミハエルをしばいてくれたんか……？

ウチが呆けてると、黒髪の子の後ろから用心棒達が血相変えて走って来よる。

黒髪の子はそれに気づいたんか、チラッと後ろを見る。

そしてウチら全員に対し、真顔でこう言い残した。

「安心せい、峰打ちじゃ……サラダバー！」

キメ台詞にしちゃあ、何やよう解らんかったけど。

◇◆◇◆◇

黒髪の子が風のような速さで消えた後、現場は蜂の巣をつついたような騒ぎやった。

駆けつけた用心棒達がミハエルを地面から引っこ抜いたら、ミハエルが白目剥いて泡噴いてた。

それを見て法皇が更に取り乱しよって、早く治癒士を呼びなさいよおおおおおお！　って喚き散らすし。

っちゅうか自分も治癒魔法使えるやんけ。

慌て過ぎてそんな事も忘れよってからに。まぁおもろいから黙っとったけどな。

ようやく駆けつけた治癒士の治癒魔法で、ミハエルは意識を取り戻した。

それを見て法皇はワンワン泣きながらミハエルに抱きついとる。

けど当のミハエルはまだパニックから醒めやらず、手足をバタバタさせて法皇の腕の中から逃れようと必死こいとる。

「ミハエルちゃん！　私よぉ！　カサンドラママよ！　もう大丈夫よ！　殺し屋はもう居ないからぁ！」

「こ、殺し屋⁉　ぼ、僕は殺されるの⁉　い、イヤだあああああ！　シニタクナーイ！」

っちゅうか何でアレで死なへんかったんかが不思議なんやけど。

相変わらずミハエルは暴れとるし、法皇は法皇でミハエルを抱き締めたまま離さへんし。

お互いワーワーギャーギャーうるさぁてかなんわ。

するとオカンがミハエルの後ろに回り込んで、その細い首に手刀をピシッと叩き込む。

「はがっ⁉」

そしてそのままミハエルは意識を刈り取られてもぅた。

恐ろしく早い手刀……ウチやなかったら見逃してまうわ。

「な、何をするのぉヘルガ⁉　私の大事なミハエルちゃんにぃ！」

「あのまま騒いでたらやかましいよってに、眠ってもろただけですわ。心配せんでもしばらくしたら目ぇ覚ましますわ。それよりも今は、あの黒髪の坊やを探すんが先と違いますか？」

　オカンの言葉に、法皇がハッとなる。

　そして何でか知らんけどバツが悪そうにしとるウルスラはんに詰め寄る。

「そ、そうよぉ！　あの黒髪の悪魔は何なのぉ!?　どこから入り込んだのぉ!?　私の大事なミハエルちゃんを殴るわ投げるわ、オマケに地面に突き刺すわ！　捕まえて八つ裂きにしてやるわぁ！」

「あ～……えっと、そのぉ……」

　キーキー喚く法皇に対して、ウルスラはんの様子がおかしい。

　奥歯に物が挟まったような……まさかとは思うけど、ウルスラはんの差し金とかやないやろな？

　そうや。そもそも呆気に取られてたとは言え、ウルスラはんがあの黒髪の子を捕まえられへんかったんはおかしい。

　何せウルスラはんは元帝国竜騎士や。本気を出せばオカンとも張り合えるくらい強い人や。

　そんなウルスラはんがあの子供を捕まえられへんかった……いや、敢えて捕まえへんかったんやないか？

「アナタの責任は後で改めて問うわぁ！　でも今はまず、あの悪魔を引っ捕らえて、この私の前まで連れて来なさぁい！　それが出来なければ、黒竜教の教徒全てがこの男娼館を敵と看做《みな》す事になると心得なさぁい！」

　うわ、横暴やオーボー。

　このオバハン無茶苦茶やな。

　でもやっぱりおかしい。法皇にここまで言われてんのに、ウルスラはんの歯切れが悪い。

　いくらこのヴァルハラ・オティンティン館が皇帝御用達の男娼館や言ぅても、法皇の要求はむしろ当然のモンや。

　それを無視するハズはいくら何でも無いと思うんやけど……。

「何じゃあ？　随分と騒がしいのぉ？」

　ざわっ……と林の木々の葉擦れの音と共に聞こえたんは、思いもよらぬ御方の声やった。

「せ、先帝陛下!?」

　用心棒の一人が裏返った声で叫んで、その場に平伏した。

　続いて他の用心棒達も次々に平伏す。

　オカンもウルスラはんも、法皇でさえ慌てて片膝をついた。

　振り返ったウチが見たその御姿は、紛れもないヒルデガルド陛下その人やった。

豪奢な金の髪、黒くて太い二本のツノ、180センチを越える長身。

金の瞳を細めて、真っ赤な唇を吊り上げて、二本の牙を剥き出しにしながら笑う。

帝都に住む民やったら、その御姿を、その容貌を、その偉容を見間違えるハズが無い。

ウチも慌ててその場に片膝をついた。

視線は地面に向けたまま、全身から噴き出す冷や汗を拭う事もせんと。

何でや……何で先帝陛下が、御供も連れずに一人で!?

「よいよい、今日の妾はお忍びじゃ。面《おもて》を上げよ。して、何があった？　そこに倒れておる小僧はミハエルじゃな？　して、何ぞ愉快な事でもあったのかのぅ？」

そのノンビリした問い掛けに、猛然と喰って掛かる女が一人。

「ちっとも愉快などではありませんわぁ！　私のミハエルちゃんが危うく賊に殺されかけたのですわぁ！　これはヴァルハラ・オティンティン館の警備の甘さが招いた失態なのですよぉ！」

法皇が立ち上がって、ヒルデガルド陛下にそう当たり散らす。

うわっ……コイツごっついな。

ヒルデガルド陛下にキレてる……そんなんウチでもようやらんわ……。

「ほう、それは大変じゃな。して、その賊とやらはもう捕らえておるのかや？」

「いえ、あの……陛下、それが……」

と、ウルスラはんが手を上げておずおずと答える。

よくよく見れば、怪訝《けげん》な顔をしてるんはウチとオカンと法皇だけで、ウルスラはんと用心棒達は何やら訳知り顔やった。

「あの……も、申し上げにくいのですが……し、ショータ君が……」

ショータ？

誰それ？

「……まさか、犯人はショータじゃと言うのか？　ショータがミハエルを半殺しにしたと？」

「……はい」

あの黒髪の子、ショータいぅんか。

っちゅうかウルスラはん、犯人の素性を知ってたんか。

せやから何か歯切れが悪かったんやな。

「あ、アナタ！　犯人の事を知ってたのぉ!?　って言うか、そのショータって子は誰!?」

「えっと……我がヴァルハラ・オティンティン館の男娼で

して……つい二～三週間前に入った新人で……私が思っていたよりも、少々やんちゃ盛りな一面があったようでして……あ、あはは……」

男娼!?　あの歳で!?

どう見てもウチよりも四～五歳……いや、ヘタしたらもっと若く見えたで!?

っちゅうかそんな子供が、何でいきなりミハエルをしばくん!?

「くっ……くくっ……」

うわっ、ヒルデガルド陛下が……キレてはる?

俯いて、肩を震わせて……アカン……そのショータいぅ子、殺されるわ……!

「くっ、くひっ……ケヒャヒャヒャヒャヒャーッ!!」

……え?　笑てる?

お腹押さえて大爆笑してはる?

突然の高笑いに、ウチもオカンも法皇もポカーンなっとるわ。

ウルスラはんは手で顔を覆ってタメ息吐いてはる。

「ヒヒヒ……ヒィ～……許す!　どうせミハエルに非があるんじゃろうから、ショータの罪は不問とするのじゃ!」

……………はぁ?

「な、ななな何を仰っておられるのですかぁ!?　わ、私のミハエルちゃんが殺されかけたのですよぉ!?」

「まぁカサンドラよ、お主の怒りも解るがの。じゃがあのショータは、妾が金貨十万枚で買った秘蔵っ子じゃ。なので単純にミハエルとショータのどちらを取るかと言われたら、妾は何の迷いも無くショータを選ぶ。じゃから諦めい」

はぁ!?　金貨十万枚ぃ!?

男娼一人に!?　金貨十万枚ぃ!?

「加えて言うなら、ミハエルはあと半年はこのヴァルハラ・オティンティン館の男娼であり、まだお主のモノではない。じゃからお主が怒るのはある意味筋違いじゃ」

「なっ……!?」

「ま、今後このような事の無いよう、ショータには妾がキツく言って聞かせるのじゃ。本当じゃぞ?　コラーッ!　って怒っておくのじゃ。じゃから今日のところはこれでお開きじゃ。解ったら早ぅ去《い》ねぃ」

ヒルデガルド陛下はそう言うて、片手をヒラヒラと振る。

それをやられた法皇は唇をキッと噛み締めて、ヒルデガルド陛下を睨んどる。

ウチらはそのガンの飛ばし合いを、固唾を呑んで見守っとる。

トチ狂うてヒルデガルド陛下に害を及ぼそうとしたら、ウチら全員で止めなアカン。

せやけど法皇は何もせず、何も言わず、ただ倒れるミハエルを抱き起こして、そのまま建物の方へと歩いて行った。

「しかしのぉ……ショータがのぉ……ケヒヒヒ♪　相変わらず読めん男じゃて♪　これからの成長が楽しみじゃのぉ♡　そうは思わんかウルスラよ？」

「はぁ、ええ……まぁ」

「ケヒヒ……その調子じゃぞショータよ……多少のオイタは妾がいくらでも庇ってやるのじゃ……故に、お前はどこまでも妾の股間を濡らす程のいい男で在り続けるのじゃ！」

心なしか頬を赤く染めながら、ヒルデガルド陛下はその長身をブルッと震わせつつ楽しげに呟いとった。

陛下のお裁きが下された。

あの黒髪の子……ショータは無罪放免っちゅう事らしい。

「陛下……本当によろしいのですか？　法皇猊下は不服のようでしたが」

と、ウルスラはんがヒルデガルド陛下に尋ねる。

「構わん。お主らの話を総合するに、悪いのはどう考えてもミハエルなのじゃ。ショータはヘルガ殿の娘御の為、悪逆非道の権化を誅したに過ぎん。まったく……金と権力に目が眩んで、それまで懇意にしていた熱砂王家からホイホイとカサンドラに鞍替えするなど、ミハエルもとんだ尻軽男なのじゃ」

「え、ええ……まぁ……」

「それに比べて、ショータの勇ましい事よ。今時珍しく義侠心に溢れた男ではないか。のう？」

「は、はぁ……」

「第一、たかだか男娼同士の小競り合いでガタガタぬかす方がどうかしておるのじゃ。お主らもそう思わぬかや？」

いや、どう考えてもあれは小競り合いなんて生易しいモンやなく、一方的な虐殺ショーやってんけど。

せやけど……やっぱりあのショータいぅ子は、イング姉ちゃんの為にあんな事をしてくれたんか……。

アカン……また泣きそうになってまう……。

「さて、と……妾はウルスラとヘルガ殿と共に、これからの事について協議せねばならん。そこなお主……名は何と申す？」

へ？　ウチ？

あのヒルデガルド陛下が、ウチに話し掛けてる？

「あ、あの、へ、ヘルガの娘、マルグリットと申します！」

「おぉ、やはりヘルガ殿の娘御かや。これまたヘルガ殿に似て利発そうな子じゃのぉ。イングリットとマルグリット、まさに熱砂の太陽と月のようじゃ。この二人が居れば熱砂王家も安泰じゃろうて」

「は、勿体《もったい》無い御言葉にございます」

うっひゃぁ……へ、陛下に褒められてもぅた……♡

あのヒルデガルド陛下に……竜神帝国最強の、生ける伝説に……♡

「……ところで、マルグリットよ。お主にちと提案があるのじゃがの」

「は、はひっ!? な、何でっしゃろか!?」

アカーン！ 緊張し過ぎてドギツイ方言出とるぅーっ！

「なぁに、難しい事ではない。これは熱砂王家にとっても有益な提案じゃ。お主かイングリット、もしくはヘルガ殿でも構わんのじゃが……ショータの子を孕んでみる気は無いかや？」

……はい？

「あ、あの……ショータいぅんは、さっきの黒髪の子ォでっしゃろ？ 娘らはともかく、ワテにまであの子と一発かませっちゅうのは……あの子、見た感じやとかなり幼いんと違いますか？」

と、オカンがヒルデガルド陛下に尋ねる。

そらそうや。あのショータっちゅうんはどう見てもウチよりかなり年下やんか。

さすがにそんなガキンチョとウチがパコるっちゅうんは抵抗あるし、イング姉ちゃんの相手に相応しいとは思えへん。

ましてやオカンとなんて論外やろ。犯罪やで犯罪。

「まぁ見た目はあんなじゃがの。込み入った事情があっての、幼く見えても歴《れっき》とした成人じゃ。マルグリット、確かお主と同い歳じゃったハズじゃて」

はぁ!? タメ!? ウチとあのガキンチョが!?

「ショータの男としての魅力は妾が保証する。何せ金貨十万枚じゃぞ？ そんじょそこらの男なんぞ束になっても勝ち目は無いわい。ミハエル？ あんなハナタレ小僧の子種なんぞより万倍は優秀じゃて」

「は、はぁ……しかし……」

そうは言われてもウチもオカンも困惑する。

いくらヒルデガルド陛下のお奨めとは言うても、さすがにあんなガキンチョみたいな男の子とパコって、尚且つ孕ませてもらえっちゅうても……。

「……ヘルガ様、マルグリット様、私もヒルデガルド陛下と意見を共にします。斯《か》く言う私も、近い将来にショータ君との子を授かりたいと思っています」

はぁ？ う、ウルスラはん？

いきなり何言うてんのん？

「あの子を見た時……いえ、あの子の逸物を見た時、私の子宮は彼の精子を欲しました。女は頭や心で嘘をつけても、子宮は嘘をつけません。私は三十目前にもなって未だ子を授かる事はありませんでした……でもショータ君となら、この先何人でも元気な子を産めそうな……そんな気がするのです♡」

「ケヒヒ……堅物のウルスラをしてここまで言わせるのじゃよ、あの小僧は。今はまだお主らも疑問に思うておるじゃろうが、覚悟しておれよ？　ショータのチンポを、精液を、そしてその心意気を直接感じ、堕ちぬ女は居らぬと妾は断言するぞ」

　ウチはもう口をアングリ開けるしかないわ。

　ヒルデガルド陛下もウルスラはんも、冗談を言うてるようには見えへん。

　そしたら、本気……なん？

　本気で、あの男の子と……な、生パコしたいって、思てるん……？

「……陛下やウルスラ殿のような豪の者をも虜にするとは、それ程までにあの子は凄いっちゅう事ですかいな？」

　あ、オカンも段々その気になってる。

　ベロッと舌舐めずりして、あの子との生パコガチ孕みセックスを想像しとる顔や。

　ウチらを産んだ後も、度々オトンの目を盗んでは執事や侍従の男の子をつまみ食いしとるの、知ってんねやで？

「ケヒヒ……ヘルガ殿も興味が湧いたかゃ？　じゃが、まずは娘御達に味わってもらうのが先じゃて。マルグリットよ、もし気になるようなら、ショータの部屋へ行ってみよ。そこでショータに抱かれれば、ミハエル如き小物の事なんぞ綺麗さっぱり忘れられるぞょ？」

　その時のウチはどうかしてたんや。

　いくらヒルデガルド陛下の御言葉とは言うても、あんなガキンチョと……生パコしてる自分を……ちょっとでも想像するやなんて……。

◇◆◇◆◇

　せやけどウチは好奇心を抑えきれんかった。

　ウチはセックスの経験がある言うても、ほんの二十人程度で、大半がこのヴァルハラ・オティンティン館の男娼相手や。

　イング姉ちゃんは頑なに「初めてはミハエル様と！」って言うて他の男娼を買わへんかったけどな。

　ウチは大体『天』か『竜』の男娼を買うてたけど、やっぱり帝都最大の男娼館だけあって、テクニックはグンバツやった。

　たった二時間の奉仕でも、ウチのセックス慣れしてない身体はトロトロに蕩けさせられてもぅた。

このランクでこれだけ気持ちええねんやったら、最高ランクの『神』の男娼なら……ナンバーワンのミハエルとやったら……。

って夢見てたんもついさっきまで。

もうミハエルとパコれるチャンスも無いやろなぁ。

せやけど、そのミハエルすら問題にならへんって噂のあのショータっちゅうガキンチョ……一体どんなヤツなんやろ？

逸る気持ちを抑えつつ、ウチはショータの部屋を目指す。

途中で会ぅた栗毛のキツネ目メイドにショータの部屋の場所を聞いて、ウチは何故か忍び歩き気味に向かう。


「ここが、あの男のルームね……！」

建物内の二階『地』のフロア。

ドアには札が掛けられとって、手書きでショータって名前が書かれとる。

ドアノブに手を添えて、ゆっくりと回す。

鍵は……掛かってる。

小癪《こしゃく》な……ウチにかかれば鍵なんぞ無意味や。

ウチは古代語魔法の『解錠《アンロック》』を唱える。

カチリ、と小さな音を立てて鍵が開いた。

ホンマはこういう事に魔法を使うべきやないねんけど。

中に人が居るかどうかを確認する為に、わずかに扉を開いたウチが目にしたんは……。

とんでもない光景やった。


中に居るんは、二人。

椅子に座る褐色銀髪の美女と、その前に立つ黒髪のガキンチョ。

美女は言うまでもなく、ウチの大好きなイング姉ちゃん。

そして黒髪のガキンチョは、ショータや。

イング姉ちゃんとショータは、何やら話し込んでる。

何でか知らんけど、二人とも息が荒い。

っちゅうか……二人の距離、やたら近ない？

何してんのやろ……とウチが見ていた次の瞬間！

イング姉ちゃんがいきなりショータにキスしよった！

「(んなっ⁉　い、イング姉ちゃん⁉)」

嘘や……あのイング姉ちゃんが……自分から男にキスするやなんて⁉

あのミハエル命のイング姉ちゃんが。

ミハエル様に誤解されるから言ぅて、他の男娼ともよう喋らんかったイング姉ちゃんが。

男とキスはおろか、手ェも満足に繋いだ事の無いイング姉ちゃんが。

ニュルッ、ジュルッ、って音がこっちにまで聞こえて来るような、ごっついキスしとる……。

嘘やん……あんなに舌まで絡めて……！

イング姉ちゃんが……ファーストキス（多分）をあんなに情熱的に……しかもあんなガキンチョと！

あぁ……イング姉ちゃんの舌が……。

ショータの唇や舌や口ン中をベロベロと舐め回しとる……。

それどころかショータの唾をジュルジュル啜っとる……。

あんなエロいイング姉ちゃん……初めて見るわ……。

普段は男娼の胸元が見えただけで顔を真っ赤にしてたくせに……何であないなエロいキスが出来んねん……。

それとも、これが本当のイング姉ちゃんなんか……？

ウチがそんな事を考えていると、イング姉ちゃんとショータはゆっくりと唇を離す。

お互いの唇と唇の間には、お互いの唾液が絡み合ってネチョォって糸引いとる。めっちゃエロい。

でもそれで終わりやなかった。

イング姉ちゃんは何かを決意したような顔になって、おもむろに胸当ての留め金を外した。

ブルルンって音が聞こえそうなくらい、大きくて立派な、イング姉ちゃんの胸が溢れ出る。

ウチはイング姉ちゃんの大きくて柔らかい胸が大好きやけど、世の男共は違う。

男はみんな小ぶりな胸が好きで、男共が忌み嫌う大きな胸は、女達の劣等感の象徴そのものなんや。

イング姉ちゃんも例外やない。いっつも大きな胸を隠すように、前屈みで縮こまっとった。

でもイング姉ちゃんは、そんな自分の最大のコンプレックスを感じる胸に、ショータの顔をグイッと押しつけた！

そ、それはアカン！　そんなんされたらショータが泣きよるから！

……あ、あれ？　泣いてへんし、嫌がってもない？

むしろ、自分から抱きついて胸の感触を味わってる？

そんな……あり得へん！

女の胸を……しかもイング姉ちゃんみたいに大きくて柔っこい胸が好きな男なんか居てるワケないのに！

でも、もしそんな男が居たら……ひょっとしたら、イング姉ちゃんは幸せになれる……？

解らへん。ウチの頭はかつて無い程に混乱しとる。

一体何やねんあのショータっちゅうガキンチョは!?

散々《さんざ》っぱらイング姉ちゃんの胸を楽しんだと思たら、またイング姉ちゃんとベロチューしとるやんけ！

何やねん！　羨まし過ぎるやろ！

っちゅうかベロチューし過ぎやろ！　どんだけベロチュー好きやねん!?

男のくせにベロチュー好き過ぎるやろがぃ！

ウチがここの男娼とキスを求めても、唇の先でチョンと触れて終わりやねんぞ！

ウチが強引に舌入れようとしても、必死こいて歯を食い縛ってガードしとんねんぞ！　それをお前らは！　ベロベロチューチューし過ぎやっちゅうねん！

アカン！　何か腹立ってきた！

イング姉ちゃんはズルいわ！　ウチの気も知らんと、ミハエル以外の男と乳繰り合うてからに！

こら一言文句言わな気が済まん！　今すぐ部屋の中に踏み込んで、そのままあのガキンチョに説教かましたる！

そう思たウチは、ドアノブに手を掛ける。

せやけどその時、ウチは信じられへんものを目にした。

その時の衝撃は忘れられへん。この次の日もそのまた次の日も、夢に見る程に。


ブルンッ！　ペチーンッ！


イング姉ちゃんがショータのズボンとパンツを一気に脱がすと、そこから現れたのは馬鹿げた大きさの逸物やった。

……何なんアレ？

ち、チンチン？

いや、ちゃうわ……あんなん……チンチンと違う……そんな可愛らしいモンやない……。

あんなん……マラやん……。

その精液まみれのマラは、強烈な青臭さを纏って、そのニオイは部屋の外に居るウチの方にまで香って来て……。

そのむせ返りそうなニオイを嗅いだウチは、思わず膝から崩れ落ちてしもうて。

それから、一瞬たりともそのデカマラから目が離せんようになってしもてた。

アカン……あのマラはアカン！

あんなん反則やん！

何やねんあのデカさ……エグ過ぎやろ！

太くて長いだけやない。あの反り返り、エラの張り具合、先っぽがお腹につくくらいの勃起力……全てに於いてウチが今まで見てきたチンチンとは桁違いや！

あぁ……イング姉ちゃんがマラに頬ずりしてる!?

顔をザーメンまみれにして、ウットリして……イング姉ちゃんの黒い顔が、あっという間に白くなってもうた！

エエなぁ……エエなぁ……あの量のザーメンだけで、他の男娼の何発分……いや、何日分やねん……。

スゴいわ……アイツ最高やわ……。

ヒルデガルド陛下やウルスラはんがべた褒めしてたんも、今なら理解出来る……。

見た目は平凡やしパッとせぇへんけど、セックスに関しては、多分アイツ以上の男なんぞ存在せぇへん……。

どんだけ他の男娼のちっさいチンチンを寄せ集めようが、ショータのマラ一本にすら太刀打ち出来へん。

あのデカマラやったら……ウチのオ〇コの奥の奥まで、ザーメンで満たしてくれる……。

アカン……ウチのオ〇コが泣いてる……♡

ショータのデカマラが……濃厚なザーメンが欲しい言うて、ビショビショになってもぅてるぅ……♡

欲しい……ショータが欲しい……。

キスして欲しい……デカマラ入れて欲しい……ザーメンぶっかけて欲しい……。

その時のウチは、ショータのマラが欲しなり過ぎて、気がついたらオナっとった。

「あふっ♡　んひっ♡　ごっつい……あのマラ入れたい……ウチのオ〇コで、ショータのマラをズボズボってコキたいぃ♡♡♡」

いつ誰が通るかも解らん廊下で、ショータとイング姉ちゃんの乳繰り合いをオカズに、グッチョグチョのオ〇コを自分の指で慰めとった。


【イングリット、虜になる】


「んっ、んぐっ……ぷはぁ♡　んむっ♡　はぷっ♡」

私はショータさんの精液を全て飲み干し、更にもっと精液をねだるように、オチンポの中に残った精液までチューチューと吸い取る。

舌の上に残るエグみ、粘りつく喉越し、鼻腔をくすぐる生臭さ……全てが私を虜にして離してくれない。

あぁ……精液がこんなに美味しいなんて……♡

オチンポがこんなにも、私の心を満たしてくれるなんて……♡

私の身体に触れる事さえしてくれなかったミハエル様に操を立てて、今までこんな幸せを逃していたなんて……！

でももういいの。

もう我慢する必要も無いわ。

ミハエル様は私から離れてしまったけれど、代わりにもっと素晴らしい殿方が私を見つけてくれた。

ショータさん……いえ、ショータ様が……♡

ショータ様は素敵な殿方です。

ショータ様は私を綺麗だと言ってくれる。

この黒い肌も、醜く太った身体も、宝石のように大切に扱ってくれる。

あぁ……ミハエル様とは正反対な見た目なのに……美しさではミハエル様に遠く及ばないのに……。

でも、ショータ様はこんなダメな私にとても優しくしてくれるの。

それは上辺だけのミハエル様の優しさとは全てが違っていて。

ショータ様は私に触れてくれる。

私なんかに、とっても情熱的なキスをしてくれる。

私の顔を、口を、舌を、喉を……美味しい精液でいっぱいに満たしてくれる。

もっともっと、ショータ様に触れて欲しくなるの。

私の中からミハエル様の面影を追い出すくらい、ショータ様の手で、お口で、お……オチンポで……私を……ショータ様の色に染めてください！

「い、イングリットさん……僕……イングリットさんのおっぱいとか、オマ○コとか……触りたい、です……ってか、ここまで来てイングリットさんに触れないなんて、生殺しです！」

私がショータ様のオチンポを舐めて綺麗にしていると、ショータ様は恥ずかしげにそう言ってくれて。

そんな……そんな事までして頂けるなんて……。

信じられない……私が、殿方にそんな風に欲情してもらえるだなんて……。

「わ、私なんかのだらしない身体を触りたいだなんて……ショータ様は変わってらっしゃいます……それとも、こんな醜い私に……同情してらっしゃる、とか？」

どこまでも卑屈な私。

でもそれも当然です。私はどこに行っても、殿方達の無遠慮な蔑視と嘲笑の対象だったのだから。

今更、そんな慰めなんて……。

「だらしなくなんかないよっ!!」

ムギュッ！

「ぴゃっ!?」

し、ショータ様!?　い、いつの間に私の後ろに!?　って言うか……わ、私の胸を……掴んで……るぅ♡

「ほら、こんなに柔らかくて、温かくて、触り心地がいいおっぱいなのに！　それにこの健康的な褐色の肌がたまらないよ！　オマケに形も綺麗で、乳首もピンク色で、とっても最高のおっぱいじゃないか！」

ショータさんはそう言って、私の胸を両方の手でもみく

ちゃにしてくれる。
指先でサワサワしたかと思えば、ギユッと強く掴んだり、固くなった乳首をコリコリってつまんだり。
こ、こんな……こんな私が、殿方に胸を揉んでもらえるなんて……夢みたいぃ♡
ショータ様の手、小さいけれど……とってもチカラ強くて、触れる度にビリビリってなって……。
ダメぇ♡　何も考えられないぃ♡
「あひぃっ♡　む、胸が……気持ち、良いのぉ♡　殿方に、触られる、のって……こんなに気持ち良いのですかぁ!?」
「イングリットさん……もしかして、おっぱい揉まれたのって、初めてなの？」
「は、はひ♡　初めてれしゅぅ♡　み、ミハエル様にもぉ、一度も触られてまひぇん♡」
「よかった……やっぱりミハエルは馬鹿だよ！　こんな最高のおっぱいを触らないなんて！　アイツは大馬鹿のタマ無し野郎なんだ！　でもその分、僕がイングリットさんのおっぱいを独占出来るんだ！」
ムギュッ、ムニュッ、グリュッ。
はひぃいいいいい♡　わ、わらひの胸ええええええ♡
しゅごいぃ♡　ショータ様の指でぇ♡　お胸が気持ち良いよおおおおお♡
ショータ様の指が触れた所が、熱くて、ビリビリして、ジンジンしてえええええ♡
む、胸だけで……イグうううぅウゥぅぅッッ♡♡♡

【マルグリット、我を忘れる】

す、スゴい……。
イング姉ちゃんが、胸をこねくりまわされとる……。
イング姉ちゃんの顔、すっかり蕩けきってて……滅茶苦茶アクメ顔になってるやん……。
あんなに胸を無茶苦茶しよる男が居るやなんて……。
あひっ♡　う、ウチの乳首も……固なってるぅ♡
乳首も……お豆さんもぉ……コリコリってぇ♡
い、イク……ウチもイッてまうぅ♡
男にイカされるイング姉ちゃんを見ながら、ウチもアクメってまうぅ♡
ひっ♡　ひぃっ♡　うひいいいいいんっっ♡
と、ウチの全身が痺れて、震えて、飛び跳ねる。
今までのオナニーでは感じた事の無い高みにあっさりと登り詰めたウチの身体は、快感に打ち震えた。
そして、そのまま脱力したウチの身体が、ドアにもたれ掛かって……そして……。

【イングリット、取り乱す】


ギィィ……バタンッ。

あれ？　ドアの方から音がしたような……？

頭にボウッと靄《もや》の掛かった状態で、音のした方を確認すると……。

「…………ま、マール!?」

そこには私と同じ褐色の肌の、長くしなやかな金髪をツインテールに結んだ少女が倒れ伏していた。

でもその顔は苦痛の表情ではなく、むしろとても穏やかな、全てを満たされたような安らかな寝顔で。

「え？　誰？　って……あ、さっきミハエルと一緒に居た子だ」

「あ、あの……私の妹です……でもどうしてこんな所に……？」

マールの全身は汗みずくで、特に腰布の辺りがグッショリと夥しく濡れています。

それの意味するところは、さすがに処女の私といえども理解出来る。

つ、つまり……。

「……見られちゃってたかな？　僕とイングリットさんがイチャイチャしてたの」

あぁぁあぁ～！　やっぱりそうですよねぇ～！

どうしよう……マールにあんな所を見られるなんて……。

でもどこから？　キスから？　フェラチオから？　胸を揉まれてるところから？

もしかしたら最初から……うぁぁ～恥ずかしいぃ～！

「ま、とりあえずベッドに寝かせますね……よっと！」

ショータ様はそう言って、倒れているマールをひょいっと王子様抱っこしてベッドまで運んでくれた。

マールよりも小さいのに、難なく王子様抱っこをするなんて……私の股間がまたキュウンと疼いてしまって。

そのままマールはベッドに寝かされ、私はどうしていいのか解らずオロオロしてしまっている。

そんな私を、ショータ様は正面からギュッと抱き締めて私の胸に顔を埋める。

私は思わず「ふわっ!?」とはしたない叫び声を出してしまいました。

「……ねぇ、イングリットさん、今日はこのまま終わりにする？　それとも……妹さんが起きるまで、やれる事やっちゃう？」

ショータ様は潤んだ瞳で私を見上げ、再び硬くなったオチンポを私の太ももにスリスリと擦りつけている。

あぁ……もう二回も射精しているのに、何故こんなにも硬いままなの……？

殿方は一日一回、多くて二回の射精が限界なんじゃなかったの？　マールやお母様からそう聞かされていたのに……。

「や、やれる事とは……な、何ですか？」

あぁもう、私の馬鹿っ！　ここでそんな解りきった事をわざわざ聞くなんて！

でも……私、まだ……心の準備が……。

するとショータ様は一瞬キョトンとした顔をしつつも、フッと笑ってこう言ったの。

「何って……もちろん、セ・ッ・ク・ス♡　だよ？」

あぁ……もうダメ……。

マールより幼い、男児と言っても差し障りの無いようなショータ様。

なのにその逸物は、恐らくどんな殿方よりも強く逞しい、竜のチンポをお持ちのショータ様。

そんなショータ様が、私とのセックスをお望みになられているのです……。

あぁ……この黒髪黒目の少年は、私の傷ついた心を癒してくれる天使？

それとも、私の心の隙間に忍び込んで堕落させようと企む小悪魔？

その時の私は、過去に例を見ぬ程に欲情していました。

初めてオナニーを覚えたあの日より。

初めて殿方のオチンチンを見てしまった時より。

初めてミハエル様にお会いした瞬間より。

私の股間から漏れ出す愛液は、太ももどころか足首にまで垂れ落ち、ショータ様の部屋の絨毯を汚してしまっていたのでした。

【マルグリット、目覚める】

……あれ？　ウチ、どないしてたん？

確か、イング姉ちゃんとショータの乳繰り合いを覗きながらオナってて、そんで……。

っちゅうか、いつの間にベッドに寝てんのん？

「あぁあぁあぁ～っ♡　はぅっ♡　ふひっ♡　し、ショータ様ああああ♡」

!?

「ら、らめれすぅ♡　そ、そんなに舐められてはあああ♡　しょこ、汚いからあああああああ♡」

「……イングリットさんに汚い所なんかありませんよ。僕にとってはイングリットさんの唾液も汗も愛液も、オシッコだって甘い果汁や蜜なんだから」

ジュルルルルッ！　ピチャピチャピチャピチャ！

「はあああああっ!?　しょこらめえええええ!!　ぜったいらめなトコおおお、おお、ぉおおおお♡♡♡」

「だって、舐めて欲しそうにヒクヒクしてたから……んむっ♡　あむっ♡　れるっ♡」

うわっ……信じられへん……。

ショータが……イング姉ちゃんのオ○コ舐めとる……。

ウチかてそんなトコ舐めてもろた事無いのに……。

プロの男娼でさえ、よっぽどの上客にしかせぇへんと言われとるクンニ。

それは男と女が真に心を通じ合わせとるっちゅう証明にもなる。

男にとっては性器に口をつけるっちゅう忌避感と嫌悪感が先立って、たとえ恋人や夫婦でも滅多にやれへん。

女はフェラしたがるのに、男はクンニしたがらへんっちゅうこのジレンマ。

せやけどそれは仕方ない。ウチら女は、男にキスされただけでもラッキーやと思わなアカン。

乳首舐めはそれよりも難易度が高いし、クンニなんか夢のまた夢や。

それやのに……何でショータはそんな簡単にクンニ出来んねん？

イング姉ちゃんのオ○コが汚いなんて思わへんけど、それでも少しくらい抵抗がある方が普通やん。

せやけどショータは、本当に美味しそうにイング姉ちゃんのオ○コを舐めとる。

オ○コどころか、この反応は絶対ケツメドまで舐められとるやん。

考えられへん。普通クンニは別料金や。しかも高いオプションや。

処女のイング姉ちゃんがそんなオプションを知ってるハズが無い。

せやったらショータが自発的に？　んなアホな！

「もうらめえええええ♡　死んじゃうぅぅ♡　これ以上舐められたらぁ♡　セックスする前にイキ死にましゅうううううう♡♡♡」

「……ぷはっ。そうだね、でもまだ三分くらいしか舐めてないけど、イングリットさんはちゃんと満足してくれたの？」

「は、はひ♡　もう、十回は、イキまひた♡　これ以上、イッたら、わらひ、壊れちゃいましゅぅ♡」

十回!?　クンニで十回!?　しかもたった三分で!?

何やねんそれ!?　むっちゃコスパがエエやん!!

「じゃあ……しちゃう?」

「は、はいぃ♡　お、お願いしましゅ♡　ショータ様……私の、初めての、人に……♡」

そこでイング姉ちゃんが、自分の手でオ○コをメラァッと割り開いた。

ピンク色の、未使用の綺麗なオ○コの奥まで、ショータからは丸見えになってるハズや。

ショータは生唾をゴクリと飲み込んで、そのままデカマラをイング姉ちゃんのオ○コに……。


「ってちょっと待てやあああああ!!」

ウチは慌てて飛び起きる。

「うひぃっ!?」

「わっ!?　え、マールちゃん、気がついたの?」

イング姉ちゃんもショータもビックリして止まってしもてる。

っちゅうか誰がマールちゃんやねん!　ちゃん付けで呼ぶなや!

男にちゃん付けで呼ばれるとか……は、ハズいやんけ……。

「おいこらガキンチョ!　処女のイング姉ちゃんにいきなりそんなデカマラをハメるつもりかいな!?　そんなん突っ込んだらイング姉ちゃんのオ○コが壊れてまうやろ!」

ウチは気恥ずかしいのんを誤魔化すように、イング姉ちゃんのオ○コにマラを押し当て続けとるショータに食って掛かる。

「ちょ、マール!?　処女処女と連呼しないで!」

「処女なんは事実やろ!　イング姉ちゃんじゃそんなデカマラの相手は出来へん!　鼻の穴に五本の指全部入れるが如しや!」

そう言われたイング姉ちゃんはウッとたじろぐ。

そらそうや。経験豊富なウチならともかく、イング姉ちゃんにはまだショータのデカマラは早い。

「せやからイング姉ちゃんの前に、ウチがこのデカマラの味見をしちゃる!　イング姉ちゃんの初めての相手に相応しいかどうか、ウチが身をもって審査したるさかい!」

「そ、そんなのダメです!　マールは私よりも先にショータ様のオチンポを入れたいだけでしょう!?　私はもうこの身をショータ様に捧げる覚悟は出来ているのですから、余計なお節介は慎みなさい!」

「余計なお節介て何やねん!　ウチはイング姉ちゃんの事が心配やから言うてんねんで!?」

「それが余計なお節介と言うのです!　私はマールよりも歳上ですし、身体も発育しています!　もう充分にショータ様のオチンポを迎え入れる準備は出来ているのです！」

「何言ぅてんねん！　処女のイング姉ちゃんがこんな規格外のデカマラで処女喪失するなんて無理やっちゅうねん！　病人はおとなしゅう麦粥でも食ぅてたらエエねん！　健康な人間には肉を、経験豊富なウチにはデカマラを、や！」

「何が経験豊富ですか！　じゃあマールはショータ様のような大きなチンポを入れた経験があるのですか!?　どうせ私の人差し指よりも小さいオチンチンしか入れた事が無いくせに！　それなら条件は私と同じではないですか！」

　ウッ……痛いトコを突かれてしもた……。

「う、うるさいうるさいうるさぁい！　とにかくそのデカマラはウチがハメるんや！　イング姉ちゃんは引っ込んといてんか！」

「お黙りなさい！　ショータ様のデカチンポは私のものです！　マールこそ引っ込んでなさい！」

「イング姉ちゃんのわからず屋！　イケズ！」

「マールの威張りんぼ！　マセっ子！」

「「ムキイイイイイイイイ!!」」

　あれ？　ウチ何でイング姉ちゃんと喧嘩してんねや？　っちゅうか、姉妹喧嘩なんて今までした事無いのに。

　でも、ここは譲られへん。女の意地や！

「ちょ、二人とも喧嘩は止めて！　仲良くしよう、ね？」

　ショータがポカポカと叩き合うウチらの間に割って入る。

　うるさい！　アンタは引っ込んどれ！

　っちゅうかそのイキり立ったデカマラをウチに見せんなや！　益々興奮してまうやろボケェ！

「ショータ様！　この際ハッキリと申してくださいませ！　マールのような子供より、この私とセックスしたいと！」

「え？」

「ショータ！　この処女拗《こじ》らせたイング姉ちゃんにズバッと言ぅたって！　そのデカマラでウチと生パコしたいって！」

「え？」

「どっちですか!?」

「どっちなん!?」

「私とセックスしてくれないのですか!?」

「ウチとはパコられへん言ぅんかい!?」

　ウチとイング姉ちゃん、両方同時に決断を迫られたショータの答えは……？

「そ、そりゃ……ど、どっちとも、したい……です……」

　………ドエロか!?

　普通はどっちかだけ選んで、両方から犯される危険を回避するやろ！

　ウチとイング姉ちゃんどっちともパコりたいって、淫乱にも程があるやろ！

「ショータ様ぁ……♡」

イング姉ちゃんも目にハートマーク浮かべとる場合ちゃうやろ!?

そこは「私を選んでくれないのですか!? キイイイイイイッ!!」てなるトコやろ！

何を予想以上のエロエロ発言にキュンとなってんねん！

ま、まぁ……そらウチも、何て頼もしいんやろがって、ちょっとだけ……ホンマにちょっとだけやで？

お、オ○コが……ジュワッて濡れたけども……。

「な、ならどっちが先や!? 当然ウチやろ!?」

「わ、私ですよね!? セックスの約束は私が先だったのですから！」

再度ウチとイング姉ちゃんから決断を迫られたショータの答えは……？

「じ……じゃんけんで……」

「「……さーいしょはグー！」」

「え？ じゃんけんの文化あるの!?」

「「じゃんけんポン！ あいこでしょっ！ あいこでしょっ！ あいこでしょっ！ あいこでしょっ！」」

壮絶なあいこの応酬の末、見事勝利したんは……。


「ッシャオラアアアア！ どんなモンじゃぁーい!!」

「そ、そんなぁ……私ではマールには勝てないのですか……？」

勝者はウチや。っちゅう事で、最初にショータとパコれるんはウチや……キシシ♪

ウチは早速腰布を脱ぎ去って、そのまま呆けるショータを押し倒す。

「う、うわぁ!? ちょ、マール……ちゃん？」

「ンフフフ……ショータぁ♡ 覚悟しぃや？ 百戦錬磨のウチのオ○コにかかれば、いくらこないデカマラ持っってても、ウチにメロメロになってまうでぇ？」

ウチはペロリと舌舐めずりしつつ、もう既にグショグショのオ○コにショータのビッキビキのマラの先端を当てる。

熱ぅ……こんな嘘みたいにぶっといマラとパコれるやなんて……興奮して更にマン汁が倍プッシュやで♡

イング姉ちゃん……堪忍な？

ウチのオ○コは特別なんや。今までパコってきたプロの男娼も、一分もったヤツは居らへんねん。

当然ショータのデカマラでも、ウチのオ○コには勝たれへん。あっちゅう間にザーメン搾り尽くされて、イング姉ちゃんの分は残らへんようなるわ。

しゃあけど、それも運命や。

ショータはウチが貰うわ。

イング姉ちゃんにはまたお似合いの男を探したるさかい……ほな、いっただっきまぁ～す♪


【イングリット、圧倒される】


パンパンパンパンパンパンパンパン!!

「ああああああぁっ!! もうアカン♡ もう堪忍して♡ ウチのオ○コ壊れてまううううう♡」

「スゴい……マールちゃんのオマ○コ、キツくて……ヌルヌルしてて……こんなの、腰が止まらなくなっちゃうよぉ！」

パンパンパンパンパンパンパンパンパンパンパンパンパンパンパンパン!!

「あひいいいいいいいいい♡ やめへぇ♡ ごめんなひゃい♡ ウチが調子コイてまひたぁ♡ こんなん勝たれへん♡ こんなごっついマラの前では、ウチのイキりオ○コなんかじゃ太刀打ち出来へんよおおおお♡ おほっ♡ んぐおおおおんっ♡♡♡」

「あぁっ！ また出るっ！ マールちゃんのオマ○コが気持ち良過ぎて、三回目が出るうぅっ！」

ビュルッ！ ドプドプッ！ ドクッドクッ！

「んおおおおおおおお♡ あついいいいいいい♡ 何でこない仰山出んのおおおおお♡ もう、ウチの、オ○コ……ザーメン入らへんのにいいいいい♡♡♡」

す、スゴい……。

あのマールが……私よりも遥かに殿方を知っているマールが……。

見た目にはマールよりも幼い、あどけなさの残るショータ様に圧倒されてるなんて……。

「はぁ、はぁ、はぁ……スゴくいっぱい出たぁ……でも、まだ足りないよぉ……」

そう言ってマールから離れるショータ様のオチンポから、ビュルッと精液が迸る。

白目を剥いて倒れるマールのオマ○コからは、ゴプッゴプッと大量の精液が逆流して……。

あ、あんなに出してもまだ満足出来ないの!?

殿方って……殿方ってぇ！

「イングリットさん……次はイングリットさんの番ですよ……」

ショータ様はそう言って、私の方へとにじり寄る。

私はほんの少し恐怖を感じつつも、大きな期待を抱かずにはいられなくて。

あのマールさえも屈服させる、ショータ様の逞しいオチンポで……処女の私が……本当の女になれる……。

震える身体をどうにか鼓舞しながら、私はベッドに身を横たえ、ショータ様に対して足を大きく開いて迎え入れる体勢になります。

「や、優しく……してください……♡」

と言って、
恥ずかしい……こんな事、殿方に対して言う事ではないのに……。

本来なら私がショータ様をリードしなければならないのに……。

でも、ショータ様には全てを委ねてしまいたくなってしまうのです……。

そして、ショータ様のオチンポの先端が、私のオマ○コに……。

怖くて指さえも入れた事の無い私のオマ○コは、ショータ様の舌に続いて、いよいよオチンポを迎え入れようとしている……♡

「……行きます」

「はい……♡」

大丈夫……ショータ様はきっと優しくしてくれる。

私の初体験は、夢のような素敵なひとときに……。


【ショータ、獣の如く】


「ひっ、あっ、はっ……ショータ、様……も、許ひ、てぇ……」

「はぁ、はぁ、はぁ……イングリットさんのオマ○コもスゴく気持ち良いよぉ……また出ちゃううううう♡」

ビュルルルッ！　ビュクッビュクッ！

「はひぃ……ひぃ、ひぃ……♡　ご、五回目ぇ……もう、無理ぃ……♡」

あ……イングリットさんが気絶しちゃった……。

どうしよう……もっと出したいのに……。

でもさすがにちょっと休ませないと、イングリットさんだけに無理させるワケには行かないもんね。

はぁ……でも気持ち良かったぁ♡

イングリットさんのオマ○コは締まりが良くて、ふわふわとろとろで……マールちゃんのキツキツオマ○コともまた違った良さがあって……。

あ、思い出したらまた……。

………またマールちゃんに入れちゃおっと。

起こさないように、そっと……そっと……。

「んひいいいいいいい!?　はっ、はひっ、またぁ♡　もう無理や言ぅてんのにぃ♡」

「あ、起きちゃった。ごめんね……でもマールちゃんのオマ○コ、もっともっと味わいたくて……あと一回だけ、あと一回だけだから……」

結局夕食の時間までに、マールちゃんにもう三回とイングリットさんに二回出した。

最後はすっかりグッタリしてるイングリットさんの身体の上にマールちゃんの身体を重ねてみる。

ふわぁ……こんなの、エッチ過ぎるよぉ……♡

上はマールちゃんのロリぷにマ○コ……。

ニュルンッ！

「んぎぃいいいぃいぃいっっ⁉」

その下はイングリットさんのふわとろマ○コ……。

グニュウッ！

「ふおおぉぉおおおおおっっ⁉」

ど、どっちも気持ちいいよぉ！

ロリぷにマ○コ……ふわとろマ○コ……ロリぷにマ○コ……ふわとろマ○コ……ふわとろマ○コ……ロリぷにマ○コ……ロリぷにマ○コ……ロリぷにマ○コ……ふわとろマ○コ……。

ジュッポジュッポジュッポジュッポ！

ニュッコニュッコニュッコニュッコ！

「んおぉっ♡　んごぉっ♡　んぎゅうぅ♡　い、イングねえちゃぁん！　ウチ、ごわいぃっ！　しんでまうぅ！　ショータの、きちくマラで、いぎごろされでまうぅううううっ‼」

「ひいぃん♡　あぉおっ♡　ふひぃいっ♡　た、耐えるのよマール！　ショータ様を信じていれば、きっと大じょうぶ……はぐぅっ⁉　そ、そこらめええぇえぇぇえっ‼」

きもちいい……きもちよすぎて、もう、なにもかんがえられないや……♡

結局僕が正気を取り戻したのは、夕日が沈みきって真っ暗になってからだった。

僕の目の前にはオマ○コだけじゃなく、顔もおっぱいもお尻にも僕の精液でドロドログチャグチャのイングリットさんとマールちゃんが気を失っていた。

起こしてあげるべきか、それともこんなエロいアへ顔の二人をオカズにして見抜きするべきか五分くらい葛藤した後、二人が風邪をひいちゃう前に身体を拭いて綺麗にしてあげるべきだと気づいて、慌てて洗面所へと駆け出した。

閉館時間になって、お客様達が続々と退館してる。

僕も今日のお客様をお見送りしなくちゃならない。

今日のお客様は、僕にとって思いがけない素敵な出会いになった。

それもこれもミハエルのお陰かな。

まぁいきなりブッ飛ばされたミハエルにとっては災難だろうけどね。

ちなみに僕は今、二人の褐色お姉様達に左右両方から腕を組まれてる。

右にはムチムチ銀髪お姉様、左にはロリロリ金髪お姉ちゃん。

二人はずっと僕の頬っぺたにチュッチュチュチュッチュしてて、中々帰らない。

受付のお姉様も困惑気味だけど、どうやら二人はかなりのVIPらしくて、迂闊に注意も出来ないみたい。

だから受付のお姉様は、チラチラと僕に視線を送ってる。

多分、どうにかして帰ってもらえって事なんだろうと思う。

でもなぁ……僕としてはこの夢のようなひとときを、いつまでも味わっていたいんだけどなぁ。


「あ、あの、そろそろ迎えの馬車が来る頃だと思うんで……イングリットさん？　マールちゃん？」

って僕が恐る恐る声を掛けると、イングリットさんが心底驚いた顔で僕を見る。

「そ、そんな……ショータ様！　マールは愛称で呼んでくださるのに、私はイングとは呼んではくださらないのですか⁉」

あ、そこ？

でも確かに他人行儀かも……って考えてると、今度は反対側からマールちゃんにジト目で睨まれる。

「アンタはまたちゃん付けで……ま、まぁどうしてもウチをマールちゃんって呼びたいんやったら、これからも特別にそう呼ばせたってても、エエねんで……？」

そう言って何だか赤い顔でチラチラ僕を見たり見なかったりしてる。

よく解らないけど、とりあえず僕は改めて二人に呼び掛ける。

「……イングさん？　マールちゃん？」

「‼　はぁい♡　イングはここですよぉショータ様ぁ♡」

「うぅ……と、特別やからな⁉　ウチ以外の女に、ちゃん付けなんかしたら許さへんからな……アホ……♡」

……受付のお姉さんごめんなさい、お客様はもうちょっと滞在されるみたいです。

てか無理に帰らせる必要も無いし、何なら僕の部屋で泊まってくれても良いとさえ思ってるワケで。

「ショータ様ぁ……好き♡」

「ショータぁ……好っきゃでぇ♡」

うはっ♡　左右の耳にヒソヒソと愛の告白サラウンド♡

そしてそのまま僕の耳にチュッチュとキスの雨。

あぁん♡　また僕のオチンチンが甘おっきしちゃうのぉ♡

「コラ！　何をいつまでも色ボケてんねん！　はよ帰る支度せんかいや！」

コツン。

ゴッツン！

「アイタっ!?　お、お母様……」

「イィッタァ!?　おいこらオカン！　何でウチの方が拳骨強いねん!?」

「そら普段の行いの差ァやろ。イングはこんなん初めてやけど、お前は他の男娼抱いた時は毎回この調子やないかい」

突如現れたのは、これまた褐色で赤髪の眼帯マッシブお姉様。

どうやらイングさんとマールちゃんのお母様らしい。

お母様って言う程老けてなくて……どっちかって言うとお姉様だよなぁ……。

程よく筋肉がついてて、強そう。

そして……アッチも強そう♡

「……初めましてショータはん。ウチはこの子ォらのオカンでヘルガ言いますねん。よろしゅうな」

ヘルガさんは僕の目の前で片膝をついて僕に挨拶してくれる。

ちゃんと僕と目線を合わせてくれるところは、さすが二児の母親って感じで、僕はちょっとだけ照れてしまう。

「は、はい。僕は翔太です。イングさんとマールちゃんとは、仲良くさせて頂いてます！」

「仲良く、なぁ……悪かったなぁショータはん、イングだけやのぅてマールの世話まで見てもろて。この悪餓鬼《ゴンタクレ》、何ぞ失礼な事せなんだか？」

そう言ってニカッて笑うヘルガさんは本当に美人で。

野性美って言うのかな？　肝っ玉母ちゃんとも言えるかも知れない。

そして僕はそんな見た目も性格も豪放磊落《ごうほうらいらく》って感じの女性が……大好きなんだよね！

「いえ！　イングさんもマールちゃんも、とってもエッチが上手くて気持ち良かったです！　次回も絶対に指名して欲しいって思いました！」

だから浮かれ気分の僕は、ついうっかりとんでもない事を口走ってしまったワケで。

「ちょ、ショータ様!?」

「ばっ、何言ぅてんねん!?」

イングさんとマールちゃんが慌てて僕の口を手で塞いで

から、僕は自分の失言に気がついて。

何とか取り繕おうとしても、口が塞がれてるからモゴモゴとしか喋れなくて。

「……プッ、アッハハハハハハ！　そうかそうか！　イングを大人にしてもろたんか！　そらワテの方から礼を言わなアカンわなぁ！」

でもヘルガさんは豪快に笑ってて。

そう言われたイングさんは、耳まで真っ赤になっちゃって。

まぁそりゃ母親に処女喪失したのを知られちゃったら、ねぇ。

「……で、どないやった？」

と、真顔でイングさんに尋ねるヘルガさん。

その顔からは、好奇心でまぜっ返すような雰囲気は感じられなくて、本気で娘を心配する母親の貫禄を感じた。

「……はい、ちゃんと女にして頂きました。私……お相手がショータ様で、本当に良かったです♡」

イングさんはそう言って、僕にそっと寄り添った。

だから僕はちょっと照れながらも、イングさんの手をギュッと握る。

イングさんも顔を更に赤くしつつ、僕の手を握り返してくれる。


「ほぉか……ショータはん、おおきに」

ヘルガさんは僕に向かって深々と頭を下げる。

うわっ、スゴく……何て言うか……申し訳ないって感じだよ！

だって僕のした事ってそんなに大した事じゃないのに！

たまたま偶然出会ったイングさんを慰めて、ついでにミハエルをぶん殴って、そして気づけばイングさんとマールちゃんを両方とも気絶するまで中出ししまくったってだけで！

怒られこそすれ、感謝される筋合いは無くない!?

それでもヘルガさんやイングさん、しまいにはマールちゃんにまでお礼を言われっ放しで、僕は恐縮しきりだった。

熱砂王家として何かしらお礼がしたいって言われたから、じゃあ今度はヘルガさんも僕を指名してくださいってお願いしたら、途端に獲物を狩る獣みたいな目になったから、僕は思わずゾクゾクしちゃって。

「お母様……ショータ様を執事や奴隷の子達と同じに考えていらっしゃると、後悔しますよ？」

「せやで。味見のつもりがうっかり返り討ちに遭うで？」

「ホンマか？　それは是非とも気合い入れて挑まなアカンなぁ……ヌフフ♡」

イングさんとマールちゃんが僕に寄り添いながら、ヘルガさんに対して釘を刺す。

ヘルガさんはそう言われて尚、情欲の炎を燃やしてる。

熱砂王家の人達って、変わってるなぁ。

でもやっぱり褐色美人って好きだなぁ。

イングさんもマールちゃんも、もちろんヘルガさんも。

いつか四人同時対戦なんて……グフフフ♪

と思いながら、僕は三人が帰るまでのわずかな時間、イチャイチャして過ごす事にした。

受付のお姉様達の視線はかなりキツくなってるけど、ごめんなさい。これぱっかりは僕にもどうにも出来なくて。

イングさんに聞いたら、これから毎週木曜日《ドンナスターク》に僕を予約してくれるって。

今日から向こう一年分、イングさんとマールちゃん、もしかしたらヘルガさんとも毎週木曜日にムフフな事になりそう。

イングさんにギュッってされると、どこもかしこもプニプニで柔らかくて。

マールちゃんにギュッってされると、成長期特有の柔らかさと、いいニオイがして。

ヘルガさんにギュッってされると、ちょっと息苦しいけどそのチカラ強さにドキドキして。

あぁ……日本ではごく平凡な童貞DCの僕が、異世界ではこんなにモテモテで……それもこれも、異世界の男がみんなホモだからなのかな？

ありがとう異世界！　異世界最高！

てな感じで僕達が最後の別れを惜しんでイチャコラしてると、大階段から見慣れた人影が……。

「くっ！　な、何でお前がここに居るんだ⁉」

「あ、ミハエル」

ミハエルだった。

昼間は勢い任せであんなにボコったのに、見た感じどこにも怪我は残ってないっぽい。

治癒魔法ってスゴいなぁ。さすが異世界。

ミハエルの後ろには例の取り巻き男娼達。あの子達っていつもミハエルにくっついてるけど、本来の男娼の仕事してるのかな？

そしてミハエルの横には、昼間ヘルガさんやウルスラさん達と一緒にお茶してた白いヴェールの人。

昼間はミハエルをボコるのに夢中で気づかなかったけど、全身からハッキリと美人オーラが出てる。

いくら素顔を隠してても、外人お姉様フェチの僕には解る。

スラッとした長身。推定１７５センチ。

ゆったりとした白いローブの中に隠されてるけど、所々浮き出るおっぱいやお尻のシルエット。バスト推定98センチ、ウエスト不明、ヒップ推定92センチ。

ヴェールに覆われていない真っ赤な唇と、細くて白過ぎる首筋。

口元には法令線やシワも無い、首筋には弛みも無い。

これは若過ぎず老い過ぎず、熟れ頃食べ頃の美人マダム！　超セクシー！　これは是非ともお近づきになりたぁい！

「まったく……ここは権威あるヴァルハラ・オティンティン館なんだよ？　オノボリの観光客気分なら目障りだ。さっさと帰ってくれないか？」

開幕イヤミも相変わらずだね。

「言われなくてももう閉館時間なんだから帰ってもらうよ。って言うか、お客様にそんな事言っちゃ失礼だろ？」

ミハエルの悪態に反応して飛び出そうとするマールちゃんを手で制しながら、僕はミハエルに注意する。

男娼の不始末は男娼がつけなきゃ。

「……何？　君如きが僕に説教？　僕はこのヴァルハラ・オティンティン館のナンバーワン男娼で、君は駆け出しの新人だろ？　いくらヒルデガルド陛下の覚えがめでたいからって、あまり調子に乗らない方が良いと思うけどなぁ」

ミハエルが余裕たっぷりにそう言うと、後ろの取り巻きが「そうだそうだ！」「ミハエル様に失礼だろ！」の大合唱。

白ヴェールのお姉様は無言。ヴェールのせいで視線は見えないけど、ジッと僕を凝視してるっぽい。

どうでもいいけど、階段の途中でそんなに横に広がって立ち止まるんじゃないよ。後ろの人達が降りられなくて困ってるじゃんか。

「僕らはお客様の御愛顧あっての商売じゃないか。お客様にそっぽ向かれたら、どんなに人気があったってすぐに立ち行かなくなるよ？　僕はそれを心配してるんだ。それを注意するのに上も下も無いよ。第一ミハエルは上からの注意だって聞かないじゃん」

そう。ミハエルはウルスラさんの注意だってまともに聞かないらしい。

怒られて反省するどころか、拗ねて仕事をサボった事もあるってシャルさんから聞いた事もある。

まるでガキそのものじゃないか。大人になれミハエル。

僕は今でこそこんなDSみたいな見た目だけど、中身は歴としたDCなんだから、それくらいの分別はあるぞ。

「へぇ……うかうかしてると、僕をナンバーワンの地位から蹴落としてやるって言いたいのかい？　ハッ、君みたいな平たい顔のカラス野郎にそんな事が出来るって言うのならやってみるといいさ！　ま、どんなに頑張ったってカラスは白鳥にはなれないけどね。ハーハッハッハッハァ！」

何が可笑しいのか、ミハエルは両手を広げて高笑い。

イケメンだから辛うじて画にはなるけど、ちょっと馬鹿っぽい。

それに釣られて後ろの取り巻きズも大笑いの合唱。

ダメだ……これは完全に馬鹿軍団だ……こんなのに絡まれてる僕の方が恥ずかしくなっちゃう！

「おいこら何を笑とんねんボケぇ！　オノレみたいな顔だけのスカシ野郎より、ショータの方が何倍も男として優れとるわアホボケカスぅ！」

と、いきなりマールちゃんがドぎつい関西弁で捲し立てる。

ちょ、何倍もってのは言い過ぎじゃない？　てか僕がミハエルより優れてる点なんてあるの？

でもそれを聞いたイングさんもヘルガさんも、ウンウンと首肯いてるし。

ってか周りで聞いてる受付のお姉さんや用心棒さん、メイドさん達までウンウン首肯いてる人達が多い。

え、みんなそんなにミハエルが嫌いなの？

だとしても煽り過ぎィッ！

「おや、誰かと思えば……僕に捨てられて泣きべそかいてた熱砂王家の方々じゃないか。ククク……黒い肌と黒い髪同士で仲良くやってるって事かぃ？　お似合いじゃないか。きっと君達の子供は頭から爪先まで全身真っ黒になるんじゃないの？」

「んやとコラぁ!?」

僕はミハエルに向かって駆け出そうとするマールちゃんを咄嗟に羽交い締めにする。

どうどう。落ち着きなって。

ほら、もうミハエルが半べソになって逃げようとしてるじゃないか。弱い者いじめはダメだよ。

「落ち着きぃやマール、法皇猊下の目の前でこれ以上の狼藉はご法度やで？」

そう言ってマールちゃんの肩を掴んで下がらせるヘルガさん。

え？　法皇猊下？

何その肩書き？　めっちゃ偉そう。

てかそんな肩書きの似合いそうな人はあの白ヴェールの人しか居ない。

なるほど……あの人が法皇なのか。

うーん神秘的！　ミステリアスレディー！　ますますお近づきになりたぁい！

「言いたいヤツには言わせといたらエエ。ワテらは確かに見た目は黒いけど、それは熱砂の民としての誇りや。あのミハエルや法皇みたく腹ン中が真っ黒な下衆よりマシや」

おぉ、言うなぁヘルガさん。

そうだ。僕だってこの黒い髪と黒い目は大切なアイデンティティーだ。

他の誰でもない、この異世界では日本人としての僕だけの個性だ。

それを笑われたとしても、何ほどの事も無いね！

すると、そんな騒動の最中に僕の横をすり抜けて、階段上のミハエルに近寄る人が。

イングさんだった。

イングさんは穏やかな表情のまま、静かな足取りでミハエルをジッと見据えながら歩く。

その後ろ姿は凛と美しくて、とても昼間めそめそ泣いてた人と同一人物とは思えなかった。

でもミハエルはそんなイングさんにもちょっとたじろいだ様子を見せてる。

そして半歩前に出た法皇さんの背中に隠れてる。どんだけヘタレなんだよ。

「ミハエル様……アナタがこのヴァルハラ・オティンティン館で働き始めてから今日までの二年半、こんな私に尽くして頂いて……心から感謝しています」

そう言ってイングさんは、階段上のミハエルに深々と頭を下げる。

一瞬キョトンとなったミハエルだけど、イングさんの低姿勢に余裕を取り戻したのか、慌てて法皇さんの陰から姿を現してまたイヤミを言おうと身体を反らせる。

でもそんなミハエルの機先を制して、イングさんは更に言葉を重ねる。

「ですが今日を以て、アナタを忘れます。アナタに掛けて頂いた優しい言葉も、美しい笑顔も、温かな時間も、全て私の記憶から消し去ります」

その瞬間、ミハエルの笑みが凍りついた。

唇の端がヒクヒクしてる。

「何故ならアナタと過ごした時間は私にとっては大切なものでも、アナタにとっては嘘、偽り、幻。まるで砂漠の蜃気楼。どれだけそれを目指して歩いても、永遠にオアシスという名の幸せには辿り着けないのですから」

イングさんの声は決して大きくはなかったけど、その透き通るような綺麗な声は玄関ホールの隅々まで届いていたと思う。

「ですが今日初めて会ったばかりのショータ様は、私に確かな幸せをくれました。長らく砂漠を歩いて疲れ果て、飢えと渇きに苦しむ私に、オアシスのような癒しをくれました」

それを聞いているミハエルは口をパクパクさせてる。

多分、今ミハエルの目の前に居るイングさんは、ミハエルの知ってる過去のイングさんとはまるで別人だったからじゃないかな。

「ショータ様の笑顔が、温もりが、あとついでにプリンとホットケーキが、アナタの偽りの優しさと見せかけの美しさに騙された私を救ってくれたのです。たったそれだけの事で、私を目覚めさせてくれたのです」

男子三日会わざれば刮目してみよって言うし、それこそ女子なんて男子よりも遥かに早熟だから、あっという間に成長するのかな。

うかうかしてると置いてかれるよ男子ィ！

「肌が黒いから何？　身体が醜く膨らんでるから何？　占いなんて暗い趣味を持ってるから何だと言うのです？　ショータ様はそんな事で私を笑ったりはしなかった。美しいアナタには冷笑に値するようなものでも、私にとってはお母様から受け継いだ、全て大切な物！　それをショータ様は否定せず、全てを受け入れてくれました！」

イングさんの言葉は徐々に熱を帯びて、鋭さを増して、まるで言葉が灼熱の刃になってミハエルをズバズバッて斬り裂いてるみたいで。

「アナタみたいな見てくれだけの冷たい男なんかと違って、ショータ様は全て認めてくれて、凄いって褒めてくれたのです！　アナタみたいな中身の無い薄っぺらな人が私を笑う事は許せても、ショータ様やマールやお母様を笑うなんて絶対に許しませんから！」

イングさんの怒濤の叫びは、広い玄関ホールをビリビリと震わせるくらいの迫力で。

一体この細い身体のどこに（おっぱいやお尻は全然細くないけどね）こんなチカラを秘めてるんだろうって、僕は何故だか感動を覚えた。

「……ごめんなさい、取り乱してしまって。私が言いたかったのは、これからの私の人生にもうアナタは必要無いという事です。私はショータ様にいっぱい幸せにしてもらって、私もいっぱいショータ様を幸せにします。アナタは精々、法皇猊下に取り入って好きなだけチヤホヤされてくださいませ……ミハエル〝さん〟」

それはイングさんから、ミハエルへの決別だった。

多分今までその美貌で女の子からモテモテだったミハエルにとって、生まれて初めての女の子からフラれた瞬間だったんじゃないだろうか。

それは、プルプルと小刻みに震えてるミハエルの強張った表情からもハッキリと伝わってる。

普段の僕ならそんなミハエルに対して「ざまぁ！　イケメン君息してるぅ？　ナンバーワンのくせに女の子にフラれちゃって今どんな気持ち？　ねぇどんな気持ち？」って周りが引くくらい盛大に煽ってたと思う。

だけど今のミハエルに対してはそんな感情がちっとも湧き起こらなくて。

今のミハエルは、何だかとっても惨めで憐れだったから。

「こ、このメスブタぁ……この僕が！　エルヴァーン大陸最大の男娼館であるヴァルハラ・オティンティン館でナンバーワンのこの僕が！　そんなどこの蛮族の出か解らないような黒髪の平たい顔のヤツより劣ってるって言いたいのか⁉　えぇっ⁉」

酷い言われ様だ。

まぁ確かに外見では勝ってる要素は無いけどね。

外見だけなら、ね。

それに、ミハエルは僕が思ってるよりもナンバーワンって地位に固執してるみたいだ。

男娼は卑しい仕事だとか、女は全員ケダモノだとか言ってたくせに。結局はその地位にしがみ付く事しか出来ないんじゃないかって。

「許せない！　その思い上がった性根を正してやる！　僕の方が上だって、解らせてやるぅっ！」

目を血走らせたミハエルは突然階段を勢いよく降りて、そのままイングさんに向かって走り出した！

取り巻きも用心棒さん達もメイドさん達も、あまりに一瞬の出来事で反応が遅れた。

マールちゃんもヘルガさんも、出足が遅かった。

でもイングさんは逃げなかった。真っ直ぐミハエルを見据えたまま微動だにしない。

そんな態度が更にミハエルの怒りに火を点けたのか、ミハエルは残り数メートルの所で手を振り上げて、そして走りながら手を振り下ろす。

パァァンッッ‼

「……これで気が済んだだろ？」

「⁉」

ミハエルの平手を喰らったのは、僕の顔面だった。

咄嗟に走り出した僕は、何とかイングさんとミハエルの間に割り込む事に成功した。

危なかった……もう少しでイングさんのおっぱいがミハエルに叩かれるところだった。

お前なんかにイングさんの美巨乳は触らせないぞ！

「ッテテ……お客様に手を上げるとか、プロの男娼失格だろ。ナンバーワンが聞いて呆れるよ」

「き、貴様……ショータぁっ！」

「まぁこれで、僕が昼間ミハエルを殴ったのと相殺してあげるよ。でも今度同じ事をやったら……許さないよ？」

フッ、決まったぜ。

「何言ってんだ！　僕は頭から地面に突き刺されたんだぞ!?　こんな平手一発でチャラになるかぁ！」

あ、やっぱり？

うん、確かにあれはやり過ぎたと思う。本当にゴメン。

「おやめなさいミハエルちゃん！」

すると、白ヴェールの人が鋭く言い放つ。

その場に居た人達全員が思わずビクッとなる程、その声は威厳に満ちていた。

「……さすがに見苦しいわぁ。あっちから負け惜しみたっぷりに別れてあげるって言ってくれてるんだからぁ、アナタは広い心でぇ、笑って許してあげなさぁい」

「は、はい……も、申し訳……ありません」

白ヴェールの人……法皇さんは間延びした喋り方同様、ゆっくりした歩き方で階段を降りる。

膝に矢を受けた人の方がもっと早く降りられるぞってくらいたっぷり時間をかけて階段を降りた法皇さんは、そのまま青い顔をしたミハエルを優しく抱き締める。


むむ、ミハエルの顔が法皇さんのたわわなおっぱいの谷間に！　許さないぞミハエル！　イケメン死すべし！

「それにぃ、そのカラス坊やの言う事も一理あるわぁ。プロの男娼ならぁ、お客様は大切になさぁい。その黒ぉいお嬢さんがぁ、やっぱりミハエルちゃんに抱いて欲しいわぁって心変わりしないとも限らないじゃなぁい？　ま、抱かせてあげないけどぉ♪」

「……お心遣い感謝いたします。ですが、その心配は無用です。ショータ様の良さを知ってしまった後では、ミハエルさんではとてもショータ様の代わりが務まるとは思えませんから」

バチッ！　バチバチッ！

イングさんと法皇さんの間に、激しい火花が迸ってる。

コワイ！

息が詰まるような睨み合いの後、法皇さんの視線が急に僕の方へ向く。

その瞬間、僕はハッと息を呑んだ。

僕だけじゃない。イングさんもマールちゃんもヘルガさんも、ミハエルも、その場に居た全員がどよめく。

法皇さんが突然白ヴェールを自ら取り去って、その素顔を晒したからだ。

「……普通ならこぉんなに人が居る所でヴェールは取らな

いのだけどぉ、今日は特別よぉ？　じゃあ改めて自己紹介するわぁ。私はぁカサンドラ。この帝都でぇ、黒竜教の法皇の地位に居るぅ、とぉっても偉い人なのよぉ♪」

そう言って赤い瞳をウィンクさせる法皇さん。

病的な程に真っ白な肌に、真っ白なセミロングの髪。

血を塗りたくったように真っ赤な唇、ルビーみたいに綺麗な真っ赤な瞳。

左目の下にある小さなホクロがとても蠱惑的だ。

そのどれもが、まるで人間じゃないみたいで……とっても神秘的で、とっても綺麗な人だった。

「純白の髪、深紅の瞳……加えて男を惑わす左目の泣きボクロ……」

それを見たヘルガさんが、ワナワナと震えながら呟く。

「アンタ……三百年前に旧聖光王国の男の半数を喰い殺したっちゅう、伝説の淫魔《サキュバス》かいな⁉」

え、なにそれこわい。

「あらぁ、随分と古い話を知ってるのねぇ……でも違うわぁ。それは私のママの話よぉ……だって私はぁ、まだピチピチのぉ、百と二十九歳だ・か・ら♪」

そう言ってテヘペロするカサンドラさん。

外見はウルスラさんと同じくらい清楚で大人っぽいカサンドラさんだけど、そんな子供っぽい仕草や表情もとってもカワイイ。

と、僕がカサンドラさんに見惚れていると、カサンドラさんがニッコリ笑って近寄って来る。

え？　と思った次の瞬間、僕の唇はカサンドラさんに奪われていた。

ズギュウウゥゥゥン！　なんて効果音も無く、僕が抵抗する前にカサンドラさんの舌が僕の口の中に侵入して来て。

そのヌメヌメした舌はあっという間に僕の舌を搦め捕って、ナメクジの交尾みたいに激しく絡み合う。

唇の柔らかさ、唾液の甘さ、舌の艶かしさ。どれを取っても今まで経験したお姉様方に劣らない、もしかしたらそれ以上かも。

加えて至近距離で獲物を射貫くような強さで僕を見つめる赤い瞳。

あぁ……もう、ダメ、だ……何も……考、え……ら……れ……。


【カサンドラの思惑】

「し、ショータ様に何をなさるのですか⁉　離れてください！」

あぁもう、私とカラス坊やとの大事な儀式の最中にぃ。

小うるさく喚きながら私の肩を掴む黒い小娘の身体を、片手で強く押しのけた。

「あぁっ!?」

その小娘は無様に尻餅ついて倒れた。

いい気味ぃ♪　ミハエルちゃんに生意気な口を利いた罰よん♪

「イング姉ちゃん!!　ワレこら何しとんねん糞ババア!?」

「法皇猊下ぁ……ちぃとイチビリ過ぎなん違いますかのぉ!?」

黒いのがもう二匹騒いでるわ。

うるさいわねぇ……あんまり私の機嫌を損ねるとぉ、どうなっても知らないわよぉ?

私はそこでカラス坊やの唇を解放してあげる。

ほぉら、私のキッスにかかれば、こぉんな坊やなんてすぐに……すぐに……あらぁ?

「は、はひぃ♡　カサンドラしゃんのきしゅ……しゅごいのぉ……♡」

「……もしもぉし?　聞こえますかぁ?　ここはどこぉ?

アナタはだぁれぇ?」

「こ、ここはヴァルハラ・オテインテイン館でぇ……ぼ、ぼくはしょうたともうしましゅぅ♡　つ、つぎに来られた時はぁ……ぜひ僕をしめーしてくらしゃぁい♡♡♡」

……ふぅん、なるほどねぇ。

って、こんな時でも売り込みィ?

よく解らない子だわぁ。

「今日はこれで失礼するわぁ。ミハエルちゃん、また来週お邪魔するわねぇ♡　身体の浮気は許すけど、心の浮気は許さないわよぉ?」

「……え?　あ、はい!　またのお越しをお待ちしていますす!」

ウフフ、慌てちゃってかぁわい～♡

「待てやこらババア!　オドレ詫びの言葉も無いんかぃ!?しばき倒すぞアホンダラァ!!」

未だに喚き続けてるおチビちゃんは放っておいて、私は表に待たせてある馬車へと乗って、お家に帰る事にしたの。

バイバ～イ黒い野蛮人達。もう会う事も無いでしょうから、その暴言も無礼な態度も大目に見てあげるわぁ。

◇◆◇◆◇

帰りの馬車の中で揺られながら、私はさっき起こった出来事を思い出す。

……私の魅了《チャーム》が通じなかった。

私の魔力《マナ》を込めた口づけを受けた男は、その子の好みや性癖が何であれ、たちまち自我を失って私に隷属する操り人形と化すハズなのに。

でもあのカラス坊や……ショータは自我を保ってたわ。目にハートマークは浮かべてたけど（理由はよく解らないわぁ）、少なくともあれは魅了に掛かった男の反応ではなかった。

不思議な子……そう言えばミハエルちゃんの話だとぉ、カラス坊やは最近急に背が縮んだ、と言うか若返ったみたい。

若返り……ヒルデガルドちゃんが得意な魔法だったわよねぇ。

しかもそんな馬鹿げた魔法が使えるのは、帝国広しといえどもヒルデガルドちゃんだけ。

恐らく……ヒルデガルドちゃんの魔法を込めた依代か何かが、あのカラス坊やの体内に入ってるんだわ。

それで魔法や呪詛に対する抵抗力を無理矢理高めてるのね。

ウフフ……随分と大事にしてるのねぇ。

ま、金貨十万枚も出して買った子を何の対策も講じずに放っておくワケはない、かぁ。

私の魅了も跳ね返す程の対抗魔法……正面から解くのは無理っぽいわよねぇ。

手っ取り早く殺しちゃおっかしら……って、そしたらヒルデガルドちゃんが黙ってないわよね。

いくら私が現皇帝のアンネリーゼちゃんと懇意にしてるとは言え、あの非常識が服着て歩いてるような存在なら、私一人を報復で殺す事くらいワケ無いだろうしぃ。

そこまで危ない橋は渡れないわぁ。

でもねぇ……こっちは大事な大事なミハエルちゃんをキズつけられちゃってるしぃ……何のお返しも無いってのは癪だしぃ。

……ま、やりようはいくらでもあるんだけどね。

とりあえず手段はこれから探るとして……。

あのカラス坊やは、私直々に食べてあげよっと。

人間には到達出来ない、圧倒的快楽の更に向こう側を見せてあ・げ・る♪

ウフフフ……気持ち良過ぎて、気が狂っちゃうくらいのね♡

いつもは美食家な私だけどぉ、たまにはジャンクな食べ物も悪くはないものぉ。

ミハエルちゃんが私のフローラちゃんと結婚してぇ、身も心も私達の物になるまではぁ、殺さずにいてあげるからねぇ？

優しく……楽しく……残酷に……もうやめてって泣いて許しを求めてもぉ、ぜぇったいにやめてあーげない♡
ヒルデガルドちゃんにも、その周りの部下にも、決して証拠を掴ませないように、慎重に……慎重に……。
あぁん♡　想像してたらヤリたくなっちゃったぁ♡
早く帰って、信徒の若い男の子を食べなくっちゃ♡

【ショータ、束の間の休息】


はー、今日は疲れたなぁ。

あれから激おこプンプン丸なイングさん達を宥めるのが大変だったよぉ。

来週来てくれた時に、スゴいサービスしてあげるからって言ったら、みんな頬を緩ませて笑ってたから結果的には良かったのかな。

で、母娘三人を送り出して（帰りにキスしてもらっちゃった♡）、食べそびれた晩御飯を食べて（リンダさんが特別に残しておいてくれてた♪）、シャルさんに遅めのフェラチオタイムで気持ち良くドッピュンさせてもらって（何回出してもスッゴク気持ち良いよぉ♡）、時刻は夜の十時。

さすがに今日はもうクタクタだから、早く寝なくっちゃ。

明日は休みだぁ！　特に予定は無いから、館内をさ迷って色んなお姉様達と仲良くならなくっちゃ。

で、出会いは強く当たってあとは流れでシッポリと……グヘヘヘ♪

そうなったらいいなぁ～♡

コンコンコン。

ん？　誰かドアをノックしてる？

僕はその誰かさんに入室を促す。

ガチャッ。

「お邪魔します。夜分遅くにごめんなさいね」

「あれ、ウルスラさん？　ど、どうしたんですか？　まさか……夜這い⁉」

「あら。ショータ君さえよければ、私はいつだって襲っちゃうわよ？」

えぇえぇえぇ～⁉　そ、そんな素敵イベントが⁉

「フフ♪　でも違うわ。明日の事で打ち合わせよ。本当は昼からにする予定だったのだけれど、ショータ君がヘルガ様の娘さん達のお相手をする事になるなんて想定外だったわ……だから遅くに申し訳ないけど、今から明日の事を確認しておかないとね」

え？　明日？　何かあったっけ？

明日……明日…………………あっ⁉

「……まさか、忘れてた？　あんなに覚えておいてってって言っておいたのに？　準備の為に私達を散々扱《こ》き使ったクセに？」

「や、やだなぁ！　忘れるワケ無いじゃないですかー！　僕だってずっと楽しみにしてて、企画だっていっぱい発案したのにぃ！」

やっべ、完璧に忘れてたわ。

だって今日は本当に大変だったから！

でも楽しみにしてたのは本当なの！　明日は超頑張るから！　何でもするから許して！

「……ふぅ、まぁいいわ。って言うか、その企画のせいで色々と苦労したんだけどね」

「すみません。こういう事は妥協したくなくって……この埋め合わせは、僕の身体で払います！　なんてね♪」

「………………ほ、本当に？」

え？　どうしたのウルスラさん？

何か……顔が赤いわ、目は血走ってるわ、鼻息は荒いわ……。

風邪ですか？

「う、ンッ！　ンンッ！　ま、まぁその話は後でするとして……今は明日の打ち合わせが先よ。今日も一日お仕事だったけど、大丈夫かしら？　明日はきっととってもハードな一日になるわよ？」

「大丈夫でっす！　一日寝たら翌日にはパワー全快ですから！　これも『竜の血』のお陰ですかね？」

僕が笑ってチカラこぶを作ると、ウルスラさんはホッと安心したように笑う。

正直な話、美人のお姉様の笑顔を見るだけで、疲れなんて吹っ飛んじゃうし。

それに、少しでもウルスラさんのお役に立ちたいから、多少疲れてても頑張れるんだ。

「さすがショータ君、頼もしいわぁ♡　じゃあ、明日の予定を無事終えられたら、私からショータ君にご褒美をあげちゃおうかしら。何がいい？」

「おっぱい！　ウルスラさんのおっぱい触りたい！　舐めたい！　吸いたい！　挟まれたいし挟みたい！」

僕は間髪を容れずにそう答える。

驚くウルスラさん。でもやがて呆れたように笑う。

「もう……それじゃ私へのご褒美になっちゃうじゃない。ショータ君ってば、そんなにおっぱいが好きなの？」

「好き！　おっぱいだけじゃなくて、お尻も好きです！　でも、ウルスラさんはもぉっと好きです！」

わ、勢いで告白しちゃった！　ハズカチー！

僕の告白を聞いたウルスラさんは、耳まで真っ赤になっちゃった。そんなカワイイところも大好き！

「ショータ君ってば本当に……女を喜ばせるのが上手いんだからぁ♡」

え？　そうかなぁ？

むしろこんなお子様の告白で喜んでくれるって事が嬉しいんだけど。


「じゃあ、頑張ったら……私のおっぱい、ショータ君の好きにさせちゃおうかしら、ね♡」

ウッヒョオオオオオオオオオオイ！

キタコレ！　僕が一生の内でお姉様に言われたい言葉ランキングトップ10上位の『好きにして』来ましたあああああああ!!

頑張るぞ！　明日は絶対に頑張るぞぉっ！

気合いだ！　気合いだ！　気合いだ！　気合いだあああああああ!!


こうして僕は、明日の一大イベント『ミノタウロス村の猛牛祭り』に向けて、過剰なまでに気合いを以て臨むのであった。

その裏で蠢く不穏な影の存在なんか、知る由も無く……。

書き下ろし特別編　レ・リ・マ

【レ・リ・マのレ】


ちょいと昔話をしようじゃないか。

俺の名前はレベッカ。

かつては二人の仲間と気ままな冒険者稼業に明け暮れ、広大なエルヴァーン大陸を北へ南へと旅していた。

収入の安定しねぇ生活は時には大変ではあったが、たまに魔物討伐や迷宮探索でデカい稼ぎもあってな。

その金で色んな国の色んな男を食い荒らしたモンだ。

ある時は山ン中の貧しい農家の三男坊を、またある時は港町で船乗りの妻の帰りを待つ貞淑な夫を、そしてまたある時は神にその身を捧げたとかいう修道士の小僧を。

最初はみんなイヤだイヤだと抵抗するが、パンツの中に金貨や銀貨を捩じ込んでやりゃあ自然と大人しくなる。

そうやって黙らせちまえば、あとは俺と二人の仲間とで代わる代わる夜通し犯してやるだけさ。

最初の内は弱々しいながらも抵抗してた男も、ものの五分程度で抵抗は無意味だと悟るし、そのまま天井の染みでも数えてた方がまだ有意義だって知る事になる。

そうして全て終わる頃にゃ糸の切れた操り人形みたいになってやがったっけなぁ。

で、仕上げにゃ決まって、そんなボロ雑巾みてぇになっちまった可哀想な男に、俺達三人で笑いながら小便ぶっかけてやったってんだから、あの頃の俺達ゃ相当な鬼畜だったよな。

ま、そんな女としての満たされた生活を満喫して早五年、順風満帆な俺達の生活が変化したのは、今から二年前だ。

たまたま立ち寄った帝都は、田舎暮らしの俺達には何もかもが眩しかった。

その時の俺達の手元には、冒険で手に入れた分不相応な大金が。

となると行くしかねぇよな……このエルヴァーン大陸最大の男娼館、ヴァルハラ・オティンティン館に。

まぁ結果から言っちまえば、それが最大の過ちでもあり、俺達の人生の転換期でもあったワケだが。

何の因果か、その当時からヴァルハラ・オティンティン館で既に人気急上昇中だったミハエルって男娼に、俺の冒険者仲間の一人が一目惚れしちまったからさぁ大変。

ソイツは急に冒険者稼業から足を洗うと言い出し、何をとち狂ったのかは知らねぇが、面食らう俺ともう一人の仲間と一緒にヴァルハラ・オティンティン館で働かないかと言い出した。

普段の俺なら鼻で笑って、ソイツだけを帝都に残して二人だけで冒険者を続けてただろう……だが、ソイツが提案したいくつかの条件が、予想以上に俺達の心を揺さぶった。

まず、その当時の俺達は根無し草みてぇな冒険者としての生活に疲れてたのも事実だ。

ヴァルハラ・オティンティン館は帝都最大にして唯一の男娼館ともあって、人手はいくらでも欲しいって話だ。

そこで働く者にはメイドだろうがシェフだろうが、用心棒のような特別な技能を要しない単純な肉体労働ですら、地方娼館の何倍も給金を弾むとの事だった。

それに帝都の……しかも皇帝陛下御用達の男娼館ともなりゃ、わずかな時間遊ぶだけで金貨数枚は吹っ飛ぶ程の高級な店だ。

俺達が今まで抱いてきたような田舎の売春夫とは一線を画すのは間違い無い。

そこで働くって事は、だ……あわよくば、喰えちまうんじゃね？

本来なら金貨数枚出さなきゃ抱けねぇような高級男娼を、一緒に働いてるヨシミって事で、タダで喰えちまうって事じゃね!?

以上、主に三つの理由（最後のが特に決め手だった）により、俺達三人は冒険者稼業を廃業して、心機一転この女の楽園……ヴァルハラ・オティンティン館で働く事になったってワケだが……。

◇◆◇◆◇

「ブハァッ！　あぁ～あっぢぃ……」

十九で村を飛び出したのが七年前。

冒険者を辞めてここで働き出したのが二年前。

俺はレベッカ。女盛りの二十六歳。

そんな俺が今、何をしているかって言うと……この無駄に広いヴァルハラ・オティンティン館の無駄に広い中庭で、延々草むしりをやらされてんだよなコレが。

季節は夏、中天で燃え盛る太陽の下、むしってもむしっても終わらねぇ雑草と格闘し続けてる俺の体力も、そろそろ限界に達しようとしていた。

もうメイド服は汗でびっしょりで、肌に貼り付いて不快で仕方ねぇったら。

「おいヨハンナ！　ここいらで休憩しねぇとみんな倒れっちまうぞ！」

俺は近くで同じく草むしりをしている同僚メイドのヨハンナに声を掛けた。

ヨハンナも俺と同じく額に汗を滲ませながら、虚ろな目で俺を見てる。こいつももう限界だな。

「あぁ、うん……そだね、じゃあ……みんな～！　ちょっと一休み入れよっかぁ！」

ヨハンナがそう言うと、それまで周囲で思い思いにその辺の草をむしってたメイド達が一斉に反応する。

「さんせーい！」

「助かるぅ～……アタシもう死にそう！」

その場に居たメイドは俺を含めて十人。

このクソ暑い中、メイド服のまま黙々と草むしりなんかやってたらさすがに死ぬわ。

俺達は重い足取りで、中庭にある大木の木陰に集まる。

芝生にゴロンと寝転がると、夏のそよ風が頬を撫でる。

はぁ……夢と浪漫の冒険者稼業から、汗にまみれたメイド稼業という名の雑用とはなぁ……。

ま、冒険者として同じパーティーの仲間から誘われた時は、スケベ根性八割……いや、九割で引き受けたは良かったんだが……ちっとも男娼を喰う機会が来ねぇじゃねぇかよ！

何せ帝都唯一にして最大の男娼館だ。商品である男娼に対する警備が尋常じゃねぇ。

お目当ての男娼とお近づきになる機会すらねぇわ、当たり前だけど男娼も俺達を警戒して近寄りゃしねぇわ。

話が違うじゃねぇかよ……ここで働けば可愛い男娼喰い放題おかわりし放題じゃなかったのかよぉ……。

それが来る日も来る日も雑用の毎日。

この二年、男娼を喰うどころか話し掛けてもらった事すらねぇよ！

そりゃメシが三食きっちり食えるのはありがてぇけどよぉ……俺は男が喰いてぇんだよぉ……。

あ～ぁ、どんだけブチ犯しても文句の一つも言わずに、好きなだけ犯されてくれる都合のいい男は居ないモンかねぇ……居ねぇよそんなヤツ。

って俺が心ン中で毒づいてっと、同僚メイドの一人が気だるそうに声をあげた。

「お～い……誰か厨房行って水もらって来て～……」

「イヤだよめんどい……でもノド渇いた……死ぬ……よし行けヨハンナ！」

「ふざけろ。百歩譲ってじゃんけんでしょ。負けたヤツが全員分の水持って来るって事で、恨みっこ無しな！」

ヨハンナがそう言うと、俺も他のメイドもブーたれつつ身体を起こして、じゃんけんをして……結果、俺の一人負けだった。

ったく、ツイてねぇ……。

まぁ負けちまったモンは仕方がねぇし、やるべき事はさっさとやっちまおうって事で、俺は厨房に向かった。

だが中庭から厨房に続く廊下に入ってすぐ、俺は意外なヤツと遭遇する事になる。

ソイツは男……いや、ガキだった。

そのガキはカートを押しながら現れた。

そのガキの顔は平たくて、髪は真っ黒で、瞳も黒かった。

俺はソイツを知っている。

いや、今やこのヴァルハラ・オティンティン館で働いている女達の中で、そのガキの存在を知らないヤツは皆無だろう。

そのガキ……ショータは俺の姿を見つけると、カートを止めてペコッと頭を下げた。

「こんにちはレベッカさん！　暑い中お疲れ様です！」

「は？　お前、何で俺の名前を知ってんだよ？」

おかしい……コイツには俺の名前を教えた記憶は無いぞ。

「あ、僕もうここで働いてるお姉さん達の顔と名前は全員覚えましたから♪」

あぁん？

コイツ……何が目的かは知らねぇが何でそんなすぐバレる嘘コイてんだ？

するとショータは俺の露骨に胡散臭いものを見るような視線に気がついたのか、不安げにキョロキョロしだす。

ったく……そんなキョドるくらいなら、ハナからそんな意味の無《ね》ぇ嘘つくなっての。

そもそもこのヴァルハラ・オティンティン館で働いてる女が何人居ると思ってんだ。下手すりゃ男娼より多いくらいだぞ。

「えっと……あ、あそこ！」

と、ショータが指差した方向を見ると、少し離れた距離に廊下を歩いているメイドが二人。

あれは……。

「金髪の方がエマさん、茶色の髪の方がヘレナさんですね」

……は？

「あ、今廊下を横切ったのは眼鏡美人な受付のイルゼさんでしたね。で、あそこで会話してるのがシェフ見習いで今年二十四歳のマーやさんに……えーっと、あ！　確か出入り商人のクラーラさんだ！　あんなに若そうなのに、もう九歳になる娘さんが居るんですよ。あの腰からお尻のラインが……グフフ♪」

マジかよ……コイツ、外の商人まで覚えてやがんのか？

「す、スゲェとは思うけどよ……何でそんな無駄な事を覚えてやがんだ？　客の情報ならともかく、ここで働いてる女の事を覚えたって、何の得も無ぇだろ？」

俺が当然の疑問を口にすると、ショータは一瞬だけキョトンとした顔になって……。

「え、だって……僕、この男娼館で働いてるお姉さん達が大好きですから。好きなものを覚えるのなんて、楽勝ですよ！」

コイツ……い、意外と可愛いトコあんじゃねぇか……。

客の女だけじゃなく、俺等みてぇな裏方にまで好かれる努力をするとか……。

「あれ？　レベッカさん、大丈夫ですか？　顔が赤いようなな……？」

「は？　こ、これは……暑いからに決まってんだろ！　こちとら炎天下で何時間も草むしりさせられてんだぞ！」

「ふ〜ん……あ、それなら丁度いいや♪」

っぶねぇ！　まさかこの百戦錬磨の俺様が、こんな冴えない低ランクの男娼の意外な一面を垣間見て、ほんのちょっとだけ見直しただなんて気づかれるワケにゃいかねぇだろ！

と、俺が一人でオタオタしてっと、ショータはカートの前で何やら作業を始めた。

氷が満杯に詰まった金ダライに何本ものガラスの水差しが入れられている。

ショータがその内の一本を引き抜く。ガラガラと氷の涼しげな音が廊下に響いた。

その水差しには、白く濁った半透明な液が入っていた。

ショータはその謎の液を水差しからゴブレットに注いで、俺の目の前に差し出す。

「はい、どうぞ。よく冷えてて美味しいですよ♪」

「な、何だこりゃ？　水じゃねぇのか？」

「これは経口補水液っていうジュースみたいなものです。僕の国では汗をかいた後には欠かせない飲み物なんです。ささ、グイッとどうぞ！」

ケーコーホスイエキ？　何だそりゃ？

よく解んねぇし、普段ならそんな怪しげなものは口にしねぇんだけどよ……。

だけど炎天下で長時間作業してたから喉はカラカラ、頭もクラクラで……。

気がついたら俺はショータの手からゴブレットを奪い、そのケーコー何チャラ液とやらを一気飲みしてた。

その甘いんだか酸っぱいんだかよく解らねぇ飲み物は、旧熱砂王国の砂漠のように渇いた俺の喉を冷たく潤してくれた。

二杯目をおかわりする時に、ショータがこの飲み物について教えてくれた。

水に砂糖と塩とリモーネの果汁を混ぜる事で、人の汗に近いものになるらしい。

汗を大量にかいた後、ただの水を飲んだだけじゃ身体に必要な成分を補えないとか何とか、学の無い俺にゃよく解らなかったけどな。

それとキンキンに冷やした手拭い（ショータはツメシボって呼んでた）で身体を拭いてさっぱりした後、ショータがまたワケの解らんものを取り出した。

手のひら程の大きさに切られた布に、青みがかったネバネバでプルプルの半透明の物が塗られている。

で、よく見るとその中に何かの細かい粒がちりばめられていた。

「僕のお客様の中に魔法に詳しい方が居て、人工的に作った無害なスライムに、氷の魔石の粒を混ぜ合わせて作ったんです。その名も冷え……じゃなくて『冷やピト』です！よかったら使ってみてください！」

「つ、使うって……どうやって？」

何故かイヤな予感がした俺は、反射的に後退りした。

なのにショータはスルリと動いて、いつの間にか俺の背後に回ってやがった。


一切の無駄がないその動きは、まるで熟練の暗殺者《アサシン》じみていて。

かつては盗賊兼斥候《シーフスカウト》としてパーティーの目であり耳でもあったこの俺が、こんなにも容易《たやす》く背後を取られちまうなんて……。

動揺する間もなくショータが俺に語り掛けた。

「一般的にはおでこですけど、やっぱり首の後ろに……ピトッとね」

ピトッ。

「うひぃいいいいぃいっっ!?」

その瞬間、首に氷の刃を当てられたかのような強烈な冷気を感じて、思わず悲鳴をあげちまった。

でもそれもほんの一瞬で、それを貼られた首から全身にジワジワと『涼』が広がっていくのを感じて……。

「あっ……はふぅ……♡」

気持ちよさげなため息が漏れちまった。

魔石の製造過程で生じる、使い途の無い欠片。

その氷の魔石の欠片から出る弱い冷気と、人工スライムの保冷効果が合わさって生まれたのがこの『冷やピト』らしい。

そんなショータの小難しい説明も、心地好さという沼に身を囚われた俺の耳にはほとんど届かなかったけどな。

不思議な飲み物と冷たい手拭い、更には未知の魔法具（ショータ曰く、そこまで大層な物じゃないらしいが）で俺の身体の熱はすっかり取り払われた。

「ふぅ……ありがとなショータ。お陰ですっかり楽になったぜ」

と言いつつ、俺はうっかりショータに向かって手を伸ばし、慌ててその手を止めた。

いけねぇ……せっかく男娼とお近づきになれそうな絶好の機会だってのに、無神経に頭ポンポンなんてした日にゃあ……。

いつもこうだ。こっちに下心があろうが無かろうが、男は女の何気ない言葉や仕草に傷つき、怯え、恐怖するんだ。

ほら、ショータだって怖がって……あれ？

俺の予想に反してショータは逃げも隠れもせず、俺の差し出した手をキョトンとした顔で見ていた。

想像だにしていなかった反応に戸惑っちまった俺は……。

「あ、あの、い、今から、お前の頭を、撫でたいなぁ、とか思うんだけど……い、いいよな？」

と、つい阿呆な事を尋ねてしまった。

馬鹿かよ俺……男娼が女共から普段どんな扱いを受けてるか、ここで働いてる俺が一番よく知ってんだろ。

そんな女に対して無警戒に身体を触らせる男なんて居るワケが……と思ってたら、俺がゆっくりと戻そうとしてた手が、ショータの両手でガシッと掴まれた。

その小さな手の柔らかさと温かさに、俺の心臓がドクンと大きく跳ねた。

そして俺の手はそのままショータの頭の上にポンと添えられた。

驚く俺に、ショータは笑顔で舌をペロッと出して見せた。

その笑顔はまるで、俺が子供の頃に偶然読んだ絵本に登場する淫魔《インキュバス》そのもので。

可愛くて、謎めいて、どことなくエロくて。

女に触られてるのに……それどころか、自分から女に身体を触らせるだなんて……。

たかが髪じゃねぇかって言われるかも知れねぇが、世の中にはたとえ髪の毛一本だろうと女に触れられたくないって男が多い中で、仕事でも……ましてや客でもねぇ俺に触られて、しかも嫌がってもいない……そんな男が、俺の目の前に……。

柔らかな髪の感触と、はにかんだショータの笑顔。

嬉しさ・驚き・戸惑い・切なさ……あらゆる感情が俺の頭の中でグチャグチャになって……。

「……おいお前、ちょっとこっちに来い！」

「え？　ちょ、レベッカさん？」

気がつくと俺は、ショータの手を掴んでいた。

そして俺はすぐ近くにある、階段下の死角にショータを連れ込む。

こうやって密着すれば、二人でもすっぽり隠れられる、逢い引きには最適な場所だ。

いつか俺が男娼をここで犯してやろうって決めてた場所。

(そして、今がまさにその時だ！)

二年もまともに男とヤッてないってのもあって、この時の俺は随分と冷静さを欠いてたと思う。

それでも俺は止まれない。

俺はショータの小さな身体を壁に押しつけ、そのすぐ前に膝立ちになる。

これでもうショータは逃げられない。コイツの体格じゃ俺の身体を押しのける事は出来ないだろう。

俺は血走った目で、同じくらいの高さになったショータの顔を真正面から睨みつける。

ほぉら、さっきまでのほほんとした顔が、今は恐怖に歪んで………あれ？

ショータの顔色は青褪めるどころか、ほんのり紅潮していた。

ショータの瞳は潤んでて、鼻息も荒くて、唇の端からヨダレが垂れてて……。


この俺が思わずドキッとする程に、エロかった。

「レベッカさん……あの、僕、こんな事されると、期待しちゃって……もう……我慢出来なくて……」

ショータは息も絶え絶えに、瞳を更に潤ませて俺に何かを訴えかけてる。

俺が呆然としてると、ショータの小さな両手が俺の頬に添えられた。

そして、ショータの顔がゆっくり近づいて……。

あ、よく見たらコイツ意外と可愛い顔してやがるなぁって思った次の瞬間、俺の唇とショータの唇が重なった。

「!? ちょ、おま……ぷぁっ♡ あむっ♡ はひっ♡」

いきなりの事に俺が面食らっている間に、ショータの舌は俺の口の中にニュルンッて容易く侵入して来た。

俺の舌はあっという間に捕まっちまった。

ショータの小さな舌が、俺の舌の先っちょをチロチロと舐め回す。

そして小さな唇が、俺の舌を上下からクチュクチュと弱々しく挟み込む。

口の中からダラダラと溢れ出す唾液は、俺の舌を伝ってショータの口の中へとジュルジュル吸われて行く。

何なんだこりゃ？ どうなってんだ？

コイツは一体、何を考えてやがるんだ？

俺の頭の中を様々な疑問が駆け巡る。

だが、俺の頭はショータのエロ過ぎる舌の動きで完全に蕩かされちまってる。

いつもなら、男に対して常に俺が主導権を握ってた。

嫌がる男の口の中を舌で犯して、服を脱がせながら乳首を強く摘まんで、両手でガッチリと尻を揉みくちゃにして、そしてオマ○コに無理矢理オチンチンを擦りつけて、そしてオマ○コでオチンチンを飲み込んでやるんだ。

男はやめて、許してと泣き叫ぶ。

そんな男の悲鳴を聞いて、俺は更に燃え上がる。

俺の知ってるセックスってのはそれだ。

それしか知らねぇんだ。

だが、それに引き換え今の俺は何だ?

この男娼館に来てまだひと月にも満たない駆け出しの男娼に、この俺が……弄ばれてるなんて……！

あり得ない。いくら二年も男とご無沙汰だったからって、この俺がこんなガキに！

俺はカッとなって、何とか主導権を奪い返そうとする。

だけどショータのキスは変幻自在で、時には童貞のように繊細で、時には処女のように荒々しく、俺の舌を巧みに刺激する。

晴天の太陽のようで、嵐の風雨のようでもあるその舌使いに、俺は忽《たちま》ちメロメロにされ、身も心もドロドロに溶かされちまう。

これが男娼なのか？

男娼ってのは、みんなこんなにドスケベなのか？

俺が今まで食い散らかしてやったと自慢してた男の中に、こんなエロいキスで応えてくれる奴等なんて誰一人として居なかったのに！

俺がそうやってパニクってると、ショータ舌は俺の舌にニュルニュルと絡みつく。

ヘビかナメクジかよってくらいしつこく、ねちっこく、優しく……甘くて……気持ち、いい……♡

……ハッ!?

やべぇ……一瞬意識が飛びかけてた……！

その時、俺は見た。

それまでピッタリと閉じられてたショータの目が、うっすらと開いていた。

そしてその目が、ニィッて笑ってやがった……。

小馬鹿にされたと思った。

今までずっと下に見ていた生き物に、後ろ足で砂を掛けられたような気がした。

その瞬間、俺の心の中に怒りの炎が燃え上がった。

悔しい！　憎い！　殺してやりたい！

上等だよこのオスガキ……金貨十万枚だか何だか知らねえが、大人の女を甘く見た事を死ぬ程後悔させてやんよ！

ちょっとばかしキスが上手いからって調子に乗ったのがテメェの運の尽きよ！

そうと決まれば、まずコイツを引きずり倒して……あひいっ!?


「んっ……レベッカひゃんの、おっぱい……♡」

んなぁ!? こ、コイツ……俺の胸を掴んで何する気……はぁん♡ あふっ♡ はぅっ♡
これ、もしかして……胸を、揉まれて、るうぅっ♡
そ、んな……キス、だけじゃなくて、そんな事まで、する、とか……コイツ、とんでもない、エロガキぃィンッ♡

「おぶっ♡ あむっ♡ むひっ♡」


やめろ、触るな、ぶん殴るぞ。

そんな強い言葉は、ショータの唇と舌で塞がれた俺の口からは出て来なかった。

今の俺はもう、ショータの玩具《おもちゃ》だ。

ヨダレをしこたま吸って吸われて、胸を揉まれてヒンヒンと鳴くだけの、壊れた人形になっちまった。

このまま無抵抗にされるがままになってたら、俺が俺じゃなくなっちまう。

だから俺は最後のチカラを振り絞って、右手の拳を強く握る。

狙うはコイツの腹……当て身一発で悶絶させて、苦しむショータの顔面の上から俺のオマ○コを押しつけて、その小生意気なツラを俺のマン汁でベッチョベチョに汚して、そして貧相なオチンチンを無茶苦茶に犯してやらぁ！

キユッ。


「んぎいぃっ!?」


突然、俺の胸で何かが爆ぜた。

胸の先っちょ……乳首が、ビリビリッて……！

キユキユッ、クリクリッ、ピンピンッ。


「ほおぉおおおっ♡ ま、まひゃ……あひょおぉっ♡」


何が何だか解らない。

俺の胸が、俺のじゃないみたくなって。

もう何も考えられなくなって。

ギユイッ！


「はぎゅううううぅんっ♡♡♡ い、いぎゅうううううううっ♡♡♡」


後で解った事だが、どうやらその時の俺はショータに服の上から乳首を責められたようだ。

服越しにでも解るくらいに硬くなった俺の乳首を、ショータは撫でて、押して、弾いて、最後にゃ強く摘まれて。

それだけで失神するくらい派手にイッちまったってんだから、俺が情けないんだか、はたまたアイツが凄《すげ》ぇのか。

◇◆◇◆◇

「……きろ！　おい！　起きろっての！」

んあ……誰だよ……ってかヨハンナかよ。

「やっと起きたか。早く水持って来いって、他のみんながブーブーうるさいからウチが探しに来てみれば、階段下の狭い空間でグースカと気持ち良さげに高いびきとか！　オマケに枕と掛布なんてどっから持って来たワケ？」

ヨハンナにそう指摘されてようやく気づく。

俺の身体の上に見覚えの無い掛布が掛けられていて、ご丁寧に枕まで用意されていた事に。

……ショータだ。

今はどこにもショータの姿は無いが、きっと失神した俺をそのままには出来なくて、どこかの部屋から寝具を持って来てくれたんだ。

ってか、それならさっさと起こしてくれりゃよかっただろうに。

「……レベッカ？　何ニヤニヤしてんの？」

と、ヨハンナがマジマジと俺の顔を見て言う。

やっべ、俺笑ってた？

「な、何でもねぇよ。ってか飲み物やらはあそこのワゴンに乗せてある。ショ……じゃなくて、ある男娼からの差し入れだ」

何故だか解らないが、俺は咄嗟にショータの名前は伏せた。

普段から威勢のいい事を言っておきながら、裏でコソコソと男娼をつまみ食いしようとしたら返り討ちに遭いましたなんて言えるハズもねぇし。

それに、この事は俺とショータだけの思い出にしたいっつーか……柄にもなく処女臭い考えだとは思うけど、他のヤツに聞かせたくないってのは本当だぞ。

って、今度はヨハンナがニタニタと気持ち悪《わり》ィ顔してやがる。

「な、何だよ？　俺の顔に何か付いてっか？」

「フフ～ン……そーゆー事ね？」

ヨハンナは俺の肩に腕を回しながら、耳元でボソッと呟いた。

「……で、どうだった？　あの子、凄かったっしょ？」

「!?」

な、何で……と思ったが、冷静になって考えてみる。

まず、風の噂でショータがこのヴァルハラ・オティンテイン館に売られに来た時、あるメイドをクンニだけでガチイキさせたって聞いた事がある。

その当のメイドがヨハンナなんだ。

それに、わざわざメイドに差し入れするような奇特な男娼なんてショータくらいしか居ないだろうって、ヨハンナは知ってるんだ。

そして人気《ひとけ》の無い場所で倒れてる俺……こんな不自然な欠片《ピース》を繋ぎ合わせて導き出される答えは……。

ってかこれ全部バレてんじゃねぇかよおぉーっ‼

「まーまーまー、他のヤツには内緒にしてあげるから。その代わり、どんな事されたかお姉さんにちゃんと教えな」

「う、うっせぇ！　先輩風吹かすんじゃねぇ！」

この後、中庭で散々待たされた他のメイド仲間達からは非難囂々だったが、ショータが作ったケーコー何とか液は好評だったし、ツメシボも冷やピトとやらもみんな喜んで使ってた。

そのお陰か、休憩後の草むしりは驚くほど快調に進んで、あっという間に終わっちまった。

その日の仕事はこれで終わったんでヨハンナ達はひとっ風呂浴びるって話だったが、俺は自分の部屋で身体を拭くからって言ってみんなと別れた。

そして部屋に帰った俺は、汗まみれのメイド服を脱ぎ捨て、自分の乳首を弄ってる真っ最中だ。

「くひっ♡　ち、ちくび♡　ビリビリッてぇ♡」

同室の二人はまだ仕事中なんで、今は俺一人で開放的な乳首オナニーにのめり込んでる。

あの時のショータの指の感触を思い出しながら、一生懸命自分の乳首を弄ってると、すぐに絶頂に達する。

俺は普段は断然クリオナ派なんだが、まさか乳首がこんなに気持ちいいなんて……はぁんっ♡

畜生……悔しいけど、認めるしかねぇ。

アイツは確かに金貨十万枚の価値があるかも知れない。

俺の仲間の用心棒は怒るだろうけど、俺はもうアイツに夢中だ。

こんな気持ちは生まれて初めてだった。

ショータともう一度キスがしたい。

またショータに乳首を弄って欲しい。

オチンチンだって、今まで犯して捨てた男みたいに乱暴にしたりしない。

ショータのオチンチンがどんなに貧弱でも、俺が精一杯優しく可愛がってやるから……だから……。

「ショータとセックスしたいよおおぉぉっっ‼」

誰も居ない部屋で、俺は自分の乳首を強めに弄りながら何度目かの絶頂に達した。

【レ・リ・マのリ】


話をしよう。

リンダの名前はリンダだピョン。

兎人族で、二十二歳。

将来の夢は一人前の料理人になって、リンダの家族全員(母ちゃんと父ちゃんと婆ちゃん、姉ちゃん二人と妹四人と叔母さんと姪っ子二人)で立派な食堂を切り盛りする事。

今はその開店資金を貯める為、帝都で唯一にして最大の男娼館、ヴァルハラ・オティンティン館でシェフとして働いてるウサ。

さすがは皇帝御用達の男娼館なだけの事はあって、貴族や大商人、旧王家の方々……それはそれはヤンゴトナイ客ばかりだピョン。

そんな常日頃から美味い料理ばかり食べてる舌の肥えた客共を落胆させないよう、来る日も来る日も料理の上達に余念が無いピョン!

この経験が、いつかリンダが帝都に食堂を開店した時に役立つウサ!

それまではたとえどんなにツラくても、ラビッと頑張るピョン!


「おいリンダ! 何ボサッとしてんだ!? プリンの作り置きが午後には無くなりそうだから、追加で作っときな!」

「うひゃっ!? わ、解りましたぁ!」

「リンダ! それが終わったらパンケーキ班の応援だ!」

「か、かしこまりましたバニ!」

「手が遅いわよリンダ! 洗い物が溜まってるんだから、ちゃっちゃとやる!」

「はいぃ! 喜んでえぇっ!」

忙しい。ここのところ毎日目が回るほど忙しいウサ。

それというのも、この甘味のせいでもあるピョン。

突如としてこのヴァルハラ・オティンティン館のメニューに加わった『プリン』と『ホットケーキ』と『パンケーキ』だウサ。

この未知の甘味にハマった先帝ヒルデガルド様以下、噂を聞きつけた客がガンガン注文しやがるから、シェフの何人かは甘味専属って事になり、朝から晩までずっと甘味ばかり作らされてるんだピョン。

何を隠そう、リンダもその甘味専属シェフの一人バニ。

確かにあの男娼の子が作った甘味は革命的だピョン。

甘味の……うぅん、料理の常識を覆したと言っても過言では無いピョン。

でも、毎日毎日甘味ばっかり作らされる羽目になるなんて聞いてないバニ！

リンダはもっとこう、色んな料理を作れるようになりたいんだピョン。

そしてゆくゆくは帝都で一番の料理を出す料理人になるんだウサ。

それなのに毎日プリンプリンホットケーキパンケーキプリン！

こんなんじゃいつまで経っても上達しねーピョン！

リンダはこんな事する為に冒険者を辞めたワケじゃねーピョーン!! ピョーンピョーンピョーンピョーン……。


リンダは山間にある兎人族の村で育ったピョン。

二十を超える兎人族の家族達が、互いを助け合いながら慎ましやかに日々を過ごしてるピョン。

山の痩せた土壌でも何とか育つニージンを主食に、たまに獲れる魔物の皮や牙を装飾品に加工して、これまたたまに山道を通る行商人とブツブツコーカンしてもらうウサ。

それでも中にはそんな退屈な暮らしがイヤになって、イッカクセンキンを夢見て山を下りる女が増えたウサ。

リンダの村に年々オスが産まれなくなってるのも、衰退の一途を辿る村から抜け出したいって思う女を増やしてる原因の一つバニ。

リンダもそんな女の一人だったバニ。高い山から見下ろす他の村や街にはどんな美味しい野菜があるんだろう、どんな美味しいオチンチンがあるんだろうっていつも夢見てたピョン。

でもそんな妄想する度、母ちゃんに滅茶苦茶怒られてたピョン。そんなくだらない事を考えてるヒマがあるなら、冬に備えて一本でも多くニージンを育てな！　って。

確かに母ちゃんは凄いと思うピョン。女手一つでリンダ達大家族の面倒を見てくれて。（父ちゃんはオチンチン以外はからっきしだったウサ）

でも、リンダも反抗期真っ只中だったバニ、毎日言い争いが絶えなかったピョン。

「リンダはこんな山奥で痩せっぽちのニージンの味だけしか知らずに死ぬのはマッピラだウサ！　もっともっと美味しいものを食べたいピョン！　そしてそれをみんなに食べさせてあげたいんだピョン！」

そんなリンダの必死の訴えも、厳格で古い女の母ちゃんには届かなかったウサ。

挙句の果てにはちょっとばかり料理の腕前を褒めてやったからって調子に乗るなとか、オチンチンなんて父ちゃんのがあればそれで充分だろうとか……本当に何にも解ってねーピョン！

　徐々に衰退する村、そこから逃れて新天地を目指す若者達……。

　目の前に忍び寄る滅びから目を背けて、日々同じ暮らしを営む事が全てだと信じる母ちゃんの考えにはもうついて行けなくなったピョン！

　で、成人を迎えたのを機に、見聞を広める為に冒険者になろうと思って村を出たいって、家族にリンダの考えを話してみたウサ。

　案の定、母ちゃんが猛反対。リンダの意見も真っ向から否定されまくりバニ。でもだからって諦めるリンダじゃなかったピョン。

　ある朝リンダは頑固な母ちゃんと、喧嘩して村を飛び出したウサ。

　初めて歩いた山の麓、とっても気持ちが良いピョンなぁ。

　山を下りてすぐの街で、人間の盗賊とドワーフの戦士と知り合って、即パーティーを組んだピョン。

　リンダは神聖魔法が使えたから、パーティーの回復役として活躍したピョン。

　斥候の人間、特攻役のドワーフ、そして回復役のリンダ。少人数ながらバランスの取れたパーティー構成で活躍したモンだウサ。

　魔物を討伐してはその報奨金で男を買って犯して、迷宮《ダンジョン》でお宝を見つけてはそれを換金して男を買って犯して、何にも無い時はその辺の街のスラムで男を誘拐して犯して、大変ではあったけどそれなりに充実した毎日だったピョン。

　そんな平凡で穏やかな日常が劇的に変化したのが今から二年前、リンダが兎人族の村を出て五年が経ったあの日、帝都で唯一にして最大の男娼館であるヴァルハラ・オティンティン館を訪れた時バニ。

　冒険者ギルドで請け負ったクエストの成功報酬で思いの外にいい収入が得られたから、それならたまには豪遊すっか！　って盗賊のキツネ目女……レベッカがそう提案したんだピョン。

　その素敵な提案にリンダもドワーフの女も異存なんかあるハズも無く、三人で肩を組みながらイキヨーヨーとヴァルハラ・オティンティン館の門を潜った。

　で、気づけばここでシェフとして働く羽目に……どうしてこうなったバニ!?

　ま、原因はドワーフ女がその当時駆け出しの新人として赤マル急上昇中のミハエルに一目惚れして、いきなり「儂は冒険者を辞めてここで働くぞ！　貴様等も儂と共に働かぬか!?」

なんて言われて、リンダもレベッカも即「ナイン《いいえ》!!」ってお断りしたピョンが……。

安定した生活、ややお高い給金、あわよくば高級男娼とお近づきに、なんて口車にまんまと乗せられてしまったウサ……。

でも確かに収入があればすぐに男を買って豪遊してまた無一文、なんて根無し草な生活にヘキエキしてたのも事実ピョン。

だからリンダも今では納得して、この仕事に就いてるんだピョン。(レベッカは未だに「忙しくて男喰うヒマもねぇーっ!」ってブーたれてるバニ)

リンダは神聖魔法が使えるから治癒士《ヒーラー》として働いてもよかったピョンけど、どうせなら帝都最高の料理を楽しめると評判のヴァルハラ・オティンティン館の味を盗んでやろうってコンタンで、慣れないシェフとしての道を選んだピョン。

二年経った今でも新入り扱いで、皿洗い・野菜の皮剥き・厨房の掃除なんかが主な仕事だピョン。

それでも、リンダは家族と一緒に食堂を開店して、いつかは帝都で一番の料理を出す店として名を轟かせる……予定だウサ。

リンダが一人前になって、帝国流の料理を作れるようになって、お金もいっぱい貯まったら、きっと頑固な母ちゃんもリンダの事を見直してくれるハズだピョン。

子供の頃から何かにつけて厳しかった母ちゃんだけど、リンダが料理のお手伝いをしてる時だけは優しかったっけ……。

あんな痩せっぽちなニージンでも、リンダが料理を作れば家族みんなが美味しいって言ってくれて……母ちゃんもいっぱい褒めてくれて……。

おっと、辛気臭いのはナシだピョン。

最近はやっと簡単な料理とか任されるようになって、さぁこれからリンダの栄光への道が開かれる! と思ったピョンのに……それなのに!

最近はプリンしか作ってないピョン!

確かにプリンは美味しいし、これを我がリンダ食堂(仮)のイチオシにするのも悪くないバニけど……。

ひょっとしたらリンダが開業資金を貯められるその日まで、ずっとプリンだけを作らされる事になりやしないかって、今更ながらに不安になってきたウサ!

◇◆◇◆◇

って心の中でぼやきながらプリンを大量に作ってたら、

もうとっくに閉館時間ピョン。

全員で厨房の後片付けを済ませて、他の先輩シェフ達はもうとっくに自分の部屋に帰ってるピョン。

でもリンダはこれから厨房を使わせてもらって、一人寂しく料理の練習バニ。

これで誰も邪魔の入らない環境で、思う存分料理の研究が出来るピョン。

さぁて、ラビッとやっちゃいますか！

と思ったその時、リンダの背後で厨房の扉が開いた音がしたウサ。

「あれ、誰か居るんですか？」

……む、誰ウサ？　リンダがせっかく気合いを入れて料理しようって時に。

こんな時間に、ほとんど火を落とした厨房にわざわざ来るヤツなんて、つまみ食い目的の意地汚いメイドとか……

さてはレベッカだなコノヤロー!?　盗っ人は発見次第殺処分ってのがここの規則ウサ！

と思ってリンダは薄暗がりの中、兎人族特有の瞬発力と跳躍力で厨房に忍び込んだネズミに飛び掛かる！

「え、ちょ、待っ……うわぁ！」

ウサ？　レベッカにしては小さい？

と思った時にはもう遅くて、リンダは空中でバランスを崩して……。

ズダァーン！　と謎の闖入者《ちんにゅうしゃ》を巻き込んで盛大に床を転げ回ってましたウサ。

近くに刃物とか割れ物が無くて幸いだったピョン……。

「アイテテ……誰ピョンまったく……」

四つん這い気味に倒れたリンダが身体を起こそうとしたその時……リンダのお股の辺りで何かがモゾモゾって……

…？

そこでようやくリンダは、ネズミの正体に気づいたバニ。

黒い髪、黒い瞳、黄色い肌。

そんな特異な容姿を持っているヤツは、この帝都……いや、エルヴァーン大陸広しと言えど、この子しか居ないピョン。

「ショータ……何の用だピョン？」

そう、リンダのお股に挟まれてフガフガと喚いてるのは、巷で噂の新人男娼だったのだウサ。

リンダは顔面騎乗の体勢のまま、ショータに対する尋問を開始したバニ。

「まさかとは思うけど、つまみ食いしに来たワケじゃないピョン？」

「ムガムガッ、モガッ！」

なワケ無いウサ、と自分で自分の考えを否定する。

男娼の食事は常に充分な量が用意されてるし、わざわざ厨房につまみ食い目的で来る程に食い意地の張った男なんて居るハズも無いバニ。

「なら他に目的があるのかピョン？　……ハッ!?　さては誰も居ない合間に新しい甘味を開発するつもりピョンね!?　そうはさせねーピョン！」

「フゴフゴッ！　フンガーッ！」

ただでさえプリンやホットケーキを作るのに忙し過ぎるバニ、そこに更に新作甘味なんて出された日にゃ、いよいよリンダは甘味専属シェフに固定されちまうピョン！

「冗談じゃねーウサ！　リンダはもっともっと色々な料理を見たり作ったり味わったりしたいんだピョン！

どんなに美味しかろうと、甘味なんて所詮は男子供の為の食い物バニ！

「ショータ……これでもアンタの事は一応認めてるピョン。男娼のくせにプリンやらパンケーキやら、リンダが見た事も食べた事もない甘味を作れて、あのヒルデガルド先帝陛下さえも虜に出来る腕前を……」

「ふ、フゴ……フヒュッ……♡」

「だけどその才能がリンダを苦しめる！　リンダの将来を暗く閉ざす！　自分でも何言ってるか解らねーピョンが、アンタにこれ以上ヴァルハラ・オティンティン館の甘味の品揃えを増やされるのは御免被るウサ！　極めて個人的な都合だと自覚してるので、抗議は聞き入れないバニ！」

ショータはまだリンダのお股でみっともなくフガフガ呻いてるウサ。

所詮男は女には敵わない。腕力でも、胆力でも、精力でも。

非力で、か弱くて、惨めで憐れな生き物バニ。

そう、このヴァルハラ・オティンティン館で働く全ての女達の間で何かと噂になっている新人男娼、ショータでさえも例外じゃないピョン。

こうやってパンツに圧し潰されるだけで、何の抵抗も……？

ここでようやく、リンダは疑問を感じたピョン。

そうバニ。女の股間、しかもこんな異常な状況に興奮してもうパンツの中はムレムレグチョグチョなオマ〇コに圧し潰されて窒息死寸前だというのに、抵抗があまりにも弱々しいピョン。

まるで、いつでも抜け出せるのにわざと抜け出さないようなレロッ。

「うひぃっ!?」

な、何だピョン!?　い、今リンダのお股で何かが動いて……うひょおっ!?

ピチュッ、ヌリュッ、ブチュッ。

「はひっ♡　ふぎぃっ♡　にゃ、なにこれぇっ♡」

リンダは慌ててエプロンとスカートを捲り上げて、自分のお股で何が起こってるのかを確認するピョン。

そこには、リンダのむっちりムチムチな太ももとピンクのパンツに包まれたムレムレマ○コに顔面を潰されながら、リンダのお股にチューチューと唇を吸い付かせている、苦しげながらも幸せそうなショータの顔があったピョン。

「ちょ、何して……はぅん♡　気でも狂ったんじゃ……いやん♡」

「んまっ♡　リンダひゃんのぱんちゅ♡　エッチなあじがしゅゆぅ♡」

一体何が起こってるウサ?

男娼を顔面騎乗で捕まえて尋問してたら、女の一番不潔な所を吸われてるとか、ワケが解らんバニ!

……ハッ!　もしや、そうまでしても逃げたいという事は、よっぽど後ろめたい何かを抱えているという事ウサ!?

まさかオマ○コを舐めてまで逃げたいと思う男が居るなんて……馬鹿にするなピョン!　オマ○コは舐められても、女の威厳までナメられるワケには行かないピョン!

そっちがその気ならあふん♡　リンダも女の意地を見せてキャウン♡　おめおめと逃がすようなヘマははひぃん♡

「リンダひゃんのオマ○コ、甘くて、いくらでもなめれまひゅ♡♡♡」

「くひっ♡　こ、この……な、ナメんなよぉ……ちょっとばかし舐めるのが上手いからって、リンダは、絶対に、負けな……んほおぉおっ♡♡♡」

や、ヤバい!　コイツ、舐めるの、上手過ぎィッ!

それにうっかり忘れてたけど、兎人族のリンダのオマ○コは人間の女よりも敏感で……ほあぁっ♡

リンダは耐えた。ショータの怒涛のペロペロ攻撃に。

ここで腰を浮かせてショータのペロペロから逃げる事は出来ないウサ。

それは兎人族として、大人として、女としてのコケンに関わるピョン!

大丈夫、リンダは絶対に男なんかに負けたり……んびゃぁっ!?

リンダが決意を固めた瞬間、突然お股に電撃が走ったピヨン!

慌ててお股を確認すると、ショータがいつの間にかリンダのパンツをずらして、剥き出しのオマ○コをペロペロしてたウサ!

そして……。

「わぁ……リンダさんのクリトリス、スゴくおっきい♡」み、見られちまったピョン！

人間や他の獣人族よりも遥かに性欲旺盛な兎人族の秘密を、知られてしまったピョン！

兎人族のお豆ちゃんは、人間の女のクリトリスと比べて三～五倍も大きいのが普通で、リンダの小指の先よりも大きいウサ！

男を犯す時でさえ、お豆ちゃんを手で隠しながらしてるのに、どうして今日に限って無防備にも男の顔に跨ってしまったんだピョン？

解らない……ショータの顔が地味で平凡過ぎたから警戒するのを忘れてたとか？

と、リンダがあれこれ考えを巡らせてると……。

ムキッ。

「はにゃっ!?　いきなりお豆ちゃんの皮を剥くなぁっ！」

ペロッ。

「うひぃっ♡　お、お豆ちゃんを舐めるなぁっ♡」

ムチユッ。

「あおぉんっ♡　す、吸うのもらめぇっ♡」

コリッ。

「ひょおぉっ♡　甘噛《あまが》みとか反則ピョオォ～ン♡」

てかコイツは一体何者ウサ!?

リンダの馬鹿デカいお豆ちゃんが怖くないバニ!?

何でそんなにチューチョなく舐められ……ひぃいあああぁっっ♡♡♡

らめっ♡　もうらめピョン♡　あたまン中グルグルでワケわかんねーピョン♡♡♡

イグッ♡　このまま何も抵抗出来ず、ただただお豆ちゃん舐められて情けなくイカされちゃうピョン♡♡♡

ぐやじいっ♡　リンダともあろう者が、こんなちびっ子に弄ばれるなんてぇ♡

はひっ……もう、イッグウゥッ♡♡♡

せめて、一太刀、だけ、で、もおぉぉおぉおっ♡♡♡

チョロッ……ジョボボボ……ブッシャアアァーッ!!

「ぷぁっ!?　ぷへぇっ！　ぐふっ！」

はへ……うへへへ……ざまぁ、ピョン……。

顔中ションベンまみれにしてやったピョン……これで心に深い傷を負って、コイツはもう男娼を続けられなく……。

「しゅごっ♡　リンダしゃんのおしっこ♡　ぷはっ♡　も、もったいない♡　全部飲まなきゃ！」

ヤバい、コイツとんでもねーヤツだピョン……最初から関わっちゃいけないヤツだったんだバニ……。

薄れゆく意識の中、ゴックンゴックンと何かを嚥下《えんげ》する音を聞きながら、リンダは深くて温かくて心地よい闇の中に落ちて行ったのであった……ピョン。

◇◆◇◆◇

どれくらい気を失っていただろうか。

気がつくと、リンダの目の前には心配そうなショータの顔が。

「あ、だ、大丈夫ですか?」

あれ? これって膝枕ピョン?

男娼の膝枕でお目覚めとか……ひょっとしてこれは夢バニ?

「あ、あの……ご、ごめんなさい!」

って、ショータが勢いよく頭を下げたピョン。

膝枕の体勢のままだったから、ショータの顔とリンダの顔が至近距離にあって……。

あ、このコ意外とまつ毛長いピョン。

「僕、厨房の前を通りがかったら明かりが点いてたから、覗いてみたら……」

なるほど、そこでリンダが居残りで修業してたと。

「で、急に飛び掛かられたかと思ったら、気がついたらムチムチの太ももに顔を挟まれてて……オマケにパンツが鼻先に……」


……すまぬ少年。フカコーリョクってヤツだバニー!

「それで、その……リンダさんのお、おま、オマ○コからとってもイイ匂いがして……どうしても我慢出来なくて……気がついたらオマ○コにむしゃぶりついてて……」

冷静に考えれば、とんでもない事をしでかしたんじゃなかろうウサ……?

元はと言えばリンダの勘違いで襲い掛かって、無理矢理顔騎でオマ○コ舐めさせたばかりか、挙句の果てにはションベンぶっかけとか、ヴァルハラ・オティンティン館でも上級貴族しか頼まないような超絶高額オプション(ランク『神』のみ、金貨十枚)を、よりにもよってヒルデガルド先帝陛下やウルスラ館長がお気に入り(という噂)のショータにかましちまうなんて……!

やっちまったピョン……これじゃ良くて一~二年はタダ働き、下手すりゃ国外追放とか炭鉱労働とか極刑もあり得るピョン!

どうしよう!?

もしそうなったら、帝都に食堂を開店するなんて夢のまた夢ウサ!

リンダの夢が……家族の夢が……兎人族みんなの夢が……音を立てて崩れて行くゥッ!!

こ、こうなったら……どーにかしてコイツの口を封じて……って、もしバレたら一族郎党皆殺しになるピョン！

「あ、あの！　この事はどうか内緒にしてください！」

……ウサ？

「ハプニングに乗じて、ラッキースケベに甘んじて、結果リンダさんのおしっこまで飲んじゃって……僕がこんな変態だって知られたら、シャルさんにもメル姉にも嫌われて、このヴァ・ティン館も追い出されちゃったりしたら……お願いします！　僕に出来る事なら何だってしますから！」

ヒソーカンたっぷりな顔でそうコンガンするショータ。

いや、それは無いバニよ……女にションベンぶっかけられて怒らないばかりか喜んで飲み干してしまうような変態男とか、女にとっては喉から手が出る程欲しいし、どんな手段を使ってでも手放したくは無いピョンよ。

それにそんな事が出来るとヴァルハラ・オティンティン館に知られたら、すぐにでもランクが上がるウサ。

今時そんな変態プレイを苦もなくやれるような男娼なんか居ないピョンからねぇ。

でも、何をどう間違って解釈してるのか、ショータは自分の方がかなりの弱みを抱えてしまったと思ってるらしいピョン。

ひょっとしたら……リンダにもラビッと運が巡って来たかもピョン♪

こんなドエロな男、ムザムザ放っておく手は無いウサ♪

他の同僚達には秘密にして、いつでもお手軽にセックス出来るセードレイを確保ピョン♡

ピョピョピョ……そんな捨て犬みたいな目で見つめてもムダだバニ。女相手につけ入る隙を与えたショータが悪いウサ。

だからそんな目で見てもムダムダ～♪

そんな目で、見ても……そんな……真剣な……熱い眼差しで……何だピョン、この胸をチクチクと刺すような切ない痛みは……？

まさか、このリンダが罪悪感を感じているとでも言うのピョンか……？

不意に、冒険者時代に散々犯しまくった後、仲間達と笑いながらションベンぶっかけてやった男の顔を思い出したウサ。

目の前のショータとあの男は全然似てなかったけど、何故かあの男だけじゃなく、リンダが今まで勝手気ままに犯して来た全ての男子供達の顔がショータの顔と次々に重なって見えて……。

気がつけばリンダの目から、大粒の涙がポロポロと……。

「あ、あれ？　おかしいピョン……リンダが泣く理由なんてどこにも……なのに……どうして、こんなに……！」

ワケが解らないピョン！

あの時の事は微塵も後悔なんかしてやしないのに！

そうやってリンダが下を向いてグジグジ泣いてると、リンダの髪に小さな手がそっと添えられて。

その小さな両手は、リンダの頭を優しく抱いてくれたんだバニ。

たったそれだけの事で、リンダの目からは涙が止まった。

そして胸を突き刺すような痛みは無くなって、代わりにじんわりと広がる温かい何かが胸を満たしたウサ。

リンダはショータの小さな胸に顔を埋めて、その間もショータは何も言わずリンダの髪を撫でてくれたバニ。

その時のショータがどんな顔をしてるのかは見れなかったピョンけど、きっと聖父様のような慈愛に溢れた優しい笑みを浮かべてたに違いないピョン。

鼻息はスピスピクンカクンカと忙しなかったけども。


しばらくそうしていたけれど、リンダは何だか急に恥ずかしくなって、慌ててショータの胸から離れて、ゴニョゴニョ言い訳してしまったピョン。

故郷が恋しくなったとか、離れて暮らす家族の事を思い出したとか、男みたいにウジウジした言い訳を。

オマケに今の仕事に対する不満とか、こんなんで将来自分の店を持てるのか不安になったとか、言わなくてもいいような事も勢いで愚痴ってしまったウサ。

「え、リンダさんお店を出すんですか？　スゴいスゴい！　僕も絶対行きます！」

それなのに、ショータはそう言ってくれたピョン。

兎人族みたいな山育ちの田舎者が夢見てんじゃねーって言われるかと思ったバニ……。

「ま、まぁ何年も先の話ピョン。それに、リンダの食堂は野菜中心の肉少なめな店になるピョンから、大食いな女の客にはきっと刺さらないピョン。どっちかと言うとリンダと同じ兎人族向けの、こぢんまりな店になると思うバニ」

大体この帝都じゃショバ代も高いに違いないから、最初は屋台から始めるのが現実的な……。

「そう言えばカールとか他の男の子も、いつも野菜や果物多めの食事だったような……あ、それならターゲットを若い男の子とか、ダイエットとか健康志向の人にすればいいんじゃないですか？」

ん？

「男娼なんかは体型維持の為にヘルシーな食事を好むんだと思いますから、リンダさんが目指す食堂の傾向と方向性が一致しますよ、きっと。そう言えばサラダバーとかフルーツバイキングとかやればウケそうですよね」

え？　え？

「そうなるとドレッシングとかも種類を揃えた方が……リンダさん、ドレッシングとか作れます？　あ、あとマヨネーズとかもあるといいかも」

ど、どれっしんぐ？　まよねぇず？

ヤバい……ショータが何を言ってるのか全く解んねーウサ。でも何故かショータの言葉には、リンダの夢を凄い勢いで加速させるような可能性をピョンピョン感じるバニ！

「し、ショータ？　その、ドレ何とかやマヨ何とかは、何に使うものなんだバニ……？」

「え、そりゃサラダとか……え、ちょっと待ってください。リンダさんは普段野菜を食べる時にどうやって食べてるんですか？」

「え？　野菜って、ニージンとかキュリーとか、セリ口とかピョン？　モチロン生で丸かじりが一番ウサ。てかここ何年もその食い方しかしてないピョン」

「なるほど……そう言えば僕が普段食べてるサラダも基本リモーネの汁か塩を掛けるだけの生野菜ばかりだし、肉類はあんなに凝った味付けなのに……だとすると、そこに打開策があるかも？」

ショータはそう呟くと、突然立ち上がったピョン。

膝枕されてたリンダは床で頭を打ちそうになったピョン。

ショータは冷蔵庫からニャー鳥の卵を取り出して、更に食用油と塩と砂糖と酢をボウルに入れて、それから泡立て器でイッシンフランにかき混ぜ始めたピョン。

何分も何分も必死に、時々休憩を挟みながら。

リンダが代わってあげてもよかったし、魔石で動く撹拌器もあるからそれを教えてあげてもよかったウサけど……。

額に汗しながら働くショータがとっても可愛くて、いじらしくて……思わず見蕩れてしまってたピョン♡

それから更に数分、虫の息になったショータを見て、思わずリンダの性欲が……ジュルリ。

「お、お待たせしました……これがお手軽調味料、マヨネーズです……」

「とてもお手軽には見えなかったピョンけど……で、これどーするウサ？　このまま舐めればいいピョン？」

「それでも美味しいでしょうけど、まずは野菜にディップしてみてください」

でぃっぷ？　何それ？

ショータは慣れない手つきで、野菜籠から持って来たニージンやキュリーを縦に細長く切り始めたバニ。

そしてそれを背の高いゴブレットに次々に挿し入れる。

「はい、野菜スティックの完成です。生の野菜をそのまま出されるより、いくらか見た目はマシでしょ？」

「うん、まぁ確かに……」

そしてショータはマヨネズとやらを小皿に入れて、野菜スティックと一緒にリンダの前に差し出したウサ。

これは食べろって事ピョンね……恐らく、この棒状のニージンをマヨネズに付けて食べろと。

……まったく味の想像が出来ねーピョン。

でも、プリンなんてキソーテンガイな甘味を生み出す程のショータが作ったものなら……シェフとしては興味あるバニ。

リンダはゴブレットの中から棒状のニージンを一本取り出し、マヨネズを少し掬ってそのまま口の中へ……。


……ポリンッ。


!?

「ぴゃああああうまいいいいいいっっ!!」

思わず叫んじまったピョンけど、リンダは叫ばずにはいられなかったピョン！

何ピョンこの味は!?　信じられねーピョン!!

卵の淡やかな味と、油のオイリーな味と、酢の酸味！

それらがニージンの甘みを何倍にも増幅してて！

リンダは慌てて齧りかけのニージンにマヨネズをたっぷり付けて、一気に口の中へ放り込むピョン！

「ふおおおお、お、おおおお♡　しゅごいいいいい♡

こ、こんなの、リンダ……困っちゃううぅ～っ♡♡」

いや、別に困りはしねーピョンけど。

リンダはマヨネズの美味さにビックラこいてしまって、もう立って居られなくて無様にも床に尻餅をついてしまっていたウサ。

これは……神の味ウサ！　天上人しか口にしちゃいけない、野菜を主食とする兎人族が知ってはいけない、まさに禁断の味バニいっ！

「マヨネーズはお口に合いました？　ところでこんなのもあるんですよぉ♪」

リンダがマヨネズの美味さに打ちのめされている間に、ショータは更に追い討ちをかけて来たピョン！

「たった今ちゃちゃっと作った、玉ねぎ……じゃなくて、オニールとニージンのすりおろしドレッシングです！」

バニいっ!?　ニージンで調味料を!?

それは是非食べるウサ！　今度は敢えてキュリーに付けてみて……。

「んひょおおおおおっ!?　こ、これもしゅんごいよぉおおぉぉおっっ♡♡」

口の中いっぱいに広がる甘酸っぱさ！

リンダの舌の上で、キュリーとオニールとニージンが軽快なワルツを踊ってるピョ〜ン♡

「で、こっちが試作品のチーズで作ったシーザードレッシングと、ゴマ……じゃなくてマゴロクドレッシングで〜す♪」

「あひいいいいいいいいい♡　も、もうゆるひてバニいいいいいいっ♡♡　うましゅぎてパーになっひゃうにょほおおおおぉおぉおんんんっ♡♡」

次から次へと攻め寄せる、美味さの波状攻撃ィ！

リンダのお耳も尻尾もピンコ立ち、野菜をドレッシングやマヨネズに付けては貪り、付けては貪り。

やがて全ての野菜が消えると、小皿に残った調味料まで浅ましくベロベロって舐め尽くした後、急に憑き物が落ちたように呆けてしまったんだピョン。

そしてようやく一息つけたところで、リンダはショータの方へと向き直ったウサ。

「……ショータ、頼みがあるピョン」

「はい？　何ですか？」

ショータはその神秘的な黒い目をパチクリさせて、床に座るリンダを見下ろしているウサ。

リンダはチューチョする事無く足を折り曲げるように座り直し、両の掌を床につけ、そのまま額を床にぶつけんばかりの勢いで頭を下げたピョン！

勢い余ってゴンッ！　て額と床がキスしたピョン。

「ちょ、な、何してるんですか!?　ってか今ゴンッって!?大丈夫ですか!?」

多分大丈夫じゃないバニ。額か床石のどっちかがカチ割れたピョン。

でも今はそんな事に構ってられねーピョン。

リンダは今からとんでもなく恥知らずなお願いをしようとしているウサ。

この姿勢は兎人族に代々語り継がれている無条件降伏の証……その名も『ドゥギャザー』だピョン！

ご先祖様達はこの姿勢で相手に許しを請い、命と仲間以外のものは何でも差し出す事で、様々な困難を乗り越えて来たんだバニ。

そう、それがたとえ金品でも、身体でも、尊厳でも……。

さすがのリンダでも、この『ドゥギャザー』を使うのは初めてピョン……。

でも、だからこそこれで活路を開いて見せるウサ！

「ショータ……いや、ショータ様！　このリンダ、ショータ様が御手ずから作られた神の調味料の数々、しかとこの卑しい舌で味わわせて頂きましたピョン！　まさに至福のひとときでしたバニ！」

「え、ちょ、何でそんな急に改まって……ってか土下座とかやめてくださいよ！」

「つきましては！　つきましてはぁっ！　誠に手前勝手なお願いと重々承知してはおりますピョンが！　ショータ様の……神の調味料のレツェプト《レシピ》を、リンダに伝授しては頂けないでしょうか!?　モチロン対価は何年、いや何十年かかっても必ずお支払い致しますのでぇっ！」

リンダは必死に頭を下げる。

この素晴らしい調味料は、リンダの食堂を成功させる為に必要なものバニ。この魔法にも等しい調味料があれば、きっと母ちゃんも認めざるを得ないピョン。

そしてこれまでのわだかまりを全て忘れて、あの辛気臭い村を出て、リンダが将来開く予定の店を家族全員で手伝ってくれるピョン。

そうなれば……人件費が浮くバニ！　っしゃぁ！

だからこそ、ここでショータ様に調味料の製法を教えてもらわないといけないウサ。

たとえ金貨を何十枚、何百枚支払う事になろうとも！

リンダの為に、家族の為に、兎人族の為に！

「え、別にレシピくらい普通に教えますよ？」

その為にはどんなオジョクにまみれようとも……え？

「別に門外不出ってワケでもないですし、さっきのドレッシングだって『コックパッド』で見たのを覚えてただけですから、多分再現度もイマイチだし……とにかくそんな勿体ぶったりお金取ったりする程の大層なものじゃありませんからね」

え？　え？

そ、そう言えばそうバニ……ショータ様はプリンの時も銅貨一枚すら受け取らず、気前よくすべてのシェフに製法を公開していたピョン……。

でもそれはヒルデガルド先帝陛下への献上品という名目があったからだと思っていたバニ……それなのに、一介の兎人族であるリンダにすらタダで提供してくれるって……おかしくねーかピョン!?

「あ、でもヴァ・ティン館でもマヨネーズやドレッシングを出せるようになったら、リンダさんの店で出すサラダの強みがなくなっちゃうから……よし、じゃあさっきの調味料はリンダさんと僕だけの秘密って事で、ね♪」

そう言ってショータ様は唇に人差し指を立ててつつウィンクして見せたウサ。

その瞬間、リンダは悟ったんだピョン。

神なのは調味料なんかじゃなくて、それを作ってくれたショータ様なんだバニ……。

そんな神様に、リンダはとんでもなく無礼な振る舞いばかり……それなのにショータ様は怒るどころか、リンダの事を気遣ってくれて……！

「……ひっ、ひぃんっ……ショ、ショータざまあああああぁぁっ!!」

焦り。驚き。喜び。

色んな感情がリンダの頭の中で爆発して、気がついたらリンダは再びショータ様の胸に抱きついてピョンピョン泣いてたウサ。

ショータ様の優しさが嬉しくて、自分の浅はかさが情けなくて、それらを上手く言葉に出来ないのがもどかしくて。

ショータ様の服がリンダの涙と鼻水とヨダレでピョンピョン汚れてしまっていたバニ。

本当はすぐにでも離れなきゃいけないピョンけど、ショータ様の御身体の温かさと柔らかさと、とてもいい匂いがして離れ難かったピョン。

そしてそんな愚かなリンダが泣き疲れて眠ってしまうまで、ショータ様はずっとリンダの髪や耳を撫でてくれていたピョン……♡

◇◆◇◆◇

そのまま二時間くらい眠りこけてしまって、気がつけば真夜中ウサ。

またしてもショータ様の膝枕で目覚めてしまって、ただただ恐れ多かったピョン……ショータ様はニコニコ笑ってたけど。

その後、ショータ様から神の調味料の数々の製法を教えてもらえる代わりに、いくつかの条件を提示されたウサ。

ショータ様に対して敬語や様付けせず、今までと同じように接する事。

時々でいいので、リンダが作った料理の味見をさせる事。

しかしそれらはリンダにとって全く不利益になってなくて、むしろそんな条件であの激ウマ調味料の製法をリンダが独占してもいいのかと逆に不安になってしまうウサ。

「で、でも本当にそれだけでいいピョン？　せっかくだし、リンダに何か出来る事があれば遠慮なく言って欲しいバニ」

リンダがそう促すと、ショータ様……じゃなくてショータは急に言葉に詰まったみたいに、下を向いてモジモジし始めたんだピョン。

それからスッとリンダに身体を寄せたかと思ったら、リンダの頭にある耳に向かって耳打ちをするような仕草を見せたんだバニ。

別にこの厨房にはリンダとショータの二人だけなんだし、耳打ちするような場面でも無いと思うピョンけど……。

人間の何倍も聴力のあるリンダの耳をもってしても、至近距離で聞くショータの声は蚊の羽音よりもか細いものだったウサ。

「あ、あのね……もしリンダさんがイヤじゃなければ、なんだけど……僕ね、その……また、リンダさんの、お……おしっこが飲みたいなぁ、なんて……」

…………はぁっ!?

「ち、違くて！　その、あの……そう！　練習！　これから先、僕のお客様の中におしっこを飲んで欲しがるようなお客様が現れないとも限らないし、かと言ってそんな練習なんて誰も引き受けてくれないだろうし、だったら、その……僕はもうリンダさんの、おしっこを、飲んじゃったワケですし……あ、一回も二回も変わんないだろって事じゃなくて！　あうぅ～なんて言えば……」

え……エロ過ぎる！

エロ過ぎて最早神！　神過ぎて逆に神！　逆もまた神！

こんな可愛くてエロくて優しくて素敵な男娼が、リンダの、リンダだけのションベンを飲みたがってる！

ならそれに応えてやりたくなるのが女って生き物だピョン！

「心配するなピョン！　ショータの男娼としての技術向上の為、このリンダがひと肌脱いでやろうじゃねーかピョン！」

「ほ、本当に!?　僕、かなり無茶なお願いしちゃってると思うけど、いいの!?」

「モチロンだバニ！　ショータの持つ調味料の製法には、それだけの価値があるって事ウサ。つまりこれはお互いが得する交渉って事だし、リンダはこれからも遠慮なくショータに新しい調味料を要求するピョン。だからショータも遠慮なくリンダのションベンを飲むといいピョン！」

誰かに聞かれてたらオメーは何を言ってるピョンと思われるだろうし、実際リンダも何をふざけた事言ってんだって思ってるバニ。

なのにそれを言われた当のショータは……。

「～～～っ！　ありがとうリンダさん！　大好きっ♡」

って、リンダの胸の谷間にラビッと飛びついて、リンダの顔を見上げてエヘへって笑ったんだピョン。

守りたい、この笑顔……！

それからのリンダとショータの関係はすこぶる良好バニ。

夜八時を過ぎて誰も居なくなった厨房で、リンダとショータの二人っきりの関係は続いているウサ。

ショータからは更なる調味料の案が出されて、それを使った料理をリンダが作る。

お陰でリンダが作れるようになった料理もピョンピョン増えて、将来リンダの食堂で出すメニューの構想も着々と固まってるピョン。

客層も従来の大喰らい女共から、若い男の子向けを意識して、他の店との差別化を図るウサ。

ショータは本当に凄いピョン。リンダには無い発想が湯水のようにピョンピョン湧いて来るんだピョン。

いい意味で帝国流に染まってなくて、リンダには何もかもが新鮮に感じられるバニ。

そうこうしてる内に試食も終わって、ショータがソワソワしだすピョン……。

それを見てリンダも同じようにソワソワしだすウサ。

「じ、じゃあそろそろ……ね？」

「う、うん……お願い、します……♡」

リンダは調理台に腰掛けて、足を大きく開くピョン。

そしてスカートの裾を捲ると……既にちょっとシットリしてるオマ○コがお出ましピョン。

最近のリンダは一日中ずっとノーパンで過ごしてるバニ。

だってその方が色々と都合がいいんだピョン。

ほら、もう早速ショータが目を血走らせてリンダのヒクヒクお豆さんに釘付けウサ♡

リンダとショータの夜は、これからが本番ピョン。

さぁ、今日もたっぷり食後酒を召し上がれピョン……♡

待っててね母ちゃん、父ちゃん、家族のみんな。リンダは絶対に料理の腕を磨いて、神の調味料を完璧に作れるようになって、それを引っ提げて帝都の一等地に大きな食堂を作ってみせるピョン！

母ちゃん達が帝都に来る頃には、若い男の子がキャピキャピキャピピョンピョンしてる超人気へるしぃ食堂に押すな押すなの大行列が出来上がってるウサ！（予定）

オチンチンもヨリドリミドリだピョン！　母ちゃんもまだまだ現役だってところを見せられるバニ！

……でも、ショータのオチンチンだけはリンダのものだピョン。

レベッカにも、あのドワーフ女にも触らせたりしない。

ショータの可愛い可愛いホーケイオチンチン（想像）は、ずっとずっとリンダがニージンみたいにペロペロシャブシャブしてあげるウサ♡

【レ・リ・マのマ】

儂《わし》の名はマリオンという。

一見すると幼子と見間違える程の矮躯《わいく》、じゃがその小さき身の内に途方も無いチカラを秘めている。

そう、儂は人に非ず。

儂はドワーフ。岩をも砕く膂力《りょりょく》、鋼の如き体躯《たいく》、そして美麗なる宝石細工を造りし繊細なる指先を備えた、石と鉄の民。

幼子のように見えるからと侮るなかれ。こう見えて当年六十八の立派な女じゃ。

儂を幼子扱いするような輩は、たとえ相手が男子供でも容赦はせん。

最近も儂の事を子供じゃと勘違いしおった男娼が居たのじゃ。

憎々しい……今もその小童《こわっぱ》の平たい顔を、カラスの濡羽色の髪を、黒曜石の如き瞳を思い出すだけでも腸が煮えくり返りそうになるわ！


儂は二年前、このヴァルハラ・オティンティン館に客として来館した。

儂は正直、レベッカやリンダ程には期待してはおらなんだ。帝都の誇る男娼館とやらを精々品定めしてやろう、程度の気構えでしかなかった。

そして男娼を選ぼうとしたその時、あの御方……ミハエル様にお会いしたのじゃ。

あの時の事は今でもハッキリと覚えておる。

それまでの儂は、レベッカやリンダのように男を手酷く犯して悦に入る程に性欲が有り余っていたワケではない。

平均的な寿命が三百歳のドワーフ族である儂も、当時はまだ齢六十弱の若輩じゃ。性欲が枯れておったワケでもない。

ただ、儂の性癖ど真ん中の男に出会わなかっただけじゃ。

儂の理想の男とは、ズバリ美少年。

それもまるで神話から飛び出して来たかのような、神の造形美とでもいうような、紅顔の美少年じゃ。

無論それは、多くのドワーフの女の好みからは大きくかけ離れた価値観でもある。

ドワーフの男は全員が髭面で、ずんぐりむっくりで、お世辞にも美少年とは言い難い。

だがドワーフの女達は総じてそんなドワーフの男が好みなのじゃ。

古文書に曰く、そんなドワーフの男特有の容姿を『ユルキャラ』と称した。現代の言葉に訳すと『神の寵愛受けし人形』との事らしい。

じゃが儂は幼き頃からドワーフの男の容姿が好きになれ

なかった。

それが何故なのかは儂自身にも解らず、お陰で同年代の女達が次々と処女を捨てて行くのに、儂だけはずっと処女を捨てきれなんだ。（ちなみに当然の事ではあるのじゃが、種の保存という名目上、ドワーフの男達に性交を拒む権利は無い）

ドワーフの男の逸物を見ても何の感情も湧き起こらず、そんな男達が複数の女達に犯されているのを見ても儂の股間はただ一滴の愛液さえこぼさず。

きっと儂には性欲というものが欠落しておるのではなかろうかとさえ考えた事もある。

じゃがあれは儂が六十歳となった年のある日、ドワーフの村を飛び出す日のちょうど一年前の事じゃった。

村で彫刻を生業としていたドワーフの女が、帝国の貴族に依頼されていたという裸夫像なる物を彫り上げたというので、何気なく見物に行ったのじゃ。

その像を見た瞬間、儂は目を奪われた。

それは、エルフの男を象《かたど》ったものじゃった。

細くしなやかな体躯、整った顔立ち、そして親指ほどはあろうかという、何とも太く長い逸物！　（後に考えると、それは随分と誇張されたものであったが）

その像を見た瞬間、儂の股間はまるで失禁したかの如く濡れ始めた。

心臓は早鐘を打ち、膝は震え、喉はカラカラに渇いておった。

そして儂は知る。ドワーフにとっては性欲の対象外、どころか仇敵《きゅうてき》とさえ思われているエルフの美少年こそが、儂の求める理想のオスであったのじゃと。

残念ながらそのエルフの裸夫像は翌日には帝都に向けて出荷されてしまい、もう二度と目にする事は無かった。

じゃが儂の瞼の裏にはあの裸夫像の姿が鮮烈に焼き付いて、儂は夜毎に狂ったように己の股間を慰めておった。

お陰で宝石細工師としての仕事にも身が入らず、親方に怒鳴られる毎日じゃった。

が、自分の身に突如として湧き起こった性欲をどう解消してよいものか解らず、さりとてドワーフの男は儂の性欲の対象たり得ず。

一年間悩みに悩んだ末に儂が導き出した結論は、冒険者になってこの村から巣立つ事じゃった。

何せこの村に居ては、儂の意中の相手であるエルフの男に会える機会なぞ絶無じゃからな。

エルフの男達もドワーフと同様、自分達の住処から一歩たりとも出る事を許されてはいないからじゃ。

ドワーフもエルフも自分達のオスを他種族のメスから守

るのに必死じゃし、尚且つエルフはドワーフを、そしてドワーフはエルフを忌み嫌っておる。

　そんな右を向いても左を向いてもドワーフの男しか居らぬ状況下では、儂はいつまで経っても訪れぬエルフの美少年を待ちながら、やがては処女のまま朽ち果てる定めじゃ。

　じゃが儂は自分の運命を否定し、抗った。

　家族や親方には何も告げず、逃げるように村を飛び出したのじゃ。儂好みの美少年を求めて。

　程なくして、人間の住まう街でレベッカとリンダに出会って意気投合し、儂は二人の仲間と共にエルヴァーン大陸を西へ東へと駆け巡る。

　旅の道中で、儂はレベッカやリンダと共に様々な土地の男を犯して来た。

　そのどれもがドワーフの男などとは比べ物にならぬ程に可愛らしく、犯され嬲《なぶ》られ辱められた時に見せる苦悶の表情を見ては、儂は更なる劣情を催したものじゃ。

　そしてあっという間に五年の月日が流れ、辿り着いたこのヴァルハラ・オティンティン館で儂はミハエル様とお会いする事が出来た。

　ミハエル様のこの世のものとも思われぬような美貌にすっかりと心を奪われてしまった儂は、すぐさまミハエル様を指名しようとした。

　じゃがミハエル様はその当時既に『天』のランクであり、初来店の客からの指名を断っていたそうな。

　そこを何とか！　無理を承知でお頼み申します！　と儂は恥も外聞も無く受付の女に対して何度も頭を下げた。

　結果、儂の願いは聞き届けられた。

　儂が無様に頼み込んでおる場面を、当のミハエル様本人に見られておったのじゃ。

　ミハエル様は受付までおいでになられ、慌てふためく儂の顎に手を伸ばし、儂の顔をジロジロと吟味した後にこう申されたのじゃ。

「ふぅん、ドワーフかぁ……ちょうど予約も無いし、二時間だけでもいいならお相手してあげるよ？」

　その時のミハエル様の氷のような視線に射竦められた時の事は、今でも克明に覚えておる。

　結果的に言えば、ミハエル様とのたった二時間の性交の中で、儂はオマ〇コに挿入を果たす事が出来なかった。

　ミハエル様の美貌、均整の取れた体躯、加えて儂が今までに見たどのオチンチンよりも立派な逸物……まさに儂がかつて見たあのエルフの裸夫像そのものであった。

　そして情けない事に、儂はそんなあまりにも神々しいミハエル様の裸体に萎縮してしまい、性欲など湧き起こるハズも無く、遂には泣き出してしまったのじゃ。

これにはミハエル様もすっかり呆れ果ててしまい、極上の男を前にして何も出来ぬまま、ただ無為に時間だけが過ぎ去ろうとしていた。

儂は泣きべそをかきながら床に跪《ひざまず》き、一向に濡れぬオマ◯コを自らの指で掻き回す。が、それでも儂のオマ◯コは乾いたままじゃった。

儂は絶望した。儂が求めて止まなかったエルフ並みの美少年が、規格外のオチンチンを持った男娼が目の前に居るのに、ただ指を咥えて眺める事しか出来ない自分の不甲斐なさに。

「やれやれ……浅ましいね。君みたいな情けない女を見たのは初めてだよ」

全裸のままソファーに座り、葡萄ジュースを優雅に飲まれていたミハエル様が、そんな憐れな儂を冷ややかな目で見下ろしながら言う。

「緊張で濡れない女は今までにも何人か居たけど、そんなにまでして抱いてもらおうとする女はさすがに居なかったなぁ……ねぇ君、そんなにボクが欲しいのかい?」

「欲じいぃ！　ミハエル様のオチンチンほしい！　今ここでセックス出来なかったら、儂は！　ワシはぁっ！」

涙混じりにそう訴えるが、儂のやる気に反してオマ◯コはただの一滴の愛液すら生み出そうとはしなかった。

「はぁ……もういいよ。そろそろ時間だし、次の客が待ってるんだ。悪いけどお引き取り願おうか」

ミハエル様はそう言うと、傍らに控えていた他の男娼からガウンを受け取り、羽織ろうとする。

その瞬間、儂は泣きながらミハエル様の足元に縋り付いた！

「いやぁっ！　お願いじます！　すぐにオマ◯コぬらじまずぅ！　だから儂とセックスしでぐらざいぃ！　おねがいします！　何でもしますから、だからワシに御慈悲をおおぉぉっ!!」

儂はミハエル様の細い足首を掴みながら、必死に懇願する。

この機会を逃してしまっては、もう二度とミハエル様とのセックスはおろか、その美しい裸身を見る事も出来なくなると本能で悟ったからじゃ。

傍らの赤髪の男娼がそんな無様な儂を心底軽蔑しきった目で見下す。

「大変申し訳ないが、他のお客様がお待ちですので……」

赤髪の男娼は無情にもそう言い放ち、儂を追い出そうとミハエル様と儂の間に割って入ろうとした、その時じゃった……。

ミハエル様が薄笑いを浮かべながら、赤髪の男娼の肩に手を置き、赤髪を制していた。

「まぁ待て、お前は下がっていろ。ボクが呼ぶまで部屋には入るな」

「ですが……解りました。何かありましたらすぐにお呼びを」

そう言い残し、赤髪の男娼は部屋から退室した。

そして部屋に残ったのは、儂とミハエル様のみ。

尚もミハエル様の足に縋り付く儂を見下ろしながら、儂に語り掛けた。

「お前……この〝俺〟とセックスする為なら、何でもするって言ったよなぁ？」

その目は、その笑みは、その声は、今までのミハエル様とはまるで違っておった。

暗く、冷たく、鋭く……じゃが儂はこちらの顔が本当のミハエル様なのではと、頭の片隅で思い始めた。

「は、はい！　何でもします！　だから儂とセックスを！」

「口では何とでも言えるさ。まずは行動で示してもらおうか」

「そ、それは……どのようにして……っ!?」

儂はそう言いかけて固まってしまう。

ミハエル様の足元に跪いた儂の目の前に、ミハエル様の……お、チンチン、が……！

「……飲め。一滴たりともこぼすなよ？」

「え、あっ……え？」

白痴の如く吃《ども》る儂に構わず、ミハエル様はその大樹のような立派なオチンチンに手を添え、その先端を儂の方へと……はあぁ……皮の中にわずかに見える、桃のように愛らしい亀頭の先端が……♡

他の有象無象のオチンチンとは違い、ほんの少しといえど皮に包まれていない部分があるとは……！

そしてミハエル様の身体がブルッと震えたかと思うと、オチンチンの先端から黄金色の熱い聖水が迸り、儂は慌てて大きく口を開いてそれを迎え入れた。

◇◆◇◆◇

結果的にその時の努力が認められ、儂はミハエル様にある条件を言い渡された。

「お前、中々見どころがあるじゃないか。しかもドワーフってのも良い。他のデカ女達とは違って、容姿が少年に似てるのも大いに好ましいぞ」

そしてミハエル様は、この儂に用心棒として働けと言われたのじゃ。それも、ミハエル様の側付きとして！

「これからお前は、あらゆる厄介事から俺を守る盾となれ。

そしてお前が充分に務めを果たしたと俺が判断したその時に、褒美として俺がお前を抱いてやるよ」

その時から、儂の運命は大きく動き出した。

とりあえず儂は他の男娼を抱いて満足げにしておったレベッカとリンダを半ば強引に説得し、儂が冒険者を辞めてこのヴァルハラ・オティンティン館でミハエル様の用心棒として働く事を納得させた。

そこでせっかくじゃし、貴様等も冒険者を廃業してこの女の楽園で働いてはどうじゃと言ってみた。

当初はレベッカもリンダも渋っておったが、儂はじっくりと時間を使って説き伏せた。

「よく考えよ。冒険者など誰でもなれるが、この帝都唯一にして最大の男娼館で働ける女はごくわずかであり、貴様等はそのせっかくの機会をふいにしようとしているのじゃぞ？」

そして儂が既にミハエル様の推挙を得られておる事を話し、二人にこのヴァルハラ・オティンティン館で働く事の利点を説く。

「レベッカよ。貴様ほどの男好きならば、ここの男娼をいくらでもつまみ食い出来る環境に惹かれぬワケもなかろう？」

「リンダよ。貴様は常々、帝都に食堂を持ちたいと言っておったな？　ではこのヴァルハラ・オティンティン館でシェフとして働き、料理の腕を磨くべきではないのか？」

儂の指摘が正鵠を射ておったのか、レベッカもリンダも意外な程すんなりと儂の説得を受け入れた。

斯くして儂とレベッカとリンダは、三人揃ってヴァルハラ・オティンティン館で第二の人生を歩む事となる。

儂は用心棒となり、ミハエル様のお側付きに。

レベッカは元来の人当たりの良さと盗賊として培った器用さを活かしてメイドに。

リンダは自らの夢の為、シェフとして働き料理の修業に励んだ。

それからの二年は、儂にとって充実したものとなった。

他の先輩用心棒を差し置き、常にミハエル様の近辺に侍り、ミハエル様と同じ空気を吸える幸せを噛み締めておった。

ミハエル様に気に入られ、ミハエル様に儂の働きを認められ、そして今度こそミハエル様にこの身を抱いてもらう為に！

その決意の日から二年、儂はただの一度もミハエル様に抱いてもらえてはいない……。

◇◆◇◆◇

「どういう事じゃ貴様等!?」

儂はエール酒の入った木製のジョッキの底をテーブルにドンッ！　と叩きつける。

ここはヴァルハラ・オティンティン館にある従業員の寮。そこの一室じゃ。

儂の目の前、机を挟んだ向かい側には同室の二人……かつて冒険者として共に様々な冒険を生き抜いた友が居る。

栗色の髪をしたキツネを思わせる細面の女は、元盗賊で現在はメイドとして働いておるレベッカ。

桃色の髪の、頭頂部にウサギの長い耳を生やしている女は兎人族の元治癒士で現在はシェフとして修業を積んでおるリンダ。

で、その二人を不機嫌そうに睨みつけておる灰色の髪の女が儂じゃ。

「いや、どういう事じゃっつっても……なぁ？」

「そうだピョン。リンダ達が一体何したってんだウサ？」

レベッカは火の点いておらぬ煙管を咥えて腕組みをしながら、気だるげに儂の言葉に耳を傾けておる。

リンダはゴブレットに突き立ててある細長く刻んだ野菜を、何やら怪しげなドロッとした半固形の何か（マヨネズというらしいが）に「まよでぃっぷ、まよでぃっぷ♡」と薄気味悪い呪文を呟きながら逐一付けてポリポリと喰らってはニンマリと薄気味悪い笑みを浮かべている。

儂は今、二人を責め立てておる真っ最中じゃ。

そう、かつて七年前にパーティーを組み、冒険者としてエルヴァーン大陸を縦横無尽に駆け抜け、そして二年前にこのヴァルハラ・オティンティン館へと至り、ここを終の住処として共に働こうと誘った、二人の女を。

「心当たりが無いとでも言うつもりか？　とぼけるでないわ！　儂の目は節穴ではないぞ！　レベッカ！　リンダ！　貴様等は最近あの黒い小僧と親しげにしておるようではないか？」

「「ギクッ」」

ギクッ、ではないわ！

この二人にはあの小僧がどれ程危険か、ミハエル様にどれ程の厄災をもたらす存在か、口を酸っぱくして説いたハズじゃのに！

「レベッカ、リンダ、儂は貴様等の男漁りに興味は無いし、それについてとやかく言う立場でも無い……じゃがな、相手があの黒髪の小僧ならば話は別じゃ！」

儂はチカラ任せに机を叩く。机の上に置かれた酒のツマミが跳ね、皿からこぼれ落ちた。

「あの小僧が何をしでかしたか、よもや知らぬワケでもあるまい!?」

「まぁそりゃあな、もうとっくにヴァルハラ・オティンティン館で働いてる奴等の間にゃ知れ渡ってるだろうし、当然俺等も知ってるよ」

「うんうん、リンダも知ってるピョン。もうスカッと……じゃなくて、あの、ミハエルはお気の毒だったピョン……今もマブタを閉じれば、ミハエルの小憎《にく》たらしい笑顔が鮮明に浮かぶバニ……」

「やめい！　死んでおられぬわ！」

話はつい先日に遡る。

ミハエル様は日頃から懇意にされておられた旧熱砂王家の姫君に突然絶縁宣言をなされた。

そればかりか身請けの約束も反故《ほご》にされ、後からやって来られた法皇カサンドラと新たに身請けの約束を交わされた、と。

そして事件はその後に起きた。

それはミハエル様と法皇カサンドラ様、そしてウルスラ館長と旧熱砂王家の女王ヘルガ、その娘のマルグリットとで中庭にて茶会を催していた時の事じゃ。

儂は今でも後悔しておる……絶対にミハエル様のお傍を離れるべきではなかったと！

もちろん要人に何かあっては一大事じゃから、儂とその他の用心棒はすぐ近くに控えておった。

という油断もあったのじゃろう。

その黒い一陣の風は、儂等の目の前を瞬く間に駆け抜けおった。

そして気がついた時には……ミハエル様は頭から地面に突き刺さっておったのじゃ。

「幸いにもミハエル様は一命を取り留められたから良かったようなものの……」

「そうそう、聞いた聞いた！　ショータも無茶苦茶だけど、脳天から地面に叩きつけられて生きてるミハエルもどうよってみんなで笑ってたわ！」

「厚いのは面の皮だけじゃなくて、頭の骨もだったみたいだピョン！」

「ワーッハッハッハァ！」

「ウーッサッサッサァ！」

「……前から思ってたけど、その笑い方ってどうよ?」

そう言って馬鹿笑いするレベッカとリンダに対し、儂は殺意を込めた視線を投げ掛ける。

「貴様等……儂の目の前でミハエル様を愚弄《ぐろう》するとは……」

と、儂が怒りに任せて木製ジョッキの取っ手をグシャリと握り潰した時、レベッカが冷ややかな口調で儂に語り掛けた。

「つかよぉ、確かに俺等は最近ショータとイイ関係だけどよ、それを差し引いたって殊更ミハエルに辛辣なワケじゃねぇ……っつーかそもそもミハエルがそうなったのも自業自得だろ？」

「そうだピョン。ていうかショータの事を知れば知る程、ソータイテキにミハエルのどうしようもなさが浮き彫りになるだけバニ」

そればかりかレベッカだけでなくリンダまでもがショータの肩を持ち始めた。

「な、何を馬鹿な……正気か貴様等!?　このヴァルハラ・オティンティン館の看板男娼であるミハエル様より、あの冴えない黒髪小僧の肩を持つ気ではあるまいな!?」

「つか、じゃあお前はミハエルのやり方が正しいってぇのか？　それまで何かと良くしてもらって、身請けの約束まで交わしてた女を裏切って、金と法皇の地位に尻尾を振った尻軽男の味方すんのかよ？　あぁん？」

「ミハエル様の為す事は全て正しいに決まっておる。たとえミハエル様が天に背こうとも、天下の人間がミハエル様に背く事など断じて許されぬ！」

何を当然の事を言っておるのだ貴様は。

儂の理路整然とした答えに、何故かレベッカは言葉を失っておるようじゃ。

「……確かにリンダもショータが暴力を振るったのは間違いだったと思うウサ。でもその件はヒルデガルド様がお咎め無しってお裁きを下したって聞いたバニ。ならマリオンが騒ぐのはオカドチガイじゃねーのかピョン？」

「先帝がどう言おうと知った事か！　ミハエル様の命令があれば、儂があの小僧を八つ裂きにしてやるわ！」

じゃがそれは不可能に近かろう。

信じられぬ事なのじゃが、あの小僧は金貨十万枚という法外な値で買い取られたらしい。ミハエル様でさえ金貨千枚じゃというのに。

それ故か黒髪小僧は館長のウルスラに手厚く遇されており、その目を掻い潜って小僧に手を出すのは至難の業じゃ。

「……なぁマリオン、お前の怒りも解るけどよ。でも俺はお前みたいなミハエル一筋の堅物にこそ、ショータと接して欲しいって思うぜ」

「リンダもそう思うウサ。男娼としてのランクはまだまだミハエルの方が上かも知れないピョンけど、男としての魅力は実際にショータと触れ合ってみれば感じ取れると思うピョン」

「……フン、くだらん！　儂はもう寝る！　これ以上貴様等と話しておっても不毛じゃ！　バーカバーカ！」

　かつては共にエルヴァーン大陸を旅した仲間も、この二年余りで男に対する審美眼が曇ってしまったようじゃ。

　儂はそれ以上の説得を諦め、さっさと部屋の隅にある三段ベッドの梯子を登り、一番上のベッドに潜り込む。

「やれやれ……こりゃ俺達でマリオンとショータの話し合いをお膳立てしてやるっきゃねぇか？」

「ん〜、でもショータは今朝からミノタウロスの村に行ってるバニから、戻って来てからの話だピョン」

「そう言えば……ショータ達、帰って来るの遅くね？　確か日帰りっつってたのに、もう夜の十時だぜ？」

「祭りが盛り上がってて泊まりになったとか？　ま、用心棒が十人もついてるし、そもそもヴァルハラ・オティンティン館の馬車を襲うような命知らずも居るワケないから心配いらねーピョン」

　レベッカとリンダの話し声を脳の片隅で聞き流しつつ、儂は夢の中でミハエル様に会えますようにと願いながら眠りに落ちた。

◇◆◇◆◇

ヌチュッ、グチュッ……

外は朝からの雨で、行き交う人も少ない。

窓を叩く雨粒の音も、どこか遠くに感じられる。

それよりも大きく高らかに響く、淫靡な粘液が擦れ合わさる音により、雨音がかき消されておるからじゃ。

「あっ♡　あひっ♡　み、ミハエル様ぁっ♡」

「フン、どうした？　もっと尻にチカラを入れないと、俺がいつまで経ってもイケないだろう？」

「も、申し訳ありません♡　でも、ミハエル様の、オチンチンが、凄くて♡」

「おいおい、俺が昨日言った事をもう忘れたのか？　オチンチンなんて貧弱な呼び方じゃなく『竜のチンポ』と呼べとな！」

「はひぃっ♡　ち、チンポぉ♡　ミハエル様の『竜のチンポ』しゅごいのぉおぉっ♡♡」

　ミハエル様の部屋のベッドで繰り広げられる、この世のものとは思えぬ程の淫らな光景が繰り広げられておる……。

「ほぉら、出すぞ！　俺の貴重な精液をその尻穴にたっぷり注いでやるからなぁ！」

「んぐおおおぉおお♡♡　ミハエルしゃまあああぁぁぁあっ♡♡♡」

現在この部屋に居るのは三人のみ。

儂と、ミハエル様と、赤髪の男娼。

ミハエル様は風呂で汗を流されている。儂が介助を申し出たのじゃが、にべもなく断られてしまった。

ベッドの上でぐったりと倒れ伏す赤髪は、ヒクヒクと蠢く尻穴からミハエル様の精液をトロリと溢れさせておる……ジュルリ。

……ちょっとくらい舐め啜っても、バレないのでは？

と儂が忍び足で赤髪の尻穴にむしゃぶりつこうとしていると……背後で気配が！

儂は慌ててベッドから飛び退き、直立不動の姿勢でミハエル様が浴室から出るのを待つ。

ミハエル様はその美しい裸身を隠される事なく現れたので、儂は思わず生唾をゴクリと飲み込む。

そんな儂の横を素通りされ、ベッドに腰掛けるミハエル様。高価なプーシャンの香りが儂の鼻腔をくすぐった。

「……あのカラス野郎が消えて、もう五日になるな」

と、唐突に語られるミハエル様。

そのお言葉に、夢見心地じゃった儂もさすがに覚醒して真顔となる。

そう、あの黒髪の小僧は五日前……ミハエル様に許されざる暴行を加えた次の日にミノタウロスの村へと赴き、そして今現在も帰って来ていない。

予定では日帰りのハズじゃったが、その日の夕刻に捜索隊が組織されたと聞く。

その後、捜索隊は帰還したが……その中に黒髪小僧の姿は無かった。

じゃからレベッカもリンダも気が気ではないらしく、同室の儂は重苦しい気分の二人に声を掛けづらくて敵わん。

あの小僧がどうなったのか、儂はおろかミハエル様ですら詳細は聞かされてはいないようじゃ。

それに関連するかどうかは定かでは無いが、法皇カサンドラもあの日を最後に来館しておらぬ。

二日に一回は現れ、一日中ミハエル様を独占する程のあの色狂い女が、である。

それもあってかここ最近のミハエル様はとても上機嫌で、予約の無い空き時間にこうして取り巻きの男娼を抱く事が多くなられた。

「このままあのカラス野郎が戻って来なければ万事上手く行くんだが……ドワーフ、お前はどう思う？」

と、最高級の葡萄ジュースを嗜みながらミハエル様が儂に尋ねる。

二年もお仕えして未だに名前で呼んではもらえぬという事に少しだけ寂しさを覚えつつ、儂は答える。

「はい、ようやくミハエル様の身辺を騒がせる虫が消えましたな」

「クックック……虫とは言い得て妙だな。だが納得だ。アイツは空を飛ぶカラスなどではなく、地べたを這いずる虫だったというワケだ……」

そう言うとミハエル様は葡萄ジュースの入ったグラスをナイトテーブルに置き、傍らに立つ儂を見上げる。

あぁ……こうして間近で見ると、ミハエル様は本当にお美しい……♡

シャンデリアに吊された魔石の光を浴びて煌めく金の髪、蒼玉《サファイア》の如く深く澄みきった瞳、白磁の陶器のように白く艶めかしいお肌……まるで神が造りたもうた芸術品じゃ……♡

「おいドワーフ、今日の俺はすこぶる気分がいい」

「はい」

「思えばお前はこの二年、俺に尽くしてくれたな」

「勿体なきお言葉でございます」

「二年前にお前に約束した褒美の件、覚えているか?」

「!? は、はい!」

思わず声が裏返ってしまう。

じゃがそれも無理からぬ事で、二年前のあの日以来、ミハエル様の方から褒美の話を持ち掛けたのはこれが初めてなのじゃから!

儂は息を殺し、生唾を飲み込み、ミハエル様の次の御言葉を待つ。

「……フン、たまには飴も与えてやらなきゃな。おい、さっさと四つん這いになって尻を出せ。三秒以内にな」

「!? しょ、承知しましたぁっ!!」

キタ! 遂にこの時が来た!

ようやく儂の悲願が成就される時!

儂は瞬く間に下着ごとホットパンツを膝まで下ろし、その場で四つん這いになる。ミハエル様のお気持ちが変わらぬ内に、迅速に!

「ククッ……こうして後ろから見ると、まるで少年みたいだな。まぁだからこそ俺もチンポが萎えずに済むんだが」

そう言ってミハエル様の指先が、儂のベットリと濡れそぼったオマ○コをクチュリ、と撫でる。

「はあぁ……ミハエルさまぁ♡」

「いちいち鳴くな。それに俺が入れるのは……こっちだ」

と、突然ミハエル様は儂のヒクヒクと蠢く尻穴に、マン汁をグチュグチュと塗り始めた!

「おほっ♡ ほおぉっ♡」

「万が一にでも孕まれても困るからなぁ……それに、お前はこっちの方が好みだろう? 俺が男娼にハメた後、こっそりと自分で尻穴を慰めているらしいなぁ？　んん？」

「!?　そ、それは……！」

バレている……どうして？

この二年、ミハエル様がその猛々しいチンポで取り巻きの男娼達の尻穴を犯している所を何度も間近で見せつけられ、儂が自分を犯される男娼に置き換えて尻穴を指で慰めていると何故知られておるのじゃ!?

「フン、さすがに普段から弄っているだけあってか、清潔にはしているようだな」

そして儂の尻穴と、ミハエル様の『竜のチンポ』の先端が合わさりクチユリ、と淫らな音を奏でる。

ゾワッ、と儂の背筋を甘やかな稲妻が駆け抜ける。

「よし……チカラを抜け」

「は、はひぃ……♡」

あぁ……遂にミハエル様と結ばれる……。

この世で最も美しく、気高く、チカラ強いチンポに……。

ドンドンドンッ！

「―!?」

「ミハエル様！　居られますか!?」

外から扉を叩く音と、男娼の大声。

ミハエル様は小さく舌打ちすると、儂から離れて扉の方へと歩み寄る。

おのれ……誰かは知らんが許さん！

あと少しでミハエル様の『竜のチンポ』が……！

「騒がしいぞ、何事だ？」

「も、申し訳ありません……ですが、あの……あ、アイツが……ショータが戻って来ました!!」

「―!?」

◇◆◇◆◇

儂とミハエル様、そして取り巻きの男娼数名は玄関ホールに続く大階段の踊り場で、その悪夢のような光景を目の当たりにしておった。

あの黒髪小僧が、忌々しい虫けらが、ウルスラ館長等と共に現れたのじゃ。

そして階段を駆け上がって来た黒髪小僧は、踊り場で待ち構えておられたミハエル様には目もくれず、小馬鹿にしたような笑みと共に自らの部屋へと消えて行ったのじゃ。

「……」

その場に居た儂等の怒りは筆舌に尽くし難く、とりわけ儂とミハエル様の怒りたるや！

「……おい、ドワーフ」

「はっ」

儂はミハエル様の横に跪く。

「褒美はしばらくお預けだ……その前にお前にやってもらわなければならない用事が出来た……解るな？」

解っております。今はそんな事よりも遥かに重大な問題を片付けなければならぬ故。

その任務を果たした時、改めてミハエル様からの褒美を頂きます。

「……あの男を潰せ！　この先二度と男娼が続けられないよう、生き地獄を見せてやれ！」

「ははっ！　この生命に懸けて、必ずや！」

◇◆◇◆◇

時刻は深夜零時、見回りの用心棒以外はほぼ眠りに就いておる頃じゃ。

儂は一人、ヴァルハラ・オティンティン館の廊下を足音を立てぬよう静かに歩いておる。

そして目当ての部屋……三階の『天』の部屋の前に到着する。

儂はホットパンツのポケットの中から、一本の真鍮製の鍵を取り出す。

その鍵を鍵穴に差し込み、慎重に回す。

そして鍵穴からカチリ、という小さな音がしたのを聞き、儂は扉の取っ手を引いた。

部屋の中は明かりも灯っておらなんだが、窓から射し込むわずかな月明かりでもあれば、ドワーフの夜目にはまるで昼間の如し、じゃ。

扉をわずかに開き、小さな身体をスルリと滑り込ませ、後ろ手に扉を閉める。

よし……ここまでは上手く行った。

今の儂は頭から爪先まで黒い衣服を身に纏っておる。

灰色の髪は頭巾で包み、口元は覆面で隠し、傍目には儂の正体は解るまい。

そしてミハエル様から託されたこの部屋の鍵は、ミハエル様に懸想しておるとあるメイドから入手した物じゃ。

更にこの部屋の『監視の眼』は、監視部屋に詰めておる当直の用心棒に小金を掴ませて偽の光景を流しておる。

つまり今からこの部屋で何が行われようと、真実は闇の中というワケじゃ。

ミハエル様が多少の危険を犯されてでもこのようにお膳立てされたという事は、それだけ今回の計画に本気なのじや。

鍵を入手したメイドが拷問されたとしても、ミハエル様への想いから決して口を割らぬであろう。

そして『監視の眼』を無力化した用心棒は、明日にはそのままこのヴァルハラ・オティンティン館より姿を眩ます手筈になっておる。

後は、儂が任務を完璧に遂行出来るか否かじゃが……。

無論失敗などするハズも無し、油断して眠りこけておる男娼を襲う事など、赤子の手をへし折るより容易いわ。

儂は入り口から慎重に部屋を見渡す。

ベッドの上にシーツに包まれた膨らみ……あれが標的じゃな。

悪く思うなよ小僧、全て貴様が元凶なのじゃからな。

儂はソロリと一歩足を踏み入れた……が！

（ぐっ!? な、何じゃこれは!?）

景色がグニャリと歪み、グワングワンと耳鳴りがして、グラグラと脳が揺れ、儂は膝を屈してしまった。

これは……魔力《マナ》か!?

馬鹿な!? こんな、肌で感じられる程に濃密な魔力が、空気中に大量に!?

ドワーフは人間よりも遥かに魔力に対して敏感じゃ。

鉱物を求めて洞穴を掘り進むドワーフは、稀に大地から漏れ出す魔力を浴びて魔力酔いになってしまい、最悪命を落とす事もある。

ぐぬぬ……まさか小僧め、儂が襲撃に来る事を予期して部屋を魔力で満たしておったというのか!?

しかし、魔術師でもない小僧にそんな事が可能なのか？

ぐっ……滅多に酒に酔わぬドワーフじゃが、魔力には容易く酔ってしまう……思考が纏まらぬ……！

儂は辛抱堪らず口元を覆う覆面を下げ、空気を体内に取り込もうとする。

じゃがその瞬間、鼻腔を突き刺すような強烈な匂いが！

ぬぐおおぉっ!? な、何じゃこの匂いはぁ!?

生臭い……が、決して不快な匂いではない。

それどころか嗅いでいると脳が蕩け、全身が心地よい脱力感で満たされるような……。

これは、もしや……精液の匂い、か？ まさか、この魔力は精液から漏れ出したものじゃというのか？

否、あり得ぬ。

確かに精液の中に多少の魔力が含まれている事は知られているが、それはコップ一杯の水の中に砂糖水が一滴入った程度の量じゃ。

仮に今この部屋に満たされておる量の魔力を精液から抽出しようとするならば、このヴァルハラ・オティンティン館に居る男娼全員の精液でもまるで足りぬ。

ミハエル様の精液に含まれる魔力ですら、この魔力の巨大竜巻の前では蝶の羽ばたきが起こす程度の微風でしかない。

ぐぅううっ！　魔力がもたらす酩酊状態だけでもキツいのに、更にこのむせ返るような精液の匂い……！

ダメじゃ！　これ以上この部屋に居れば、儂は廃人となってしまうやも知れん！

こうなっては一刻も早く、あの小僧を始末しなければ！

この魔力と精液の匂いの原因が何かは解らぬが、今はそんな事はどうでもいい。儂は這いずるような姿勢で部屋を移動し、少しずつベッドににじり寄る。

ハァ、ハァ……気を確かに持てマリオン！

すべてはミハエル様の御心の安寧を乱す、黒い害虫を駆除する為！

結果、儂がどのような罪に問われようと、ミハエル様の為ならば！

そして儂はベッドに掛かっておるシーツに手を伸ばす。

この中に、あの小僧が……

悪く思うなよ小僧。貴様に罪は無いが……いや、数えきれぬ程あるな。

儂は呼吸を整え、一気にシーツを引っ張る！

覚悟せよ小僧！　貴様の男としての人生は、今宵をもって終焉じゃ！

まずはその貧相な小指オチンチンを……オナン、チンを……？

その瞬間、儂の時間は止まった。

「ふにゅ……むにゃむにゃ……」

シーツの中から現れたのは、黒髪の小僧。

儂を下回るその矮躯には、何も身に纏っておらぬ。

生まれたままの姿で、スヤスヤと安らかな寝息を立てておった。今から自分の身に起こる惨劇などまるで知らぬかのように……。

儂の視線は、そんな小僧の身体のある部分に釘付けにされておる。

赤子のような無垢な寝顔？　違う。

女好きのする、薄いが柔らかそうな胸板？　違う。

それよりも下……股間に、謎の生き物が……。

何じゃこれは？　本来オチンチンがあるべき場所に、儂が今まで見た事も無い生き物が鎮座しておる!?

……否、儂はこれに似た物を見た事がある。

じゃが違う。そんな馬鹿な事があるハズが……。

魔力と精液の匂いで麻痺した脳でいくら考えようと、正答に到るワケもなく。

儂はベッドの横に膝立ちになり、その生き物に両手を伸ばす。

馬鹿な。あり得ぬ。これは夢じゃ。

ちっとも働かぬ頭脳が辛うじて導き出した答えを、何度も何度も否定する。

じゃが儂の指先がソレに触れた時、十指を絡ませた時、両の掌で包んだ時……儂はようやく理解した。

「これ……お、オチンポ……なのか?」

儂が小声で呟いたその時、その問い掛けに答えるかのように、ガチガチに硬く反り返ったソレの先端からピュルッと何かが噴き出した。

ソレを握り締めていた儂の手に掛かったのは、半透明の液体じゃった。

精液ではないが、尿でもない。それはいわゆる先走り汁と呼ばれるものじゃ。

じゃがその先走り汁たるや、他の男達の精液よりも遥かに濃い魔力を含んでおる!

ミハエル様の精液とて、この先走り汁には遠く及ばぬ!

儂は先走り汁から湧き立つ匂いと魔力に、危うく失神してしまいそうになる!

間違いない、これはオチンポじゃ。それもミハエル様の『竜のチンポ』よりも長く、太く、硬く、熱く……。

形もまるで違う……根本には黒々とした毛が生え、金玉も大きく、ズッシリとした重さじゃ。

何よりも先端が皮に包まれておらず、桃色の亀頭がズル剥けになっておるではないか!

あぁ……これは夢じゃ……こんなどこの魔物の骨とも知れぬ黒髪の小僧が、気高く美しい神の子ミハエル様の何倍も猛々しいチンポを持っているなど……。

あってはならん……認めてはならん……こんな、これが、本物の『竜のチンポ』だなどと、認めるワケには!

じゃが儂の意思に反して、身体は過剰な反応を示しておる。

既に乳首は硬く尖り、オマ○コはマン汁を止め処なく流し続けておる。マン汁は下着もホットパンツも突き抜け、太ももを伝って絨毯にシミを作る。

クッ、限界じゃ……これ以上は儂の身がもたぬ!

儂は意を決し、小僧のチンポを握り締めた両手にチカラを込める!

そうじゃ……ミハエル様以上のチンポなぞこの世に存在してはならん……ましてこんな害虫小僧のチンポなど!

このままこの不遜な偽物の『竜のチンポ』を握り潰してくれようぞ……。

じゃが、この時の儂は気が動転するあまり、重大な失敗に気づいておらなんだ。

今もチンポの先端からトロトロと湧き出すチンポ汁が儂の両の掌全体をベットリと濡らし、そのせいで上手くチカラが伝わらず……チンポの根本を握っていたハズの両手が滑り、そのまま亀頭を握り包んでしまっておった。

ニユルンッ。

「きゃふぅん♡」

「!?」

まずい！　起きたか!?

儂はチンポを握り締めたまま固まってしまう。

「……ん〜むにゃむにゃ」

……ふうぅ、起きなんだか。

いや待て、起きようが起きまいが関係ないじゃろう？

このままこのチンポを握り潰してしまえば、それで終わるというのに。

…………。

ヌリユンッ。

「あはぁんっ♡」

な、何をしておるのじゃ儂は!?　何故今度は亀頭から根元へと両手を滑らせておる!?

じゃ、じゃがこの小僧……い、意外と可愛い声で鳴くではないか……。

そ、そうさな……握り潰す事なぞいつでも出来るではないか。

ならば……。

ズリユッ。

「はひゃぁっ♡」

グニユッ。

「ふおぉんっ♡」

プリユッ。

「んひぃいっ♡」

シユコシユコシユコシユコチユコチユコチユコチユコ。

「あっあっあっおっおっおっおっ♡」

何故じゃ？　何故儂は小僧のチンポを優しくしごいておるのじゃ？

このしごき甲斐のあるチンポのせいか？

それとも小僧の鳴き声をもっと聞きたいからか？

解らぬ……じゃが、どうやら儂はこの手を止める事が出来そうにない。

儂の手の中で熱く膨れる肉の塊が、何故だか愛おしくて堪らぬ。

やがて儂の手の動きに合わせ、小僧の腰がヘコヘコと上下に動く。

眠っておってもより強い快感を無意識に求めておるのか……クク、このエロガキめが！

さすがは金貨十万枚の値がついた男娼じゃ！　命の危機に瀕して尚、目の前の快楽を貪りおるか！

よかろう！　ならばお望み通り、このまま手コキでイカせてくれるわ！

これが貴様がこの世で味わう最後の快楽じゃ！　眠ったまま果てるがよい！

ほれほれ、どうじゃ？　こうか？　もっとか？

「ひっひっひぃぃっ♡　い、イグッ♡　せいえきでりゅ♡ビュルビュルッて、いっぱい、でちゃうぅぅっ♡♡」

フン、他愛もない。いくらデカいチンポを持っていようとも、儂の手に掛かればこんなものよ。

それにしても、ビュルビュルとは大袈裟な。精々ピュッピュくらいであろうが。

と、小僧のチンポを上下にしごく儂の手が、亀頭を包んだ時……。

「らめぇへぇぇぇぇっ♡♡　イギュううぅぅうぅうぅぅうぅんんっっ♡♡♡」

ビュルッ！　ブビュルルルッ！　ブビュッブビュッ！

儂の両手の中で、熱い何かが爆ぜた。

「はひぃっ!?　な、何じゃぁこりゃあっ!?」

戸惑う儂の指の隙間から、ヌルヌルした白い何かが溢れ出した。

その後も儂の両手の中で熱い脈動は止まらず、一分程経ってようやく収まった。

「ば、馬鹿な……たった一回の射精で、こ、こんなにも……？」

ニュルッ……

儂は恐る恐るチンポから両手を離し、掌を開いて見る。

そこには夥しい量の精液と、そこから溢れ出す大量の魔力が。

儂はあまりの事態に呆けてしまっていた。

目の前の光景が信じられず、ただただ己の手を熱く濡らす精液を、焦点の定まらぬ目で眺めていた。

じゃからすぐには気づかなかった。

呆然としておる儂の横で、上体を起こしてこちらを見つめている小さな男の存在に。

その視線に気づいた時、儂は咄嗟に身を翻そうとした。ベッドから飛び退き、体勢を立て直そうとした。

じゃが遅かった。背を向けた儂は、後ろから伸びた手によって腰をガッチリと抱かれ、そのままベッドにうつ伏せの体勢で組み伏せられる。

馬鹿な、いくら油断しておったとはいえ、儂がこんな小儂に背後を取られるとは!?

それに先程の小僧の動き……まるで熟練の暗殺者《アサシン》じみておった。

くっ……じゃがドワーフの腕力をナメるなよ小僧！

このような拘束、すぐに抜け出してくれんとばかりにチカラを貯めたその時じゃった。

ペロッ。

「ふひょっ!?」

儂は素《す》っ頓狂《とんきょう》な声を出してしまった。

突然背後から、うなじの辺りを舐められてしまったからじゃ。

こ、小僧……何のマネじゃ!?　まさか男の身でありながら、女を手篭めにしようとでも言うのか!?

ナメるのも大概にせい！　たかが人間の男風情に、このマリオンをどうにか出来るとでも……。

「……うへへ♪　シャルさぁん♡」

ん？

「むにゃ……今日もいっぱいラブラブチュッチュしようね～♡」

こ、この小僧……寝惚けておるのか!?　そして儂を小僧の側付きメイドと勘違いしておる！

チユッ、チユッ、むちゅっ。

「はぁっ♡　あふぅ♡　んひっ♡」

イカン！　振り解こうとする度に、小僧のキスで脱力させられてしまう！

それに、儂の口から出たとは到底思えぬ程に軟弱な声がっ……これでは隣室の男娼や見回りの用心棒に聞こえてしまう！

儂は咄嗟に自らの両手で口を塞ぐ。

そう……たった今、濃密な魔力を含む大量の精液を両手に付着させた事も忘れて……。

その結果……。

「ぶふぉおぉっ!?　おぶっ♡　ぐふぅ♡　んぶぉおおぉお～～～～～～♡♡♡」

儂は両手で口を押さえたままむせ返り、眼球はグリンッと裏返り、全身はガクガクと痙攣《けいれん》し、ホットパンツの中から大量の尿とマン汁が滝のように流れ落ち、ベッドに大きな地図を描いた。

「はれぇ？　クンクン、スンスン……シャルさん、ひょっとして、おもらししちゃったの？」

う、うるひゃぁい！　誰のせいらと思ってるんらぁ！

「……うん、じゃあ僕がキレイにしてあげるね♪」

な、何だと？

小僧が何を言っているのか、儂には解らなかった。

その戸惑いの刹那《せつな》、小僧は流れるように身を移し、グズグズに濡れた儂のホットパンツを膝までグィッとずり下ろし、そして……。

「いっただきま～す♪」

ペロッ。


「ふごおぉっ!?」

何じゃ？　儂の剥き出しのオマ〇コに強烈な雷が落ちたかのような衝撃が……？

ま、まさか……貴様、儂の、オマ〇コ、舐め……。

「……いつもと味が違うような……でも美味しいからいっか♡」

ブジュルルルルルルルッ！

ほひぃいいいぃいいぃいいいっ♡

ズゾゾゾズズゾゾッ！

んひょほおおぉおおおおっ♡

ジュルルルンヂユウウゥッ！

な、ながぃいいひいぃいっ♡

い、一体どれだけ舐め啜れば気が済むんじゃあぁぁっ♡

普通の男は好いてもいない女のオマ〇コを舐める事なぞ絶対にしないし、プロの男娼ですら十秒以上舐められる者は稀じゃというのにぃ！

なのにこの小僧はもう一分以上、一切息継ぎすらせずに、しかもオマ〇コどころか尻穴まで……！

儂が間違っておった……この小僧を見誤っておった！

この小僧は、ひやぁっ♡　んおぉっ♡　ド変態、淫乱、エロオスガキ、ならぬ程の、ミハエル様などとは比べ物にんにょほおおぉっ♡♡♡

「むにゃ……シャルさん、僕もう我慢できない……」

小僧がそう呟いた気がした。

そしてその小さな身体が儂の背中に覆い被さり、小僧の唾液まみれとなった儂の尻の谷間に、太く、長く、硬い、熱の塊が……♡

あぁ……最早これまでか……儂は今からこの小僧に手篭めにされてしまうじゃろう……。

人の身ではあり得ぬ程の凶悪なチンポで、精液で、儂を内側から塗り替えるつもりなのじゃ……。

……見くびるなよ小僧！

儂のミハエル様への忠誠心は、たとえ人間離れしたチンポにも決して屈する事は無い！

他の軟弱な人間の女ならともかく、儂は鉄の身体と鋼の心を備えたドワーフじゃ！

折れず、曲がらず、砕けぬ！

「うにゅ……じゃあ、入れるよぉ……♡」

っ……こ、来い！

儂の百戦錬磨のオマ○コ、略して百戦錬マ○コで迎え撃つ！　……って、おい？　何をしている？

ちょ、貴様まさか……おい、待て、早まるな！　そこじゃない！　もっと下じゃ！

ひっ!?　待ってくれ！　頼む！　後生《ごしょう》じゃ！　そこだけは！　そこだけはやめてくれ！　そこはミハエル様に捧げると決めておるのじゃ！

くっ、身体が、思うように……待て！　そこはオマ○コではなく……。


ズニュウウウウウウウウウッッ!!

「おじりイィイイイイィッッ!?」
か、かはっ……き、さま……よ、よくも……！
ミハエル様に、運命の人に、捧げようと、六十八年も、守っておった、後ろの、純潔をおぉっ!!
「ふおぉっ♡　しゅ、しゅごぃ……今日の、シャルさんのオマ○コ……いつもよりキツキツ、だよぉ……♡」
たわけぇっ！　そりゃキツいじゃろ！　よく締まるじゃろ！　オマ○コではなく尻穴なんじゃからな！
くはっ……い、息が……！　ダメじゃ、こんなの、無理じゃぁ……。
な、何という異物感じゃ！　普段から指で慣らしておったから容易く挿入出来たとはいえ、あのデカチンポが、根本まで……！
イカン……ただでさえ魔力酔いで頭が蕩けておる時に、こんな、女を狂わせるチンポを、尻穴に突っ込まれては、いくらドワーフの儂といえど……。
「キツキツ……だけど、ゆっくり、動くから、ね……」
グニュッ、ニュルッ。
ほひぃいいいいっ♡
「ふわぁ……しゅごっ、シャルさん、今日は、どうしたの？　何で、こんなに、熱くて、ヌルヌルで、キツキツなのぉ？」
ニュプッ、ジュブッ、グニュッ。
んおぅっ♡　あうぅっ♡　んぎぃっ♡
い、入り口でヘコヘコ動くなぁっ！
おほぉっ♡　お、奥もトントン突いちゃらめぇ♡
はひぃいぃぃ♡　いりぐち♡　おくっ♡　いりぐちっ♡
おぐぅっ♡♡♡
しゅごい、しゅごいしゅごいしゅごいひぃぃい♡♡
これ、ぜったい、ミハエルしゃまより、しゅごいやつじ

ゃあぁっ♡
　これいじょうは、もう、ワシがワシで、なくなって、しまうぅ♡
「はぁ、はぁ、はぁ……もうイキそう……このまま、シャルさんの、オマ〇コにぃ！」
　イヤじゃ♡　ミハエルひゃまへのおもいをわすれとうないぃっ♡
　おのれっ、おにょれぇ♡　このワヒが、こんな冴えないこぞうに、チンポケツアクメさせられりゅなんてぇ♡
　こんな、チンポだけの、こぞうに……チンポ……チンポチンポチンポぉっ♡♡♡
「い、いぐうううぅぅうっ!!」
　ドプッ！　ドビュルルッ！　ドプッグブッ！
　〜〜〜〜〜〜〜〜〜〜っっ♡♡♡
　あちゅいいぃ……あつくて、ドロドロしたせーえきが、ワシのケツ穴にぃ……♡
　はぁ、はぁ……。
　み、ミハエルしゃまぁ……マリオンは、穢れてしまいまひた……禁断の実の味を知ってしまいました……。
　ですがマリオンは耐えました……後はこの憎き小僧を亡き者にし、ミハエル様より褒美を……。

　グニュウウゥッ！

「んほおぉおおおほほぉぉおぉっ!?」

「シャルさぁん……もう一回、もう一回だけぇ♡」

　こ、小僧！　何故萎えぬのじゃ!?　あれだけの量の性液を二回も出しておきながら、何故まだ腰をグイグイと押しつけておるのじゃ!?　普通の男ならとっくに絶命しているというのに！

　ええい、離れんか！　はひっ♡　み、耳を噛むでない！あんっ♡　ち、乳首は、ダメじゃ……はぁん♡

　ぐふぅっ!?　やめ……も、もう、ゆるし……んぶぉおっ♡　ぶひぃっ♡　み、ミハエル、しゃま、たすけ……あへぇ♡

◇◆◇◆◇

　結局儂が解放されたのは、夜が白み朝日が顔を出し始めた頃じゃった。

　小僧はあれから一度も目覚める事はなく、じゃが寝惚けながらも儂の尻穴を犯すのを止める事もせず。

　十回目の射精を終え、ようやく儂の尻穴から小僧のデカチンポが抜かれた。

　ヂュウウウウウ……ッポン！

ゴプッ、ゴボッ、ブリユッ。

うひぃっ♡

ポッカリと大穴の開いた尻から、良質な魔力をたっぷりと含んだ精液が大量にこぼれ落ちた。

疲労困憊の儂の横で、スヤスヤと満足気に寝息を立てる小僧。

大の字になった小僧の股間で、チンポが尚も硬く反り返り、ピクピクと脈動しておる。

恐ろしい……最早今の儂に小僧をどうこう出来るだけのチカラなぞ残ってはおらぬ。

儂は小僧を害する事を諦め、この部屋から逃げ出そうと気力を振り絞って上体を起こす。

膝をガクガクと震わせる儂は、最後にチラッと小僧のだらしない寝顔を見た。

……不思議と怒りや憎しみといった負の感情は湧き起こらなかった。

それどころか、窓から射し込む陽の光を浴び、自身の精液と儂の腸液を纏ってキラキラと光り輝く小僧のチンポの神々しさに、儂は思わず生唾を飲み込む。

そ、そうじゃ……このままではやがてこの部屋に来るであろうあの赤髪の側付きメイドに、この惨状を見られてしまうではないか！

せめて小僧のチンポの後始末だけでもせねば！

と、儂は震える身体に鞭打ち、小僧の逞しいチンポに優しく手を添え……。

「こ、これは証拠隠滅の為に仕方なくするのじゃからな？　ミハエル様にもやってさしあげた事は無いのじゃからな？　か、勘違いするでないぞ？」

未だ眠りこける小僧がそんな言い訳を聞いておるハズもなく、儂はゆっくりと手に握ったチンポに唇と舌を近づけた……。

◇◆◇◆◇

それから儂は部屋を抜け出し、恐らくこれから黒髪小僧の部屋に向かうであろう赤髪のメイドの姿を廊下の奥で見掛け、慌てて身を翻し逆方向へ逃げて事なきを得た。

今見つかってしまっては、儂の身体から発せられる強烈な精液の匂いでバレるのは必至じゃからな。

儂は自室に逃げ帰り、同室の二人が目覚めぬ内に急いで身体を拭き清めて精液の残り香を消す。

そして身支度を整えた後、何食わぬ顔でレベッカとリンダを起こし、二人に先に出る旨を伝えて部屋を出た。

そしてその足でミハエル様の部屋に赴き、昨夜の報告をしたのじゃ。

「結論から言うと失敗でした。ですが、これで諦めたワケではありません」

朝食を召し上がりながら儂の報告を聞くミハエル様は、見るからに不満げな御様子じゃった。

葡萄ジュースを優雅に嗜みつつ、目の前に立つ儂に強い視線を送られる。

「ま、そう大して期待していたワケじゃないけどな……それで、この後はどうするつもりだ？　言っておくが、もうこれ以上ボクの方から何か段取りをつけてやるつもりは無いぞ？　そうでなくとも女達を買収した事だってかなり危ない橋を……」

「無論、目的を果たすまで続けます。ですがその為に、儂はしばらくミハエル様のお傍を離れようかと思います」

儂の答えが余程意外じゃったのか、一瞬怪訝《けげん》な顔をされるミハエル様。

じゃが儂はそれ以上語らず、そのまま一礼して辞する。

後ろ手に扉を閉め、廊下に佇む。

窓に映った儂の顔は……。

「……何を笑っとるんじゃ、儂は」

儂の心中は不思議と凪いでおった。

ミハエル様を失望させてしまった事や、ミハエル様からの褒美をもらう機会を逸した事など、今の儂にとっては些末な事じゃ。

今はもう、あの小僧の事しか考えられぬ。

「……ショータ♡」

その男の名を呟いただけで、儂の胸と股間と尻穴は甘く切なく疼くのじゃった。


【それからのレ・リ・マ】


「……ヒマだなぁ」

「ヒマだピョンねぇ」

夏の暑さも頂点を迎えようとしている日の午後、従業員寮の部屋で俺とリンダはだらけつつ今日何度目かの愚痴をこぼす。

今日は珍しく俺とリンダとマリオンの休みが重なった。だからたまには三人で昼から街に繰り出して酒でも飲もうぜ、って提案したんだけどよ。

マリオンのヤツが「儂は生憎《あいにく》と忙しい」の一言を残してそそくさと部屋を出て行きやがった。

ちなみに休日だってぇのに俺はメイド服、レベッカがコックコートなのは、私服を何日も洗わず溜め込んでるのを忘れて全部洗濯に出しちまったせいで何も着る服が無くなっちまったっていう、何ともお粗末なオチだからだ。

その後は俺とリンダだけで行くのもなぁって事になって、んでこうやって貴重な休みをダラダラと過ごしてるってなワケなんだが……。

「ったく……マリオンのヤツ、最近付き合い悪いんじゃねぇかぁ？　ドワーフのアイツが酒の誘いを断るとか、天変地異の前触れとかじゃねぇだろうな？」

「ん～、そう言えばマリオンがミハエルの側付きからしばらく離れる事になったバニ？　それと何か関係ないのかピョン？」

そう、あのミハエル命・ミハエル至上主義・ミハエル狂信者でお馴染みドワーフ女のマリオンが、あろう事かミハエルの用心棒から退いたらしいと、複数の同僚から聞かされたのが数日前。

本人は「あくまで一時的な事じゃ」と大して気にしてない様子だったが、それが逆に不自然で気持ち悪ィ。

事ある毎にミハエル様ミハエル様、一秒間に十回ミハエル様って言えそうなくらい傾倒してた相手から離れる事になったのに……。

冒険者として五年付き合って、アイツの性格も性癖も大体把握しているつもりだったんだがなぁ。

「ま、その辺は本人が割り切ってるっぽいバニ、リンダ達が無理にクチバシ突っ込む事じゃねーウサよ」

「……そうだな。アイツの方がずっと年上なんだしな」

と、俺はそこでマリオンについてあれこれ悩む事を止めた。

何かあればきっとアイツの方から俺達に相談してくれるだろう。その時には俺達がチカラになればいいんだ。

「というか、話は変わるピョンけど……レベッカはぁ……ショータとどのくらい進んだピョン？」

ピキッ、と部屋の空気が一変した……ような気がした。

「……そういうお前こそどうなんだ？　あん？」

「……質問に質問で返すんじゃねーウサ」

「…………まだセックスまでは行ってねーよ」

「そっか…………リンダもだピョン」

少し間を置いて、俺もリンダもホッとため息を吐く。

いやほら、何てーの？　保護欲とかいうヤツ？　そういうのが刺激されちまってよ、何か迂闊に手が出せなくなっちまったっつーかさぁ……。

実際初めてショータとそういう関係になってから今まで何度か襲う機会はあったものの、あの男娼らしからぬ純真無垢な笑顔を見ちまうと、さすがに俺も躊躇しちまうんだよなぁ……。

そうでなくても俺はこの二十六年間、男をただの性欲処理の道具としてしか扱って来なかった罪悪感もあるから、ショータだけは大事にしなきゃって思いが強過ぎて……。

「まぁリンダも似たようなモンだピョン。リンダの場合はショータに対するソンケーノネンが行き過ぎてるのと……あと、自分の身体に対するレットーカンが……」

とボソボソ呟いてシュンとするリンダ。

頭のウサ耳がヘニョンと垂れ下がる。

「あぁ、アレだっけ？　乳首が胸の中に埋まってるヤツだろ？　アレ初めて見た時はマリオンと二人で大爆笑したっけなぁ」

「ひ、人の欠点を笑い物にすんなピョン！　リンダは真剣に悩んでんだバニ！　今までどんな男に見せても気持ち悪がられたり泣かれたり吐かれたりした女の悲しみが理解出来ねーのかピョン⁉」

あ、キレやがった。

「怒んなよ。でもしゃーねぇじゃん。俺もあんな薄気味悪ィ胸を見たの初めてだったし」

「薄気味悪いとか言うなピョン！　それが原因でショータとセックスしてないワケじゃねーバニ！」

プンプン怒ってるリンダは無視して、俺は火の点いていない煙管を咥えたまま、窓から空を見上げる。

煙の匂いが染み付いたらショータに嫌われるかも、なんて理由で火を点けてねぇって知られたらマジで恥ずかしいしな。

「……ん？」

二階の窓から外の景色をぼんやりと眺めていた俺は、ふとあるものを見つける。

「おいリンダ、あれ見ろよ」

まだ少しイラつき気味のリンダに手招きする。

「あぁん？　何ウサ？」

リンダが窓まで寄って来て、俺が指差す方を見た。

そこには……。

「あれは……マリオンと、ショータ⁉」

そう、マリオンに手を引かれたショータが、寮の裏手を歩いてやがる。

そして二人はそのまま寮から少し離れた小屋の前で立ち止まる。

マリオンは周囲をキョロキョロと見渡すと、懐から取り出した鍵で扉を開ける。

するとマリオンはショータの手を引いて、そのまま小屋の中へと消えやがった！

……確かあの小屋は、予備の家具なんかを一時的に置いておく為の小屋だったハズだ。

そしてこれは俺も又聞き程度の噂話だが、あそこは男娼とイイ仲になった女が逢い引き場所として使う小屋で、中には古いベッドもあってヤリ目的には適してるし、窓は屋根にわずかな採光用のものがあるだけだから、覗かれる心配も無い、まさに女にとって都合がいいヤリ部屋になってるとか。

あんのドワーフ女が……スカした顔で抜け駆けしてやがったとはなぁ！

「だけど色々と疑問はあるピョン。あのマリオンがショータと逢い引きするとは思えないバニ」

と、リンダも俺と同じ疑問を口にする。

確かにあの超絶面食いのマリオンが、見た目は平均よりもやや下のショータに食いつくとは思えねぇ。

ショータの良さは何と言ってもあの天性の人懐っこさと、女に対するキメの細やかな心配りだが、マリオンはそんな内面の魅力に絆《ほだ》されるような女では断じてないハズだ。

「ひょっとすると……ショータの身が危ないかも知れねぇぞ！」

そうだ、マリオンの背後にゃミハエルが居る。

そしてミハエルにとっちゃぁショータは何かと目障りな存在だ。

もしマリオンがミハエルから何かしらの命令を受けていたとしたら……。


「急げ！　ショータが危ねぇ！」

「ウサ？　わ、解ったピョン！」

俺は部屋から飛び出し、そのまま矢のような速さで走る。少し遅れてリンダも走る。

目指すは物置小屋……待ってろよショータ！

◇◆◇◆◇

「ねぇ！　もしマリオンがショータを……したら、どうするつもりウサ!?」

走りながら、リンダが尋ねる。

よく聞こえなかった所は、恐らくリンダ自身もその可能性について言及したくなかった部分でもあるんだろうな。

だが俺はハッキリと宣言する。

「もちろんタダじゃおかねぇ。最悪の事態も考えとけ！」

マリオンはリンダと同じ、初めて出会ってから七年も苦楽を共にした俺の戦友だ。

俺とリンダ、そしてマリオンは何度もぶつかり合い、それと同じ数だけ解り合った、姉妹も同然の関係だ。

たとえ生まれた時、生まれた場所は違っても、死ぬ時は同じ日、同じ場所でと、犯した男達のケツの前で誓い合った『桃尻の誓い』を交わした仲だ。

だが、ショータに危害を加えようってんなら、たとえマリオンにだって容赦はしねぇ！

「……うん、リンダもレベッカと同じ気持ちバニ。ショータに万が一の事があったら、絶対に許さんピョン！」

俺とリンダの想いが一致した時、俺達は物置小屋に到着した。

俺達の視界が届く高さには窓が無い為、中の様子を窺う事は出来ない。

オマケに唯一の出入り口の扉には中から鍵が掛かっているようで、そっと取っ手を引いてみたが開かねぇ。

へっ、ナメんじゃねぇや……俺はメイド服のスカートをたくし上げ、ガーターベルトの太もも部分に挟んである革袋を取り出す。

その中には鍵開けに必要な盗賊七つ道具が入っている。

こんな事もあろうかと常に携帯していたが、ようやく役に立ちそうだ。

俺は鍵穴を覗き込み、針金を挿し込む。

そして針金で鍵穴を抉《こじ》る事、およそ十秒。

カチッという小さな音を立てて、扉は難なく解錠出来た。

俺はゆっくりと扉を開け、慎重に侵入する……つもりだった。だが……。

「おぉんっ♡　ほひぃっ♡　んぐおぉっ♡」

扉の隙間から大きな呻き声が。

それを聞いた瞬間、俺の横に居たリンダが思い切り扉を蹴破った！

リンダは怒りの形相で、耳の毛はすべて逆だっていた。

俺も立ち上がり、リンダの後に続く。

殺す。生かしちゃおかねぇ。怒りのあまり俺の視界は赤く染まっていたし、恐らくリンダもそうに違いない。

だが、俺とリンダが目にしたものは、とても意外な光景だった。

「はひっ♡　くぅっ♡　マリちゃんのお尻、スゴく気持ちいいよぉ♡　こんなのお尻マ○コだよ！　ケツマ○コってヤツだよぉ！」

「お、おにょれ……きょうも、かてないぃ……きさまの、ショータの、りゅーのチンポ、すごしゅぎぃ♡♡♡」

パンパンパンパン！　と腰と腰とがぶつかり合う音が、小屋全体に響き渡る。

俺とリンダの目の前では、間違いなくセックスが行われていた。

だが想像と違っていたのは、攻守がアベコベな点だ。

何故かは解らないが、四つん這いになっているマリオンの後ろから、ショータが物凄い勢いで腰をパンパンと打ちつけてやがる。

しかも……。

「し、ショータの、オチンチン……大きくない、バニ？」

そう、ショータのオチンチンはデカかった。それこそ常識では考えられない程に。

しかもそんな常識ハズレのオチンチンが、マリオンの尻穴に根元まで……！

おとぎ話の挿絵に描かれていたインキュバスだって、あんなに立派なオチンチンじゃなかった。

あれじゃまるで……。

「……ひょっとして、あれが最近ヴァルハラ・オティンティン館で噂になってる『竜のチンポ』なのかピョン？　リンダはてっきりミハエルの事だと思ってたウサ」

リンダが呆けた顔でそう呟く。

解る。俺だってそうだと思ってたし、側付きのマリオンもそう言って憚らなかった。

だけどそうじゃない……だってあのマリオンが、ミハエル命の女が……ショータのチンポであんなによがり狂ってやがるんだから！

「で、出ちゃうよぉ！　またマリちゃんのケツマ○コに、いっぱい精液出しちゃうよぉ！　あっあっあっ、イグッ♡イッ……ぎゅううぅぅっっっ♡♡♡」

ショータの可愛らしい悲鳴と共に、マリオンの尻穴に精液が注ぎ込まれた……が、すぐに腸内に入りきらなかった精液が外に溢れ出す。

たちまち小屋の中は、むせ返るような精液の匂いで満たされる。

「ひいいいぃいぃいぃん～っ♡　またおじりに、ケツマ○コに、ショータのせーえきがぁ♡　もうらめ♡　もうゆびなんかじゃまんぞくできぬぅ♡　ミハエルしゃまのチンポがどんなじゃったかすらもうおぼえておらぬぅ♡　ショータのチンポさえあればイイ♡　ショータのちんぽとしぇーえきだけあれば、もうほかのものはいりゃぬぅううぅっ♡」

違う、こんなの俺達の知ってるマリオンじゃない。

だが裏を返せば、あのマリオンですらショータのチンポには太刀打ち出来ねぇって事なのか……。

俺はゴクリと生唾を飲み込む。横を見ると、リンダの呼吸が忙しない。

通常では考えられない量の精液を尻穴に出されちまったマリオンは、虚ろな目で俺達に訴えかける。

「れべ、か、りん、だ……た、すけ……わしだけ、では、むりぃ……♡」

マリオンが俺達に助けを求めている……かつての冒険者時代、どんな窮地に陥っても弱音を吐かなかった、あのドワーフ女が……。

俺の背後でカチャッと音がした。

背後を振り返らなくても、それがリンダが扉の鍵を閉めた音だと理解した。

続いて背後でガラガラと何かが倒れるような音が。

それも恐らくリンダが、扉の前に机や椅子を積み上げて外から誰かが入って来られないようにしているんだろう。

俺は震える手をどうにか動かしてメイド服を、リンダもコックコートを一枚ずつ脱ぎ去る。

その様子を見ていたショータは、何とも言えないエロい笑顔で俺とリンダを見比べてやがる。

ったく、このオスガキがよぉ……♪

でも覚悟しろよ？　いくらお前が人並み外れたエロガキで、ひょっとしたら伝説の『竜のチンポ』を持ってたとしても、大人が三人掛かりでオスガキに負けるワケねぇんだからなぁ。

俺は指をポキポキ鳴らしながら、リンダはペロリと舌舐めずりをしながら、マリオンは震える身体をどうにか起こしながら、ベッド上のショータを睨みつける。

「さぁて、当然覚悟は出来てるよなぁ？　大人をナメたオスガキには、キツいお仕置きが待ってんぜぇ？」

「本当はリンダだけでじっくりとショータを可愛がってあげたいピョンけど、マリオンが受けた屈辱は倍……うんにゃ、三倍にして返してやるバニ！」

「フン、儂の仇を取ろうなど十年早い……と言いたいところじゃが、儂等三人揃えば万に一つも負けはない！」

三方を囲まれて逃げ場を失うショータ。

だが、窮地に立たされたハズのショータは……。

「お、お手柔らかにお願いしましゅぅ……♡」

満面の笑みを浮かべてやがったんだ。


【レベッカ、敗北す】

「おごっ♡　あぐっ♡　んぎぃっ♡」
「レベッカさん♡　レベッカさんのオマ○コ、つぶつぶで、ニュルニュルで、ヌックヌクで……こんなの、ガマンできないよぉ♡」
嘘だ、これは夢だ。
何で俺が、こんなガキに、上に乗っかかられて、腰、ガンガン、チンポ、気持ちいい、チンポ、チンポチンポ、んごぉっ♡　このチンポしゅんごいいっ♡♡
無理、こんなの無理♡　はねのけられない♡
デカチンポがマ○コの奥までぶっ刺さってて、子宮に、ズンズンってぇ♡

あっあっ、ダメダメダメ♡　こんなの勝てるワケない♡　うひいいぃいっ♡♡♡　しきゅーグリグリするのらめぇぇええええっ♡♡♡　イクイクイグウウゥウゥッッ♡♡♡

【リンダ、惨敗す】

「ひあぁ♡　ショータぁ♡　吸ってぇ♡　もっとリンダの乳首吸ってえぇえっ♡」
「んまっ♡　リンダひゃんの陥没乳首、とってもかわいくて、エッチで、おいひいれしゅうっ♡」
嬉しい、うれじいよぉ！
リンダのこんな不気味な胸……兎人族の特徴で、生まれつき乳首が無くて、男は全員怖がってたのに！
それなのにショータは、真っ先にリンダの胸を吸ってくれて、更に胸の中に埋もれてた乳首まで吸い出してくれたんだピョン！
あぁ、リンダの乳首♡　ピンク色の小さな乳首♡　その乳首に一生懸命吸い付くショータ♡♡
可愛い♡　大好き♡　一生守ってあげたいピョン♡
はぅんっ♡　乳首、吸いながら、下から、ズンズン、突き上げられてりゅぅうっ♡♡♡
ショータぁ♡　好きぃ♡　すきすきすきスキぃいいいぃいいぃっくううぅぅんんっ♡♡♡

【マリオン、完敗す】

「さぁ、遠慮は無用じゃぞショータ……いつものように後ろからガンガン突いて来るがいい……ただし、今度は尻穴ではなく、こっち《オマ○コ》に、じゃ」
「い、いいの？　だってマリちゃんはミハエルと……」
「たわけ。儂はお前の子を産みたいと……ショータに、寝取ってほしいと言っておるのじゃ……気づけ馬鹿……♡」
「……ま、マリちゃあぁぁぁんっ！」
ぶひぃっ♡　きたぁ♡　ぶっといチンポきたぁっ♡
んおっ、ぐひっ、んぎっ♡　しゅごい♡　やっぱりこれが、本物の『竜のチンポ』じゃあ♡♡
オウッ♡　も、もう戻れん……もうこのチンポを知らなかった頃には戻れん♡　いや、戻りとうはない♡
「おっおっおっおっ♡　おぉっ♡　んおっ♡　おおぅ♡　おおっ、おっおっ、んおおおぉぉおぉんんっっ♡♡♡」

◇◆◇◆◇

それからどれくらい経ったかは解らないが、結論から言うと俺達三人の大惨敗だった。

確かに俺達はショータを相当な量射精させたが、俺達はそれ以上の回数イカされちまった。

っつーか無理に決まってんだろ！　何だよあのチンポ、反則だろ！　あんなん十人掛かりでも勝てるかってぇの！

散々にイカされて頭フワフワの足腰ガクガクのオマ○コドロドロ……それが三人共ってんだから、俺達が情けないのか、それともショータが化け物じみてんのか。

行為の後、色んな汁でグッチャグッチャになっちまった小屋の中を掃除しようって事になった。まぁこのまま放置して他のヤツに見つかると大事になりかねねぇからな。

で、俺達がヘロヘロになりながら掃除して、ショータはそろそろ夕飯の時間だから先に戻れって言って帰した。（本人は最後まで一緒に掃除したいって言ってたけどな）

「うーし、じゃあちゃっちゃと片付けんぞ～」

「ふぇーい……うぅっ、腰が……！」

「こりゃ明日は筋肉痛必至じゃな」

俺達は外が暗くならない内にさっさと片付ける事にした。

終始無言で掃除する中、俺が口を開く。

「……なぁ、アイツとはもうこれっきりにしねぇか？」

だけど二人は無言。作業しながらも耳だけはこっちに傾けてるような気がした。だから俺は更に語り掛ける。

「いや、そりゃ俺だって出来ればずっとショータとヤリたいけどなぁ……色々まずくねぇか？　今更だけど、アイツは金貨十万枚の値段がついてて、それこそ普通の男娼と違って俺達が気軽に手ェ出しちゃいけねぇ男なんじゃねぇのかって思ったら……」

「……まぁ確かに、今日は誰にもバレなかったからいいバニけど、もしウルスラ館長に知られたら、リンダ達……クビで済むのかピョン？　最悪、物理的に首チョンパって事にもなりかねんバニ」

「その前にショータにハメ殺されるかもな。あんなセックスを何度も繰り返せば、その内廃人にされてもおかしくないわい」

俺達は三人揃ってウーンと唸って腕組みする。

頭の中で利益と負債を天秤に掛けて、どっちを取るべきかと悩み出す。

ガチャッ。

そ、そこに突然誰かが扉を開けて入って来やがった！

俺達が身構えると……。

「ごめんなさい！　忘れ物しちゃいました！」

と、帰ったハズのショータがまた戻って来たんだ。

俺達がキョトンとしてると、ショータは満面の笑みを浮かべながら俺の方へと駆け寄る。

そしてそのまま俺の目の前で立ち止まり、ゆっくりと背伸びをして……。

チユッ。

次にショータはリンダの目の前で軽くジャンプして、リンダの首に腕を絡ませて……。

チユッ。

最後にマリオンの目の前に行って、頬に両手を添えて……。

チユッ。

呆気に取られる俺達を尻目に、ショータはイタズラっぽく笑ってこう言った。

「今日はありがとう！　またしようね♪」

そしてショータはそのまま小屋の外に走り去って行った。

「「「……」」」

後に残された俺達は無言で、赤い顔のまま唇を手で覆っていた。

だが恐らく、考えている事は一緒だったと思う。

あの天使は絶対に手離すべきじゃない、と。

◇◆◇◆◇

この時の俺は想像すらしてなかったんだ。

死ぬ時は同じ日、同じ場所でと誓った三人の女達。

それが遠からぬ内に、三人共が同じ日、同じ場所で……。

同じ男の子供を孕む事になるなんて!!

そしてその事をウルスラ館長とヒルデガルド先帝陛下に知られてしまい、俺達三人は死を覚悟していたのに……。

「うむ！　でかした！　丈夫な子を産めよ！　何なら二人目三人目もバンバン仕込めぃ！」

と、激励までされちまうなんて!!

あとがき

拙作『ヴァルハラ・オティンティン館』を読んでいただきまして、誠にありがとうございます。作者の求嵐《ぐらし》と申す者です。

本作はノクターンノベルズのランキングにて年間二位という過分な評価をいただきながらも書籍化などとは縁遠い、所謂タイトルオチの作品であると思われており、作者である私自身もそう思っていました。

他の方々の作品が次々に書籍化される中、それでも腐らず他者の成功を妬まず、せめて拙作を愛読してくださる読者の皆様の為に完結まで書き続けようとした結果、幸運にもキルタイムコミュニケーション様から書籍化の打診をいただいたのは、平成最後の夏の終わり頃でした。

まともな小説の書き方など一切学ばず、ただ我流のままに自分の性癖と小ネタを好き勝手に書き散らした、ノクターンの鬼子を自称する拙作ですが、お気に召していただけましたでしょうか？

私は鬱な展開や暴力的・陵辱的な展開が読むのも書くのも苦手で、ただひたすら楽しくて安心して読んでいただけるような作品を目指しました。

本作の主人公である飯島翔太の奔放で無軌道で節操の無さには、そんな私の願いが込められています。是非これからも彼と私の行く末にお付き合いくださいませ。

最後に、私の大それた夢でしかなかった書籍化を果たしてくださったキルタイムコミュニケーション様と、私のキャラクター達に美麗で可愛らしいイラストで命を授けてくださった萌木雄太様へ最大級の感謝を。

そして書籍化を目指し日々書き続ける全ての作家様達へ一言。

ネット等で散見される「小説の正しい書き方」「書籍化する為の方法」等の甘言に耳を貸す必要はありません。少なくともそんなものを無視して書籍化を果たした者がここに居ます。

キャラクターデザイン

メルセデス
グレーテル
ミハエル
イングリット
マルグリット

未使用ラフ1

未使用ラフ2

ヴァルハラ・オティンティン館

2019年2月8日　初版発行

【小説】
求嵐

【イラスト】
萌木雄太

【発行人】
岡田英健

【編集】
横山潮美

【装丁】
マイクロハウス

【印刷所】
図書印刷株式会社

【発行】
株式会社キルタイムコミュニケーション
〒104-0041　東京都中央区新富1-3-7ヨドコウビル
編集部　TEL03-3551-6147／FAX03-3551-6146
販売部　TEL03-3555-3431／FAX03-3551-1208

禁無断転載　ISBN978-4-7992-1223-3　C0093

本書は小説投稿サイト「ノクターンノベルズ」(http://noc.syosetu.com/) に掲載されていたものを、
加筆の上書籍化したものです。
乱丁、落丁本はお取り替えいたします。

本作品のご意見、ご感想をお待ちしております

本作品のご意見、ご感想、読んでみたいお話、シチュエーションなどどしどしお書きください！
読者の皆様の声を参考にさせていただきたいと思います。手紙・ハガキの場合は裏面に
作品タイトルを明記の上、お寄せください。

◎アンケートフォーム◎　**http://ktcom.jp/goiken/**

◎手紙・ハガキの宛先◎
〒104-0041 東京都中央区新富 1-3-7 ヨドコウビル
(株)キルタイムコミュニケーション　ビギニングノベルズ感想係